Kate Franklin

(Never) Kiss Santa Claus

Weihnachten in Maple Falls

Roman

Kate Franklin
Liebesromane fürs Herz

FSC
www.fsc.org
MIX
Papier aus verantwortungsvollen Quellen
Paper from responsible sources
FSC® C105338

Impressum:

2. Auflage

Deutsche Erstausgabe Dezember 2021

Redaktion: Sabrina Cremer, Textwerkstatt
Cover-/Umschlaggestaltung: Kate Franklin
unter Verwendung von: Canva.com
Autorenfoto: Kate Franklin

ISBN: 9783754678794

Kate Franklin
c/o Schreyer, Dorfstr. 18, 01257 Dresden

Herstellung und Druck über tolino media GmbH & Co. KG, München.
Printed in Germany

KATE FRANKLIN

(Never) Kiss Santa Claus

Weihnachten in Maple Falls

Playlist

Michael Bublé – It's beginning to look a lot like Christmas
Michael Bublé – Have yourself a Merry little Christmas
Michael Bublé – I'll be home for Christmas
Jess Glynne – Take me Home
Rhodes – Let it all go
Freya Ridings – Lost without you
Dua Lipa – Homesick
Thomas Daniel – What about us
Michael Schulte – You said you'd grow old with me
Felix Jähn – Close Your Eyes
Shane Codd – Get out of my Head
Quarterhead – Touch my Body
Beyoncé – Crazy in Love
Gesaffelstein – Lost in the Fire
Bishop Briggs – Be Your Love
Mariah Carey – All I want for Christmas
The Weekend – Save Your Tears
Tom Gregory – River
Calum Scott - You are the Reason
Tom Grennan – Little bit of Love
Calvin Harris – By your Side
George Ezra – Hold My Girl

Diese Playlist findest du auch bei Spotify unter
(Never) Kiss Santa Claus von Kate Franklin.

Liebe ist nur ein Wort,
bis jemand kommt und
ihm eine Bedeutung gibt.

1. Hazel

»Die Einzelheiten zu den Stellenausschreibungen können Sie auch den Handouts entnehmen, die vor Ihnen liegen. Sie finden alles ab Seite neun.« Innerlich atmete ich tief durch. Es war das erste Meeting, das ich als stellvertretende Personalleiterin von Ocean Beauty LLC zu bestreiten hatte, weil meine Vorgesetzte krank war.

Und ich schlug mich bisher wirklich hervorragend, genoss die volle Aufmerksamkeit der Vorstandsmitglieder und Führungspartner, die verstehend in meine Richtung nickten oder in den Handouts blätterten.

Natürlich hatten sie keine Ahnung davon, dass es mich drei Nächte gekostet hatte, die Präsentation zu erstellen. Aber ich hatte es hinbekommen. Weil ich gut in meinem Job war.

»Ab wann sollen die neuen Stellen besetzt werden?« Hardy

Wilkinson, eines der älteren Mitglieder des Vorstandes, hatte seine Brille auf dem Nasenrücken nach oben geschoben und musterte mich erwartungsvoll.

Pures Adrenalin rauschte durch meine Adern und ich war voll in meinem Element. »Nun, wir rechnen Anfang des neuen Jahres mit den ersten Bewerbungen und werden im Februar mit den Einstellungstests beginnen, sodass die Posten möglichst schnell besetzt werden können.« Ich vermied es, ihm einen genauen Zeitpunkt zu nennen. Schließlich würde ich mich nicht auf eine solche Aussage festnageln lassen. Im Moment konnten wir noch gar nicht einschätzen, wie die Bewerbungsphase verlaufen würde.

Wilkinson gab sich mit meiner Antwort zufrieden und nickte einigen anderen Partnern zu.

Mrs. Ocean, die Geschäftsführerin und Gründerin des Unternehmens, saß mir gegenüber an der Stirnseite des langen Glastisches. Bis hierhin hatte sie noch kein einziges Wort gesagt, geschweige denn auch nur eine Miene verzogen. Es machte mich nervös, dass sie mich mit Adleraugen musterte. Ich hatte großen Respekt vor ihr. In den Achtzigern hatte sie das Unternehmen aus dem Nichts gegründet, hatte mit Naturkosmetikprodukten in der Küche ihrer Eltern herumexperimentiert. Inzwischen war die Ocean Beauty LLC Marktführer in diesem Segment, und zwar auch jenseits des Atlantiks. Also war es nötig, mehr Leute einzustellen, die diese Verbindungen pflegten und die Auslandsarbeit sowie das dazugehörige Marketing erledigten. Es war anfangs etwas holprig, als ich versucht hatte, Mrs. Sanders davon zu überzeugen, jene Vorgesetzte, die heute krank war. Aber schlussendlich hatte sie verstanden, dass wir neues Personal dafür brauchten. Andernfalls würde immer mehr Arbeit auf den Schultern der vorhandenen Mitarbeiter lasten, die irgendwann unter dieser Last zusammenbrachen und kündigten. Damit wäre keinem geholfen.

Nachdem ich unser neues Mitarbeiterkonzept vollständig vorgestellt und das Meeting beendet hatte, fühlte ich mich frei wie nie zuvor. Noch immer setzte mich das Adrenalin in meinen Adern unter Strom und das Grinsen in meinem Gesicht war ganz sicher nicht zu übersehen, als ich auf dem Weg zu meinem Büro war.

»Amanda, bringen Sie mir bitte einen Kaffee. Mit Mandelmilch«, wies ich meine Sekretärin an. Allein die Tatsache, dass ich mit gerade einmal sechsundzwanzig Jahren eine eigene Vorzimmerdame hatte, ließ mich von Zeit zu Zeit regelrecht abheben.

Amanda sprang sofort auf und nickte eifrig. »Natürlich, Mrs. Greenwood. Kommt sofort.« Dann verschwand sie mit schnellen Schritten in der Teeküche am anderen Ende des Großraumbüros. Keine zwei Minuten später hatte ich das gewünschte Heißgetränk auf meinem Schreibtisch stehen und ordnete die Stifte wieder, die Amanda beim Abstellen durcheinandergebracht hatte.

Jedes Mal, wenn das passierte – und das war recht häufig – geriet mein innerer Monk in Aufruhr. Er und ich konnten es einfach nicht dulden, dass Stifte, Notizen und so weiter kreuz und quer herumlagen. Alles war ordentlich und fein säuberlich an den jeweiligen Schreibtischkanten ausgerichtet, lag gerade und nach System geordnet. Genauso sah es auch bei mir zu Hause aus. Und wehe, jemand wagte es, meine Ordnung zu verwüsten. Der hatte ganz schlechte Karten.

Gerade als ich den letzten Kugelschreiber auf seine Position schob, betrat Mrs. Ocean mein Büro, das durch eine Glaswand von den Großraumarbeitsplätzen abgetrennt war. Im Augenwinkel sah ich noch, wie Amanda mit den Schultern zuckte, als die Geschäftsführerin einfach an ihr vorbeigegangen war. Ich nickte, um ihr zu verstehen zu geben, dass es okay war.

»Mrs. Ocean, was führt Sie zu mir?« Ich hatte mich erhoben und meinen Rock glatt gestrichen. Ihr Besuch machte mich ein wenig verlegen, denn es kam wirklich sehr selten vor, dass sie ihre Etage – ja, die Geschäftsführung belegte eine ganze Etage – verließ. Das passierte eigentlich nur, wenn sie zu Meetings kam, die in anderen Abteilungen stattfanden. So wie vorhin das Meeting der Personalabteilung.

»Bleiben Sie ruhig sitzen, Hazel, ich bin ja nicht die Queen Mom«, scherzte die Endfünfzigerin, die ein wahnsinnig modebewusstes Auftreten hatte. Sie glänzte vor Enthusiasmus und Ehrgeiz und sah noch dazu immer elegant aus. Ich blieb trotzdem stehen. »Ich wollte Ihnen lediglich persönlich sagen, dass das Meeting ein voller Erfolg war und Sie mich damit endgültig von Ihren Fähigkeiten überzeugt haben.«

Okay, damit hatte ich nun wirklich nicht gerechnet. Ich schluckte und spürte, wie Hitze in meine Wangen stieg. »Danke schön.« Ich versuchte, nicht so eingeschüchtert zu klingen, wie ich mich gerade fühlte.

»Auch wenn Rebecca bald wieder da sein wird, möchte ich, dass Sie diese Bewerbungskampagne leiten. Sie haben ein gutes Gespür, und ich traue Ihnen durchaus zu, dass Sie auch eine gute Menschenkenntnis haben. Suchen Sie Ihresgleichen, genau solche jungen und dynamischen Leute brauchen wir hier. Solche, die etwas bewegen und vorankommen wollen.«

Ich schluckte abermals. Ihr Kompliment bescherte mir einen inneren Jubelschrei, den ich äußerlich nur schwer unterdrücken konnte. Auch wenn Rebecca Sanders, meine Vorgesetzte, mir leidtat, denn sie hatte fest damit gerechnet, die Leitung des Bewerbungsverfahrens zu übernehmen.

»Ich werde mein Bestes geben, Mrs. Ocean«, versicherte ich ihr.

»Davon gehe ich aus. Was denken Sie, wann können wir starten?«

»Nun, wie bereits im Meeting vorhin gesagt, gehen die Stellenausschreibungen Anfang des neuen Jahres raus. Ich vermute, dass wir großen Zulauf haben werden, da der Bereich wirklich gefragt ist. Die ersten Einstellungstests plane ich für Februar. Wenn Sie möchten, gebe ich Ihnen regelmäßig ein Update dazu. Sie können allerdings auch gern bei den Gesprächen dabei sein.« Ich war voll in meinem Element und spürte die Energie, die in kleinen Funken alle meine Hirnzellen aktivierte, um Höchstleistung zu vollbringen.

»Update ja. Bei den Gesprächen kann ich natürlich nicht dabei sein, das verstehen Sie hoffentlich, Hazel. Schließlich läuft der Laden hier nicht von Geisterhand.« Mit ihren Händen beschrieb sie eine ausladende Geste und ich nickte schon wieder.

»Natürlich. Das verstehe ich, entschuldigen Sie.«

»Nicht der Rede wert. Hängen Sie sich rein, Hazel. Wenn

Sie das gut machen, könnte ich mir vorstellen ...«

Das Klingeln meines Telefons unterbrach Mrs. Ocean. Es gab nur eine einzige Person auf dem ganzen Planeten, die meine direkte Durchwahl hatte. Wobei, eigentlich waren es zwei, aber Kim, meine beste Freundin, die in der Buchhaltung arbeitete, rief eigentlich eher selten an. Wenn wir im Büro waren, verlegten wir unsere Kommunikation auf Chatnachrichten.

Wie gebannt starrte ich auf das Telefon, das stürmisch vor sich hin klingelte. Die Vorwahl war mir sehr wohl bekannt und plötzlich bekam ich Beklemmungen. Meine Mom rief an. Und das tat sie nur im Notfall, weil sie wusste, dass ich bei der Arbeit nur wenig Zeit zum Plaudern hatte.

»Möchten Sie rangehen?« Mrs. Ocean riss mich aus meinen Gedanken.

»Äh, nein, ich rufe zurück. Was wollten Sie gerade sagen, Mrs. Ocean?« Innerlich schüttelte ich mich.

»Wenn Sie diesen Job gut machen, Hazel, dann kann ich mir vorstellen, Ihnen die Leitung dieser Abteilung zu übertragen, wenn Rebecca ihren wohlverdienten Ruhestand antritt.« Mrs. Ocean hatte die Hände vor der Brust zusammengefaltet und betrachtete mich aufmerksam.

Mir fehlten die Worte. Ich wusste nicht genau, was ich darauf erwidern sollte, und begann zu stammeln: »Oh, äh ... Das ist sehr nett von Ihnen. Ich werde Sie nicht enttäuschen.«

»Wie gesagt, ich gehe davon aus.« Mit ihren perfekt getuschten, langen Wimpern zwinkerte sie mir zu, dann drehte sie sich um und verließ mit ikonischen Schritten mein Büro.

Ich blickte ihr hinterher, während ich das Gefühl hatte, mein Unterkiefer würde staunender Weise auf den Boden knallen. Amanda ging es ähnlich. Auch sie saß mit offenem Mund an ihrem Platz.

»Sie sehen aus, als könnten Sie einen Schuss in Ihren Kaffee vertragen, Mrs. Greenwood.« Amanda hielt sich die Hand vor den Mund und kicherte. Sie war nur ein Jahr jünger als ich, hatte aber kein Problem damit, mich als ihre Vorgesetzte zu akzeptieren, worüber ich sehr froh war.

Ich sah auf meine Smartwatch, die gerade einmal elf Uhr anzeigte. »Zu früh«, antwortete ich und hob die entschuldigend die Schultern.

»Ihre Mom war am Telefon. Sie sollen bitte dringend zurückrufen.«

»Okay, das mache ich gleich. Danke, Amanda.«

»Nicht dafür«, sagte sie und widmete sich wieder den Unterlagen auf ihrem Schreibtisch.

***

»Was? O nein, Mom, bei aller Liebe. Aber das wird so nicht funktionieren«, keuchte ich entsetzt in den Telefonhörer.

Meine Mutter besaß ein kleines Bistro in Maple Falls, in dem sie jedes Jahr in der Vorweihnachtszeit eine Art Benefiz-Buffet veranstaltete. Die Idee dazu hatte ursprünglich ich geliefert, als ich noch ein Kind war. Jedes Mal war ich traurig gewesen, wenn viel Essen übrig blieb. Im ersten Jahr hatte sie an einem Tag in der Vorweihnachtszeit ihr Bistro nur für Bedürftige geöffnet, die umsonst essen konnten – was und so viel sie wollten. Trotzdem kamen etliche Leute, die das Geld, was sie hätten bezahlen müssen, einfach spendeten. Daraufhin hatte Mom beschlossen, das Benefiz-Buffett ins Leben zu rufen und die Einnahmen daraus einem guten Zweck zu spenden. Und aus anfangs einem Tag war inzwischen ein ganzes Wochenende geworden. Schon als Kind fand ich Moms Engagement diesbezüglich so beeindruckend, dass ich jedes Mal mit in der Küche gestanden und geholfen hatte, Canapés zu belegen und Häppchen vorzubereiten. Wir hatten unsere legendären Peanut Butter Honey Rounds und Kürbiskuchen gebacken, und Mom servierte auch ihre heiß begehrten Truthahn-Sandwiches mit selbst gemachtem Coleslaw. Außerdem war ich immer für das Auffüllen der Slush-Eis-Maschine zuständig und alle Kinder waren an diesem Wochenende meine besten Freunde gewesen.

Nachdem ich Maple Falls nach der Highschool den Rücken gekehrt hatte, hatte Mom Petula eingestellt, die ihr anstatt meiner zur Hand ging. Ich hatte es geschafft, Mom dazu zu überreden, Weihnachten immer bei mir in Boston zu verbringen, weil ich nicht vorhatte, jemals wieder einen Fuß auf den Boden von Maple Falls zu setzen. Anfangs hatte sie sich zwar gewehrt, aber sie verstand, dass ich nach all dem, was passiert war, unmöglich zurückkommen konnte. Und nach zwei oder drei Jahren war es irgendwie normal und stand gar nicht mehr zur Debatte.

Doch dieses Jahr sollte sich das ändern. Zumindest wenn es nach meiner Mom ging.

»Doch, Schätzchen. Glaub mir, ich würde dich nicht darum bitten, wenn es nicht so wichtig wäre. Aber du musst kommen. Ich weiß nicht, was ich sonst tun soll. Allein schaffe ich das nicht.«

»Mom ... Ich ... du weißt doch ...«

»Ich weiß, mein Kind. Ich weiß, dass dich viele unschöne Erinnerungen an Maple Falls begleiten. Aber meinst du nicht, es wird langsam Zeit, sie abzulegen und deiner alten Heimat noch eine Chance zu geben?«

Es war nicht so, dass meine Mutter mich darum bat, in Boston alles stehen und liegen zu lassen und in mein altes Leben zurückzukehren. Was nebenbei bemerkt für mich niemals infrage kommen würde. Erst recht nicht nach diesen hervorragenden Jobaussichten, die mir Mrs. Ocean vor wenigen Minuten offeriert hatte.

Meine Mom bat mich lediglich, ihr am letzten Novemberwochenende bei den Vorbereitungen zu diesem Benefiz-Buffet zur Hand zu gehen, weil Petty sich das Bein gebrochen hatte.

»Mom, du verlangst da ziemlich viel von mir. Ich würde dir so gern helfen, aber ich weiß nicht ...« Ich atmete geräuschvoll aus und rieb mit der flachen Hand über meine Stirn.

»Dann komm her und hilf mir. Bitte, Hazel. Tu es für mich, für deine alte Mutter.«

»Du bist nicht alt. Du bist dreiundfünfzig.«

Sie lachte am anderen Ende und es wärmte mir das Herz. Ihr Lachen war schon immer das schönste aller Geräusche in meinen Ohren. In einem Anflug von überbordender Liebe sagte ich schließlich zu. »Okay. Aber nur dieses eine Wochenende und du zwingst mich nicht, irgendwo hinzugehen, außer ins Bistro. Und du kommst Weihnachten trotzdem zu mir nach Boston.«

Abermals drang ihr Lachen in meine Ohren und ließ mich grinsen. »Wann bist du nur so eine knallharte Verhandlerin geworden? Aber gut, ich stimme zu und kann es kaum erwarten, dich in meine Arme zu schließen. Gib mir deine Flugdaten durch, sobald du gebucht hast, okay?«

»Okay, das mache ich. Hab dich lieb, Mom.«

»Ich hab dich auch lieb, mein Schatz.«

Wir verabschiedeten uns und ich legte auf. Meine Haut kribbelte unangenehm bei dem Gedanken daran, nach acht Jahren in meine Heimatstadt zurückzukehren.

Erneut nahm ich den Telefonhörer in die Hand und tippte auf die Kurzwahltaste, mit der ich meine Sekretärin erreichte.

»Amanda, bitte buchen Sie mir Hin- und Rückflug nach Seattle für das letzte Novemberwochenende. Freitag hin und Sonntag zurück. Danke schön. Ach so, und die jeweils passende Busverbindung nach Maple Falls.«

»Geht in Ordnung. Brauchen Sie auch ein Hotelzimmer?«

»Ja, aber darum kümmere ich mich selbst.« Ich sah, wie Amanda mir zunickte, und damit war es beschlossene Sache.

2. Aiden

»Aber sie richtet das Buffet doch jedes Jahr aus, Aiden. Das kannst du ihr nicht nehmen.«

Mein Dad saß hinter seinem Ehrfurcht einflößenden Schreibtisch aus Eichenholz, der garantiert dreimal so alt war wie er selbst. Mit skeptischem Blick musterte er mich über den Rand seiner Brille hinweg, als hätte ich ihm eben gesteckt, dass ich das Wetter beeinflussen konnte. Dabei hatte ich lediglich die Idee geäußert, das Benefiz-Buffet etwas größer aufzuziehen, um damit auch Leute aus der Umgebung anzulocken.

»Ich will es ihr nicht nehmen, Dad. Der Punkt ist aber, dass wir das doch super nutzen können. Schau mal, wenn wir das hier im Hotel ausrichten, haben wir doch viel mehr Möglichkeiten. Wir können mehr Essen anbieten, haben Platz für viel mehr Leute. Eine Tombola wäre noch eine megacoole Sache, um die Einnahmen zu steigern.«

Während ich sprach, krempelte ich die Ärmel meines hellblauen Hemdes auf. Es war so unfassbar warm im Büro meines Dads und als ich sah, dass die Heizung auf fünf stand, wunderte es mich nicht, dass wir hier im eigenen Saft schmorten.

»Aber wie willst du es anstellen, dass Hanna trotzdem ihren Beitrag leisten kann? Es ist ihre Idee. Weißt du, ich halte nicht viel davon, ihr das wegzunehmen und als unsere zu verkaufen.«

Es kostete mich alles an Beherrschung, nicht theatralisch die Augen zu verdrehen. Meine Eltern waren sehr konventionell, und schon immer fiel es ihnen schwer, neue Wege zu gehen. Doch sie hatten mich nun einmal in das Management des Maple Falls Inn eingebunden. Sie mussten sich damit arrangieren, ihre herkömmlichen Pfade zu verlassen, weil ich neuen Schwung in den Laden bringen wollte. Zwar lief das Hotel durchgehend gut, wir waren fast immer ausgebucht, die Einnahmen waren stabil und mehr als ausreichend. Aber ich hatte Pläne. Große Pläne. Und diese Benefiz-Veranstaltung war der Auftakt dafür.

»Dad, noch mal.« Ich beugte mich nach vorn und stützte meine Ellenbogen auf den Knien ab. Mein Dad kam mir entgegen und beugte sich vor. Bingo, Körpersprache funktionierte immer. »Niemand will Hanna Greenwood etwas wegnehmen. Ich möchte ihr Konzept lediglich erweitern. Mit ihrer Hilfe natürlich. Sie wird auf jeden Fall mit eingebunden, das ist ja wohl klar. Schließlich fährt die ganze Stadt auf ihre Häppchen ab. Wir wären schön blöd, wenn wir das nicht nutzen würden. Aber wir ziehen das größer auf. Stell dir nur vor, wie brechend voll der Saal sein wird und wie viel Geld wir mit der Aktion einnehmen werden.«

Wieder zeichnete Skepsis das Gesicht meines Vaters. »Bist du dir sicher? Die Veranstaltung soll in wenigen Wochen sein. Wie willst du das so kurzfristig alles auf die Beine stellen?«

»Mach dir darüber keine Sorgen. Eine Werbekampagne läuft bereits und ich habe mit Radiosendern in Portland und Seattle gesprochen, die sich bereiterklären, unsere Jingles abzuspielen. Unentgeltlich versteht sich. Die Kosten, die wir dafür hätten, fließen in den Spendentopf.«

Endlich regte sich etwas in der Miene meines Dads. Blitzte da ein Funken Begeisterung in seinen Augen auf?

»Du hast das alles schon in die Wege geleitet?«, wollte er wissen.

»Nun ja«, druckste ich herum. »Die Weichen sind zumindest gestellt und sobald ich das Go erteile, legen alle los.«

»Und Hanna weiß Bescheid?«

»Ja natürlich. Mit ihr habe ich bereits gesprochen.«

»Schafft sie das auch alles?«

»Also wenn jemand das schafft, dann Hanna. Sie ist genauso ein Energiebündel wie ...« Ich geriet ins Stocken. Dass ich so eng mit der Mutter meiner Verflossenen zusammenarbeitete, störte mich zwar nicht. Aber nach acht Jahren schaffte ich es kaum, Hazels Namen in den Mund zu nehmen. Heilige Scheiße, aber ich musste nicht mit ihr zusammenarbeiten, sondern nur mit ihrer Mom. »Außerdem hat sie doch Petty, die ihr im Bistro hilft.«

»Soweit ich weiß, hat sich Petty das Bein gebrochen. Kläre das lieber noch einmal ab. Nicht dass unsere Küche dann völlig überlastet ist.«

»Lass das mal meine Sorge sein, Dad. Du wirst sehen, dieses Event wird in aller Munde sein und noch Monate später werden alle darüber sprechen.«

»Na gut, du hast freie Hand, mein Sohn. Aber vermassele es nicht.« Ermahnend schob er seine Brille auf dem Nasenrücken nach oben und widmete sich wieder seiner Arbeit.

»Hab ich nicht vor, Dad.«

Dann verließ ich sein Büro, um wieder in meines zu gehen, das auf der gleichen Etage am anderen Ende des Flurs lag.

Plötzlich hatte ich große Zweifel, dass Hazels Mom dem Projekt gewachsen war. Dass Petty krankheitsbedingt ausfiel, bereitete mir Bauchschmerzen. Wir waren auf die Zuarbeit des Bistros angewiesen, sie war so etwas wie die Essenz des Ganzen. Weil Hannas Speisen einfach die besten und damit auch ziemlich bekannt und begehrt waren.

Während ich in meinen Bürostuhl sank, stieß ich geräuschvoll die Luft aus und drehte mich so, dass ich aus dem Fenster schauen konnte. Das Hotel lag etwas außerhalb der Stadt, fast im Wald und mit direktem Blick auf den Fluss, in dem wir als Kinder immer baden gewesen waren. Der Himmel war schon den ganzen Tag grau und wolkenverhangen. Es nieselte und war kalt und wenn die Temperaturen weiter sanken, würde es wohl bald Schnee geben. Für gewöhnlich war es Mitte November bereits weiß hier in der Gegend, aber dieses Jahr ließ der Schnee auf sich warten.

Erneut atmete ich tief ein und aus und beschloss, noch einmal mit Hanna zu sprechen. Auf dem Handydisplay tippte ich ihre Nummer ein, die ich auf meiner Schreibtischunterlage notiert hatte. Etwas mehr Ordnung könnte nicht schaden, dachte ich mir. Aber ich hatte nicht einmal eine Sekretärin. Wenn ich etwas brauchte, konnte ich auf Wesley zurückgreifen, der den Vorzimmerdrachen meines Vaters mimte.

Mein Vater hatte die kaufmännische Leitung des Hotels übernommen, während meine Mutter für die Bereiche des Housekeepings und des gesamten Service inklusive Küche zuständig war. Zudem managte sie auch alle Personalsachen. Mir hatten sie das Marketing übertragen, nachdem ich mein Wirtschaftsstudium an der SU erfolgreich abgeschlossen hatte.

Hanna ging nach dem dritten Klingeln ran.

»Hallo, Greenies Bistro hier«, meldete sie sich gewohnt freundlich.

»Hi, Mrs. Greenwood, hier ist Aiden Williams vom Maple Falls Inn.«

»Ich weiß doch, wer du bist, Aiden«, scherzte sie und lachte am anderen Ende. Und ihr Lachen erinnerte mich so sehr an eine Zeit, von der ich dachte, dass ich sie aus meinem Hirn gelöscht hätte. Aber seit ich mit Hanna wieder öfter in Kontakt stand, blitzten immer mehr Erinnerungen auf, die mich fast um den Verstand brachten.

»Wie gehts Ihnen? Ich hab gehört, dass Petty ausfällt? Schaffen Sie das alles alleine für die Benefiz-Veranstaltung?«

»Ja, natürlich. Ich habe mir schon Hilfe organisiert. Mach

dir keine Sorgen, das wird alles ganz großartig. Und ich finde es übrigens toll, dass ihr das Event so groß aufziehen wollt. Da werden die Kassen ordentlich klingeln.«

»Das hoffen wir, Mrs. Greenwood. Es gibt schließlich genug Leute, die Unterstützung brauchen. Falls noch irgendetwas sein sollte, Sie doch noch Hilfe benötigen oder so, dann melden Sie sich bitte. Wir finden eine Lösung, okay?«

»So machen wir das, Aiden. Aber sei mir nicht böse, ich muss wieder an die Arbeit.«

Damit war unser Gespräch beendet und ich war nur minimal beruhigt, was die Ausgangslage betraf. Sie hatte sich also Hilfe organisiert. Nun gut, mir blieb nichts anderes übrig, als davon auszugehen, dass alles gut werden würde.

***

Am Abend traf ich mich mit Pete an der Hotelbar. Das machten wir ab und zu mal, dabei sparten wir einiges an Kohle, weil wir die Whiskeys, die wir konsumierten, nicht bezahlen mussten. Ich verbuchte das jedes Mal auf meinem Personalkonto als Eigenverbrauch.

»Wie gehts den Kids?«, fragte ich meinen besten Kumpel, mit dem ich früher an der Highschool Basketball gespielt hatte. Inzwischen war Pete verheiratet und hatte zwei Kinder. Beides etwas, das ich mir für mich noch gar nicht vorstellen konnte.

»Ganz gut. Mavis ist schon wieder erkältet. Und Skyler wird immer frecher.« Er zuckte mit den Schultern und nahm einen großen Schluck Whiskey.

»Ganz der Papa.« Mit einem spöttischen Lachen klopfte ich ihm auf die Schulter. »Und wie läuft es auf der Arbeit? Wie viele Autos hast du diese Woche verkauft?«

»Alter, es ist Winter. Wer kauft denn da Autos?« Pete arbeitete erst seit zwei Jahren im Autohaus seines Onkels, das mehr schlecht als recht lief. Ich hatte ihm mehrfach meine Hilfe angeboten, aber bisher hatte er sie immer abgelehnt und das mit einem Interessenskonflikt begründet. So ein Schwachsinn. Ich hatte kein Problem damit, meinem besten Freund aus der Scheiße zu helfen, und würde nicht einmal Geld dafür nehmen.

»Pete, ich hab dir schon mal gesagt, dass ich dir gerne helfe. Wenn ich mir mal eure Zahlen anschauen ...«

»Ist nicht nötig. Aber danke«, unterbrach er mich und begann, das Glas in seiner Hand zu drehen und der öligen Flüssigkeit darin dabei zuzusehen, wie sie immer mehr ins Strudeln geriet.

»Sag mal, ist alles okay?« Ich winkte dem Barkeeper ab, der unsere Gläser auffüllen wollte.

Pete schwieg für ein paar Sekunden, dann holte er tief Luft und sah mich mit diesem Hundeblick an. O Gott, was kam jetzt?

»Ja ... Nein ... Ach, keine Ahnung.« Wieder schwenkte er das Glas hin und her, bevor er einen großen Schluck nahm.

»Raus mit der Sprache. Was ist los? Ärger im Paradies? Schlechter Sex?«

Von der Seite warf er mir einen verächtlichen Blick aus zusammengekniffenen Augen zu. »Ich hätte lieber schlechten Sex, glaub mir.«

»Oh«, war alles, was ich darauf erwidern konnte.

»Die Kinder nehmen uns so in Beschlag, dass wir kaum mehr Zeit für uns haben. Letztes Weihnachten hatte ich Chloe Dessous geschenkt.«

Okay, das war wiederum ein Detail, das Pete getrost für sich behalten konnte. Aber ich ahnte, dass es zur Story gehörte, und ich war ja kein Unmensch.

»Rate, wie oft sie die anhatte.« Jetzt drehte er sich wieder zu mir, hob die Schultern und wirkte plötzlich wie ein alter, müder Mann, der des Lebens überdrüssig war.

»Ach, Pete, so ist das Leben nun einmal. Kinder verändern alles.« Nicht dass ich das wusste, aber ich hatte es irgendwo einmal gelesen.

»Dieser Scheißalltag frisst mich auf, Alter«, brummte er. »Man rödelt wie ein Hamster und bekommt immer noch gesagt, dass das nicht reicht. Und zu allem Übel sitzt Mann dann auch noch monatelang auf dem Trockenen.«

Er klang wirklich verbittert und es tat mir total leid.

»Hast du mal mit ihr darüber geredet?«

Wieder dieser Blick in meine Richtung. »Hast du mal versucht, mit einer Frau über nicht vorhandenen Sex zu sprechen? Ich will nicht reden, Mann, ich will vögeln. Und zwar meine Frau.«

»Na ja, sie scheint das aber nicht so zu sehen«, deckte ich das Offensichtliche auf.

»Du bist mir keine große Hilfe, ehrlich.« Immerhin rang sich mein bester Freund jetzt ein Lächeln ab. »Manchmal beneide ich dich. Dir liegen die Frauen zu Füßen. Du kannst machen, was du willst. Wann du willst. Mit wem du willst. Niemand zieht dich zur Rechenschaft, wenn dein Termin länger gedauert hat oder du vergessen hast, Brot zu kaufen oder Windeln.«

»Alter, du hörst dich an, als wäre dein Leben vorbei.«

»Irgendwie ist es das auch. Ich weiß nicht einmal mehr, wann ich das letzte Mal so richtig auf die Kacke gehauen habe.«

Daran konnte ich mich dafür umso besser erinnern. »Seattle. Eine Woche vor eurer Hochzeit. Dieses Striplokal mit der kleinen Dunkelhaarigen, der du die Schlagsahne vom Busen schlecken durftest.«

Augenblicklich erhellte sich seine Miene und ein Leuchten blitzte in seinen Augen auf. »Scheiße ja, war das geil, Mann. Diese Kleine, ich sag dir, der hätte ich es so richtig besorgt.«

»Dann wäre Chloe noch enttäuschter gewesen. Und zurecht, wie ich finde.«

»Verdammter Spießer«, schimpfte er gespielt. »Aber ohne Mist, manchmal wünschte ich mir, ich wäre ein bisschen mehr wie du. So frei und ungebunden. Und erfolgreich.«

»Du hast gutaussehend vergessen«, feixte ich und nickte zustimmend.

»Und arrogant.«

»Auf uns«, sagte ich, anstatt auf seinen letzten Kommentar einzugehen, und stieß mein Glas gegen seins.

Innerlich feierte ich meinen Beziehungsstatus, der mir all das, was Pete eben erwähnte, erlaubte. Ich war bisher nur einmal richtig verliebt gewesen, also so richtig mit Herzklopfen und all dem Scheiß.

Das war damals an der Highschool, endete aber in einem Desaster, für das ich verantwortlich gewesen war. Seitdem hatte ich nie wieder eine feste Beziehung geführt.

Und nach Petes Livebericht aus dem Eheleben eines

Autoverkäufers schwor ich mir, dass das verdammt noch mal so bleiben würde.

3. Hazel

Mein Herz hämmerte wild gegen das Innere meines Brustkorbes, als das Flugzeug die Landeklappen und das Fahrgestell ausfuhr. Gleich würde der Flieger landen, und dann trennten mich nur noch zwei Stunden von Maple Falls.

Ich konnte kaum glauben, dass ich das wirklich tat. In der Firma hatte ich einen familiären Notfall vorgegaukelt. Nur so war es mir möglich, mitten in der heißen Phase meines ersten Projektes einen Tag freizunehmen.

Seit heute Morgen war ich auf den Beinen und mich übermannte die Müdigkeit. Der reichlich fünfstündige Flug war auch nicht unbedingt erholsam und jetzt stand mir noch eine lange Busfahrt bevor.

Während das Flugzeug mit einem heftigen Geruckel auf der Landebahn aufsetzte, blitzten Momente aus meiner Vergangenheit in meinem Kopf auf wie Filmszenen. Der

Fluss, in dem wir als Kinder gespielt hatten. Später, als wir dann schon an der Highschool waren, war das unser Rückzugsort. Miranda, meine beste Freundin, und ich hatten uns dort zum ersten Mal über Sex unterhalten. Ich erinnerte mich noch genau, wie angewidert sie davon war, als ich erzählt hatte, dass ich mit Aiden mein erstes Mal plante. Es war zugleich auch sein erstes Mal und sollte etwas ganz Besonderes werden.

Aiden und ich kannten uns schon seit Kindheitstagen. Als wir Teenager waren, entwickelten wir Knall auf Fall Gefühle füreinander und wurden ein Paar. Wobei, nein, wir wurden *das* Paar an der Schule. Ich war das glücklichste Mädchen in der nördlichen Hemisphäre und Aiden legte mir die Welt zu Füßen. Mit ihm fuhr ich zum ersten Mal nach Seattle und erinnerte mich noch gut daran, wie aufgeregt ich gewesen war. Gemeinsam hatten wir diese Stadt erobert, waren mit dem Riesenrad auf schwindelerregender Höhe gewesen, die der Ausflug auf die Space Needle getoppt hatte. Mein Highlight war jedoch eine simple Hafenrundfahrt gewesen. Ich liebte Häfen. Und das Meer. Und Aiden. Damals.

Mein Herz wurde schwer. Denn der Punkt, an dem sich alles geändert hatte, war nur allzu gegenwärtig in meinen Erinnerungen. Das Gesicht meiner besten Freundin Miranda blitzte in meinen Gedanken auf. Und das von Aiden ... Der Abend des Abschlussballs, als ich die beiden auf der Mädchentoilette erwischt hatte, lag mir noch heute wie ein wirrer Knoten im Magen. Und gerade jetzt wurde alles wieder aufgewühlt. Warum tat ich mir das eigentlich an?

Die Stewardess sagte etwas in rasender Geschwindigkeit durch die Sprechanlage, was man kaum verstand, und das

Flugzeug rollte gemächlich zu seiner Parkposition. Ganz so, als würde es mir noch etwas Zeit verschaffen wollen, mich daran zu gewöhnen, dass ich wieder hier war.

Es dauerte eine gefühlte Ewigkeit, bis mein Koffer auf dem Gepäckband angefahren kam. Träge arbeitete sich der schwarz-bunte Einheitsbrei an Gepäck Runde um Runde an den Wartenden vorbei. Zum Glück hatte ich beim Kauf geistesgegenwärtig auf eine Signalfarbe geachtet, die ich immer schnell entdeckte, sobald der Schlund die Gepäckstücke ausspuckte. Endlich sah ich mein knallrotes Ungetüm und griff gezielt danach, damit ich das stickige Flughafengebäude schnell verlassen konnte.

Den Anschlussbus, der mich direkt nach Maple Falls bringen würde, hatte ich gerade so geschafft. Es war eine Punktlandung und ich atmete tief durch, als ich meinen Platz gefunden und alles verstaut hatte. Langsam setzte sich der Bus in Bewegung und ich fischte mein Telefon aus der Handtasche, um Mom Bescheid zu sagen, dass ich bald da sein würde.

»Hey, mein Schatz«, begrüßte sie mich schon nach dem ersten Klingeln. Es erweckte den Anschein, als hätte sie direkt neben dem Telefon gesessen und auf meinen Anruf gewartet.

»Hi, Mom. Ich sitze im Bus und bin in zwei Stunden da«, sagte ich und mir fiel auf, wie müde ich klang.

»Wie schön, ich freue mich so auf dich, Hazel. Ich habe schon alles hergerichtet. Du kannst in deinem alten Zimmer übernachten. Also wenn du willst.« Sie klang so euphorisch und ahnte wahrscheinlich nicht, dass mir der Atem stockte.

»Ähm, in meinem alten Zimmer?« Vielleicht noch in

meinem alten Bett, wo ich damals mit Aiden ...? Um Himmels willen. Niemals.

»Ja natürlich. Das wäre doch praktisch, nicht wahr? Ich habe es sogar weihnachtlich dekoriert. Zumindest ein bisschen, ich weiß ja, dass du es nicht so üppig magst.« Ich sah ihr lächelndes Gesicht vor mir und brachte es kaum übers Herz, ihr zu sagen, dass es für mich nicht infrage kam, in meinem alten Zimmer zu übernachten.

»Das ist ja lieb«, sagte ich stattdessen und schlug mir mit der Hand gegen die Stirn. »Aber ich habe mir doch schon ein Hotelzimmer gebucht.«

»Oh.« Shit. Die Enttäuschung meiner Mom war hörbar groß.

»Ich möchte einfach nicht, dass du dir solche Umstände machst, Mom.« Ich versuchte, die Kurve zu kriegen. »Und ich bin ja trotzdem bei dir.«

In meinem Kinderzimmer zu übernachten, war einfach keine Option für mich. Erst recht nicht, wenn ich daran dachte, dass da alles aussah wie früher. Viel zu viele unschöne Erinnerungen würden dort auf mich warten, auf die ich getrost verzichten konnte. Das war nicht mehr ich. Schon lange nicht mehr.

***

Passend zu meiner Stimmung war der Himmel dunkelgrau und es nieselte leicht, als ich in Maple Falls ankam. Bevor ich den Bus verließ, zog ich den Gürtel meines roten Wollmantels zusammen, richtete den Schal und zog mir die Mütze tief in die Stirn, um dem hässlichen Wetter zu trotzen.

Eigentlich war es ein Wunder, dass es noch nicht geschneit hatte.

Recht zaghaft setzte ich einen Fuß vor den anderen, um die wenigen Stufen, die mich vom Pflaster meiner Heimatstadt trennten, zu überwinden. Das Herz schlug mir dabei bis zum Hals, dass ich kaum atmen konnte. Acht Jahre. Acht lange Jahre. Und jetzt war ich wieder hier ...

Auf den ersten Blick hatte sich nicht viel verändert. Der kleine Busbahnhof sah noch genau so aus, wie ich ihn in Erinnerung hatte. Er befand sich direkt an der großen Hauptstraße, die durch die Kleinstadt führte wie ein roter Faden. Links und rechts der Fahrbahn befanden sich kleinere Geschäfte und ein paar Restaurants. Okay, einiges hatte sich doch verändert ...

Für ein paar Sekunden hielt ich inne und sog die kalte Luft in meine Lunge, die nach der Fahrt im stickigen Bus regelrecht nach Sauerstoff gierte. Beim Blick auf meine Smartwatch erschrak ich kurz – schon fast sieben Uhr? Oh, Moment, ich musste sie natürlich noch an die hiesige Zeitzone anpassen. Also war es erst kurz vor vier. Erleichtert darüber, dass ich noch ausreichend Zeit hatte, atmete ich auf.

Obwohl wir es nicht direkt besprochen hatten, nahm ich trotzdem an, dass meine Mutter mich vom Busbahnhof abholen würde. Aber ich konnte sie nirgends entdecken, nachdem ich mich umgesehen hatte. Sicher war noch genug im Bistro zu tun. Erst recht, da Petty wegen ihres Unfalls ausgefallen war.

Ich machte mich also zu Fuß auf den Weg und fühlte mich unbehaglich. Der Nieselregen durchnässte meine Mütze und kroch samt der Kälte in jede noch so kleine Ritze, um mich frösteln zu lassen.

Ich hätte andere Schuhe anziehen sollen, ging mir durch den Kopf. Die Stiefel mit den hohen Absätzen waren zwar schick und fürs Büro absolut geeignet. Aber ich hatte ganz vergessen, wie uneben die Gehwege hier waren und wie bescheiden es sich hier mit Absätzen laufen ließ.

Mit meinem Koffer im Schlepptau legte ich Meter für Meter zurück. Niemand nahm Notiz von mir. Ganz so, als wäre ich eine Fremde. Und in gewisser Weise war ich das auch. Schließlich hatte ich keine Ahnung, wer von meinen damaligen Schulkameraden überhaupt noch hier wohnte. Ich war mir sicher, dass die meisten in die größeren Städte gezogen waren.

Ein Lichtschein erhellte meine Aufmerksamkeit und ich blieb stehen, um nachzuschauen, wo er herkam. Erst als mein Blick nach oben glitt, sah ich die festliche Beleuchtung an den Straßenlaternen und die Girlanden, die über die Straße gespannt waren. Sie waren gerade angegangen und tauchten die Straße nun in ein ganz anderes Licht. Plötzlich verschwand das Unbehagen und für einen Moment fühlte ich mich heimisch.

Mit einem Lächeln im Gesicht und den Blick auf die Lichter geheftet lief ich weiter. Bis ich ... verdammte Axt ... Der Absatz meines linken Stiefels verhakte sich zwischen zwei irrsinnig schlecht verlegten Gehwegplatten. Er blieb einfach hängen, sodass mein Bein nicht hinterherkam, als ich weiterlaufen wollte. Zu spät registrierte ich, was passiert war, und geriet gehörig ins Straucheln. Der Koffer in meiner Hand ebenso, denn ich ruderte wild mit den Armen, um das Gleichgewicht wieder zu erlangen. Eine völlig bescheuerte

Aktion, denn es war zwecklos. Ich rutschte mit dem freien Bein weg und landete unsanft auf dem Boden, während mein Koffer neben mir aufschlug und – sehr zu meinem Leidwesen – aufging, wodurch sich der Inhalt um mich herum auf dem Gehweg verteilte.

Der erste Besuch in Maple Falls nach acht Jahren begann also mit einer furiosen Blamage für mich.

»Scheiße«, fluchte ich leise vor mich hin. »Wäre ich doch nur zu Hause geblieben.«

Im Augenwinkel sah ich zwar viele Beinpaare an mir vorbeihuschen, aber anscheinend war niemand gewillt, mir aufzuhelfen. Doch gerade als ich mich aufrappeln wollte, um meine Klamotten zusammenzulesen, erschienen grobe schwarze Stiefel in meinem Blickfeld. Ich hielt inne und raffte blindlings ein paar Pullis zusammen, als ich weiter nach oben sah. In den Stiefeln steckten Beine, die wiederum in einer roten samtigen Hose steckten. Okay ... Noch weiter oben eine rote samtige Jacke, auf der im oberen Drittel ein weißer Rauschebart lag.

Als ich meinen Kopf in den Nacken legte, um nachzuschauen, wer sich da meiner annehmen wollte, traf mein Blick auf funkelnde Augen und ein bärtiges Lächeln.

Ach du heiliges Kanonenrohr. Es war tatsächlich Santa Claus, der mich retten wollte. Ich spürte, wie sich mein Mund öffnete und mein Kinn nach unten klappte.

»Ist alles okay mit Ihnen?«, fragte mich der Weihnachtsmann mit brummender Stimme und ich nickte lediglich, denn ich brachte kein Wort heraus. »Gut. Darf ich Ihnen helfen?«

Erst jetzt löste ich mich aus meiner Schockstarre,

schüttelte mich und sah, dass der Typ, der vorgab, Santa Claus zu sein, nach meiner Wäsche griff, die vor ihm im Dreck lag.

»Nein danke, geht schon«, sagte ich hastig und griff nach den Höschen. Gott, das war an Peinlichkeit nicht zu überbieten.

»Schade, dabei helfe ich doch so gern«, brummte der Mann im Kostüm, der sich allergrößte Mühe gab, älter zu wirken als er war. Die verstellte Stimme, die in echt garantiert um einiges heller war, reichte nur leider nicht aus, um über die jungen, weich wirkenden Gesichtszüge hinwegzutäuschen.

»Das glaube ich Ihnen. Wirklich vielen Dank, aber ich ... äh ... ich komme klar.«

Erneut trafen sich unsere Blicke und obwohl ich sein Hilfsangebot abgelehnt hatte, griffen seine schwarz behandschuhten Hände nach meinen Kleidungsstücken, um sie feinsäuberlich in den Koffer zu legen.

»Mama, Mama! Sieh mal, Santa Claus ist schon da!«, rief ein kleines Mädchen und kam geradewegs auf uns zu gerannt, um gleich darauf vorsichtig über Santas Bart zu streichen. Ihre Augen leuchteten und ich versuchte, mir vorzustellen, welche Magie diese Begegnung in ihr auslöste. Fast war es, als hätte ich vergessen, wie schön die Weihnachtszeit sein konnte.

»Hey, na komm, wir müssen weiter zu Granny.« Die Mutter des Mädchens war peinlich berührt und griff nach dem Arm der Kleinen.

»Sei schön brav. Dann komme ich bald wieder. Und dann bringe ich auch Geschenke mit«, brummte Santa Claus und zwinkerte ihr zu, was sie kichern ließ.

»Versprochen?«

»Natürlich. Hat Santa Claus schon jemals gelogen?«

»Nein. Wobei, warte. Einmal, da habe ich mir diese eine Puppe gewünscht. Du weißt schon, die, die weinen und Pipi machen kann. Ich wollte sie wirklich haben, aber stattdessen habe ich etwas anderes bekommen. Einen riesigen Plüschteddy, aber den habe ich auch sehr lieb.«

»Das freut mich. Und wegen der Puppe, das tut mir leid. Ich bin mir sicher, das war ein Fehler in der Santa-Claus-Verpackungsabteilung. Ich werde der Sache nachgehen, damit so etwas nicht wieder passiert, okay?«

Die Kleine nickte eifrig und ihre Wangen waren inzwischen genauso rot wie Santas Mantel.

»Entschuldigen Sie«, sagte die Mutter und zog das Mädchen weiter.

»Das war wirklich süß.« Für einen Moment erhaschte ich einen Blick in Santas Augen, die dem Leuchten des kleinen Mädchens in nichts nachstanden. Wer auch immer das hier war und was immer er vorhatte, er tat es mit Leidenschaft und das beeindruckte mich sehr.

»Hallo? Ich bin Santa Claus. Es ist meine Pflicht, Kinderaugen zum Leuchten zu bringen.« Bevor er sich wieder meinen Klamotten auf dem Gehweg widmete, zwinkerte er mir zu. Genau wie dem Mädchen.

»Das müssen Sie wohl alles waschen. Da hinten ist ein Waschsalon.« Er nickte die Straße hinunter und tatsächlich entdeckte ich den Laden, den er meinte.

»Der ist neu«, sinnierte ich. »Aber danke, das lasse ich im Hotel waschen.«

»Ach, Sie sind nur auf der Durchreise?« Der Typ war ganz schön neugierig.

»Ja, nein ... Ich bin hier aufgewachsen und besuche meine Familie«, erzählte ich, während ich dabei war, die letzten Sachen in den Koffer zu stopfen und diesen zu schließen. »Aber ich war lange nicht hier. Sehr lange ...«

»Das ist aber schade, wo Maple Falls doch so ein wunderschönes Städtchen ist.«

»Ja, da haben Sie recht. Das ist es und ich hatte es fast vergessen.«

»Dann ist ja umso besser, dass Sie wieder hier sind und es sich in Erinnerung rufen können.«

Argh. Bloß nicht. Auf Erinnerungen jeglicher Art konnte ich nun wirklich verzichten. Mit einem Ruck rappelte ich mich auf und befreite meinen Schuh aus der Rille im Gehweg. Der wildlederüberzogene Absatz war natürlich vollkommen ruiniert.

»Schicke Schuhe«, stellte Santa Claus fest und schnalzte mit der Zunge, dass ich fast schon lachen musste. »Leider sind sie für diese Gegend hier nicht unbedingt geeignet. Ich würde Ihnen wirklich raten, sich morgen im Einkaufszentrum ein paar Boots zu kaufen. Es soll nämlich schneien.« Mit den Händen stützte er sich auf den Knien ab und stemmte sich nach oben.

Ich tat es ihm gleich und richtete mich auf. Santa war ein gutes Stück größer als ich und wirkte, trotz seiner ulkigen Verkleidung, ziemlich sportlich.

»Kann ich Sie ins Hotel bringen? Mein Schlitten steht gleich da hinten.« Er legte die Hände an den Mund, um eine Art Sprachrohr zu bilden, und rief: »Blitz! Donner!«

Lachend bog ich mich und hielt mir die Hand auf den Bauch. »Hören Sie schon auf. Ich glaube, Blitz und Donner haben keine Lust, mich irgendwo hinzubringen.«

Sein Blick verfinsterte sich. »Die hören aufs Wort, glauben Sie mir. Und ich bin Santa Claus. Wenn ich sage, die sollen Sie ins Hotel bringen, dann machen die das auch.«

»Lassen Sie es gut sein. Ich gehe zu Fuß. Nach dem langen Flug und der Busfahrt tut es ganz gut, an der frischen Luft zu sein.«

»Na gut, aber passen Sie gut auf sich und den Koffer auf. Und ... frohe Weihnachten.« Noch einmal zwinkerte er mir zu, griff zur Glocke, die an seinem Gürtel befestigt war und klingelte damit. Gleich darauf lief er weiter und ich blieb für ein paar Sekunden völlig verdattert stehen. Schließlich ertappte ich mich dabei, dass ich heimlich zum Himmel schielte, auf der Suche nach den Rentieren und dem Schlitten.

Okay, das war wirklich skurril. Wen hatte meine Mom damit beauftragt, mich an der Nase herumzuführen? Ich blickte mich um, konnte sie aber nirgends entdecken. Was war das für ein Spiel?

Da tauchte aus dem Nichts Santa Claus auf, half mir aus meiner Misere und gab mir noch Shoppingtipps?

Welcome to Maple Falls – wenn Sie noch nicht verrückt sind, werden Sie es hier garantiert!

4. Aiden

»Hast du schon gehört, wer in der Stadt ist?« Pete klang ziemlich euphorisch am anderen Ende des Telefons.

»Nein, erzähl.«

»Sitzt du?«

»Ja, Mann. Nun mach es nicht so spannend. Ich hab den Arsch voll Arbeit und gleich das nächste Meeting wegen der Benefiz-Veranstaltung.«

»Ist ja schon gut. Ich finde es übrigens sehr beachtlich, dass du das so schnell auf die Beine stellst.«

»Danke, Alter. Das weiß ich zu schätzen. Es war anfangs nur eine fixe Idee, aber als Dad meinte, ich soll mal machen, war mein Ehrgeiz geweckt. Kennst mich ja.«

»Der Workaholic vom Dienst, ich weiß schon.«

»Du wolltest mir noch etwas sagen, Pete«, erinnerte ich meinen Kumpel.

»Ach ja, genau. Also du hast vermutlich keine Ahnung, wer heute angekommen ist, dabei pfeifen es die Spatzen schon von den Dächern ...«

»Das Meeting, Pete. Komm zum Punkt.«

»Alter, also echt, dass du das noch nicht weißt, wundert mich.«

»Mich auch und ich verspreche dir, ich werde herauskriegen, warum das so ist. Aber nun sag mir um Himmels willen, was du zu sagen hast, damit ich weiterarbeiten kann.«

»Greenie ist wieder da«, posaunte Pete triumphierend heraus und dann herrschte endlos lange Stille, bis er »Hazel Greenwood« noch ergänzte.

Sechs Worte, die meinen Tag von jetzt auf gleich veränderten. »Ich weiß, wer Greenie ist, das musst du mir nicht erklären«, fuhr ich ihn barsch an. »Danke für die Info, aber jetzt muss ich wirklich ...«

»Ja ja, schon gut. Ich dachte nur, du solltest es wissen ... Falls du ihr über den Weg läufst und so ...«

»Danke«, sagte ich lediglich und verabschiedete mich.

Mit dem Fuß stieß ich mich schwungvoll ab und landete mit einer halben Drehung wieder mit Blick auf meinen Laptop, beugte mich vor und wie ferngesteuert jagten meine Fingerspitzen über die Tastatur, um zwei Worte in die Suchmaschine einzugeben.

Hazel Greenwood.

Zwei Worte, die ich seit acht Jahren nicht aus meinem Gedächtnis verbannen konnte. Oder nicht wollte, keine Ahnung. Ein Name, der mein Leben nach der Highschool nachhaltig beeinflusst hatte. Ein Name, der so viel mehr war ... als nur ein Name. Und doch hatte ich nie nach ihm gegoogelt.

Meine Augen flogen über den Computerbildschirm, wo mir die Suchergebnisse angezeigt wurden. Der Link zu einem Instagram-Profil erschien und die Vorschau sah recht vielversprechend aus. Mein rechter Zeigefinger verselbstständigte sich und klickte ihn an. Sogleich huschte mein Blick über die zahlreichen Fotos, blieb dann aber an der Biografie hängen.

Hazel Greenwood. Sechsundzwanzig. Boston. Human Resources Managerin in einem großen Unternehmen. Die letzten Fotos zeigten eine junge, wahnsinnig attraktive Frau, die mit beiden Beinen anscheinend fest im Leben stand. Ihre langen dunkelblonden Haare waren nahezu auf jedem Bild akkurat frisiert, fast ein wenig zu streng für meinen Geschmack. Wobei das natürlich auch reichlich Stoff für Fantasien bot, die ich mir in den letzten Jahren allerdings untersagt hatte.

Das aktuelle Bild zeigte sie im Winter-Outfit, mit dicker Mütze und Wollschal. Im Hintergrund glaubte ich, den Flughafen von Seattle zu erkennen. Das passte, denn der Beitrag war von heute.

Mein Herz schlug ein paar unverschämte Takte schneller, während ich mich in Gedanken an diese Frau verlor. Acht lange Jahre hatten wir uns nicht gesehen. Hatten keinen Kontakt. Gar keinen Kontakt. Sie hatte mich aus ihrem Leben gestrichen. Nur ich hatte das nicht ganz geschafft.

Gedankenversunken scrollte ich mich durch ihren Feed. Anzeichen auf eine Beziehung oder einen Freund oder überhaupt männliche Wesen in ihrem Leben fand ich jedoch nicht und atmete erleichtert auf. Vielleicht war es ihr wie mir ergangen? Ich hatte seit damals keine feste Beziehung auf die Reihe bekommen, und mir stand auch nie der Sinn danach. Sehr zum Leidwesen meiner Eltern, die es gern gesehen hätten, wenn ich neben meiner Karriere im Hotelwesen auch ein Familienleben vorzuweisen hätte. Aber warum sollte ich mir Verpflichtungen an die Backe binden, wenn ich doch auch so ausreichend Spaß haben konnte? Dass beides nicht vereinbar war, wusste ich aus Erfahrung nur zu gut.

»Mr. Williams?«

Ein vorsichtiges Klopfen an der halb offenen Bürotür holte mich ins Hier und Jetzt zurück. Es war Dads Sekretär, der zaghaft seinen Kopf durch den Spalt steckte.

»Ja?«, erwiderte ich forsch, klickte den Internetbrowser weg und tat so, als hätte ich furchtbar viel zu tun.

»Ich soll Sie an das Meeting in einer halben Stunde erinnern. Wegen der Benefiz-Veranstaltung.«

»Danke Wes, das habe ich auf dem Schirm.«

Das Briefing mit der Küche stand an. Scheiße, das hatte ich fast vergessen. Die Tatsache, dass meine Verflossene wieder in der Stadt war, brachte mich schier um den Verstand.

»Sagen Sie meinem Vater, dass ich gleich da bin.«

Er nickte und zog sich genauso vorsichtig, wie er gekommen war, wieder zurück. Auf meinem Bürostuhl drehte ich langsam eine Runde um meine eigene Achse, während ich mir mit den Handflächen übers Gesicht rieb.

Ob sie hier im Hotel wohnte? Oder würde sie bei ihrer Mom übernachten? Warum eigentlich hatte Hanna nichts davon gesagt, als ich vorhin mit ihr gesprochen hatte?

Du hast sie auch nicht danach gefragt, hörte ich eine innere

Stimme, der ich nicht widersprechen konnte. Überhaupt hatte ich Mrs. Greenwood nie nach Hazel gefragt. Und obwohl sie hin und wieder durch meine Gedanken spukte, hatte ich auch nie nach ihr gegoogelt. Bis gerade eben.

Ich öffnete den Internetbrowser erneut und gab noch einmal ihren Namen ein. Ihre Social-Media-Accounts überblätterte ich und landete auf der Seite des Unternehmens, in dem sie anscheinend eine leitende Position übernommen hatte.

Auf der Seite, auf der zumindest die Führungskräfte vorgestellt wurden, gab es auch einen Beitrag über sie.

»Hut ab, Hazel«, murmelte ich und beugte mich näher an Bildschirm. Ihre akkurate Erscheinung jagte mir einen Gänsehautschauer über die Wirbelsäule. »Ich wusste, dass du es weit bringen wirst.«

Mein Telefon klingelte und ich verdrehte genervt die Augen. Konnte man denn heute gar nicht in Ruhe arbeiten?

»Ja?«, ging ich ran, ohne mich formell zu melden.

»Wo bleibst du, Junge?«

»Bin unterwegs, Dad. Ist Mrs. Greenwood schon da?«

»Nein. Und sie kommt auch nicht wegen einer familiären Verpflichtung. Wir rufen Sie dann morgen an und setzen sie über alles in Kenntnis, so habe ich es mit ihr besprochen.«

»Und ich dachte, das sei meine Aufgabe.«

Es nervte mich, dass mein Vater sich immer und überall in meine Angelegenheiten einmischte. Nach dem Studium hatten meine Eltern mich hier eingestellt, mit der Perspektive, dass ich das Hotel eines Tages übernehmen würde, wenn sie in ihren wohlverdienten Ruhestand gingen. Aber ich fürchtete, das würde nie passieren, weil mein Dad einfach nicht loslassen konnte.

Mit zu viel Schwung erhob ich mich und ging zur Tür, während mein Drehstuhl ein paar Extrarunden um sich selbst sauste. Ich versuchte, mich zu sammeln und meine Gedanken auf das Briefing zu fokussieren. Aber es gelang mir nicht. Denn selbst wenn ich an die bevorstehenden Aufgaben dachte, tauchte unweigerlich der Name Greenwood in meinen Hirnwindungen auf. Und damit auch die zweifellos schönsten braunen Augen, die ich in meinem ganzen Leben gesehen hatte.

Als ich in die Küche kam, hatte die Versammlung bereits angefangen.

»Danke schön, ich übernehme dann mal«, brummte ich und ging an meinem Vater vorbei zu Yuma, dem Küchenchef. Freundschaftlich schlug ich ihm auf die Schulter. »Na, Alter, was geht?«

Mein Dad verdrehte die Augen. Es gefiel ihm nicht, wenn ich so mit dem Personal sprach. Aber erstens gehörte ich selbst zum Personal. Und zweitens war Yuma genauso alt wie ich und wir verstanden uns gut. Ich sah nicht ein, ihn so distanziert zu behandeln, wie mein Vater das tat.

»Alles bestens. Wir besprechen gerade die Personalplanung.« Yuma nickte und notierte sich etwas auf einen Zettel, der an einem alten Klemmbrett befestigt war.

Wieder einmal fragte ich mich, wann ich Dad davon überzeugen konnte, ins digitale Zeitalter zu wechseln. Die Arbeit mit Tablets würde so vieles erleichtern. Daten wären immer und überall abrufbar, jeder hätte dieselben Informationen zur Hand, weil alle Geräte ständig synchronisiert wurden. Aber das alles war meinem Vater viel zu fortschrittlich.

Dabei war es erstaunlich, weil er, während ich in Seattle studiert hatte, das gesamte Hotel hatte umbauen lassen. Von dem kleinen Maple Falls Inn, das es bis dahin gewesen war, sah man heute nicht mehr viel. Im alten Gebäudetrakt befanden sich unsere Büros, die Umkleiden für Küchen- und Housekeeping-Personal sowie diverse Funktionsräume, mein Appartement und das meiner Eltern. Nachdem Dad reichlich Land dazugekauft hatte, ließ er zwei Gebäude zusätzlich errichten. Beide beherbergten natürlich ausreichend Hotelzimmer. Eines der Häuser war zusätzlich mit großen und kleinen Konferenzräumen ausgestattet, das andere mit einem riesigen Spa inklusive Pool. Damit konnten wir als Tagungs- und zugleich auch als Wellnesshotel werben, was uns guten Zuspruch bescherte.

Das Essen bei uns war ausgezeichnet, was Yumas Verdienst war. Dem Personal ging es gut bei uns und eigentlich war alles perfekt.

Ich hatte mich wirklich darauf gefreut, dieses Event zu organisieren. Die Benefizveranstaltung war meine Idee gewesen. Ich hatte alles in die Wege geleitet und auch Hanna Greenwood ins Boot geholt. Und jetzt stand ich hier und konnte keinen klaren Gedanken fassen, weil Hazel durch meinen Kopf spukte.

»Mit wie vielen Personen rechnen wir, Aiden?« Mir war klar, dass mein Dad mitbekommen hatte, dass ich nicht bei der Sache war. Also schüttelte ich mich und gab mich wieder ganz professionell. Auch wenn ich gern mein eigenes Ding machte und mich einen Dreck darum scherte, was andere über mich dachten, so wollte ich meine Eltern doch nicht enttäuschen. Ich spulte also mein Programm ab und rief in meinem Smartphone einen Ordner auf, in dem ich alles zusammengetragen hatte, was jetzt besprochen werden sollte.

Wir planten die Speisen und die optische Gestaltung des Buffets. Später ging ich mit dem Leiter der Servicekräfte durch den größten aller Konferenzräume, in den gut und gern um die dreihundert Personen passten. Wir rückten Stühle und Tische und überlegten, wie wir alles so anordnen konnten, damit wir so viele Leute wie möglich unterbringen konnten. Ich hatte beschlossen, die Hälfte des Saals mit Stehtischen auszustatten. Auf der kleinen Bühne an der Stirnseite des Raumes würde die Tombola stattfinden, die ich zusätzlich geplant hatte. Auch eine Band würde darauf Platz finden und für die richtige Stimmung sorgen.

Langsam kehrte das Kribbeln auf meiner Haut zurück. Die Planung machte mir Spaß und war genau mein Ding.

Als wir mit allem fertig waren und jeder wieder an seine Arbeit ging, fing mein Vater mich ab.

»Aiden?«

»Ja, Dad? Was gibts?«

»Warum bist du zu spät gekommen? Und wo warst du mit deinen Gedanken? Ich habe dir schon tausendmal gesagt, dass es nicht angebracht ist, mit dem Personal so umzugehen.« Mit mahnendem Blick schaute er zu mir herauf. Ich war gut einen Kopf größer als er, doch ich nickte brav wie ein kleiner Junge.

»Schon gut, Dad. Yuma und ich sind doch Kumpels. Außerdem gehöre ich auch zum Personal.« Ich wusste, dass es ihm missfiel, dass ich immer wieder darauf herumritt. Aber das würde ich weiterhin tun, solange ich nur angestellt war.

»Aiden, du weißt, dass ich mit dir darüber nicht diskutiere. Wir übertragen dir die Führung des Hotels, wenn du so weit bist.«

Das bin ich schon längst, dachte ich mir, winkte aber ab. »Sonst noch was?«

»Ja.« Wieder so ein strenger Blick, als wäre ich zwölf und meine Eltern hätten mich beim Rauchen erwischt. »Sieh zu, dass du dich auf deinen Job konzentrierst. So etwas wie heute möchte ich nicht noch einmal erleben.«

»Geht klar, Boss.« Mit der Hand an der Schläfe salutierte ich vor ihm und machte mich auf den Rückweg in mein Büro.

5. Hazel

Nach meiner desaströsen Ankunft hatte ich beschlossen, erst im Hotel einzuchecken, und meine Klamotten in die Reinigung zu geben, damit ich morgen etwas Frisches zum Anziehen hatte. Erst dann würde ich zu meiner Mom fahren.

Das Herz schlug mir bis zum Hals, als ich etwas außerhalb der Stadt aus dem Taxi stieg.

Ein leises »Wow« kam mir über die Lippen, als ich sah, was aus dem Maple Falls Inn geworden war. Plötzlich stockte mir der Atem, ich bekam kaum Luft und fühlte mich eingeengt. Was, wenn er hier war? Ob er jemals aus Seattle zurückgekehrt war? Ich wusste nicht einmal, was er überhaupt studieren wollte. Nur dass er nach Seattle gehen wollte ...

Ich sog die klare, kalte Luft ein, die gleich darauf in meiner Lunge brannte und gönnte mir einen Moment. Schon früher waren wir oft hier gewesen und hatten drüben am Fluss viel Zeit verbracht. Damals konnte man ihn von hieraus sehen, jetzt war das nicht mehr möglich. Dafür ragten neue Gebäude in die Luft. Keine Hochhäuser, aber hoch genug, um mir die Sicht auf die unberührte Natur dahinter zu nehmen.

Noch einmal atmete ich tief durch, dann schnappte ich mir meinen Koffer und ging auf das Haus mit dem größten Eingang zu. Drinnen empfing mich eine wohlige Wärme. Schnell stopfte ich meine Mütze in die Handtasche und warf im Vorbeigehen an einem Spiegel einen prüfenden Blick hinein. Meine langen dunkelblonden Haare waren etwas zerzaust und überhaupt sah ich ein wenig derangiert aus.

Mit jedem Schritt, mit dem ich mich der Rezeption im hinteren Bereich der Lobby näherte, wummerte mein Herz mehr und mehr. Mein Hirn spielte mir einen Streich nach dem anderen und ließ Aiden auftauchen. Vor mir. Neben mir. Hinter mir. Ich schluckte trocken und hatte das Bedürfnis, mich irgendwo festhalten zu müssen, damit ich mich auf den Beinen halten konnte.

Hastig blickte ich mich um und versicherte mich, dass er nicht hier war. Erleichtert atmete ich auf und sammelte mich innerlich.

»Hi, ich habe ein Zimmer reserviert. Auf Greenwood.«

Die junge Frau hinterm Tresen lächelte freundlich und nickte. »Willkommen im Maple Falls Inn, Mrs. Greenwood.« Mit flinken Fingern tippte sie meinen Namen auf der Tastatur und schaute gebannt auf den Bildschirm. »Ah, hier haben wir Sie ja. Wir haben Zimmer dreiundzwanzig für Sie im Haus zwei. Das ist das mit Spa, den Sie in vollem Umfang nutzen können. Ein Bademantel befindet sich in Ihrem Zimmer, die Minibar ist aufgefüllt. Ihrem Aufenthalt bei uns steht also nichts mehr im Weg.« Ihr unentwegtes Lächeln irritierte mich. Als wäre es festgetackert. Jeder Handgriff schien perfekt einstudiert, selbst als sie nach der Schlüsselkarte für mein Zimmer griff, musste sie nicht hinsehen. »Frühstück gibt es von sieben Uhr dreißig bis elf Uhr. Abendessen haben Sie zwar nicht gebucht, aber das können Sie trotzdem in unserem Restaurant einnehmen. Das ist kein Problem.«

Etwas überfordert mit all den Informationen nickte ich und griff nach der Keycard. »Vielen Dank.«

»Ich wünsche Ihnen einen schönen Aufenthalt, Mrs. Greenwo...« Für den Bruchteil einer Sekunde sah sie seitlich an mir vorbei und sie lief hochrot an, bevor sie sich wieder fing und weitersprach. »Mrs. Greenwood.«

»Danke schön«, wiederholte ich und drehte mich um, um nach meinem Koffer zu greifen.

Gerade als ich loslaufen wollte, prallte ich mit jemandem zusammen. »Passen Sie doch auf, wo Sie hinlaufen«, blaffte ich sofort los, während mein Gegenüber gar keine Anstalten machte, einen Schritt zur Seite zu gehen. Also übernahm ich das, ging einen Schritt nach rechts. Mein Gegenüber tat es mir gleich. Was zur Hölle?

»Kann ich dir helfen?«, hörte ich eine Stimme, die mir sofort das Blut in den Adern gefrieren ließ. Für einen Augenblick schloss ich die Augen ... *Es ist nicht so, wie du denkst* ... Dann öffnete ich sie wieder, um vorsichtig nachzusehen, wer mir den Weg versperrte.

Meine Kehle fühlte sich staubtrocken an, als ich in die

schönsten Augen blickte, die ich je gesehen hatte. Wie Eiszapfen bohrte sich sein Blick in meinen. Und schlagartig wurde mir klar, warum die Rezeptionistin gerade eben rot geworden war.

O shit!

Vor mir stand niemand geringerer als Aiden Williams persönlich. Süffisant grinsend leckte er sich über die vollen Lippen, die ich genauso verführerisch in Erinnerung hatte.

»Hazel Greenwood. Du bist also wirklich wieder da«, brummte er und beugte sich dabei ziemlich nah zu mir. Viel zu nah. Der Geruch seines Aftershaves stieg mir in die Nase und vernebelte von da aus mein Reaktionszentrum. Wie in Zeitlupe stellte ich den Koffer wieder ab.

»Äh, ja, sieht ganz so aus, oder?«

»Hab schon gehört, dass du wieder in der Stadt bist.«

Santa Claus blitzte vor meinen Augen auf und wie er mit mir gemeinsam meine Unterwäsche vom verschneiten Gehsteig aufgeklaubt hatte. Nie wieder würde ich die lose im Koffer verstauen, das schwor ich mir. Vermutlich hatte mich jemand, der mich kannte, beobachtet und sofort die frohe Kunde verbreitet. Kleinstadtleben – man liebte oder hasste es.

Ich verdrehte die Augen. »Hat sich aber schnell herumgesprochen.«

»Du weißt doch, hier in Maple Falls bleibt nichts unbemerkt. Und deine Ankunft war ja wohl ziemlich spektakulär. Da wäre ich gern dabei gewesen.« Sein Lachen ging mir durch und durch.

Warst du aber nicht, Gott sei Dank, dachte ich und atmete tief durch. In meinem Kopf geriet alles durcheinander. Szenen von damals mischten sich mit dem peinlichen Moment meiner Ankunft heute Nachmittag und mir wurde übel.

»Aber es ist schön, dass du wieder da bist. Hätte nicht gedacht, dich je wiederzusehen.« Seine Stimme war leiser geworden. Rauer irgendwie. Und sein Blick bohrte sich in meinen.

»Was ist so abwegig daran, dass ich meine Heimatstadt besuche?« Genervt zuckte ich mit den Schultern. Was wollte ich hier eigentlich? Ich sollte längst bei meiner Mutter sein.

»Na ja, damals nach der Highschool konntest du es kaum erwarten, abzuhauen und in die weite Welt zu ziehen.«

Es war das Beste, was ich je getan hatte.

»Hättest du auch mal machen sollen. Wirkt echt horizonterweiternd«, krächzte ich zurück.

»Ich war in Seattle am College.«

»Immerhin. Dann hast du es ja weit geschafft.«

»Warum bist du so?« Aiden starrte mich an. Sein Blick glitt an mir hinab, scannte mich vom Scheitel bis zu den Fußspitzen, die inzwischen in eleganten Stiefeln steckten, die weniger gefährlich waren als meine High Heels.

»Wie bin ich denn?«

»Na … so.« Seinem Blick folgte eine wedelnde Handbewegung. »Ich meine, du kommst hier her in deinem Schickimicki-Zwirn und spielst dich auf wie die Queen.«

»Moment, warte.« Wurde das gerade eben ein Streit? »Ähm, ich habe keine Ahnung, worauf du hinauswillst, Aiden. Aber du hast mich angesprochen. Und obwohl ich in Eile bin, weil ich einen Termin habe, nehme ich mir sogar die Zeit, mit dir zu plaudern.«

»Da. Du tust es schon wieder.«

»Ich tue gar nichts. Arbeitest du eigentlich hier, oder warum stolzierst du durch die Lobby und belästigst die Gäste?« Ich hatte gründlich die Nase voll von ihm. Er war genauso ein Idiot wie damals und noch immer hasste ich mich dafür, dass ich auf ihn reingefallen war.

Aiden hatte nur ein dunkles Lachen für mich übrig. »Du bist genauso kratzbürstig wie damals an der Schule. Aber auch genauso süß. Und ja, ich arbeite hier. Es dauert nicht mehr lange und dann gehört all das hier mir.« Er breitete seine Arme aus und drehte sie einmal nach links, einmal nach rechts, um mir zu demonstrieren, welches Imperium er übernehmen würde.

»Und du bist genauso arrogant wie damals«, spie ich ihm entgegen. Zorn wallte in mir auf und flutete meine Wangen mit Hitze, dass ich das Gefühl hatte, aus allen Poren zu dampfen. Was bildete sich dieser aufgeblasene Gockel eigentlich ein?

»Aber auch noch genauso gutaussehend, oder?« Er biss sich auf die Unterlippe und zwinkerte mir zu, woraufhin ich ein Würgegeräusch von mir gab.

»Wie geht es denn Miranda, hm?« Sein Grinsen erstarb augenblicklich. Jetzt war ich es, die triumphierend grinste. »Habt ihr noch … Kontakt?« Das letzte Wort setzte ich mit den Fingern in Gänsefüßchen und an seinem Blick sah ich, dass er sofort wusste, worauf ich anspielte.

»Keine Ahnung«, stammelte er und sah für einen Moment auf den Boden. Ha, erwischt.

»Ich muss los, Aiden.«

»Ach ja, dein Termin. Wie lange bleibst du? Vielleicht laufen wir uns noch einmal über den Weg?«

»Nur dieses Wochenende. Und danke, weitere Begegnungen mit dir liegen mir jetzt nicht so am Herzen.«

Letzteres schlug mir gerade bis zum Hals, egal, wie sehr ich mich dagegen wehrte.

Energisch zog ich den Gürtel meines Mantels fester und richtete meinen Schal. Ich hoffte, das war Zeichen genug, dass unsere Unterhaltung an dieser Stelle beendet war.

»Hazel?« Die Art, wie er meinen Namen sagt, löste einen wahren Gefühlssturm in meinem Inneren aus. Aus seinem Mund klang er wie frische, selbst gemachte Nussnugatcreme, die auf der Zunge schmolz und sagenhafte Glücksgefühle hinterließ. Aber noch einmal würde ich diesem Trugschluss nicht auf den Leim gehen. Innerlich schüttelte ich mich.

Natürlich hatte er mich ein paar Schritte Richtung Ausgang begleitet.

»Ja?«

»Liebe Grüße an deine Mom. Ich weiß, dass sie sich gerade richtig ins Zeug legt, um uns bei dem Benefiz-Essen zu helfen.«

»Okay. Danke.«

Okay, danke? Mit einem Ruck drehte ich mich um und verließ mit schnellen Schritten die Lobby des Maple Falls Inn. Draußen hielt ich inne, stützte mich auf den Knien ab, als wäre ich gerade einen Marathon gerannt. Gierig sog ich die frische eisigkalte Luft ein, die sofort in meiner Lunge brannte.

Für ein paar Sekunden fühlte ich mich wie damals, als wir siebzehn waren …

Fakt war: Aiden Williams sah noch immer unfassbar gut aus.

Fakt war auch: Aiden Williams war noch immer ein Arschloch.

***

»Es ist so schön, dass du endlich mal wieder hier bist, mein Schatz.« Noch an der Haustür hatte mich meine Mutter in eine feste Umarmung gezogen, dass ich glaubte, sie würde mich erdrücken.

»Ich freue mich auch, Mom.« Okay, das entsprach nicht ganz der Wahrheit. Erst recht nicht, wenn man bedachte, dass ich vor gut einer Stunde dem Grund dafür begegnet war, warum ich Maple Falls so überstürzt den Rücken gekehrt hatte. »Aber sag mal, warum ist unser Haus denn als Einziges in der Straße nicht dekoriert?« Schmunzelnd blickte ich noch einmal über die Schulter in die Nachbargärten, in denen der Konkurrenzkampf um die strahlendste und glitzerndste Weihnachtsdekoration schon längst begonnen hatte.

»Ach, ich hatte noch gar keine Zeit. Aber komm doch erst mal rein, bevor du noch erfrierst. Es ist furchtbar kalt geworden auf einmal.«

Das stimmte und Santa Claus kam mir in den Sinn, der Schneefall vorhergesagt hatte. Vielleicht würde er recht behalten.

Im Haus roch es wie früher. Nach Gebackenem, nach Vanilleraumduft und irgendwie nach meiner Kindheit. Mom hatte Tee gekocht und Peanut Butter Honey Rounds gebacken. Meine absoluten Lieblingskekse, seit ich klein war. Gerade als sie das Backblech aus dem Ofen holte, mopste ich mir einen der noch heißen Kekse und biss beherzt hinein.

»O mein Gott, Mom, die sind so gut«, murmelte ich mit vollem Mund und jonglierte den viel zu heißen Bissen von einer Wange in die andere. »Die sind Weltklasse. So so gut.«

»Freut mich, dass sie dir schmecken. Ich habe extra ein paar mehr gebacken, damit du welche mitnehmen kannst.«

»Du bist ein Engel. Wirklich.« Ich drückte sie und war einmal mehr wahnsinnig dankbar, dass sie meine Mutter war.

Wir machten es uns im Wohnzimmer auf der kleinen alten Couch mit dem furchtbaren Blumenmuster gemütlich. Ich erzählte ihr von dem Meeting neulich und dass Mrs. Ocean mir die Leitung der Personalabteilung übertragen würde. Sie freute sich mit mir und versprach mir, die Daumen zu drücken. Erst nach einer ganzen Weile begann sie, herumzudrucksen.

»Wegen des Benefiz-Buffets ...« Sagte sie und holte tief Luft.

»Ich weiß, Mom. Mach dir keine Sorgen, wir kriegen das alles hin, okay. Ich bin da und ich helfe dir, wo ich nur kann.«

»Das ist furchtbar lieb von dir, Schätzchen. Aber das Buffet wird so nicht stattfinden.« Mit den Händen rieb sie sich übers Gesicht. »Ich schaffe das alleine nicht mehr, weißt du. Und da kam die Anfrage vom ...«

»Was?« Hatte ich sie da eben richtig verstanden? Sie ließ mich einmal quer durchs Land fliegen, damit ich ihr bei einer Sache half, die gar nicht stattfand? Ich lehnte mich zurück und verschränkte die Arme vor der Brust.

»In den letzten Jahren ist es immer mehr geworden, Hazel. Es kamen immer mehr Leute und ich kann das nicht mehr bewerkstelligen.«

»Aber Mom, dein Benefiz-Buffet ist eine Legende. Das

kannst du nicht einfach einstampfen. Außerdem bin ich extra hergekommen deswegen.« Ich war völlig perplex und wusste gar nicht, was ich davon halten sollte.

»Ich weiß, mein Schatz.« Ihre Hände lagen nun in ihrem Schoß und sie knetete ihre Finger. »Aber weißt du, manchmal muss man einfach die Reißleine ziehen, wenn es nicht mehr geht. Ich bin keine zwanzig mehr und reiße ganz sicher keine Bäume mehr aus.«

»Aber du bist auch noch keine achtzig und um Bäume geht es hier doch gar nicht.« Ich hörte mich trotzig an wie ein kleines Kind, das Fernsehverbot bekommen hatte. »Warum hast du mir das nicht schon am Telefon gesagt? Warum bin ich denn hier, Mom?«

Noch einmal atmete sie tief ein und wirkte plötzlich zehn Jahre älter. »Versprich mir, dass du nicht böse mit mir bist. Hörst du, du darfst nicht sauer sein.«

»Ja ja, schon gut, versprochen«, erwiderte ich fahrig, damit sie mir endlich erzählte, was genau hier los war.

»Es war schon lange klar, dass Petty und ich das mit dem Buffet nicht mehr allein stemmen können. Jedes Jahr kamen mehr Gäste, sogar aus Portland und auch aus Vancouver. Stell dir das vor, nur um unsere Häppchen zu essen. Die kleine Küche im Bistro hat gar nicht mehr ausgereicht, geschweige denn die Sitzplätze im Gastraum.«

»Na und?«, fiel ich ihr ins Wort. »Warum habt ihr keine größeren Räume gemietet? Ein leerstehendes Restaurant oder so?«

»Weil wir das nicht wollten. Das Bistro ist mein Baby. Genau das wollte ich immer und das gebe ich nicht auf, nur wegen eines Wochenendes im Jahr.«

»Ja, und jetzt?«

»Vor Kurzem kam Mr. Williams, also Aiden, auf mich zu.« Ich schluckte, als ich den Namen hörte. »Wir kamen ins Gespräch und als ich ihm erzählte, dass Petty krank ist, bot er an, die Veranstaltung zu übernehmen und auszurichten. Unter der Bedingung, dass ich trotzdem meine heiß begehrten Häppchen zaubere.«

»Bitte?« Mein Unterkiefer klappte nach unten und es war unmöglich, ihn wieder zu schließen. Mir stand der Mund offen und die Worte fehlten mir.

»Kurzum: Das Benefiz-Buffet findet statt. Nur eben nicht mehr in meinem Bistro und auch nicht an diesem Wochenende. Sondern kurz vor Weihnachten und im Maple Falls Inn.«

Für ein paar quälend lange Sekunden herrschte Stille zwischen uns. Ich war aufgestanden und tigerte durchs Wohnzimmer. Ich war völlig umsonst hierhergekommen. Und meine Mutter hatte mich eiskalt belogen?

»Warum hast du es mir nicht schon früher gesagt?«

»Weil ich wusste, dass du dann nicht kommen würdest. Aber ich hatte mir all die Jahre so sehr gewünscht, dass du wieder herkommst.«

»Aber Mom, dann rede mit mir und lüg mich nicht an!« Meine Stimme zitterte.

»Ich hab dich ja nicht angelogen. Vielleicht habe ich ein paar Details ausgelassen ...«

»Ja, na klar.« Ich lachte bitter auf. »Du hast gesagt, du brauchst meine Hilfe. Aber wie es aussieht, helfen dir die Williams schon genug.«

»Natürlich helfen sie mir damit. Überleg doch mal, was es

bedeutet, wenn die Veranstaltung größer aufgezogen wird. Es kommt so viel mehr Geld rein, das wir dann spenden können. Das ist doch wunderbar, oder?«

Ich nickte. »Ja natürlich, das ist toll. Trotzdem ...«

»Und natürlich werde ich auch deine Hilfe benötigen. Petty wird dieses Jahr nicht mehr einsatzfähig sein und ich werde dich in der Küche brauchen, Hazel.«

»Das heißt also, du kommst dieses Weihnachten nicht nach Boston?« In meinem Magen brodelte es. Ich hatte keine Ahnung, ob die warmen Kekse dafür verantwortlich waren oder ob es der Zorn war, den ich im Moment verspürte.

»Ich würde mich sehr freuen, wenn du dieses Weihnachten hier verbringst und mir bei den Vorbereitungen für dieses Event zur Hand gehst.«

»Mom, ich ...« Mir fehlten die Worte.

»Warum wehrst du dich denn so dagegen?«, fragte sie mich und ich schluckte trocken. Sie wusste nicht wirklich, was damals zwischen Aiden und mir passiert war. Ich hatte ihr nur gesagt, dass ich mich von Aiden getrennt hatte und schon eher nach Boston gehen würde, um mich dort auf die Uni vorzubereiten. Vielleicht war es an der Zeit, ihr jetzt die Gründe für meinen vorzeitigen Abgang mitzuteilen?

»Ich bin Aiden begegnet. Vorhin im Hotel.« Es fiel mir schwer, sie anzusehen. Stattdessen war mein Blick auf den Couchtisch und die Schale mit den Keksen gerichtet.

»Aber das ist doch schön. Wusstest du, dass er das Hotel übernehmen wird? Ich finde, aus ihm ist ein sympathischer junger Mann geworden.«

Aus dem Augenwinkel sah ich ihr Lächeln. Sie meinte es wirklich gut.

»Ja, er hat es mir erzählt.«

»Worüber habt ihr euch noch unterhalten?«

Mann, sie war aber auch neugierig.

»Über gar nichts weiter. Ich wollte schließlich schnell zu dir kommen.« Endlich traute ich mich, sie anzusehen.

»Was ist los, Hazel?«

»Nichts?«

»Wir wissen beide, dass nichts nicht stimmt, habe ich recht? Was ist damals wirklich passiert, hm? Du und Aiden, ihr wart schließlich das Traumpaar der ganzen Schule ...«

Ich holte tief Luft. »Wieso gehst du davon aus, dass etwas passiert ist?«

»Weil ich seit sechsundzwanzig Jahren deine Mom bin und dich verdammt gut kenne. Und weil ich weiß, dass du ihn nicht einfach so verlassen hättest. Nie.« Mit leicht schräg gelegtem Kopf nickte sie mir aufmunternd zu.

»Er hat mich betrogen, Mom. Mit Miranda, meiner besten Freundin. Reicht das als Grund, hier nie wieder auftauchen zu wollen?« Mein Herz raste. Jetzt, da ich es zum ersten Mal vor meiner Mutter aussprach, wusste ich nicht, ob sie mich verstehen würde. »Auf dem Abschlussball, kurz nach unserer Rede, war er plötzlich verschwunden. Ich habe ihn gesucht und fand ihn schließlich auf der Mädchentoilette. Er hat mit Miranda rumgemacht und ...«

Meine Stimme begann zu zittern. Noch immer wurde ich die Bilder von damals nicht los. Es verfolgte mich seitdem auf Schritt und Tritt. Sein Blick, als er mich entdeckt hatte und seine Finger trotzdem nicht von meiner besten Freundin nehmen konnte ... So ein Arsch ...

»O Kind, das tut mir so leid. Ich wusste ja nicht ...«

Tröstend zog mich meine Mutter in ihre Arme. Genau wie früher, wenn ich mir mal wieder die Knie aufgeschlagen hatte.

»Bis heute überlege ich, warum er mir das angetan hat ...«, schniefte ich.

»Ach, Schatz. Weißt du, es muss gar nicht immer einen Grund geben. Menschen verletzen einander seit Menschengedenken. Es steckt nicht immer böse Absicht dahinter.«

Meine Mom. Selbst in den schlimmsten Zeiten suchte sie noch immer das Gute in den Menschen.

»Aber er hat mich verarscht, Mom. Und vorhin hat er mir ziemlich arrogant gegenübergestanden und mit mir geredet, als wäre nichts gewesen.«

»Dann rede du auch mit ihm. Ich glaube, für dich gibt es einiges aufzuarbeiten und loszulassen. Nur so kannst du wieder frei sein für etwas Neues.«

Immer diese Weisheiten. Ich löste mich aus ihrer Umarmung und wischte mir ein paar Tränen aus den Augenwinkeln. »Da gibt es nichts aufzuarbeiten.«

»Doch, ich denke schon, Hazel. Schließlich machst du eine ganze Stadt dafür verantwortlich, was eine Person dir getan hat. Das wiegt schwer, ich weiß das. Umso wichtiger ist es, dass du das mit Aiden besprichst. Und ich bin mir ganz sicher, ihm liegt genauso viel daran.«

Sein überhebliches Grinsen tauchte vor meinen Augen auf. »Na genau ...«

»Tu es für dich. Und für dein Herz. Und deinen inneren Frieden. Gib den schlechten Erinnerungen nicht die Macht, auch die guten zu vergessen.«

Abermals atmete ich hörbar ein und aus. »Ich denke darüber nach.«

6. Aiden

Sie war noch genauso wunderschön wie damals auf der Highschool. Und ich war noch genauso ein verfluchter Idiot.

Hazel Greenwood ging mir nicht mehr aus dem Kopf, seit ich ihr vorhin begegnet war. Noch immer bewegte sie etwas in mir, wie damals. Sie hatte mich schon früher mit ihren Witzen zum Lachen gebracht. Aber auch zum Nachdenken, weil sie tiefgründig war und immer alles genau wissen wollte. Sie hatte nie etwas dem Zufall überlassen. Das mochte ich so sehr an ihr.

Allerdings war sie immer noch sauer auf mich. Das war unschwer erkennbar, denn die Reaktion, als sie mich gesehen hatte, hatte für sich gesprochen. So viel Abneigung war schwer zu ertragen für jemanden wie mich.

Es war nach einundzwanzig Uhr und in der Führungsetage des Hotels war längst Ruhe eingekehrt. In der

Regel war ich der Letzte, der spätabends hier noch saß und arbeitete.

Aber heute schweiften meine Gedanken immer wieder ab. Zu Hazel. Zu ihrem Lächeln. Ihrem perfekten Körper. Also zumindest nahm ich an, dass er noch genauso perfekt war wie damals. Sie war so unfassbar hübsch und selbstbewusst, dass es mir vorhin fast die Sprache verschlagen hätte, als sie mir in der Lobby über den Weg gelaufen war.

Ich spürte die Hitze in mir aufwallen. Genau wie früher. In ihrer Gegenwart hatte ich mich nur schwer beherrschen können, sie nicht zu berühren oder zu küssen oder auf sonst eine Art zu zeigen, dass sie mir gehörte. Doch dann hatte ich den Scheiß mit Miranda abgezogen ...

Müde und genervt rieb ich mir mit den Händen übers Gesicht und beschloss, mich mit Sport abzulenken. Froh darüber, dass in meinem Schrank immer ein paar Sportklamotten waren, tauschte ich meinen Anzug dagegen ein und ging in den Fitnessbereich des Hotels, um ein paar Gewichte zu stemmen und auf dem Laufband meine Gedanken zu sortieren.

Es reichte nicht aus, meine Muskeln aufzupumpen. Auch das Laufband sorgte nicht unbedingt für Ablenkung. Hazel war allgegenwärtig und geisterte durch meinen Kopf.

Ob sie immer noch so gut küssen konnte? Ich wusste noch genau, wie sich ihre Lippen anfühlten. Unser erster Kuss war pure Magie, und ob ich wollte oder nicht, plötzlich war ich wieder vierzehn.

***

»Aiden, komm her. Das musst du dir ansehen«, rief Hazel und ihre zarte Stimme fuhr mir direkt unter die Haut. Keine Ahnung, wann es passiert war, aber ich war mächtig verknallt in meine beste Freundin. Aber das durfte sie nie erfahren. Dann waren wir keine Freunde mehr. Das durfte nicht passieren.

»Aiden, nun komm schon.«

Wir waren am Fluss. Todesmutig hatte sie sich die Schuhe von den Füßen gestreift und watete in den Stromschnellen umher.

»Pass bloß auf, dass dir die Wasserwirbel nicht den Boden unter den Füßen wegziehen«, lachte ich und war schnell bei ihr.

»Keine Angst, ich hab alles im Griff.« Ihr Blick war stur aufs Wasser gerichtet.

»Was willst du mir denn zeigen?« Neugierig suchte ich die Wasseroberfläche ab, konnte aber nichts entdecken.

Hazel platschte dafür mit den Händen ins Wasser und spritzte mich nass. Es war ziemlich kalt, erschrocken schnappte ich nach Luft. Dann schnappte ich sie, um sie unterzutauchen.

»Nein, hör auf«, kreischte sie. »Das war nicht so gemeint. Lass mich los, Aiden.«

Ich hielt sie fest umklammert und atmete ihren Geruch tief ein. Sommer, Blumen, der Fluss – all das war Hazel. »No way, Haz. Das wirst du büßen.« Kurz bevor ich ihre Nase ins Wasser tauchen konnte, drehte sie ihr Gesicht zu mir und sah mich flehentlich an.

»Bitte nicht, ich habe eine andere Idee, wie du es mir heimzahlen kannst.«

»Ach ja? Wie denn?« Vorsichtig ließ ich sie herunter und stellte sie wieder auf die Füße. Noch immer umspülten die Stromschnellen unsere Knie.

Sie stand vor mir und blickte zu mir auf. »Ich will, dass du mich küsst.«

Verblüfft schüttelte ich den Kopf. »Was? Warum sollte ich dich küssen? Wir sind nicht zusammen oder so.«

Gebannt starrte ich sie an, während sie auf ihrer Unterlippe herumkaute. »Ähm, ja, also es ist so: Ich habe ein Date mit Noah. Und ich will vorbereitet sein, verstehst du?«

Ich schüttelte den Kopf. »Nein, das verstehe ich nicht. Knutsch doch mit ihm rum, nicht mit mir.«

»Ich will aber zumindest einmal ausprobieren, wie es geht. Nur kurz.«

Sie hatte keine Ahnung, was sie da von mir verlangte. Und ich hatte keine Ahnung, was mich ritt, aber ich stimmte zu.

Ein paar Sekunden später hielt ich ihr Gesicht in meinen Händen und verringerte den Abstand zwischen uns, bis gerade noch so ein Blatt Papier zwischen unsere Nasen passen würde. Die Luft um uns herum begann zu knistern, als wäre sie elektrisch aufgeladen. Ich schloss die Augen und spürte Hazels seidenweiche Haut, bevor ich meine Lippen vorsichtig auf ihre legte. Meine Zunge ging auf Erkundungstour und neckte die ihre, als würden wir das immer so tun. Seufzend gab sie sich meinem Kuss hin, schlang ihre Arme um meine Hüften. Aus »nur kurz« wurde der längste und schönste Kuss meines Lebens und Noah hatte keine Chance mehr. Denn Hazel gehörte mir.

»Du weißt schon, dass du das Date jetzt absagen musst«, sagte ich ernst, nachdem wir uns voneinander gelöst hatten. Mein Herz hämmerte wie wild in meiner Brust und Hazels Wangen waren ganz rot.

Sie wich meinem Blick aus und biss sich erneut auf die Unterlippe. Mit einem betörenden Augenaufschlag sah sie mich dann doch wieder an. »Also, es ist so, Aiden. Es gibt kein Date.«

»Wie? Was soll das heißen, es gibt kein Date?«

»Ich will nicht mit Noah ausgehen. Also er hat mich gefragt, ob ich mit ihm ausgehe, aber ich will nicht.«

»Es gibt kein Date?«

Sie schüttelte den Kopf.

»Warum nicht? Warum erzählst du mir dann so ein Märchen? Nur damit ich dich küsse?«

Ihr Kopf war leicht schräg gelegt und ein verschmitztes Lächeln huschte über ihr Gesicht.

»Oh. Ooohhh. Ich verstehe ...«

»Ich wollte dich schon die ganze Zeit küssen. Aber du bist mein bester Freund und ich hatte Angst davor«, gestand sie und ich sagte ihr, wie sehr sie mir damit aus der Seele sprach.

»Ich bleibe dein bester Freund, versprochen.«

Wir küssten uns noch einmal. Und noch einmal. Und noch einmal. Ich konnte gar nicht genug von ihren Lippen bekommen und hoffte, wir würden auf ewig beste Freunde bleiben.

***

Ab da waren wir einander nicht mehr von der Seite gewichen. Bis zu jenem Abend, an dem der Abschlussball war und unsere Beziehung eine Wendung genommen hatte, mit der niemand zu rechnen gewagt hatte. Miranda, dieses kleine Miststück hatte alles versaut. Wobei, genau genommen hatte ich es versaut ...

Ich stellte die Geschwindigkeit des Laufbandes ein paar Stufen höher und rannte, was das Zeug hielt. Meine Füße flogen mit dumpfen Geräuschen über das schwarze Gummiband, das unter ihnen rotierte. Mein Herz begann zu rasen, als wollte es mit meinen Füßen mithalten.

Doch so sehr ich auch versuchte, vor dem Bild, das ich in meinem Kopf hatte, davonzulaufen, es funktionierte nicht.

Völlig frustriert gab ich nach fünfzehn Kilometern auf und schnappte mir ein Handtuch. Vielleicht half es, ein paar Bahnen zu schwimmen. Dann war ich ausgepowert genug, um schlafen zu gehen.

Nachdem ich aus Seattle zurückgekehrt war, hatten Mom und Dad mir angeboten, in einem der alten Appartements im Verwaltungsgebäude zu wohnen. Eigentlich war es als Übergangslösung gedacht gewesen, aber diese hatte sich bewährt. Zudem fand ich es überaus bequem, so einen kurzen Arbeitsweg zu haben. Die Kosten hielten sich in Grenzen und wenn ich wollte, so wie heute, konnte ich in Badeschlappen mal eben in den Fitnessraum und anschließend zum Schwimmen gehen.

Mit dem Handtuch wischte ich mir den Schweiß vom Gesicht und legte es anschließend über meinen Nacken. Dann löschte ich das Licht, sah mich noch einmal um, ob alles ordentlich war, und verließ den Sportraum.

Nebenan im Spa-Bereich brannte noch Festbeleuchtung, als wäre hier gerade voll der Geschäftstrubel. Schnell blickte ich in einige der zahlreichen Räume und machte auch hier überall das Licht aus. »Idioten«, murmelte ich kopfschüttelnd, während ich die Tür zum Poolbereich öffnete, der im Halbdunkel lag.

»Der Idiot war ich. Entschuldigung.« Eine zarte Frauenstimme drang an mein Ohr. Bei der schwachen Beleuchtung brauchte ich einige Sekunden, um auszumachen, woher sie kam. Viel interessanter war jedoch, von wem sie kam.

»Hazel?«

»Ja, tut mir leid, dass ich vergessen habe, das Licht

auszumachen. Ich war noch mal kurz in der Sauna und wollte noch schnell in den Pool«, sagte sie aus sicherer Entfernung.

»Kein Problem.« Mit wenigen Schritten überwand ich die Distanz zwischen uns. Sie stand vor mir, lediglich mit einem unserer Bademäntel bekleidet, der an den Schultern verrutscht war und einen Blick auf ihre nackte Haut darunter freigab.

Ich schluckte hart und stellte mir vor, wie ...

»Was machst du hier so spät noch?«, fragte sie mich und nestelte am Gürtel des weißen Bademantels herum, ohne mich anzusehen.

»Sport. Wollte auf andere Gedanken kommen.«

»Okay.«

»Und du?«

»Auch.«

Na, das war ja eine nette Unterhaltung. Aus zusammengekniffenen Augen musterte ich sie. Sie schien nervös zu sein und vermied es tunlichst, mich anzusehen.

»Wovon musst du dich denn ablenken?«, wollte ich wissen und setzte mich auf eine der Bänke neben dem Pool. Hazel blieb natürlich stehen und verschränkte die Arme vor der Brust.

»Ach, nur die Arbeit. Und bei dir?«

»Auch die Arbeit. Viel zu tun. Große Erwartungen und so.« *Und du Hazel*, ergänzte ich gedanklich.

Erst jetzt bewegte sie vorsichtig ihren Kopf und wagte einen Blick in meine Richtung. Ich spürte, wie ihre Augen über meinen Körper glitten, und war mir meiner optischen Wirkung, die ich im Moment auf sie haben musste, durchaus bewusst. Mein schiefes Lächeln erwiderte sie nur zaghaft.

»Was arbeitest du hier eigentlich genau?«, fragte sie mich.

»Willst du dich nicht neben mich setzen? Dann hat es weniger von einem Verhör, wenn wir uns unterhalten.« Mit meiner Hand klopfte ich auf die freie Stelle neben mir und Hazel zögerte. Für meine Begriffe viel zu lange, aber schließlich gab sie doch nach und setzte sich zu mir. Mit ausreichend Sicherheitsabstand natürlich.

»Beantwortest du jetzt meine Frage?« Sie schien genauso kratzbürstig wie heute Nachmittag zu sein.

»Natürlich. Im Moment bin ich hier so etwas wie der Eventmanager. Ich kümmere mich um Tagungen, Veranstaltungen, Feierlichkeiten und so. Und ich habe das gesamte Marketing übernommen.«

»Macht das Spaß?«

»Ja, total. Ich komme mit vielen Menschen in Kontakt. Kann mich organisatorisch austoben. Und es ist eine gute Möglichkeit, in alle Bereiche reinzuschnuppern. Wenn ich später mal das Hotel übernehme, muss ich schließlich über alles Bescheid wissen. Erst recht, wenn ich so viele Pläne für Änderungen habe. Ohne die internen Strukturen zu kennen, wird es schwierig, alles umzusetzen.«

Jetzt. Endlich. Aus ihren großen braunen Augen blickte sie mich an, als hätte sie eben den Leibhaftigen gesehen. Oder den Weihnachtsmann.

»Was willst du denn noch alles ändern? Ich hab das Hotel so schon kaum erkannt, weil alles anders ist als früher.«

»Ja, wir haben schon viel geschafft. Aber glaub mir, da geht noch einiges.« Es erfüllte mich mit viel Stolz, dass meine Eltern mich bei den Entscheidungen, die den Umbau des Hotels betrafen, miteinbezogen hatten. So war es zum

Beispiel mein Verdienst, dass nun hier am Fluss drei kleine Gebäude standen, anstatt ein riesengroßes, wie es mein Vater gern gehabt hätte. Aber das hätte die Idylle vollkommen zerstört und dem Hotel das genommen, wofür es bekannt war – seine Naturverbundenheit. Trotzdem gab es noch wahnsinnig viel zu tun. Der Umbau war erst der Anfang gewesen.

»Aha.« Sie nickte lediglich.

»Und du? Was machst du, wenn du nicht gerade beschließt, wieder in die Heimat zu kommen?«

Ruckartig schnellte ihr Kopf in meine Richtung und es war, als schoss sie aus ihren funkelnden Augen ein paar Pfeile auf mich ab.

»Ich werde demnächst Personalleiterin bei einem großen Kosmetikunternehmen.«

»Cool. Das klingt wirklich cool.«

»Außerdem bin ich nur dieses eine Wochenende hier. Und auch nur, weil Mom meine Hilfe benötigt. Es wird danach nicht mehr vorkommen, dass ich mich hierher verirre.« Ihre Stimme schwankte zwischen Verachtung und Wehmut und ihre Worte konnte ich nur schwer einordnen.

»Schade. Ich finde es nämlich schön, dich wiederzusehen.«

Hazel saß neben mir, als hätte sie einen Stock verschluckt. Sie knetete ihre Finger, das hatte sie früher schon getan, wenn sie aufgeregt gewesen war. Gott, mir wurde erst jetzt bewusst, wie sehr ich diese Frau vermisst hatte. Und wie gern ich sie am liebsten in meine Arme schließen würde, um den Duft ihrer Haut zu inhalieren. Und wie sehr ich sie vor acht Jahren verletzt hatte.

Das Wasser im Pool plätscherte leise vor sich hin. »Du

bist zum Schwimmen hergekommen, oder?«

Wieder nickte sie.

»Dann lass uns schwimmen gehen.« Mit dem Kopf zeigte ich auf den Pool und zog mir das Shirt über den Kopf, während ich meine Sportschuhe von den Füßen streifte und die Socken auszog.

Eine zarte Röte überzog ihre Wangen, als sie – aus Versehen natürlich – zu mir sah. Dass sie noch immer so auf mich reagierte, bewegte etwas in mir.

»Na komm schon.«

»Nein, lass mal. Ich glaube, ich gehe wieder in mein Zimmer.«

Scheiße. Nein. Sie sollte hierbleiben und mit mir reden, verdammt. Doch stattdessen raffte sie den Bademantel zusammen und erhob sich.

»Gute Nacht, Aiden.«

7. Hazel

Oh. Mein. Gott.

Ich konnte nicht glauben, was hier gerade passierte. Aiden Williams hatte nichts Besseres zu tun, als sich in meiner Anwesenheit die Klamotten vom Leib zu reißen. Glaubte er wirklich, dass ich noch immer auf ihn stand? Was für ein arroganter Kerl.

Doch ob ich wollte oder nicht, ich konnte mich nicht dagegen wehren, ihn einfach anzusehen. Wie von allein glitt mein Blick über seinen athletischen Oberkörper, der mich schlagartig daran erinnerte, wie gern ich mich früher an ihn gelehnt hatte. Es gab Zeiten, da hatte ich wirklich geglaubt, wir würden für immer zusammenbleiben.

Mein Herz flatterte unangenehm in seiner Gegenwart. Und ich hatte Mühe, meine Stimme im Zaum zu halten. Im Augenblick rang ich mit mir, ob ich ihn auf das

Benefiz-Buffet ansprechen sollte. Vermutlich war das aber eine bescheuerte Idee und würde nur noch mehr Streit zwischen uns provozieren.

»Halt. Warte, Hazel. Bitte«, hörte ich Aiden und hielt inne. »Können wir reden?«

Ich biss auf meiner Unterlippe herum und stieß einen schnaufenden Laut aus. »Worüber denn, hm?«

»Über uns. Über damals. Über jetzt.« Mit wenigen Schritten war er bei mir. Er stand direkt hinter mir, sodass ich seinen Atem in meinem Nacken spürte. Einen Arm stützte er direkt neben meinem Kopf an die Tür. Ich holte tief Luft, schloss für einen Moment die Augen, bevor ich mich duckte und unter seinem Arm hindurch schlüpfte.

Ich wusste nicht, ob ich über all das reden wollte. Es machte keinen Sinn. Wir waren Vergangenheit. Da gab es nichts mehr zu reden.

»Bitte«, sagte er erneut und die Tiefe seiner Stimme hallte in meinem Inneren wider.

»Okay. Du hast fünf Minuten. Sag, was du zu sagen hast«, zischte ich ihn an.

Aiden stieß geräuschvoll die Luft aus und fuhr sich mit beiden Händen durch die Haare. Es irritierte mich so sehr, dass er noch immer mit freiem Oberkörper vor mir stand. Was war das bitte für eine Gesprächsgrundlage? Es kostete mich alles an Beherrschung, ihn nicht ständig anzustarren.

»Es tut mir leid, was damals auf dem Abschlussball passiert ist. Es tut mir wirklich so leid, Hazel. Und glaub mir, wenn ich es könnte, würde ich es ungeschehen machen. Aber das kann ich nicht. Ich kann nur hoffen, dass du mir irgendwann verzeihst.«

Wow. Okay. Ich schluckte gegen den Kloß im Hals an und spürte die ersten Tränen in den Augenwinkeln. Völlig aufgewühlt donnerte mein Herz gegen meinen Brustkorb.

»Lass gut sein. Es ist lange her. Gibt es noch etwas, was du mir sagen möchtest? Ansonsten würde ich jetzt wirklich gern ins Bett gehen. Ich hatte einen langen Tag.«

Hazel, du kannst ihn nicht leiden, meldete sich eine innere Stimme und gerade rechtzeitig schaffte ich es, meinen Blick von ihm zu lösen.

»Das verstehe ich. Was hältst du davon, wenn wir uns morgen bei einem gemeinsamen Frühstück weiter unterhalten?«

Nichts. Gar nichts hielt ich davon. »Ich glaube, das ist keine gute Idee«, hörte ich mich sagen.

»Warum nicht?«

War ja klar, dass er sich nicht mit einem Nein zufriedengab.

»Weil ich glaube, dass es keine gute Idee ist«, wiederholte ich und sah ihm fest in die Augen. Plötzlich hatte ich das Gefühl, dass es hier drin noch stickiger war als so schon. Hitze schoss durch meinen Körper und ich hatte keinen blassen Schimmer, ob der überheizte Poolbereich dafür verantwortlich war oder ob ich das Aidens sportlich-verschwitztem Anblick zuzuschreiben hatte. Ich sollte gehen. Ich sollte ganz, ganz schnell das Weite suchen. »Kann ich dann jetzt ins Bett gehen?«

»Ich dachte, du wolltest schwimmen?«

»Habs mir anders überlegt.« Meine Badeschlappen quietschten auf dem Fliesenboden, als ich mich umdrehte, um zu gehen. Dieses Mal würde er mich nicht davon abhalten.

»Okay. Vielleicht überlegst du es dir mit dem Frühstück auch noch mal, hm?« Es hatte keine zwei Sekunden gedauert, dass er mit schnellen Schritten wieder vor mir gestanden hatte. Genervt verdrehte ich die Augen.

»Was soll das, Aiden? Was willst du von mir?«

Im Augenwinkel registrierte ich, wie er seine Hand in Richtung meines Unterarms bewegte, um sie gleich auf meine Haut zu legen. Sofort durchfuhr mich ein Stromstoß, der mich zusammenzucken ließ. Seine Wärme ging auf mich über und prickelte über meinen ganzen Körper. Es fühlte sich an, als würde ich innerlich verglühen. Meine Kehle wurde schlagartig staubtrocken, ich schluckte dagegen an, doch ohne Erfolg. Meine Atmung beschleunigte sich und ich versuchte, seinem eindringlichen Blick auszuweichen. Dass ich stattdessen auf seine Shorts und seine muskulösen Beine sah, half mir wenig. Es brachte mich noch viel mehr ins Schwitzen.

»Ich wollte nur mit dir frühstücken. Wer weiß, wann ich jemals wieder die Gelegenheit bekomme.«

Vorsichtig hob ich meinen Kopf und wagte einen Blick in Richtung seines markanten Gesichts. Wann war er zu diesem attraktiven Mann geworden? Der Bartansatz stand ihm wirklich verdammt gut und ließ ihn verwegen aussehen. Seine dunklen Haare waren vom Sport verstrubbelt, doch sein Blick war genauso wie damals. Erfrischend. Wachsam. Warm.

Ich sollte diese Gedanken nicht haben. Das war nicht gut für mich. Schnell schüttelte ich den Kopf und erwiderte: »Okay, ich denke darüber nach.«

»Das finde ich gut, Hazel. Wirklich. Sagst du mir Bescheid?«

Ich nickte und zog meinen Arm weg. Die Stelle, an der seine Hand auf meiner Haut gelegen hatte, fühlte sich augenblicklich eiskalt an. »Ich ... ähm, ich muss dann jetzt ins Bett, sorry.«

»Schon okay. Schlaf gut. Du weißt ja, was man in der ersten Nacht woanders träumt, geht in Erfüllung.«

Ich drückte mich an ihm vorbei und sah das schelmische Zwinkern.

»Gute Nacht, Aiden«, flüsterte ich und ging auf seine Bemerkung nicht weiter ein.

»Gute Nacht, Haz.« Täuschte ich mich, oder war seine Stimme ein paar Oktaven tiefer gerutscht? Und wie er meinen Namen betonte. Haz hatte nur er mich genannt. Niemand sonst. Und ich hatte es immer geliebt.

***

Mir war schlecht.

Nachdem ich wieder in meinem Zimmer angelangt war, ging ich sofort unter die Dusche. Im Wechsel ließ ich heißes und eiskaltes Wasser über meinen Körper laufen, der seit der ersten Begegnung mit Aiden am Nachmittag nicht aufhören wollte, zu kribbeln.

Jetzt saß ich auf meinem Bett, eingewickelt in eines der weißen Hotelhandtücher, die für gewöhnlich nach nichts dufteten. Aber dieses hier verströmte einen angenehmen Geruch nach frisch gewaschener Baumwolle. Aber vielleicht war es auch das Duschbad, das so roch. Wer wusste das schon. Und vor allem, wen interessierte es.

Viel interessanter war die Tatsache, dass ich mich mit Aiden Williams, dem Kerl, den ich nie wiedersehen wollte, unter einem Dach befand. Klar, das Hotel war groß, aber ich lief Gefahr, ihm öfter über den Weg zu laufen, als mir lieb war.

Ich schloss die Augen, rieb mir mit den flachen Händen über mein abgeschminktes Gesicht und seufzte theatralisch laut.

»Womit habe ich das verdient?«, jammerte ich vor mich hin und ließ mich rücklings auf das weiche Bett fallen.

Gedankenversunken rieb ich über die Stelle auf meinem Unterarm, auf der vorhin seine Hand gelegen hatte.

Es hatte Zeiten gegeben, in denen ich seine Berührungen unheimlich genossen hatte. Jede einzelne hatte ich aufgesogen wie ein Schwamm das Wasser, um diese Momente für die Ewigkeit zu konservieren. Ich hatte es geliebt, wie er mich berührt hatte. Körperlich. Seelisch. Ich hatte ihn geliebt. Wie nichts anderes auf dieser Welt.

Unsere Verbindung ging so weit über das hinaus, was man Beziehung nannte. Wir waren Seelenverwandte gewesen. Füreinander bestimmt.

Und er hatte es zerstört. Mit einem Augenblick, in dem er unüberlegt gehandelt hatte, hatte er alles kaputtgemacht, was wir jemals gehabt hatten. Von einer Sekunde auf die andere war da nur noch ein Scherbenhaufen und der Glanz war verschwunden.

Ehrlich gesagt, hatte ich keinen blassen Schimmer, was ich tun sollte.

Die Begegnungen mit ihm wühlten alles wieder auf. Sie

führten mir klar und deutlich vor Augen, warum ich Maple Falls vor acht Jahren so schnell verlassen hatte und nie wieder zurückkehren wollte. An jeder Straßenecke wurde ich an ihn erinnert. An Kinobesuche, bei denen wir knutschend auf der letzten Bank gesessen und vom Film nichts mitbekommen hatten. An Jahrmarktbesuche, bei denen wir ausgelassen alle Fahrgeschäfte ausprobiert hatten. Jeder Winkel in dieser verwunschenen Kleinstadt war so vertraut, wie Aiden mir immer gewesen war.

Ihn jetzt wiederzusehen, zu sehen, was aus ihm geworden war, bereitete mir fast schon körperliche Schmerzen, die ich kaum in Worte fassen konnte. Aus Aiden war ein Mann geworden. Also ein richtiger Mann, ein Muskelpaket. Okay, ein wahnsinnig gut aussehendes Muskelpaket. Und es irritierte mich bis in die letzte Faser meines Körpers, dass selbiger noch immer so auf seine Erscheinung reagierte. Nach acht Jahren ...

Er wollte morgen mit mir frühstücken, was ich für eine bescheuerte Idee hielt. *Ich werde ihm absagen,* dachte ich und streckte mich auf dem Bett aus, um nach meinem Rucksack zu angeln, in dem irgendwo mein Telefon sein musste. Einmal mehr verdrehte ich die Augen, als ich es suchte. Dieses Raumwunder von Rucksack beherbergte so ziemlich alles, was Frau zum Überleben brauchte. Oder auch nicht brauchte.

Endlich gefunden, scrollte ich mich erst mal durch die Nachrichten, die mich im Laufe des Abends erreicht hatten. Kim wollte wissen, ob alles okay war. Meine Mom legte mir ans Herz, mir warme und feste Winterschuhe zu organisieren. *Ja ja*, dachte ich, *das hat mir der Weihnachtsmann auch schon geraten.* Ich antwortete ihr, dass ich das morgen Nachmittag machen würde, nachdem ich bei ihr war, um die Rezepte für das Buffet zu besprechen. Kim würde ich morgen anrufen, ich musste sie ohnehin ein paar Sachen fragen.

Erst jetzt fiel mir auf, dass ich Aidens Telefonnummer gar nicht hatte. Zu schade aber auch, dass ich ihm somit nicht Bescheid sagen konnte, dass aus dem Frühstück morgen nichts werden würde.

Es war kurz vor Mitternacht und vielleicht war Kim ja noch wach. Dann konnte ich genauso gut jetzt mit ihr sprechen. Aber ich fragte lieber vorher nach.

Hazel: *Hey Süße, wie gehts? Bist du noch wach?*

Kim: *Natürlich. In meinem Alter und mit meinem Beziehungsstatus kann ich es mir nicht leisten, vor drei Uhr morgens ins Bett zu gehen.*

Ihre Nachricht ließ mich auflachen. Wir waren beide Single und gönnten uns immer mal etwas Vergnügen. Während meine beste Freundin jedoch insgeheim hoffte, ihren Mister Perfect zu finden, genügte es mir, hin und wieder einfach Spaß zu haben.

Kurzerhand wählte ich ihre Nummer.

»Hey.« Sie ging sofort ran, nachdem es nur einmal geklingelt hatte.

»Hi, ich wollte mich mal melden.«

»Was? Du rufst mich doch nicht mitten in der Nacht an, um dich einfach so zu melden.« Zwar kannten wir uns erst seit drei Jahren, aber sie konnte mich echt gut einschätzen. Und natürlich hatte sie recht.

Ich holte tief Luft.

»Was ist los, Süße? Ist mit deiner Mom alles in Ordnung?«

»Ja. Ja, ist es. Aber stell dir vor, sie hat mich hierher zitiert unter dem Vorwand, dass ich ihr für das Benefiz-Buffet zur Hand gehen soll. Und ob du es glaubst oder nicht, aber erstens findet es gar nicht dieses Wochenende statt. Und zweitens nicht in ihrem Bistro.« Schon wieder spürte ich den Groll in mir über diese ungeahnte Wendung. Noch immer konnte ich nicht fassen, was sie da vorhatte.

»Hä? Ich verstehe nur Bahnhof, ehrlich gesagt. Was genau ist passiert?«

»Also, hör zu ...« In Kurzform berichtete ich ihr davon, dass meine Mom die Veranstaltung abgegeben hatte. Beziehungsweise dass Aiden sich diese unter den Nagel gerissen hatte.

»Aiden, verstehst du. Ausgerechnet er!«, stieß ich frustriert aus.

»Ich verstehe. Das ist unschön.«

»Unschön? Ich glaube, es gibt durchaus treffendere Begriffe für so eine beschissene Lage«, ereiferte ich mich weiter. Als ob *unschön* das Dilemma beschreiben würde, also wirklich.

»Und stell dir vor, er will morgen mit mir frühstücken. Dieser Vollidiot.«

Für einen Moment herrschte Stille am anderen Ende, bevor Kim sich wieder zu Wort meldete. »Willst du meine ehrliche Meinung hören? Oder willst du, dass ich dir nach dem Mund rede?«

»Äh ... deine Meinung natürlich.«

»Was genau spricht gleich noch mal gegen dieses Frühstück mit deinem Ex?«

»Dass er mein Ex ist? Reicht das nicht?«

»Nein, irgendwie finde ich, dass es nicht reicht. Es ist acht Jahre her, Hazel. Meinst du nicht, dass du es ruhen lassen solltest?«

Ziemlich schnell, nachdem wir uns in der Firma angefreundet hatten, hatte ich ihr von Aiden und mir erzählt. Von unserer himmlischen Liebe und dem jähen Ende, das sie gefunden hatte. Was sie mir jetzt sagen wollte, erschloss sich mir jedoch nicht.

»Er hat mich verarscht, Kim. Verarscht. Und er hat nichts unternommen, um mich zurückzuerobern. Gar nichts. Ich frühstücke nicht mit ihm, basta.«

»Empfindest du noch etwas für ihn?«

»Was? Nein, selbstverständlich nicht.«

»Hm, okay.«

»Was ist jetzt mit deiner ehrlichen Meinung dazu?«

»Vielleicht solltest du einfach lernen, mit ihm fertig zu sein. Also nicht mehr enttäuscht. Oder traurig. Oder sauer. Einfach fertig.«

»Pah. Das bin ich doch längst«, polterte ich.

»Da bin ich mir leider nicht so sicher, Süße. Es nagt noch immer an dir und wenn ich du wäre, würde ich mir einfach anhören, was er zu sagen hat. Am Ende wird es ganz nett und ihr könnt wieder so was wie Freunde sein.«

»Freunde? Was ist denn mit dir los? Ich will nicht mehr mit ihm befreundet sein.«

»Okay, du wolltest meine Meinung hören. Das hier ist

meine Meinung.«

»Ich weiß, entschuldige. Ich wollte dich nicht so anschnauzen. Vielleicht sollte ich jetzt einfach schlafen, ich bin völlig übermüdet.«

»Dann gute Nacht. Und du wirst sehen, morgen sieht die Welt ganz anders aus.«

Wir verabschiedeten uns und ich schälte mich endlich aus dem noch immer feuchten Handtuch, in das mein Körper gehüllt war. Ich zog meinen Pyjama an und sah eine Weile aus dem Fenster.

Es hatte angefangen zu schneien. Im Schein der Laternen auf dem Parkplatz vor dem Hotelgebäude wirbelten dicke Schneeflocken umher, als hätten sie sich verirrt und wären auf der Suche nach dem richtigen Platz. Genau wie mein Herz. Das holperte seit heute Nachmittag auch so vor sich hin, ohne zu wissen, wo genau es eigentlich hingehörte.

8. Aiden

Ich hatte seit gestern Abend nichts von Hazel gehört. Hatte sie es vergessen? Oder hatte sie keine Lust auf ein Frühstück mit mir? Ich tippte auf Letzteres, denn sie schien wenig begeistert, als wir uns am Pool über den Weg gelaufen waren.

Dabei gab ich mir allergrößte Mühe, nicht mehr der Arsch zu sein, den sie in Erinnerung hatte. Aber es war an ihr, mir eine Chance zu geben. Pete hatte mich dazu ermuntert, sie zu wecken. Ich wusste, in welchem Zimmer sie wohnte, und es wäre ein Leichtes, ihr das Frühstück quasi direkt ans Bett zu liefern. Oder sie zumindest über das Haustelefon anzurufen.

Doch so sehr ich den Gedanken mochte, sie zu überraschen und in ihr süßes, verschlafenes Gesicht zu schauen, so schnell verwarf ich ihn wieder. Oder doch nicht? Es war zum Verrücktwerden.

Oft genug hatte ich mir in den letzten Jahren vorgestellt,

wie es wäre, sie wiederzusehen. Hatte versucht, mir ein Bild von ihr zu malen, wie sie jetzt aussah. Doch dass sie mich nach der langen Zeit noch immer um den Verstand brachte, damit hatte ich nicht gerechnet.

Mit den Fingern fuhr ich durch meine Haare, drehte mich auf meinem Bürostuhl zwei Runden um die eigene Achse. Ja genau, heute war Samstag und ich war im Büro. Wie fast jeden Tag eigentlich – der Nachteil des kurzen Arbeitsweges. Aber meine Gedanken waren nicht beim Geschäft. Sie waren stattdessen bei Hazel. Und bei dem knappen Bikinioberteil, das gestern Abend aus ihrem Bademantel hervorgelugt hatte. Ich schluckte hart und stellte mir vor ...

Nein, ich sollte mir nichts vorstellen. In der nächsten Drehstuhlrunde fing ich mich am Schreibtisch ab, schüttelte mich kräftig und rief den Ordner auf, in dem sich alle Unterlagen und Informationen zur Benefiz-Veranstaltung befanden. Gleichzeitig fragte ich mich, ob Hazel schon wusste, dass das Event dieses Jahr nicht so laufen würde wie gewohnt. Auch wenn sie seit der Highschool nie wieder daran teilgenommen hatte.

Gedankenversunken griff ich zum Telefonhörer, um in der Küche anzurufen.

»Hey, Yuma«, begrüßte ich den Küchenchef, nachdem er das Gespräch angenommen hatte.

»Was gibts, Aiden?«

»Ich wollte nachher noch mal die Buffetplanung mit dir durchgehen, damit ich Mrs. Greenwood gegenüber aussagefähig bin.«

»Geht klar. Ich bin da. Komm einfach runter, wenn du Zeit hast.«

»Ja, okay. Mach ich. Und eine Sache noch ...«

»Ja?«

»Kannst du mir einmal Frühstück für zwei fertigmachen, bitte?« Ich sah schnell auf die Uhr, es war gerade mal kurz vor acht. »Ich hole es in einer halben Stunde ab.«

»Uuuhhh, Frühstück für zwei? Wird gemacht, Boss«, feixte Yuma am anderen Ende. Er war echt in Ordnung und ein cooler Typ. Und immer einsatzbereit.

»Danke«, erwiderte ich und legte auf.

Scheiße. Verdammte Scheiße. Ich hatte eben ein Frühstück für zwei bestellt. Damit würde ich in einer halben Stunde an die Tür von Zimmer dreiundzwanzig klopfen. Und ich würde hoffen, dass Hazel öffnen und mich reinlassen würde. Ich würde auch hoffen, dass sie mit mir frühstücken würde.

In den nächsten dreißig Minuten starrte ich auf meinen Bildschirm, bewegte die Maus, aber hatte keine Ahnung, was genau ich da eigentlich tat. Meine Konzentration hatte sich in Luft aufgelöst in dem Moment, als ich mit Yuma gesprochen hatte.

Mit einem leisen Bing verzeichnete mein Handy den Eingang einer Nachricht und für den Bruchteil einer Sekunde blieb mein Herz stehen. *Hazel*, war das Erste, was ich dachte. *Sie sagt mir ab*, das Zweite.

Doch es war der Küchenchef, der mir ein Foto von einem fertig bestückten Servierwagen schickte. »Ready, steady, schnapp sie dir«, hatte er dazu geschrieben und einen Smiley, der die Zunge herausstreckte.

Eine Viertelstunde später schob ich den Servierwagen, der mit einigen regionalen Leckereien sowie Yumas Spezialrührei beladen war, durch den unterirdischen Gang, der die Hotelgebäude miteinander verband. Und noch mal ein paar Minuten später stand ich vor Zimmer dreiundzwanzig und begann zu schwitzen. Klopfen oder nicht klopfen? Abfuhr riskieren oder allein im Büro frühstücken?

Meine Finger verselbstständigten sich und das Klopfen an der Tür hörte sich nicht an, als hätte ich es verursacht. Erst tat sich nichts. Dann auf einmal ganz viel. Ich hörte ein lautes Poltern, dann ein ziemlich unelegantes Fluchen, was mir ein Schmunzeln entlockte.

»Zimmerservice«, rief ich vorsichtig und spätestens jetzt würde sie wissen, was los war.

»Moment«, rief sie von drinnen und abermals hörte ich ein Rumpeln hinter der Tür. Dann endlich klackte das Schloss und die Tür öffnete sich einen Spalt.

Ihre Augen weiteten sich merklich, bevor sie diese wieder zusammenkniff und mich mit einem vernichtenden Blick bedachte.

»Ich habe nichts bestellt«, sagte sie gleichgültig, schloss aber die Tür nicht.

»Ich weiß. Du hast dich nicht gemeldet und da dachte ich, ich bring dir das Frühstück einfach vorbei.« Entschuldigend sah ich zwischen ihr und dem Servierwagen hin und her und lehnte mich schließlich an den Türrahmen. »Lässt du mich rein? Wäre schade, wenn es kalt wird, Yuma hat sich wirklich ins Zeug gelegt.«

»Yuma?«

»Der Küchenchef.«

»Ah.«

Sie stand hinter der Tür, lugte durch den Spalt und machte

keine Anstalten, mich oder das Frühstück zu empfangen.

»Ich habe deine Telefonnummer nicht, sonst hätte ich dir noch gestern Abend abgesagt.« Hazel zuckte mit den Schultern und sah auf ihre nackten Füße.

Autsch.

Ich nahm mir einen Moment Zeit, sie zu betrachten. Ihre Beine steckten in einer dunkelblauen Pyjamahose und ihr entzückender Oberkörper in einem roten Hoodie mit einem verwaschenen Aufdruck, den ich nicht entziffern konnte. Sie war genauso wunderschön, wie ich sie in Erinnerung hatte. Eigentlich sogar noch viel schöner, denn sie war erwachsen geworden. Eine unheimlich schöne Frau, der ich, wenn sie es zuließe, nicht widerstehen könnte.

»Ich verstehe ja, dass du mich nicht sehen willst. Aber Yumas Spezialrührei solltest du dir auf gar keinen Fall entgegen lassen. Außerdem wird er stinksauer und meldet sich für drei Tage krank, wenn ich den Servierwagen so voll wieder runterbringe.«

Unsere Blicke trafen sich und verhakten sich für eine Millisekunde ineinander. Fast glaubte ich sogar, ein Lächeln auf ihren Lippen zu sehen, das ich nur zu gern erwiderte.

»Freak«, murmelte sie und öffnete schließlich die Tür.

Klappernd schob ich den Wagen ins Innere des Zimmers. »Yuma ist kein Freak. Er ist einer der besten Freunde, die ich hier habe, seit du weg bist«, brummte ich und betätigte die Feststellbremse, damit der Wagen nicht davonrollte.

»Danke fürs Essen. Sonst noch was?«

Mit vor der Brust verschränkten Armen stand sie vorm Fenster, mit dem Rücken zu mir. Keine Ahnung, welche Laus ihr über die Leber gelaufen war, aber langsam stachelte es mich an, sie etwas in die Enge zu treiben.

»Um genau zu sein, ja. Ja, da wäre noch etwas.«

»Und was?«

»Könntest du dich bitte umdrehen, wenn wir uns unterhalten?«

Gefährlich laut und tief holte sie Luft, während sie meiner Bitte Folge leistete. »Ach, wir unterhalten uns? Worüber denn?« Mit einem zuckersüßen, aber bitteren Lächeln sah sie mich über die Schulter hinweg an.

»Du wolltest mir gerade sagen, wie lange du noch sauer auf mich sein willst.«

Sie schnappte nach Luft. Noch mal und noch mal. »Du ... Du ... raus hier, Aiden. Ich will dich nie wieder sehen. Du bist genauso ein Arschloch wie vor acht Jahren. Jetzt hau endlich ab und nimm dein blödes Spezialrührei mit. Es ist mir egal, ob dein Superkoch sich deswegen krankmeldet.«

Wenn Hazel sich aufregte, bekam sie rote Flecken am Hals. Das war früher schon so und ich hatte es ziemlich geliebt, wenn sie so hitzig debattierte.

»Komm runter, Haz. Ich will nur reden, nichts weiter, okay?«

»W-o-r-ü-b-e-r?«

»Ich setze mich jetzt hier hin und warte, bis du dich abgeregt hast. Dann möchte ich eine Antwort von dir.« Wie selbstverständlich setzte ich mich auf die unbenutzte Seite des Bettes. So viel Anstand konnte ich gerade noch aufbringen, mich nicht auf ihre Seite zu setzen.

»O Gott, Aiden, echt jetzt? Du hast mir nicht einmal eine Frage gestellt.« Resignierend warf sie die Hände in die Luft und verschwand im angrenzenden Badezimmer.

Geduldig wartete ich, bis das Rauschen der Dusche verstummt war und sie kurz darauf wieder auftauchte. Fuck. Mit einem provozierenden und leider verdammt sexy aussehenden Lächeln kam sie aus dem Bad, ihren perfekten Körper lediglich in ein knappes Handtuch gewickelt. Hatte sie mit Absicht das Kleinere gewählt? Wollte sie, dass mir die Augen aus dem Gesicht fielen?

Ich biss mir auf die Unterlippe und sog scharf die Luft ein, während sie in ihrem Koffer wühlte und mit ein paar Klamotten in der Hand wieder ins Bad ging.

Es machte mich verrückt, sie so zu sehen und nichts machen zu dürfen. Am liebsten hätte ich sie genau so gepackt und aufs Bett geworfen, um sie zu küssen und in Besitz zu nehmen. Wie früher. Gott, jetzt wurde es auch noch eng im Schritt, ich hasste mich dafür, dass ich mich nicht unter Kontrolle hatte.

Während Hazel im Bad war, nutzte ich die Gelegenheit, um Teller, Besteck und ein paar der Frühstückssachen auf dem kleinen Tisch am Fenster herzurichten. Dann lehnte ich mich rücklings an die Wand daneben, verschränkte die Arme vor der Brust und wartete.

Es dauerte nicht lange, bis sie fertig war und wieder durch die Tür trat, die uns in den letzten Minuten getrennt hatte. Ich zog es vor, nichts zu sagen, und keine zwei Sekunden später verfinsterte sich ihr Gesichtsausdruck. Zusammengezogene Augenbrauen, gekräuselte Lippen, geneigter Kopf ... Oh, oh ... Sie stemmte die Hände in die Hüften und ging auch gleich auf mich los.

»Echt jetzt, Aiden? Spinnst du jetzt total?«

Ich holte tief Luft und erwiderte ihren Blick. Sah sie

einfach nur an, ohne etwas zu sagen, was sie noch mehr in Rage brachte.

»Keine Ahnung, ob du schon mal davon gehört hast. Aber *Nein* ist ein ganzer Satz! Also wiederhole ich mich gern, damit du es auch verstehst. Nein, ich möchte weder dein bescheuertes Frühstück noch lege ich Wert auf deine Gesellschaft. Du kannst jetzt gehen, Aiden.«

Noch mal autsch. Wann und wo hatte sie gelernt, so dermaßen auszuteilen? Meine Hazel, die früher keiner Fliege etwas zuleide tun konnte ... Sie war eine kleine Furie geworden und so, wie sie dastand, fand ich sie einfach nur noch schärfer. Sie bot mir die Stirn und es gefiel mir.

»Warum tust du das, Haz?«, fragte ich sie schließlich und blieb dabei ganz ruhig. Normalerweise würde ich ausflippen, wenn man so mit mir redete. Aber bei ihr war es etwas anderes. Da brodelte etwas unter der vermeintlich rauen Oberfläche, was wir klären mussten.

»Was tue ich denn?« Verdutzt hielt sie inne und sah mich an.

»Also ich meine, warum bist du so abweisend mir gegenüber?«

Sie lachte bitter auf und kam einen Schritt auf mich zu. »Du fragst mich das allen Ernstes? Warum ich so abweisend bin? Wirklich, Aiden? Ich dachte, du wüsstet es.«

Es war Samstagmorgen, gerade mal neun Uhr und mein Tag war im Arsch. Ich konnte es nicht leugnen. Hazel Greenwood nahm mich gerade so was von auseinander, dass ich für den Rest des Wochenendes wohl damit beschäftigt sein würde, meine Einzelteile wieder zusammenzusuchen und mit Sekundenkleber aneinander- zukleben.

»Haz, es ist acht Jahre her. Und es tut mir leid, was damals passiert ist. Wirklich und aus tiefstem Herzen. Aber meinst du nicht, dass es an der Zeit ist, das ruhen zu lassen?«

Versöhnlich hob ich die Hände und hoffte, sie würde mir einfach endlich vergeben. Es wäre so viel einfacher. Doch sie schüttelte den Kopf.

»Das meine ich nicht. Darüber bin ich längst hinweg.«

Fragend sah ich sie an. »Und worüber regst du dich dann so auf?«

»Das weißt du genau«, blaffte sie weiter wie ein kleiner, giftiger Hund.

Ich verließ meine Position mit der schützenden Wand im Rücken, griff nach der Lehne eines Stuhls und zog ihn etwas vom Tisch weg. »Setz dich.«

»Nein. Und denk dran, das ist ein ganzer Satz.«

Okay, es reichte jetzt. »Das habe ich verstanden.«

»Gut.«

Wir lieferten uns ein oskarreifes Blickduell, bei dem die Pfeile nur so durch die Luft surrten. Und verdammt noch mal, es machte mich an, dass sie so einen starken Willen hatte.

»Setz dich jetzt hin, Hazel Greenwood.« Meine Stimme duldete keinen Widerspruch, mit dem Kopf deutete ich auf den Stuhl. »Setzen.«

Sie missachtete meine Geste und steuerte schon aus reiner Provokation den anderen Stuhl an. Mit einem schiefen und ziemlich verächtlichen Grinsen, wie ich es von ihr nicht kannte, setzte sie sich schließlich und ich tat es ihr gleich.

Sie lehnte sich zurück und funkelte mich aus ihren rehbraunen Augen an. Gott, sie war so schön.

»Was genau ist dein Problem, Haz?« Ich versuchte es erneut und stützte mich mit den Ellenbogen auf dem Tisch ab.

»Warum hast du meiner Mom das Benefiz-Buffet abgeschwatzt?«

Ah, daher wehte also der Wind.

»Ich habe es ihr nicht abgeschwatzt. Das war eine gemeinsame Entscheidung«, erwiderte ich und konnte nur hoffen, dass sie die Wahrheit vertrug und dass sich ihre Version der Geschichte noch umdrehen ließ.

In Kurzform erzählte ich ihr davon, dass ich vor ein paar Wochen im Bistro ihrer Mutter ein paar ihrer legendären Peanut Honey Butter Rounds kaufen wollte. Wir waren ins Gespräch gekommen und sie hatte mir erzählt, dass sie nicht wusste, ob sie das Buffet überhaupt bewerkstelligen konnte. Was klein angefangen hatte, wurde immer größer und noch dazu hatte sich Petty das Bein gebrochen. Ich musste damals nicht zweimal überlegen und bot ihr an, dass wir das Buffet ins Hotel verlagern, es ausweiten und sie lediglich ihre Leckereien beisteuern sollte. Diese konnte sie sogar in unserer Küche zubereiten, wenn sie das wollte.

Hazel nickte ab und zu, entspannte sich aber nicht wirklich. Noch immer war ihr Blick finster und ihre Körperhaltung mehr contra als pro.

In meinen Ausführungen ergänzte ich noch, wie dankbar ihre Mom für die Planänderung war und dass sie immer wieder signalisiert hatte, wie sehr sie es schätzte.

»Du musst davon gewusst haben. Sie hat es dir doch garantiert erzählt«, beendete ich meinen Monolog über meine guten Taten, doch Hazel verneinte kopfschüttelnd.

»Also ja, doch, sie hat mir davon erzählt. Aber ich ... Ich dachte ...« Schuldbewusst senkte sie den Blick, während ich sie nicht aus den Augen ließ.

»Was dachtest du, Hazel? Dass ich wirklich so ein mieses Arschloch bin, das das Konzept deiner Mutter klaut und es als sein eigenes vermarktet? Ist es das, was du dachtest?«

Noch immer sah sie mich nicht an, knetete ihre Finger und zupfte immer wieder am Saum der Tischdecke herum.

»Ich ... also ... Ähm, ja ... Ich ... Ja, so etwas in der Art dachte ich«, presste sie schließlich mühsam hervor.

Seufzend lehnte ich mich zurück und rieb mir mit den Händen übers Gesicht. Ich konnte es ihr nicht einmal verübeln, dass sie so schlecht von mir dachte. Trotzdem traf es mich bis ins Mark.

»Und nur weil ich vor acht Jahren ein Arschloch war, bin ich es also immer noch? Keine Chance für Veränderung oder Reue oder so was?«

Langsam hob sie den Kopf und als sich unsere Blicke trafen, berührte sie etwas tief in mir, von dem ich geglaubt hatte, dass es längst nicht mehr da war. Am liebsten wäre ich sofort aufgesprungen, um sie in meine Arme zu ziehen, sie zu küssen, ihr zu versichern, dass ich nicht mehr der von damals war. Aber ich traute mich nicht. Ich war ein gottverdammtes Weichei, was das betraf.

Geräuschvoll schob sie ihren Stuhl zurück und erhob sich. »Entschuldige, Aiden. Ich wollte nicht ... ich glaube, ich gehe lieber«, stammelte sie und drehte sich von einer Seite auf die andere, ohne zu wissen, was sie eigentlich wollte.

Umarmen. Küssen. Innehalten. Das war es, was ich wollte. Aber es ging nicht. Nicht jetzt. Nicht hier.

»Hey, es ist dein Zimmer. Ich bin derjenige, der gehen sollte. Sag einfach an der Rezeption Bescheid, wenn du fertig bist mit frühstücken. Der Servierwagen wird dann vom Roomservice abgeholt.«

»Okay«, hauchte sie kaum hörbar, während ich zur Tür ging. Ich hatte wirklich gehofft, dass sie endlich aus ihrem Schneckenhaus herauskriechen würde und wir wie normale Erwachsene miteinander umgehen konnten, die eine gemeinsame Vergangenheit hatten. »Danke fürs Frühstück, Aiden.«

»Ich muss los, hab nachher noch zwei Termine. Bis dann, Haz.« Damit überließ ich sie ihrem Groll und hoffte, sie würde sich wieder einkriegen, damit wir wenigstens noch einmal normal miteinander reden konnten, bevor sie morgen schon wieder abreiste.

Die Wahrheit war jedoch, dass auch ich nicht einmal ansatzweise in der Lage war, mich in ihrer Gegenwart wie ein normaler Erwachsener zu benehmen.

Denn ich hatte sie über all die Jahre nie vergessen. Ich hatte nie vergessen, wie sie roch. Wie sie schmeckte. Wie sich ihre Haut auf meiner anfühlte. Wie es war, von ihr geliebt zu werden. Und wie es mich erfüllt hatte, sie zu lieben.

9. Hazel

Mist.

Mist. Mist. Mist.

Damit war ich gehörig ins Fettnäpfchen getreten. Oder vielmehr in ein Fettfass. Aber Aiden war selbst schuld. Hätte er mich nicht verarscht, hätte ich eine bessere Meinung von ihm, und es wäre gar nicht erst zu dieser haarsträubenden Diskussion gekommen.

Was bildete er sich eigentlich ein? Kam hier reinspaziert, als wäre nichts gewesen. Servierte mir Frühstück, als wären wir die besten Freunde. Und erzählte mir von dem Benefiz-Projekt, als wäre es auf seinem Mist gewachsen.

Idiot blieb eben Idiot.

Ich musste zugeben, dass ich insgeheim vielleicht ein klein wenig gehofft hatte, dass er sich geändert hatte. Aber weit gefehlt. Er war ein Businesshai geworden und nur aufs große

Geld aus. Da war ich mir ziemlich sicher.

Mir wurde übel, als ich auf den Servierwagen blickte. Vor mich hin schimpfend packte ich alles wieder darauf und schob das sperrige Ding vor die Tür in den Flur. Dann ließ ich mich aufs Bett fallen und rief meine Mom an, um ihr zu sagen, dass ich etwas später zu ihr kommen würde. Es hatte so heftig geschneit letzte Nacht, dass ich doch erst ins Einkaufszentrum gehen und mir ein paar wetterfeste Schuhe kaufen musste. Sie hatte vollstes Verständnis dafür, legte mir aber ans Herz spätestens gegen vierzehn Uhr da zu sein.

Vier Stunden zum Schuhe kaufen sollten reichen.

Anscheinend war ich noch mal weggedöst und völlig durch den Wind, als ich wieder aufwachte. Ich hatte von Aiden geträumt, und dass er mich hämisch ausgelacht hatte. Der Versuch, diesen absurden Traum von mir abzuschütteln, blieb erfolglos.

Der Blick auf die Uhr verriet mir, dass von den vier Stunden nur noch zwei übrig waren und ich mich nun wirklich sputen musste, damit ich pünktlich bei Mom sein konnte.

Schnell machte ich mich frisch, zog mich an und ließ über die Rezeption ein Taxi ordern, das mich zurück in die Stadt brachte. Mit meinen hochhackigen Stiefeln würde ich im Tiefschnee nicht einen Meter weit kommen.

Im Einkaufszentrum von Maple Falls hatte sich nur wenig verändert. Wie früher herrschte auch heute reges Treiben in den Geschäften. Die Menschen schleppten massenweise Tüten mit sich herum, prall gefüllt mit Klamotten und Geschenken vermutete ich.

In der Mitte des Centers stand ein riesiger

Weihnachtsbaum, unecht, klar. Er reichte fast bis an das hoch gelegene Glasdach und war über und über geschmückt mit Lichtern und knallbunten Kugeln. Drumherum waren Geschenketürme aufgebaut, eine Kutsche samt Rentieren – alles gefakt natürlich. Und aus den Lautsprechern donnerten sämtliche Weihnachts- klassiker.

Mit einem Schmunzeln auf den Lippen schlenderte ich durch die Gänge, begutachtete die Auslagen in den Schaufenstern und entschied mich, gleich noch einen warmen Pulli und eine bequeme Jeans zu kaufen. Beides konnte in Gefilden wie diesen schließlich nicht schaden. Die Suche nach passenden Schuhen gestaltete sich dagegen viel schwieriger, weil ich mit diesen klobigen Boots so gar nichts anfangen konnte. Im Grunde genommen brauchte ich sie auch gar nicht. Nur für die paar Stunden, die mir hier noch blieben, einhundertzwanzig Dollar ausgeben? Das widerstrebte mir. Aber beim Blick nach draußen blieb mir wohl keine andere Wahl. Es schneite ohne Unterlass. Wenn das so weiterging, konnte ich froh sein, wenn ich morgen Abend überhaupt hier wegkam.

Als ob ich nicht schon mit genug Tüten beladen war, blieb ich noch in einem großen Drogeriemarkt hängen. Besuche dieser Art endeten immer desaströs. Zumindest für mein Konto. Ich fand immer etwas, was ich gar nicht brauchte und trotzdem unbedingt haben wollte. Das perfekte Werbe-Opfer, wenn man so wollte. Ein mauvefarbener Nagellack lachte mich an und flüsterte leise »Nimm mich mit«. Wie konnte ich da widerstehen? Ebenso eine Glasnagelfeile, ein Gesichtstonic, Duschbad und Wimperntusche. Es war nicht so, dass ich das nicht alles bereits besaß oder dass mein Koffer noch ausreichend Platz für all die Kleinigkeiten bot. Aber sie mussten trotzdem mit. Weil das Etikett auf dem Duschbad so wunderschön exotisch war. Eine Glasnagelfeile wollte ich schon lange kaufen und Nagellack konnte man schließlich nie genug haben.

In meinem Wollmantel geriet ich ganz schön ins Schwitzen. Für einen Moment überlegte ich, noch hier im Einkaufscenter meine ramponierten Stiefel zu entsorgen und in die Boots zu schlüpfen. Doch ich entschied mich dagegen und rief mir stattdessen ein Taxi, das mich zu meiner Mom fahren würde.

Um zum Centerausgang zu gelangen, musste ich an dem raumfüllenden Weihnachtsbaum vorbei, um den herum sich eine riesige Menschentraube gebildet hatte.

Aus den Lautsprechern erklang Glockenläuten und Weihnachtsmusik. Als würde Santa Claus direkt mit dem Schlitten hier hereinfahren. Aber der saß natürlich längst an Ort und Stelle. Von Weitem beobachtete ich das Spektakel, wie ein Kind nach dem anderen mit leuchtenden Augen auf seinen Schoß wanderte, ihm etwas ins Ohr flüsterte, Santa ein High Five gab und wieder zu seinen Eltern ging, die diesen Moment natürlich mit dem Handy für die Ewigkeit festgehalten hatten.

Ich mochte den Zauber der Weihnacht. Schon immer. Und gerade für Kinder war es doch die schönste und magischste Zeit im Jahr.

Mir war nicht aufgefallen, dass ich immer weiter in die Menschentraube hineingeraten war. Schweißperlen standen mir auf der Stirn und ich stellte mir vor, wie der Mann, der hier so geduldig den Weihnachtsmann mimte, in seiner

Verkleidung schwitzen musste.

Für den Bruchteil einer Sekunde erstarrte ich, als sich unsere Blicke kreuzten. Warum auch immer fühlte ich mich ertappt. Als er seinen Kopf etwas neigte und mit seiner Hand, die in einem dicken schwarzen Handschuh steckte, auf mich zeigte, blieb mein Herz kurz stehen.

»Liebe Kinder, wollt ihr dieser jungen Frau den Vortritt lassen? Sie sieht aus, als hätte sie es eilig, aber auch sehr viele Wünsche. Wollen wir sie vorlassen?«

Er sprach mit den Kindern, als wäre es das Normalste auf der Welt, der Weihnachtsmann zu sein und in einem Einkaufszentrum Kinder auf den Schoß zu nehmen. War das etwa der Santa Claus, der mir gestern auf dem Gehweg geholfen hatte?

Nachdem ich mich aus meiner Schockstarre gelöst hatte, schüttelte ich heftig den Kopf. »Nein, nicht nötig«, murmelte ich, was Santa natürlich nicht hören konnte, weil die Kinder immer eifriger nach mir riefen. *Junge Frau, junge Frau, komm her und wünsch dir was von Santa …*

O Gott, es war so skurril. Und megapeinlich. Schnell sah ich mich um, ob ich jemanden entdeckte, der mich oder den ich kannte. Dem war nicht so, also setzte ich zaghaft einen Fuß vor den anderen, während Santa Claus schon freundlich lächelnd auf die Stelle auf seinem Oberschenkel klopfte, wo die Kinder normalerweise saßen.

»Nimm Platz, mein Kind«, brummte er mit tiefer Stimme und ich war mir ziemlich sicher, dass es der gleiche Santa war wie gestern.

»Nein, es geht schon«, sagte ich und bleib einfach stehen.

»Tun Sie doch den Kids den Gefallen und spielen Sie mit,

die haben Sie immerhin vorgelassen.« Er nickte in Richtung seines Oberschenkels und ich gab mich geschlagen. Für die Kids. Nur für die Kids.

»Kenne ich Sie?«, flüsterte ich.

»Natürlich. Jeder kennt mich, ich bin Santa Claus.«

Okay, spätestens jetzt war sicher, dass er der Typ war, der gestern meine Unterwäsche aus dem Matsch auf dem Gehweg gefischt hatte.

Wie p-e-i-n-l-i-c-h.

»Wie heißt du denn?«, fragte er und sprach nun wieder so laut, dass alle ihn hören konnten.

»Hazel.«

»Hazel. Was für ein schöner Name, nicht wahr, Kinder? Wer von euch heißt auch Hazel?«

Ich sah mich um, und drei oder vier Hände schnellten in die Höhe.

»Sie waren shoppen, das ist gut, denn wie ich es vorhergesagt habe, schneit es. Wir am Nordpol haben die besten Vorhersagen, müssen Sie wissen«, murmelte Santa währenddessen wieder ganz leise zu mir.

»Aha.« Ich wusste gar nicht, was ich darauf erwidern sollte. Wollte er mich für dumm verkaufen?

»Was wünschst du dir denn, Hazel? Eine Puppe? Oder nein, warte«, er sah mich eindringlich an, »ein Videospiel?« Die Kinder bogen sich vor Lachen.

Ich schüttelte den Kopf und musste jetzt auch ein wenig schmunzeln.

»Möchten Sie mir jetzt Ihren Wunsch ins Ohr flüstern?« Santa flüsterte wieder nur zu mir, wackelte mit den Augenbrauen und zwinkerte mich an. Diese Augen .... Dieses

Lächeln ... Ich hätte schwören können, beides schon mal gesehen zu haben ...

Ich überlegte hin und her. Doch es nützte nichts, diese Situation war an Scham nicht zu überbieten. Also legte ich meine Hand vor sein Ohr und hauchte, dass ich mir wünschte, dass die Menschen achtsamer mit sich und der Natur umgehen würden, damit wir noch lange etwas von ihr hatten. Etwas anderes war mir gerade nicht eingefallen.

»Das ist ein sehr, sehr großer Wunsch, Hazel. Aber ich werde sehen, was ich tun kann. Und nun hopp, hopp, ich habe viel zu tun.« Mir kam es vor, als hatte er seine Stimme mit Absicht noch einmal um ein paar Oktaven nach unten verstellt.

Ich blickte ihn wie gebannt an. Zwischen unseren Gesichtern war nur eine Handbreit Platz. Die Schweißperlen auf seinem Nasenrücken waren deutlich sichtbar, dass er mir fast schon leidtat. Schnell wendete ich meinen Blick von ihm ab und wollte aufstehen, als er – für alle anderen unbemerkt – seinen Arm um meine Hüfte legte. Im Augenwinkel sah ich, dass sein Gesicht meinem gefährlich nahekam und gerade als ich mich entrüstet dazu äußern wollte, schnellte sein Mund halb auf meine Wange, halb auf meine Lippen.

Dann gab er mir einen Klaps auf den Po, mit dem er mich von seinem Oberschenkel schubste und rief das nächste Kind auf.

Kopfschüttelnd stand ich eine Weile da und konnte nicht glauben, was da eben passiert war. Santa Claus hatte mich geküsst? Mein Herz raste. Mal wieder. Völlig unkontrolliert. Außer Rand und Band.

Ungeachtet dessen, dass draußen bestimmt schon das

Taxi auf mich wartete, ging ich noch einmal in den Schuhladen, um mich abzureagieren und den Fragen meiner Mom aus dem Weg zu gehen. Und die würde sie garantiert stellen, weil sie mir ansehen würde, dass etwas passiert war, was mich aus der Fassung brachte. Noch ein Paar Schuhe würde da auf jeden Fall helfen, damit ich mich wieder sammelte.

Als ich endlich fertig war, war auch der Trubel im Einkaufszentrum abgeebbt. Die Leute tummelten sich, um ihre Einkäufe zu erledigen, aber der große Weihnachtszauber samt Santa Claus hatte bereits Feierabend.

Etwas später als geplant, aber immer noch rechtzeitig, stieg ich eine Viertelstunde später vor dem Haus meiner Mom aus dem Taxi. Auf der anderen Straßenseite fiel mir ein alter Land Rover auf, der nicht ins Bild der kleinen Vorstadthäuser passte. Aber gut, das tat ich genauso wenig. Mit Einkaufstüten beladen, wie Carry aus *Sex and the City*, passte ich eher nach Manhattan oder eben nach Boston, aber wohl kaum nach Maple Falls.

»Gehört dieses Ungetüm da drüber Mr. Snyder?«, wollte ich wissen, sobald meine Mutter mir die Tür geöffnet hatte.

Sie lachte auf und machte mir Platz, damit meine Tüten und ich eintreten konnten. »Sieht aus, als hätte sich dein Einkaufsbummel gelohnt, hm?«

»Ja, hat er. Wem gehört nun diese protzige Karre da drüben?«

»Nun komm doch erst mal rein, mein Schatz. Ich habe schon Kaffee gekocht und einen Kuchen gebacken. Wir können also gleich loslegen mit dem Rezepte-Brainstorming.« Wieder wich sie mir aus und ich bekam keine Antwort auf meine Frage.

Ich ließ die Einkaufstüten wenig elegant im Flur fallen, zog meinen Mantel und die Stiefel aus und ging in die Küche, wo gleich darauf mein Herz schon wieder ins Stocken geriet.

»Das Ungetüm da draußen gehört mir.« Mit einem schiefen Grinsen lehnte Aiden rücklings am Küchentresen und schlürfte Kaffee.

»Was macht er denn hier?«

»Hazel, würdest du dich bitte benehmen? Wir haben Besuch.«

»Das sehe ich, Mom. Aber was macht er hier? Ich dachte, wir besprechen das Essen fürs Buffet?« Mein Puls überschlug sich fast, als sich unsere Blicke für einen Moment kreuzten und ineinander verhakten, dass ich Mühe hatte, mich wieder zu lösen. Er sah verdammt gut aus. Etwas gehetzt, aber verdammt gut.

»Es ist Aidens Veranstaltung und natürlich muss er Bescheid wissen darüber, was wir backen und kochen wollen. Und wir müssen die Mengen mit ihm abstimmen.«

Ich schnappte nach Luft. Seine Veranstaltung ... Pah, es war der pure Hohn. Dass meine Mutter das zuließ, machte mich ganz wütend.

»Es ist unsere Veranstaltung, Mrs. Greenwood. Nicht meine.« Mit einem kessen Augenzwinkern stellte er die Sache richtig und wickelte Mom einmal mehr um seine Finger. Dieser gewiefte Kerl.

»Ach bitte, Aiden, sag Hanna zu mir. Sonst komme ich mir doch so alt vor«, kicherte sie geniert und ging mit einem Tablett, auf dem Kaffee und Kuchen waren, ins Wohnzimmer.

»Hi, Haz.« Das triumphierende Grinsen war einem ernsten und eindringlichen Blick gewichen, dass ich glaubte, er würde bis auf den Grund meiner Seele schauen.

»Glaub ja nicht, dass du hier irgendwie das Ruder übernehmen kannst, Aiden.« Aus zusammengekniffenen Augen funkelte ich ihn an. Wenn er nur nicht so attraktiv wäre. Seine lässige Erscheinung irritierte mich so sehr.

»Immer noch so feindselig? Ich dachte, das hatten wir geklärt?«

»Ach, hatten wir das? Na dann ...«

Ich drehte mich auf den Fersen um und ging zu meiner Mom ins Wohnzimmer. Es war schwer, die Tatsache zu ignorieren, dass mein Ex-Freund mit uns am Tisch saß und mit uns den Teil der Buffetplanung besprach, den wir beisteuern sollten. Wir einigten uns schließlich auf Moms klassischen Kürbiskuchen und ein paar Plätzchen.

»Und Hanna, ich gehe davon aus, dass Sie Ihre legendären Turkey Sandwiches machen und natürlich auch die Peanut Butter Honey Rounds.«

Mom nickte eifrig. Und notierte sich die genannten Speisen in ihrem Buch.

Zwei Stunden später hatte ich Bauchschmerzen von zu vielen Plätzchen und fühlte mich schrecklich ausgelaugt. Es war anstrengend, in Aidens Gegenwart die Fassung zu wahren. Noch immer fiel es mir schwer, ihm zu glauben, was er mir heute Morgen versichern wollte. Auch wenn Moms Version der Geschichte ähnlich war.

Es wurde bereits dunkel und ich begann zu gähnen. »Ich glaube, ich bestell mir ein Taxi«, sagte ich müde und rieb mir übers Gesicht. Vielleicht konnte ich heute dem Spa-Bereich ungehindert einen Besuch abstatten. »Wir sind hier so weit fertig, oder?«

»Du gehst schon?« Mom klang enttäuscht und legte die Hände in den Schoß.

»Ja, aber ich komme doch morgen noch mal vorbei, bevor ich zum Flughafen fahre.«

»Okay. Soll ich dir ein Taxi rufen?« Sie war aufgesprungen und eilte bereits zum Telefon, das in der Küche an der Wand angebracht war, als Aiden sich einmischte. Schon wieder.

»Ich kann Hazel mitnehmen. Wir haben praktisch den gleichen Weg und es wäre eine Umweltsünde, wenn noch ein Auto zusätzlich seine Auspuffgase in die Luft schleudern würde. Wir wollen doch schließlich lange etwas von unserem Planeten haben, oder?«

Er zwinkerte mir verschmitzt zu und es wirkte seltsam vertraut.

»Ich kann auch laufen«, erwiderte ich trotzdem patzig.

»Kannst du, musst du aber nicht. Schau mal aus dem Fenster. Ich möchte nicht, dass du einschneist oder erfrierst, weil du irgendwo mit dem Absatz deiner Stiefel steckengeblieben bist.« In dem Moment, da er das ausgesprochen hatte, erstarrten wir beide gleichermaßen, bis ich zu lachen begann.

»Hat sich schnell rumgesprochen, oder?«

Er entspannte sich wieder und nickte lachend. »Ja, ich wäre zu gern dabei gewesen. Um zu helfen natürlich.«

»Ja, klar.«

Auch meine Anspannung löste ich sich endlich auf. Es tat gut, wieder mit ihm zu lachen. Es war, als würde sich nach acht Jahren Dunkelheit alles wieder mit Licht füllen. Als hätte ich jahrelang die Luft angehalten. Und plötzlich atmete ich wieder.

»Wollen wir dann?«

Ich nickte und eine Viertelstunde später saß ich auf dem Beifahrersitz seines schwarzen Land Rovers.

10. Aiden

Scheiße. Vorhin hätte ich mich fast verraten. Zweimal. Gerade noch rechtzeitig hatte ich das Ruder rumreißen können. Mit der flachen Hand rieb ich mir über die Stirn, damit ich meine Finger nicht aus Versehen auf Hazels Oberschenkel legte. Sie saß neben mir, klammerte sich an ihre Einkaufstüten und sagte kein Wort.

Wir schwiegen, bis ich auf den Hotelparkplatz fuhr.

»Warte, ich helfe dir mit den Einkäufen«, schlug ich ohne Hintergedanken vor.

»Geht schon, danke.« Sie wehrte mich schon wieder ab, doch das hielt mich nicht davon ab, nach den Tüten zu greifen, und sie auf ihr Zimmer zu begleiten. Es machte mich wahnsinnig, dass sie noch immer so abweisend war, und ich würde alles dafür tun, damit sie ihre Meinung änderte.

In ihrem Zimmer angekommen stellte ich die Tüten auf

dem Bett ab und wartete. Darauf, was jetzt passieren würde. Darauf, dass sie mich rauswarf. Oder beschimpfte. Oder mich boxte, so wie früher, wenn ich eine große Klappe gehabt hatte. Aber nichts dergleichen passierte.

Sie hatte stillschweigend ihren Mantel abgelegt und war im Bad verschwunden. Sie hatte mich komplett ignoriert und ich hatte keine Ahnung, was ich damit anfangen sollte.

Gefühlte Minuten stand ich allein in der Mitte des Raumes und begann zu schwitzen, weil ich mich nicht traute, meine Daunenjacke abzulegen. Schließlich konnte es gut sein, dass sie mich gleich mit einem Arschtritt auf den Flur beförderte.

Die Badtür öffnete sich leise. »Du bist ja noch da.«

»Japp.« Verdammt, so hilflos hatte ich mich lange nicht gefühlt. Ich würde sie am liebsten aufs Bett werfen und sie in allen möglichen und unmöglichen Stellungen nehmen. Aber das ging natürlich gar nicht. »Brauchst du noch etwas?«

Sie schüttelte den Kopf. »Danke, Aiden.«

»Wofür?«

»Fürs Herbringen und dafür, dass du meiner Mutter hilfst.«

Okay, sie lenkte ein. Das deutete ich als gutes Zeichen. Langsam öffnete ich den Reißverschluss meiner Jacke und ließ sie dabei nicht aus den Augen. Als wartete ich auf ihr Einverständnis, dass ich bleiben durfte. Sie nickte kaum merklich, woraufhin ich die Jacke auszog, über die Stuhllehne warf und mich aufs Bett setzte.

»Weißt du, es ist für mich selbstverständlich. Und ob du es glaubst oder nicht, Haz, es geht hierbei nicht darum, dass ich mich profilieren will. Ich helfe deiner Mom, weil man gemeinsam einfach mehr erreichen kann. Ihr Engagement und ihre unschlagbaren Koch- und Backkünste gepaart mit meinen Management- und Marketingkenntnissen sind einfach nicht zu toppen. Zusammen können wir etwas ganz Großes daraus machen.«

Hazel war still und setzte sich schließlich neben mich. Sie legte die Hände auf ihren Oberschenkeln ab und holte tief Luft.

»Es tut mir leid, Aiden. Ich hatte ein völlig falsches Bild von dir«, flüsterte sie schließlich und wagte einen vorsichtigen Blick in meine Richtung.

»Kein Wunder, ich hab ja auch so ziemlich alles falsch gemacht, was man falsch machen kann.« Ich zuckte mit den Schultern, als wollte ich es rechtfertigen, dass sie mich so eiskalt behandelt hatte.

»Hast du eigentlich nicht. Also vor acht Jahren, da ja. Aber nicht jetzt. Dieses Mal bin ich wohl das Arschloch, sorry.« Ein zaghaftes Lächeln umspielte ihre Mundwinkel und es kostete mich alles an Beherrschung, nicht mit meinem Daumen über ihre weichen Lippen zu fahren.

»Wenn du darauf bestehst, sind wir halt beide Arschlöcher.« Jetzt lachte sie und nickte.

»Okay. Deal.«

O Mann, wenn sie wüsste, wie gern ich sie jetzt küssen würde. Ich wollte sie spüren. Ihre Wärme und ihren Geruch inhalieren. Von ihr kosten, als wäre sie die einzige Quelle auf der Welt.

Ihre Wangen röteten sich und ihr Blick veränderte sich. Wenn sie mich weiter so ansah und sich noch dazu auf die Unterlippe biss, konnte ich für nichts mehr garantieren ...

Ich beschloss, alles auf eine Karte zu setzen, löste meinen

Hintern vom Bett, um mich vor sie zu hocken und ihre Hände in meine zu nehmen. Erschrocken wich sie erst zurück, gab dann aber nach und ließ mich gewähren. Als ich ihren Blick auffing, veränderte sich etwas zwischen uns. Es war, als wären ihre Mauern eingefallen. Sie wirkte auf einmal so fragil und verletzlich, dass ich das Gefühl hatte, sie beschützen zu müssen.

»Es tut mir so unendlich leid, was ich dir damals angetan habe, Haz. Du musst mir glauben. Wenn es eine Möglichkeit gäbe, es rückgängig zu machen, ich würde es sofort tun.«

Eine Träne löste sich aus ihrem Augenwinkel und endlich fasste ich den Mut, Hazel zu berühren. Ich legte meine Hand an ihre Wange und wischte die Feuchtigkeit weg.

»Können wir bitte einfach nicht mehr darüber reden?«, hauchte sie und ich konnte nicht anders, als ihr Gesicht in beide Hände zu nehmen und meine Stirn an ihre zu legen.

»Natürlich, alles, was du willst.«

»Vor allem will ich nicht mehr streiten. Das ist anstrengend und führt zu nichts.«

Genauso sah ich das auch.

»Verrate mir nur noch eins. Warum bist du damals einfach abgehauen, ohne noch einmal mit mir zu reden?«

Sie hob den Kopf und sah mich an, so verwundbar und traurig, dass es mir erneut fast das Herz brach.

»Warum hätte ich bleiben sollen? Ich hatte keinen Grund mehr dazu.«

Autsch.

»Du hast mir damals beigebracht, zu lieben. Seit du weg bist, Haz, weiß ich, was es heißt, zu vermissen. Und ich habe dich jeden gottverdammten einzelnen Tag vermisst.«

Tränen liefen unaufhaltsam über ihre Wangen und als mein Mund sich sanft auf ihre bebenden Lippen legte, vermischten sie sich mit unserem Kuss, in den ich alles an Hoffnung legte, was ich noch hatte.

»Ich habe nie aufgehört, dich zu lieben, Hazel Greenwood«, murmelte ich zwischen zwei sanften Küssen, die sie zaghaft erwiderte.

Vorsichtig stupste meine Zunge an ihre, wartete darauf, dass sie das Spiel mitspielte. Hazel zu küssen, fühlte sich an wie früher, warm und sexy. Sie schmeckte unvergleichlich und sie nach all den Jahren endlich wieder zu spüren, war an Magie kaum zu überbieten.

»Aiden«, hauchte sie an meinem Mund, hörte jedoch nicht auf, mich zu küssen. Im Gegenteil, sie schlang ihre Arme um meinen Nacken, vergrub ihre Hände in meinen Haaren und zog mich aufs Bett, wo ich halb auf ihr, halb neben ihr lag.

»Verzeihst du mir?«, wollte ich wissen, nachdem sich unsere Lippen voneinander gelöst hatte, damit wir Luft holen konnten. Zärtlich strichen meine Fingerspitzen über ihren Hals bis zu ihren Schlüsselbeinen.

Sie schloss die Augen und seufzte innig. »Lass uns einfach nicht mehr darüber reden, okay? Sonst muss ich immer wieder daran denken und das ist fürs Verzeihen nicht unbedingt förderlich.« Mit einem betörenden Augenaufschlag öffnete sie die Lider und als sich unsere Blicke trafen, war es wie ein stummes Versprechen. Als hätten wir uns eben versichert, die alten Zeiten ruhen zu lassen und neu anzufangen. Wobei ich keine Ahnung hatte, ob so etwas wie ein Neuanfang überhaupt geplant war.

»Okay. Das bekomme ich hin, denke ich.«

Erneut trafen sich unsere Lippen und verschmolzen miteinander. Ich inhalierte diese Frau regelrecht, als wäre ich die letzten acht Jahre in einer Art Schockstarre gewesen, aus der ich gerade aufwachte. Fordernd knabberte ich an ihrer Unterlippe, während sie ihre Hände in mein Shirt krallte und es zusammenraffte. Mein Herz raste. Als ihre Fingerkuppen zaghaft über meinen nackten Rücken fuhren, begann mein Körper zu zittern und ich wurde mutiger.

Mit der Zunge fuhr ich an ihrem Hals entlang, saugte vorsichtig an ihrem Puls, um gleich darauf zarte Küsse auf ihren Schlüsselbeinknochen zu verteilen. Seufzend gab sie sich mir hin und ich liebte es, sie auf diese Weise zu verwöhnen. Während ich mich mit einer Hand neben ihrer Schulter abstützte, fuhr ich mit der anderen über ihre Brüste, die nach wie vor wie für mich gemacht waren. Vorsichtig drückte ich sie und brachte Hazel dazu, sich unter mir aufzubäumen. *O warte ab, Liebling, ich habe viel dazugelernt in den letzten Jahren und kann dich in andere Sphären katapultieren …*

Gerade als ich meine Hand unter ihren Pulli schieben wollte, um ihre Haut zu spüren, klingelte irgendwo ein Handy. *Verdammt*, fluchte ich innerlich und versuchte, es zu ignorieren. Aber es klingelte ziemlich penetrant weiter, sodass ich aufgab.

»Deins oder meins?«, fragte Hazel und richtete sich auf. Suchend sah sie sich um. Ohne dass ich meine Hände von ihr löste, verrenkte sie sich und streckte sich nach links aus.

Ich küsste ihre Schulter und wie zufällig streiften meine Finger erneut ihre Brüste.

»Ah, es ist meins. Sorry, da muss ich rangehen«, keuchte sie auf und rutschte bis ans Bettende, um sich anzulehnen.

»Okay, aber ich werde nicht aufhören. Damit ...« Noch ein Kuss auf ihre Schulter. »Und damit.« Endlich bekam ich ihre Haut unter dem Pulli zu spüren, als ich ziemlich frech meine Hand einfach darunter schob, während sie den Anruf annahm.

Ihr leises Kichern drang an mein Ohr und sie schlug mir auf die Finger. »Aiden«, sagte sie mahnend, aber nicht böse.

»Hey, was gibts?«

Ich konnte nicht hören, was ihr Gesprächspartner am anderen Ende sagte, aber als ich erneut einen Versuch wagte, ihr den Pulli hochzuschieben und ihren Bauch zu streicheln, rückte sie einfach von mir weg. Noch dazu bedachte sie mich jetzt mit einem strengen Blick, dass ich mich fühlte wie ein Kindergartenkind, das etwas kaputtgemacht hatte.

»Äh, was? Nein! Spinnst du? Das würde ich niemals tun«, hörte ich Hazel sagen, wobei ihr Blick kurz in meine Richtung glitt. Als wollte sie sich versichern, dass ich meine Finger von ihr ließ.

»Nein, du hast vollkommen recht. Ich erzähl dir am Montag alles, okay? Ja genau, lass uns zusammen Mittagessen, gute Idee.«

Kurz darauf legte sie wieder auf, behielt das Telefon in der Hand und machte keine Anstalten, sich wieder hinzulegen, damit wir da weitermachen konnten, wo wir eben unterbrochen worden waren.

»Dein Freund?«, wollte ich beiläufig wissen und ließ meine Fingerspitzen über ihren Oberschenkel tanzen.

Hazel schob meine Hand weg, und es versetzte mir einen herben Dämpfer. Was sollte das denn schon wieder? Eben waren wir so kurz davor, miteinander zu schlafen, und jetzt schob sie mich weg?

»Ich hab keinen Freund. Und du?«

Ich lachte auf. »Klar. Ich bin immer noch mit Pete befreundet.«

Hazel verdrehte die Augen und schüttelte den Kopf. »Ich meinte, ob in deinem Appartement jemand auf dich wartet.«

Mit intensivem Blick betrachtete ich sie. Wie gerne ich wissen würde, was in diesem hübschen Kopf vor sich ging.

»Wäre ich dann hier?«, erwiderte ich lediglich.

»Keine Ahnung, Aiden. Wäre ja nicht das erste Mal, dass du zweigleisig fährst ...«

Okay. Das war genug. Schwungvoll erhob ich mich vom Bett und fuhr mir mit den Händen durch die Haare.

»Hey, ich weiß nicht, woher dein Stimmungsumschwung kommt. Aber kam der Vorschlag, die Vergangenheit ruhen zu lassen, nicht gerade von dir? Korrigiere mich, aber ich glaube, du hast vorhin gesagt, dass du nicht mehr darüber reden möchtest. Und jetzt fängst du von vorne an?«

Zur Untermalung meines mangelnden Verständnisses für ihren Sinneswandel warf ich die Hände in die Luft. Hazel saß noch immer am Bettende und verschränkte die Arme vor der Brust.

»Es war keine gute Idee, dir wieder näherzukommen. Entschuldige, das war mein Fehler.« Ihre Stimme zitterte und ich wusste nicht, ob sie das ernst meinte oder ob es nur ein Vorwand war.

»Ein Fehler? Ist das dein Ernst?«

Sie nickte zur Bestätigung.

»Entschuldige, Aiden. Es hätte nicht so weit kommen dürfen.«

Mein Magen zog sich schmerzhaft zusammen, als hätte ein Profiboxer seine Faust darin vergraben. »Dann ist es wohl besser, wenn ich gehe.«

»Aiden, bitte ... Es tut mir leid«, flehte sie jetzt.

»Was genau tut dir leid, Haz? Dass du mir für einen Moment das Gefühl gegeben hast, für uns gäbe es so etwas wie Hoffnung? Dass du mich um deine Finger gewickelt hast? Oder dass du mich jetzt wieder fallen lässt wie einen fauligen Bratapfel?«

Sie machte mich wahnsinnig. Wie sie da gerade auf dem Bett saß, mit traurigem Blick, hängenden Schultern, die Haare durcheinander, die Lippen noch immer geschwollen von meinen Küssen. Und doch stieß sie mich in einen Abgrund.

Okay. Vielleicht war es ihre Art, mir zu zeigen, wie es sich damals für sie angefühlt hatte. Jetzt bekam ich eine ungefähre Ahnung davon.

Es fühlte sich beschissen an und ich kam mir mächtig verarscht vor. Warum nur konnte ich Idiot meine Finger nicht bei mir behalten? Warum hatte ich mit aller Macht etwas wiederbeleben wollen, was längst nicht mehr da war?

»Es ist wie mit aufgewärmten Essen, Aiden. Irgendwann schmeckt es einfach nicht mehr.«

Mit der flachen Hand fuhr ich mir über die Stirn. »Irrtum, Haz. Es gibt durchaus Gerichte, die nach mehrmaligem Aufwärmen erst richtig ihren Geschmack entfalten.«

Hazel zuckte mit den Schultern und wischte sich über die Wangen. Ihre Augenwinkel glitzerten verdächtig.

»Hat es dir damals eigentlich genauso wehgetan wie mir, als das mit uns kaputtgegangen ist?«, fragte sie leise.

Okay, letzter Versuch. Ich setzte mich neben sie auf die Bettkante, wartete einen Moment, ob sie mich wieder wegstieß, aber es geschah nichts dergleichen.

»Machst du Witze? Ich bin in tausend Teile zerfallen wie ein bescheuertes Puzzle.« Als ich nach ihrer Hand griff, zog sie sie weg.

Ich verstand.

Wir waren eben zu weit gegangen.

Ich war zu weit gegangen.

»Wann geht dein Flug morgen?«, wollte ich noch wissen, nachdem ich wieder aufgestanden und zur Tür gegangen war. Kälte umfing mich. Hatte ich bis vor wenigen Minuten noch geglaubt, dass wir eine Chance hatten, hatte diese sich gerade in Luft aufgelöst. Vor meinen Augen.

»Halb vier.«

Sie sah mich nicht einmal mehr an, spielte stattdessen an ihrem Handy.

»Okay. Dann lass ich dir gegen Mittag ein Taxi rufen, das dich zum Flughafen bringt.« Es war ein Friedensangebot. Zumindest ein Versuch, nicht im Streit auseinanderzugehen. Sie konnte annehmen oder ablehnen, es war in dem Moment egal. Zögerlich griff ich nach der Türklinke.

»Danke, das ist lieb von dir. Aber Mom wollte mich zum Flughafen bringen.« Für den Bruchteil einer Sekunde hob sie den Kopf und ihr Blick verfing sich in meinem. Keine Ahnung, was ich da in ihren Augen gesehen hatte, aber es war nicht mehr da. Das Feuer war erloschen.

»In Ordnung. Dann machs gut, Hazel.«

Mit einem Nicken verließ ich ihr Zimmer.

Es kostete mich alles an Beherrschung, nicht direkt die

Wand neben der Tür einzuschlagen. Meine Wut war so unfassbar groß, wie eine Abrissbirne hatte sie sich in den letzten Minuten in meinem Magen angesammelt und musste jetzt raus. Ich rannte förmlich in mein Büro, wo ich die Tür hinter mir zuwarf, dass es mörderisch knallte.

Meine Hände waren zu Fäusten geballt, als sie auf die Wand neben meinem Schreibtisch trafen. Wieder und wieder schlug ich auf sie ein, als hätte sie den Bockmist verzapft.

Ich war so scheißwütend. Auf Hazel, weil sie mich so an der Nase herumgeführt hatte. Aber viel mehr auf mich selbst, weil ich darauf hereingefallen war.

Wieder raste eine Faust auf die Wand und hinterließ eine Delle.

»Fuck!«

11. Hazel

Es hätte nie passieren dürfen.

Für einen kurzen, sehr schwachen Moment hatte ich geglaubt, dass es klappen könnte. Es hatte sich so gut angefühlt, in Aidens Armen zu liegen. Aber nichts war mehr falsch als das. Ich gehörte da nicht mehr hin. Nicht mehr nach Maple Falls. Und schon gar nicht in Aiden Williams Arme. Da konnte er noch so unverschämt gut aussehen und mich noch so verwegen anlächeln ...

Den Sonntag hatte ich wie in Trance verbracht. Froh darüber, dass Kim mich am Vorabend mit ihrem Anruf vor etwas bewahrt hatte, was ich bitter bereut hätte, hatte ich am Morgen meine Sachen gepackt und auf meine Mom gewartet. Wir hatten im Bistro zusammen gefrühstückt und waren dann zum Flughafen gefahren.

Jetzt war bereits Montagmittag und ich konnte an nichts

anderes denken als an ... Aiden ... An seine Küsse und seine Berührungen.

Gemeinsam saß ich mit meiner besten Freundin beim Lunch und berichtete in Kurzform, was am Wochenende passiert war. Dass Aiden die Benefiz-Veranstaltung übernommen hatte und wir fast miteinander geschlafen hatten. Seufzend biss ich in meinen Lachs-Bagel.

»Es tut mir so leid, dass ich ausgerechnet in dem Moment angerufen habe, Süße«, meinte sie und tupfte sich mit einer Serviette die Mundwinkel ab.

»Nein, nicht doch. Es war perfektes Timing. Ich hätte lieber gleich die Finger von ihm lassen sollen.« Das hörte sich so easy an, dabei war es so schwer gewesen, ihm zu widerstehen.

Ich erzählte Kim von seiner süßen Entschuldigung und auch von der skurrilen Begegnung mit Santa Claus im Einkaufszentrum.

Sie hielt sich den Bauch vor Lachen. »Ich kann nicht glauben, dass du bei ihm auf dem Schoß gesessen hast. Was hast du dir gewünscht?«

»Das verrate ich doch nicht, dann geht es ja nicht in Erfüllung.«

Wir kicherten beide ungeniert und ließen uns die Reste einpacken, damit wir wieder an unsere Arbeitsplätze zurückgehen konnten.

»Okay, aber dann verrate mir wenigstens, warum du nicht noch einmal mit Aiden gesprochen hast.«

»Warum hätte ich das tun sollen? Es war alles gesagt zwischen uns.«

»Also, so wie du das erzählt hast und so, wie deine Augen

dabei geleuchtet haben, war da viel mehr zwischen euch«, stellte sie fest und ich winkte schnell ab.

»Ach was, da interpretierst du etwas hinein, das nicht da ist.«

»Wenn du meinst.« Kim zuckte mit den Schultern. »Aber ich schätze, ihm liegt ziemlich viel an dir, sonst hätte er sich wohl gar nicht erst entschuldigt.«

»Denkst du?« Ihre Vermutung verunsicherte mich.

»Ja, das denke ich. Immerhin deutet es darauf hin, dass ihm die Beziehung zu dir wichtiger ist als sein eigenes Ego.«

Ich lachte auf und legte einen Arm um ihre Schulter. »Ach Kimmy, woher hast du nur immer diese Weisheiten?«

»Hey, das ist keine Weisheit, das liegt auf der Hand. Du musst nur genau hinsehen.«

»Wie auch immer, es würde ohnehin nicht funktionieren. Ich lebe in Boston, er auf der anderen Seite des Landes. Wie sollte das gehen?«

Ich war dankbar, dass meine Freundin diese Frage unbeantwortet ließ, schließlich wollte ich mich gar nicht weiter damit befassen. Überhaupt hatten wir total die Zeit vergessen und mussten uns nun sputen, um schnell zurück an unsere Arbeitsplätze zu kommen.

Aiden hatte so vieles wieder aufgewühlt, mich vollkommen durcheinandergebracht. Aber so sehr ich mich auch dagegen wehrte, so gut hatte es sich angefühlt. In stillen Momenten spürte ich noch immer seine vorsichtigen Berührungen. Wenn ich die Augen schloss, sah ich ihn vor mir – das verwegene Grinsen, der Dreitagebart, der ihn unfassbar sexy aussehen ließ, die muskelbepackten Arme, seine weichen Lippen, seine Hände ...

»Mrs. Greenwood?«

Verdammt. Ich war so in Gedanken versunken und hatte nicht mitbekommen, dass Mrs. Ocean in meinem Büro stand.

»Äh ja, was kann ich für Sie tun, Mrs. Ocean?« Schnell schüttelte ich die Gedanken an Aiden ab, bevor sie mich weiter an der Arbeit hinderten.

»Ich hätte gern ein kurzes Update.«

Ein Update ...

»Ja, gern ... Nachher habe ich ein Briefing mit den Mitarbeitern der Marketingabteilung, die die Kampagne bewerben. Danach bringe ich Sie gern auf den neuesten Stand.«

Sie nickte zufrieden. »Wunderbar, dann kommen Sie danach bitte in mein Büro.«

Erleichtert atmete ich auf, nachdem sie mein Zimmer wieder verlassen hatte und versuchte, mich auf die Arbeit zu konzentrieren.

Es war bereits stockdunkel, als ich meinen Computer am späten Nachmittag runterfuhr und mir meinen Mantel anzog. Kim stand schon bei Amanda draußen und wartete auf mich.

»Bis morgen, Mrs. Greenwood.« Amanda nickte mir zu und widmete sich dann wieder ihren Unterlagen.

»Machen Sie dann auch Feierabend, Amanda.« Manchmal überkam mich das schlechte Gewissen, weil ich sie so mit Arbeit eindeckte. Aber ich wollte glänzen in der Sache, damit Mrs. Ocean mir die Führung der Personalabteilung übertrug. Also mussten wir beide ranklotzen. Und im Normalfall war ich diejenige, die hier das Licht ausmachte. Außer montags, da ging ich mit Kim zum Yoga.

»Was hältst du eigentlich davon, wenn ich an dem

Wochenende mit nach Maple Dings komme?«, fragte sie mich ganz euphorisch, als wir im Fahrstuhl ins Erdgeschoss rasten.

»Falls. Maple Falls. Und ich halte wenig davon. Sei mir nicht böse, aber das ist eine Familienangelegenheit.« Meine Begeisterung für ihre Idee hielt sich in Grenzen, was mir einerseits wirklich sehr leidtat, andererseits wollte ich ihr einen Ausflug in die Kleinstadt am Arsch der Welt wirklich ersparen.

»Versteh schon. Ich bin dir nicht böse. Hätte aber sein können, dass ihr noch Hilfe benötigt.«

»Das ist echt lieb, danke dir. Aber ich gehe davon aus, dass Aiden mit seinem Hotelpersonal ausreichend Hilfe hat. Ich helfe nur meiner Mom bei den Vorbereitungen, das schaffen wir schon.«

»Also wirst du hinfahren?«

Mist. Dieses kleine Biest. Sie hatte mich eiskalt ausgetrickst und stand jetzt lachend vor mir.

»Fährst du hin, Hazel?«

»Ja, mir bleibt nichts anderes übrig. Und ich kann meine Mom schlecht im Stich lassen, oder?«

»Na, das denke ich doch. Finde ich super und bestimmt läufst du wieder Mister Superküsser über den Weg. Oder Santa Claus. Und wer weiß ... An Weihnachten passieren manchmal seltsame Dinge. Pass nur auf mit den Mistelzweigen und so, du weißt ja, die Sache mit dem Küssen ...«

Ich knuffte sie liebevoll in den Oberarm, bevor wir das Gebäude verließen. Bereits heute Mittag hatten wir darüber gesprochen, ob ich am Wochenende vor Weihnachten noch mal nach Maple Falls fliegen sollte. Ich hatte ihr gesagt, wie verunsichert ich war, wenngleich ich natürlich wusste, dass ich gar keine andere Wahl hatte. Petty war außer Gefecht gesetzt und Mom musste alles alleine stemmen, wenn ich ihr nicht zur Hand ging. Trotzdem hatte ich schwer überlegen müssen. Aber meine beste Freundin hatte mich eben dazu gebracht, von ganz allein daraufzukommen, dass mir nichts anderes übrigblieb.

***

Die nächsten Tage vergingen wie im Flug. Bei der Arbeit lief es richtig gut, auch wenn ich ständig unter Strom stand und immer das Bedürfnis hatte, Höchstleistungen vollbringen zu müssen. Aber das spornte mich an und würde sich eines Tages auszahlen.

Boston war derweil im Schnee versunken. Dicke Flocken fielen vom Himmel, wirbelten auf ihrem Weg zum Boden durcheinander wie betrunkene Rock'n'Roll-Tänzer und blieben schließlich ganz friedlich auf der Erde liegen, um ihren Rausch auszuschlafen. Die Stadt versank im matschigen Weiß-Grau und nach und nach erstrahlte alles in vorweihnachtlichem Glanz. Die Straßen waren mit Lichterketten geschmückt. Die Fenster in den Häusern hübsch dekoriert.

In den Geschäften wuselten die Menschen herum, als gäbe es morgen keine Geschenke mehr. Einmal mehr war ich froh darüber, dass ich nur wenig brauchte. Lediglich meine Mom und Kim bekamen etwas geschenkt, was meinen Aufwand echt in Grenzen hielt.

Der Boston Frog Pond hatte sich wieder in eine Eisbahn verwandelt. Kimmy und ich hatten uns fest vorgenommen, dieses Jahr Schlittschuhlaufen zu gehen, nachdem wir es letztes Jahr nicht geschafft hatten. Vielleicht am nächsten Wochenende.

Es war Freitag Abend, als ich gerade meine ersten Weihnachtseinkäufe nach Hause schleppte. Genauer gesagt enthielten meine Einkaufstüten ein Geschenk für Mom, eins für mich und ein neues Kleid, das ich zu Weihnachten tragen würde. Die roségoldene Kette mit den passenden Ohrringen, die mein Weihnachtsgeschenk an mich selbst waren, harmonierten hervorragend mit dem schweren schwarzen Stoff des Kleides, das sich in der Umkleidekabine so perfekt an meinen Körper geschmiegt hatte, dass ich es unbedingt hatte kaufen müssen.

Gerade als ich meine Wohnungstür aufschloss, klingelte mein Handy.

»Mom«, stieß ich gepresst aus, weil ich noch dabei war, meine Einkäufe in den Flur zu jonglieren.

»Hazel, ist alles in Ordnung? Du klingst so ...«

»Alles bestens, ich komme nur gerade vom Einkaufen. Hier ist die Hölle los in den Geschäften, sag ich dir. Sei froh, dass ihr in Maple Falls entspannt shoppen gehen könnt.« Meine Gedanken glitten zu letztem Wochenende. Im Einkaufszentrum war genauso die Hölle losgewesen ...

Meine Mom lachte lediglich, weil sie wusste, dass meine Bemerkung so nicht stimmte. »Ich wollte nur wissen, wie wir das nun machen? Kann ich auf dich zählen?«

Ich holte tief Luft. Kannte die Antwort und war doch nicht in der Lage, sie auszusprechen.

»Kann ich dich gleich noch mal anrufen, Mom? Ich will mir schnell einen Tee kochen, bin total durchgefroren.«

»Aber natürlich, Schätzchen. Ich bin da, bis gleich.«

Sie hatte aufgelegt und ich stand im Flur, zog meinen Mantel aus und warf Mütze und Schal auf ein kleines Sideboard. Mit den Fingern fuhr ich durch meine dunkelblonden Haare, die eine regelrechte Mützenfrisur bildeten. Ich schüttelte den Kopf und fuhr mehrmals mit den Fingern hindurch, aber es besserte sich nicht.

In Wahrheit war es nichts anderes als reine Verzögerungstaktik. Ich überlistete mich selbst, indem ich noch nicht aussprach, dass ich bald schon wieder in meine Heimatstadt zurückkehren würde. Allerdings kam ich nicht drum herum, setzte Wasser für einen Tee auf und wählte die Nummer meiner Mom.

»Na? Nun sag schon, Hazel. Ich könnte es auch bestimmt einrichten, dich vom Flughafen abzuholen, dann müsstest du nicht mit dem Bus fahren. Oder vielleicht könnte Aiden ...« Sie klang so euphorisch.

»Bus. Ich nehme den Bus, Mom. Das ist überhaupt kein Problem«, erwiderte ich. In mir sträubte sich alles bei dem Gedanken daran, mit Aiden in einem Auto zu sitzen. Das hatte mir letztens schon gereicht und es hatte so geendet, wie es nicht hätte enden sollen. Das durfte nicht noch einmal passieren.

»Heißt das, du kommst?«

»Natürlich, Mom. Ich lasse dich doch nicht hängen.« Jetzt, da ich es endlich ausgesprochen hatte, fühlte es sich gar nicht mehr so verkehrt an. Mein Herz holperte zwar ordentlich, aber das lag wohl eher daran, dass ich mich schon wieder mit meiner Vergangenheit konfrontieren würde. Wobei eigentlich alles geklärt war und Aiden sich sogar entschuldigt hatte. Ganz bestimmt würde ich ihm irgendwann sogar verzeihen, aber ich würde niemals vergessen, was er mir damals angetan hatte. Sein Fehltritt wog einfach zu schwer.

Mom schwärmte in den höchsten Tönen von ihm. Wie sehr er sich in dieses Event einbrachte und wie toll er das alles managen würde. Ein richtiger Geschäftsmann. Das war er sogar ganz sicher, immerhin witterte er das große Geld. Mir blieben noch drei Wochen, um mich an den Gedanken zu gewöhnen, noch ein letztes Mal mit ihm zusammenzuarbeiten, bevor sich unsere Wege endgültig trennten und ich ihn nie wiedersehen musste.

***

Anstatt Schlittschuhlaufen zu gehen, saßen Kim und ich im *Drink*, einer der coolsten Bars, die Boston zu bieten hatte. Mit Blick auf den Fort Point Channel genossen wir unsere Cocktails, deren Zusammensetzung wir stets dem Barkeeper überließen. Hier gab es keine feste Getränkekarte. Wenn man etwas Bestimmtes trinken wollte, brauchte man das dem Barkeeper nur zu sagen, sie kreierten so ziemlich alles. Mich beeindruckte jedes Mal das Aufgebot an Spirituosenflaschen in dem Regal hinterm Tresen. Eine Flasche reihte sich an die andere, es war ein farbenfrohes Durcheinander, das doch seine Ordnung hatte. Chillige Jazzbeats klangen aus den Boxen, die überall angebracht waren. Sie waren laut genug, dass man sie überall hören konnte, aber so verträglich, dass wir uns nicht anbrüllen mussten. Ich hasste es, wenn man sein eigenes Wort nicht verstand.

Wir unterhielten uns gerade über die aktuelle Bewerbungskampagne, die ich in der Firma betreute, als mein Handy wie verrückt klingelte.

»Willst du nicht rangehen?«

Ich fischte das Telefon aus meiner Tasche und blickte aufs Display, um gleich darauf den Kopf zu schütteln.

»Nee, unbekannte Nummer. Da gehe ich nicht ran.«

Wir zuckten beide mit den Schultern, orderten den nächsten Cocktail und Kim berichtete mir, dass ihr Kollege Stanley aus der Buchhaltung wohl neuerdings eine Affäre mit Nancy aus der Poststelle hatte. Kim wusste immer genauestens über die Geschehnisse im Unternehmen Bescheid, die nichts mit dem Geschäft zu tun hatten. Es war jedes Mal wie eine Offenbarung, wenn sie mir erzählte, wer mit wem ...

»Die haben sich im Kopierraum erwischen lassen, ist das zu glauben?«, flüsterte sie hinter vorgehaltener Hand, als wäre es topsecret.

»Der Klassiker, oder?«

»Aber ganz ehrlich, Nancy ist so hübsch. Und Stanley, na ja, eine Augenweide ist er nicht unbedingt.« Kim rümpfte die Nase, während ich gar nicht genau wusste, wer dieser Stanley eigentlich war. Die Firma hatte Hunderte Mitarbeiter, die ich nicht alle persönlich kannte. Manchen war ich noch nie begegnet und ich vermutete, Stanley war einer davon.

»Vielleicht hat er andere Quali...« Erneut klingelte mein Telefon.

»Geh da jetzt ran, sonst mach ich es«, schimpfte Kim, weil wir schon wieder unterbrochen wurden.

»Okay, Moment«, schnaufte ich und drückte auf den grünen Button auf dem Display.

»Ja, bitte?«

»Haz, bist du das?«

Es gab nur einen, der mich so nannte.

»Du hast meine Nummer gewählt, also ja, sieht ganz so aus«, erwiderte ich schnippisch und hörte Aiden am anderen Ende nach Luft schnappen. »Was willst du?«

Mir gegenüber schnitt Kimmy derbe Grimassen, um mir zu verstehen zu geben, dass ich freundlicher sein sollte. Ihre Lippen formten ein stummes »Aiden?« und ich nickte.

»Deine Stimme hören«, lachte er am anderen Ende, wohlwissend, dass er mich damit in Rage bringen würde.

»Aiden, ich bin unterwegs, was gibt es?«

»Ich bin nächstes Wochenende in Boston, vielleicht hast du ja Zeit, mit mir Essen zu gehen.« Seine Stimme hob sich nicht am Ende des Satzes, also war das keine Frage, sondern mehr eine Aussage, die ich so stehen lassen konnte, oder?

»Ich schaue in meinen Terminkalender, okay?«

Damit gab er sich zufrieden und verabschiedete sich.

»Was zu Hölle war das denn?«, stieß ich gereizt aus und verzog das Gesicht, während ich mein Handy ausschaltete. Nur für den Fall, dass er noch mal auf die Idee kam, mich anzurufen.

»Willst du es jetzt für immer auslassen? Also das Telefon?« Mit gerunzelter Stirn sah Kim mich über den Rand ihres Cocktailglases hinweg an, bevor sie demonstrativ losschlürfte.

»Nein, natürlich nicht. Das geht schon allein wegen der Arbeit nicht.«

»Was wollte er denn?«

»Er ist wohl nächste Woche hier und will mit mir Essen gehen«, gab ich ihr eine kurze Zusammenfassung des noch kürzeren Gesprächs.

»Ich finde, du solltest das machen.« Meine beste Freundin stellte ihr Glas auf dem Tresen ab. »Ich meine, überleg mal. Er bringt dich so dermaßen aus dem Konzept, dass du fast zur Furie wirst. Dieser Kerl muss schon was auf dem Kasten haben.«

Genervt verdrehte ich die Augen. »Hat er. Und man hat ihn nie für sich alleine.«

Ich widmete mich meinem Cocktail, rührte mit dem Glashalm einmal kräftig um, dass die Eiswürfel klirrten.

»Ach komm, Hazel, jetzt hör schon auf, ihm das ständig vorzuhalten. Das ist doch nicht fair.«

»Es war auch nicht fair, dass er mit Miranda rumgemacht hat.« Mein Puls raste.

»Aber überleg doch mal, wie lange das her ist, da ist doch nun weiß Gott genug Gras drüber gewachsen. Außerdem will er lediglich mit dir Essen gehen und dich nicht gleich heiraten. Wobei, also so eine Hochzeit wäre gar nicht so schlecht ...« Kichernd knuffte sie mich in die Seite.

»O Gott, hör auf mit dem Mist. Ich gehe garantiert nicht mit ihm essen, basta. Wir gehen Schlittschuhlaufen, darauf freue ich mich schon so lange. Da kann keine Verabredung der Welt mithalten.«

Mal davon abgesehen, dass ich definitiv nicht vorhatte, mich mit Aiden Williams zu verabreden.

12. Aiden

»Boston? Was zur Hölle willst du auf der anderen Seite des Landes?« Pete starrte mich völlig entgeistert an. »Hat es was mit Greenie zu tun?«

»Hör auf, sie so zu nennen, wir sind keine gottverdammten Teenager mehr«, entgegnete ich genervt, sodass mein bester Kumpel mit den Augen rollte.

»Okay gut, hat es etwas mit Hazel zu tun?«

Mein Blick schnellte in seine Richtung und ich zog merklich die Augenbrauen zusammen. »Nein. Rein beruflich.«

»Das heißt?« Er ließ einfach nicht locker. Natürlich ließ er nicht locker, er war Pete, der immer alles ganz genau wissen wollte.

»Wir überlegen, zu expandieren«, sagte ich knapp und hoffte, er würde sich damit zufriedengeben.

»In Boston? Sicher nicht die schlechteste Wahl. Aber ganz schön weit weg, oder?« Mit Daumen und Zeigefinger rieb er sich übers Kinn. »Habt ihr schon ein Objekt im Auge?«

Ich schüttelte den Kopf. Tatsächlich hatten wir bis gerade eben gar nicht vor, weitere Hotels zu eröffnen. Aber ich musste zugeben, dass mir der Gedanke gefiel. Vielleicht sollte ich mit Dad darüber sprechen.

»Ja klar, aber halt bitte auf jeden Fall die Klappe. Das ist alles noch nicht spruchreif und geht niemanden etwas an.«

»Hey, wofür hältst du mich? Natürlich halte ich dicht.« Demonstrativ fuhr er mit spitzen Fingern über seine geschlossenen Lippen, als würde er einen Reißverschluss zuziehen.

»Wie gehts Chloe und den Kids?« Schnell lenkte ich das Gespräch in eine neue Richtung.

»Unverändert.« Pete zuckte mit den Schultern und rührte stoisch in seiner Kaffeetasse. So wie er das sagte, hörte es sich nicht unbedingt gut an. So eine Ehekrise konnte einen schwer belasten. Und das kurz vor Weihnachten.

»Wie läuft es im Autohaus?«

Für einen Moment hörte er auf, mit dem Löffel in der Tasse herumzuklimpern. »Wenn etwas noch beschissener läuft als meine Ehe, dann ist es mein Job. Keine Ahnung, wie lange ich den überhaupt noch habe.«

»O Mann, wenn ich dir irgendwie helfen kann, Pete, lass es mich wissen. Es ist wirklich kein Problem.« In Gedanken ging ich schon durch, was ich ihm anbieten konnte. Unser Hausmeister konnte jetzt gut etwas Hilfe vertragen. Gerade im Winter hatte er alle Hände voll zu tun.

»Danke Mann, das bedeutet mir wirklich viel.«

Er klang geknickt. So niedergeschlagen hatte ich meinen besten Kumpel, der sonst immer einen frechen Spruch auf Lager hatte, noch nie erlebt.

»Wir bräuchten etwas Hilfe im Facility Management. Also wenn du Bock hast und Zeit erübrigen kannst, zu tun gibt es reichlich«, bot ich ihm einfach an.

»Facility Management ... du kannst selbst die simpelsten Jobs hochwertig verkaufen.« Endlich rang er sich ein schiefes Grinsen ab. »Was genau wäre zu tun?«

»Der Weihnachtsbaum in der Lobby steht noch nicht. Der Parkplatz ist voller Schnee, der geräumt werden muss, damit die Gäste nicht stecken bleiben. Hier und da mal eine Glühbirne wechseln. Nichts Weltbewegendes, aber uns würde es enorm helfen. Und die Bezahlung wäre natürlich auch geregelt.«

Ich sah, wie es in ihm arbeitete. Hatte ich ihn eben in eine Zwickmühle gebracht? Aber hey, er saß hier vor mir und jammerte, weil sein Job so scheiße war und es vorne und hinten an Kohle mangelte, da käme mein Angebot doch gerade recht.

»Ich überlege es mir, okay? Ich muss das erst mit Chloe besprechen.«

Nickend machte ich mir eine Notiz auf meiner Schreibtischunterlage.

- Job Pete
- Hotel Boston

Na gut, es waren zwei Notizen. Aber ich durfte nicht vergessen, über beide mit meinem Dad zu sprechen.

***

»Du hast Pete eingestellt?« Meine Mom ließ die Gabel sinken, mit der sie gerade ein Stück Blumenkohl aufgespießt hatte. Es war ziemlich lange her, dass wir gemeinsam zu Abend gegessen hatten, aber heute hatte ich ausdrücklich darum gebeten. Schließlich gab es einiges zu besprechen.

»Nein, Mom, habe ich nicht. Ich habe vorgeschlagen, ihn einzustellen. Das ist ein Unterschied.« Ich legte mein Besteck auf den Tellerrand und stützte mich mit den Ellenbogen auf dem Tisch ab. »Überlegt doch mal, Jack schafft das niemals alles alleine. Und Pete kann die zusätzliche Kohle wirklich gut für sich und seine Familie gebrauchen. Seid gnädig, es ist Weihnachten.« Mom stieß geräuschvoll die Luft aus, während mein Vater in seiner stoischen Gelassenheit einfach weiter aß, als würden wir über das Wetter reden.

»Komm schon, Mom, wenigstens über die Wintermonate. Dann läuft es sicher auch im Autohaus wieder besser für Pete.« Ich legte all meinen unwiderstehlichen Charme in meine Worte und Gesten, womit ich ihr schließlich ein Schmunzeln entlocken konnte.

»Okay, gut, du hast gewonnen, Aiden. Also fast. Hast du mit ihm über den Verdienst gesprochen?« Sie griff wieder zur Gabel und steckte den Blumenkohl in den Mund.

»Wo denkst du hin, natürlich nicht. Ich weiß doch, dass das dein Bereich ist. Da funke ich dir ganz und gar nicht dazwischen.« Ich zwinkerte ihr zu und nahm einen Schluck von dem kräftigen Rotwein, den Yuma uns zum Roastbeef empfohlen hatte. Keine Ahnung warum, aber plötzlich schlich sich Hazel in meine Gedanken. Laut den

Informationen, die die Suchmaschine über sie ausgespuckt hatte, war sie ebenfalls im Bereich Human Resources beschäftigt. Ich kam nicht umhin, mir vorzustellen, wie es wäre, wenn sie hier arbeiten und wir uns ständig über den Weg laufen würden.

»Gut«, sagte Mom ganz sachlich. »Dann werde ich mich bei ihm melden und alles Weitere mit ihm besprechen. August, du bist doch einverstanden?«

»Was? Ja, natürlich. Wenn es dem Hotel dient ...« Mein Vater wirkte abwesend, was mich überlegen ließ, ob ich die Konfrontation wagen sollte. Aber was sollte es bewirken, zu warten ...

»Dad, für dich hätte ich da auch noch eine kleine Sache«, begann ich und hatte sofort seine volle Aufmerksamkeit.

»Wenn du von einer kleinen Sache sprichst, dann kommt wahrscheinlich was ganz Großes«, lachte er auf und sah mich über den Rand seiner Brille hinweg an. Er hatte nicht ganz unrecht mit seiner Vermutung.

»Na ja, also es ist so. Ich habe mir überlegt ... Also was haltet ihr davon, wenn wir expandieren? Wenn wir aus dem Maple Falls Inn eine Kette machen, die in ganz Amerika zu finden ist?« Vorerst hielt ich es allgemein und wartete die Reaktionen meiner Eltern ab.

Moms Augen wurden groß und Dad stellte das Weinglas, aus dem er gerade trinken wollte, wieder auf den Tisch.

»Und du glaubst allen Ernstes, dass jemand in Kalifornien oder in Florida oder in Texas oder weiß der Teufel wo, in ein Hotel namens Maple Falls Inn geht? Ganz so als wäre es das einzige weit und breit?«

Ich stöhnte innerlich und verfluchte die Sekunde, in der

ich beschlossen hatte, das zu thematisieren. »Natürlich nicht. Natürlich brauchen wir eine ausgeklügelte Marketingstrategie und Alleinstellungsmerkmale, mit denen wir uns von anderen Hotels vor Ort abheben.«

»Aha. Und welche wären das? Schließlich bist du hier das Marketinggenie.« Der erwartungsvolle Blick meines Vaters traf mich tief, doch ich wusste, ich war ihm gewachsen.

»Das gilt es noch auszufeilen. Aber ich denke da eine Mischung aus Wellness-, Kongress- und kinderfreundlichem Hotel. Ihr wisst schon, Spielzimmer, Betreuung und so. Und selbstverständlich heißt ein Hotel in der texanischen Einöde nicht Maple Falls Inn.«

»Hm ...«, war alles, was Dad dazu sagte, während er seine Brille abnahm und sich mit Daumen und Zeigefinger über die Nasenwurzel rieb. »Ich weiß nicht, Aiden. Haben wir nicht hier noch genug Baustellen? Wir könnten den Fluss mehr mit einbinden und vielleicht noch ein Gebäude nachrüsten.«

»Ernsthaft, Dad? Wie sehr willst du die Landschaft, wegen der die Leute hierherkommen, noch verunstalten? Wir können nichts mehr anbauen, dann ist von der Umgebung kaum noch etwas übrig und wir würden noch mehr Lebensräume von noch mehr Tieren zerstören.«

Mein Vater sprang auf, dass sein Stuhl kippelte. »Seit wann bist du denn so ein Umweltfanatiker?«

»Ich bin kein Fanatiker, Dad. Aber ich bin dafür, dass wir so verantwortungsvoll wie möglich mit dem umgehen, was wir haben.«

»Erstelle ein Konzept und lege es im nächsten Meeting mit vor. Ich denke darüber nach.«

Meine Mom sagte kein Wort dazu, lediglich mit ihren Augen verfolgte sie die hitzige Diskussion.

»Übrigens, ich bin nächstes Wochenende in Boston, plant mich also bitte nicht ein hier, okay?«

»Was machst du in Boston?«, wollte mein Vater sofort wissen und auch Mom sah mich neugierig an.

Für einen Moment hielt ich die Luft an, um sie gleich darauf geräuschvoll auszustoßen. »Eventuell schaue ich mir schon ein potenzielles Gebäude an«, gab ich schließlich zu. Dass ich auch wegen Hazel nach Boston reiste, ließ ich lieber unerwähnt. Sie hatte mich am Telefon eiskalt abblitzen lassen, sodass ich gar nicht wusste, ob ich sie überhaupt sehen würde.

»In Ordnung, Aiden. Ich sehe, du meinst es wirklich ernst. Aber versprich mir, dass du nur mit mir gemeinsam Nägel mit Köpfen machst. Noch hast du nicht die alleinige Entscheidungsgewalt.«

Es war so nett von ihm, dass er mich daran erinnerte, dass ich hier eigentlich nichts zu sagen hatte.

»Natürlich, Dad.«

In Gedanken hakte ich beide Punkte, die ich mir am Nachmittag notiert hatte ab, und ließ meine Gedanken für den Rest des Abendessens nach Boston schweifen.

***

Am Wochenende lenkte ich mich mit Arbeit ab und arbeitete eine Marketingstrategie für das Expansions- vorhaben aus, in der Hoffnung, dass ich Dad damit überzeugen konnte.

»Hey Aiden, kommst du mal kurz?« Pete war in mein

Büro geschneit. Also buchstäblich, er war über und über mit weißen Flocken übersät und sah aus wie ein Schneemann.

»Was ist denn mit dir passiert?«, fragte ich ihn feixend und erhob mich.

Wie ein aufgeregtes Kind führte er mich in das Hauptgebäude, in dem sich die Lobby befand. Voller Stolz zeigte er auf den riesigen Weihnachtsbaum, der in der Mitte des Atriums mit der Wintersonne um die Wette strahlte.

»Wow, wie hast du das denn so schnell hinbekommen?« Ich war wirklich beeindruckt.

»Alter, ich bin dir so dankbar, dass ich hier arbeiten darf. Da war es ganz leicht, die erste Aufgabe zu erfüllen. Und tadaaa ...« Wieder schnellten seine Arme in Richtung des grünen, unechten Ungetüms, dessen Aufstellung jedes Jahr aufs Neue eine Herausforderung darstellte.

»Bedanke dich bei meiner Mutter, sie hat dich eingestellt. Und sie wird schwer begeistert sein.« Freundschaftlich klopfte ich ihm auf die Schulter.

»Ich weiß, Mann. Aber du hast ein gutes Wort für mich eingelegt, dafür bin ich dir ewig dankbar. Wirklich. Das zusätzliche Gehalt wird uns über den Winter bringen. Danke.«

Es schmerzte mir innerlich, dass mein bester Kumpel Geldsorgen hatte, während ich überlegte, in Boston ein Hotel zu kaufen. Am liebsten würde ich ihm anbieten, eines der neuen Hotels zu übernehmen. Aber er war Autoverkäufer und hatte vom Hotelmanagement keinen blassen Schimmer. Allerdings war das, wie alles andere im Leben, erlernbar ...

»Keine Ursache. Der Baum ist wirklich ... gigantisch.« Ich stand direkt davor und legte meinen Kopf in den Nacken.

Aus den Lautsprechern, die ringsherum unsichtbar verbaut waren, erklang leise Weihnachtsmusik. Der Baum, die Musik und der viele Schnee draußen sorgten für eine heimelige Stimmung hier im Hotel, bei der sich die Gäste hoffentlich wohlfühlen würden.

»Sag Bescheid, wenn ich noch etwas für dich tun kann, Pete. Keine falsche Scheu, verstanden?«

Pete nickte und begann, das herumliegende Werkzeug zusammen zu räumen und in dem Koffer zu verstauen. »Geht klar, Boss.«

»Ich bin nicht dein Boss, okay. Meine Eltern sind dein Boss.«

Ich hatte mich schon ein paar Schritte entfernt, weil ich noch einige Sachen abarbeiten wollte. Doch ich hielt kurz inne und drehte mich noch einmal um. »Meinst du, Chloe hätte etwas dagegen, wenn wir heute mal einen Abstecher nach Seattle machen?«

Petes Gesicht wurde immer länger, sein Blick verfinsterte sich. »Ich fürchte, das wird nichts, sorry. Die Kinder, Weihnachten steht vor der Tür ... du weißt schon ...«

»Hm, klar, verstehe. Dann trotzdem einen schönen Abend.«

»Dir auch, Aiden.«

13. Hazel

»Komm mit, ich will dir etwas zeigen«, flüsterte Aiden und griff nach meiner Hand. Jedes Mal, wenn er mich berührte, hob ich ab. Befand mich in einem Schwebezustand, von dem ich mir wünschte, dass er nie aufhören würde. Und ich wollte nichts mehr, als ihn endlich ganz spüren. Alles von ihm.

Mein Herz raste im Galopp, als wir uns mitten in der Nacht durch die Hotellobby schlichen, um den großen Weihnachtsbaum zu bewundern, den die Williams alljährlich aufstellten.

Ein leises »Wow« kam über meine Lippen, als ich den Kopf in den Nacken legte und den Baum bis zur Spitze, die in einem leuchtenden Stern mündete, betrachtete. »Er ist wunderschön.«

»Genau wie du«, raunte Aiden direkt an meinem Ohr. Die Vibration seiner Lippen kitzelte auf meiner Haut, während ich mich rücklings an seine Brust schmiegte. Von hinten schlang er seine Arme um meine Taille und mein Herzschlag beschleunigte sich noch einmal *um ein paar Takte, falls das überhaupt möglich war.*

Für ein paar Sekunden standen wir einfach nur da und sogen den Moment in uns auf. Ich wusste, ich würde mich ewig daran erinnern. Auch wenn wir schon alt und grau waren, würde ich an diesen Augenblick zurückdenken und zu ihm sagen: »Weißt du noch? Damals am Weihnachtsbaum in der Lobby?«. Und Aiden würde antworten: »Natürlich weiß ich das noch, mein Schatz. Es ist, als wäre es gestern gewesen.«

»Haz?«

»Ja?«, antwortete ich leise in die Stille.

»Der Baum war nur ein Teil dessen, was ich dir zeigen wollte.«

»Was noch?« Ich war neugierig und ließ mich bereitwillig von ihm mitziehen in Richtung Rezeption, hinter der er kurz verschwand und sich am Brett mit den Zimmerschlüsseln zu schaffen machte.

»Aiden, was tust du da?«, zischte ich und erntete ein »Scht!« von ihm.

»Aiden!«

»Sei still, Haz. Ich habs gleich.«

Die Schlüssel klimperten vor sich hin, während Aiden darin herumwühlte. »Ah, da ist er ja«, sagte er schließlich und kam wieder zu mir. Triumphierend ließ er den Schlüssel mit dem größten Anhänger vor meiner Nase herumbaumeln. Ich wusste sofort, was das bedeutete und eine übergroße Portion Adrenalin rauschte durch meine Blutbahnen.

»Die Suite?« Aufgeregt biss ich mir auf die Unterlippe und konnte nicht glauben, was wir im Begriff waren, zu tun.

»Japp. Die Suite. Nur für uns. Und keine Angst, Haz, sie ist natürlich nicht belegt dieses Wochenende.«

»Du bist verrückt, Aiden.« Mein leises Lachen füllte die knisternde Luft und Aiden zog mich zum Fahrstuhl.

»Ich weiß. Und du liebst mich dafür.«

O Gott, ja, ich liebte ihn. Dafür. Und für noch so vieles mehr. Obwohl ich gerade einmal sechzehn Jahre alt war, wusste ich schon jetzt, dass ich nie wieder so etwas für jemanden empfinden würde wie für Aiden. Er war alles für mich. Meine Sonne, mein Regen, mein Schnee, Gewitter und Konfetti gleichermaßen. Mein Fels in der Brandung.

An der Hand zog er mich in den Fahrstuhl, wo ich gegen seine Brust sank und mein Gesicht an seinem Hals vergrub. Er roch so unglaublich gut. Ich war verloren. Und ich wusste, dass es heute Nacht passieren würden. Heute Nacht würden wir zum ersten Mal miteinander schlafen. Pure Aufregung mischte sich mit dem unbändigen Verlangen und der Neugier, dass ich kaum noch atmen konnte.

Aiden schlang seine Arme um meine Hüften und zog mich noch näher an sich heran. »Ist alles okay, Haz?«

»Ja«, hauchte ich.

Wenig später hatten wir die einzige Suite im ganzen Hotel betreten und mein Blick fiel als erstes auf das riesige Kingsize Bett im Nebenzimmer, dessen Tür offenstand.

Die Nervosität ließ mich erstarren. Erst als Aiden zu mir kam und mich in seine Arme schloss, entspannte ich mich.

»Hey, wir müssen nichts tun, was du nicht willst, okay?«

Meine Kehle war so trocken, dass ich nur nickte.

»Und wir werden ganz vorsichtig sein.«

Erneutes Nicken. Zu mehr war ich nicht imstande.

»Gott sei Dank ist es für uns beide das erste Mal«, lachte er leise und legte seinen Finger unter mein Kinn, um meinen Kopf anzuheben, damit ich ihn ansah.

Er leckte sich über die Lippen, bevor er diese ganz sanft auf meine legte und mich endlich küsste. Wie in Trance schlang ich meine Arme um seinen Hals und vergrub meine Hände in seinen verwuschelten Haaren. Mit der Zunge stupste er an meine Unterlippe und ich öffnete meinen Mund bereitwillig. Ich liebte es, wenn wir uns so küssten. Ein irrer Schwarm Schmetterlinge stob in meiner Magengegend auf und hinterließ ein Kribbeln, das ich überall auf der Haut spürte.

Sein Kuss wurde verlangender, fordernder und seine Hände begaben sich auf Wanderschaft. Ich zuckte zusammen, als ich seine Finger, die sich unter meinen Pulli geschoben hatten, auf meiner Haut spürte.

»Ich liebe dich so sehr, Haz. Und ich will endlich mit dir schlafen«, knurrte er an meinen Lippen, während seine Finger sich über meinen Bauch bis hin zu meinen Brüsten tasteten, was ich mit einem Stöhnen quittierte.

»Ich auch mit dir, Aiden. Ich will nichts mehr als das.«

Mir wurde heiß und heißer. Unsere Zungen tanzten immer leidenschaftlicher miteinander und auch ich wagte es endlich, seine Jeans zu öffnen. Aiden sog scharf die Luft ein und drückte mich fest an sich. Ein Lächeln glitt über meinen Mund, als ich seine Erektion an meinem Bauch spürte.

Wie im Rausch ließ ich mich fallen und gab mich seinen Berührungen hin. Ich wollte, dass es für uns beide unvergesslich wurde, und würde alles dafür tun.

Oh. Mein. Gott. Wir waren wirklich im Begriff, es zu tun. Gleich würden wir Sex miteinander haben. Zum allerersten Mal.

***

»Mrs. Greenwood? Ist alles in Ordnung?« Es war Amanda, die mich vorsichtig aus meinem Tagtraum riss.

Ich schüttelte mich und versuchte schnell, meine Fassung wiederzuerlangen. Es war zum Haare raufen. Mein Besuch in Maple Falls hatte alles durcheinandergebracht. Mein gesamtes Inneres war völlig verschoben und alles drehte sich irgendwie nur noch um Aiden Williams. Das durfte doch nicht wahr sein.

»Was ist denn?«, fuhr ich meine Sekretärin etwas zu forsch an und legte gleich noch ein »Sorry« nach.

»Kein Problem. Ähm, Harry aus der Marketingabteilung würde gern mit Ihnen noch mal über das Projekt und die Werbung dafür sprechen. Ich habe einen Termin für morgen Vormittag um zehn vereinbart.«

»Okay, in Ordnung. Danke, Amanda.«

Das Projekt forderte einiges von mir, aber ich war fest entschlossen, Mrs. Ocean und den gesamten Vorstand nicht zu enttäuschen. Also machte ich mich wieder an die Arbeit und suchte ein paar Telefonnummern von Headhuntern heraus, mit denen ich schon zusammengearbeitet hatte.

Am Abend rauchte mir der Kopf, aber ich hatte einige gute Gespräche geführt und die leise Hoffnung machte sich in mir breit, dass wir gute Leute bekommen würden.

Gerade als ich im Foyer aus dem Fahrstuhl stieg, um mich auf den lang ersehnten Heimweg zu machen, brummelte das Telefon in meiner Tasche. Schnell fischte ich es heraus und verdrehte die Augen, als ich sah, wer mir eine Nachricht geschickt hatte. Als wäre es Gedankenübertragung, weil ich den lieben langen Tag fast nichts anderes gemacht hatte, als in Erinnerungen zu schwelgen.

Aiden: *Hi, Haz. Wie gehts dir? Können wir vielleicht doch noch mal telefonieren? Bitte? Gruß, Aiden.*

Ich blieb kurz stehen, um meine Antwort zu tippen.

Hazel: *Hey. Ich wüsste nicht, was es bringen sollte, aber okay. In einer Stunde bin ich zu Hause, dann können wir reden.*

Als Antwort bekam ich ein schnödes »Okay«.

Ich war gerade auf dem Weg ins Bett, als mein Handy klingelte. Die Augen verdrehend warf ich mich auf die Decke.

»Hey, Aiden«, begrüßte ich meinen Ex und versuchte, so genervt wie möglich zu klingen.

»Hi, Haz. Schön, dich zu hören. Wie gehts dir?« Er gab einfach nicht auf.

»Gut. Was haben wir zu bereden?«

»Oh. Okay. Kein Smalltalk, auch gut«, entgegnete er und ich konnte hören, dass er am anderen Ende lächelte.

»Liegt mir nicht, weißt du doch.«

»Hm, das habe ich anders in Erinnerung, aber das macht nichts. Wie war dein Tag?«

Was sollte der wie-gehts-dir-und-wie-war-dein-Tag-Mist eigentlich?

»Stressig. Und deiner?« Auch wenn sich alles in mir gegen diese Konversation sträubte, so spürte ich, wie meine Mauern sich aufzulösen begannen. Eigentlich hatte ich keinen Grund, so garstig zu ihm zu sein. Oder? Das mit Miranda war wirklich mies gewesen, aber es war lange her.

»Oh, meiner war hervorragend. Ich habe mir einen Flug nach Boston gebucht für Freitag.« Ich holte tief und hörbar Luft. »Und hey, keine Sorge, ich werde dich nicht wegen eines Treffens nerven. Ich bin beruflich in der Stadt.«

Für einen Augenblick schwieg ich. Was wäre so schlimm, sich mit ihm zu treffen? Sprach überhaupt etwas dagegen?

Neulich, als wir in meinem Hotelzimmer auf dem Bett gelandet waren, hatte rein gar nichts gegen eine Unterhaltung mit ihm gesprochen ... Während ich überlegte, spürte ich das Prickeln in meiner Magengegend.

»Haz? Bist du noch dran?«

Seine tiefe Stimme löste genau das Gleiche in mir aus wie meine eigenen Gedanken. Meine kleine Welt geriet mehr und mehr aus den Fugen wegen ihm.

»Äh, ja. Sorry. Ich war in Gedanken.«

»Willst du mir erzählen, was neulich passiert ist, dass du deine Meinung so abrupt geändert und Abstand gesucht hast?«

Nein, das wollte ich nicht. Weil es nämlich gar keinen Grund dafür gegeben hatte. Ich wusste nicht, warum ich ihn erst an mich herangelassen und ihn dann wieder weggestoßen hatte.

»Warte, ich habe eine Idee. Leg auf, wir facetimen.« Es war klar, dass er mein Schweigen ausnutzen würde.

»Was? Nein! Das werden wir ganz bestimmt nicht. Ich liege schon im Bett«, versuchte ich, ihn davon abzubringen, aber alles, was ich hörte, war das Tuten in der Leitung, weil er das Telefonat bereits beendet hatte.

Keine fünf Sekunden danach rief er mich über Facetime an und mein Herz begann, zu rasen, dass es sich ungesund anfühlte. Wie konnte er nur?

Zögerlich und auch ein wenig widerwillig nahm ich den Anruf schließlich an und hoffte einfach, dass meine Umgebung im Schlafzimmer dunkel genug war, dass er nicht allzu viel von mir sah.

»Hey«, drang seine warme und liebevolle Stimme gleich

darauf in meine Ohren und richtete seltsame Dinge in meinem Hirn an. Es war, als würde ein Eisberg schmelzen und das eiskalte Schmelzwasser schoss prickelnd durch meine Adern.

»Hi«, erwiderte ich mit trockener Kehle. »Du arbeitest noch?« Aiden saß an einem, vermutlich seinem, Schreibtisch. Im Hintergrund sah ich das Fenster mit Blick in die Dunkelheit. Aiden trug ein hellblaues Hemd, das anscheinend sehr körpernah geschnitten war. Er hielt das Telefon weit genug von sich weg, dass ich seine Brust sehen konnte, über die das Hemd etwas spannte.

»Jetzt nicht mehr. Tut mir übrigens leid, dass ich dich vom Schlafen abhalte. Aber ich konnte nicht anders, Haz. Seit deinem Besuch hier grübele ich, was passiert ist.«

Ich stieß geräuschvoll die Luft aus. »Aiden, müssen wir wirklich ...«

»Ja, müssen wir, Haz. Weil ich vorher nicht das Gefühl hatte, dass es dir gegen den Strich ging, was wir da gemacht haben.«

Was wir da gemacht haben. Was hatten wir denn da gemacht? Geknutscht wie die Teenager, und gefummelt. Und vermutlich hätten wir miteinander geschlafen, wenn Kim nicht angerufen hätte. Und mit sehr hoher wahrscheinlich wäre ich am nächsten Morgen aufgewacht und hätte es bitter bereut.

Aiden hatte sein Telefon näher herangenommen, sodass ich nur noch sein Gesicht sah. Seine dunklen Augen wirkten traurig, aber nicht unfreundlich. Ein vorsichtiges Lächeln lag auf seinen Lippen und sein Dreitagebart war sicher mindestens fünf Tage alt. Er sah gut aus. Verdammt gut. So gut, dass ich für einen Moment vergaß, dass ich kein Interesse an ihm haben sollte.

»Ging es nicht«, gab ich schließlich leise zu und lenkte meinen Blick auf die Bettdecke. Ihm jetzt in direkt in die Augen zu sehen, als würde er hier vor mir sitzen, wäre mein Verderben. »Es ist nur ... es war ...«

»Es war schön, Haz. Es war so verdammt schön, dich nach all den Jahren wiederzusehen und dich zu spüren. Du hast mir gefehlt.«

Mein Herz flimmerte und mir wurde schwindelig. Warum sagte er das? Warum konnte er es nicht einfach sein lassen?

»Sag doch was, Hazel. Wir konnten immer über alles reden.« Er klang verzweifelt, weil ich nicht antwortete.

»Ja, das konnten wir. Bis du dich dazu entschieden hattest, nicht mit mir darüber zu reden, was da zwischen dir und meiner besten Freundin lief«, zischte ich und allein der Gedanke daran ließ mein Herz wieder in tausend Teile splittern. Da konnte es hundert Jahre her sein, es würde mir immer wehtun.

»Mit Miranda lief gar nichts und das weißt du auch. Ich war angetrunken und sie hat den Moment damals schamlos ausgenutzt, weil sie scharf auf mich war.«

»Ach ja? War sie das? Sie war meine beste Freundin, Aiden.«

»Bist du dir da ganz sicher? Weil, ich hatte immer irgendwie das Gefühl, dass sie neidisch auf dich war.«

»Was? Warum hätte sie neidisch auf mich sein sollen? Wir haben uns immer gut verstanden.«

»Ja, das stimmt. Aber überleg mal. Während du mit deiner Mom ein gutes Verhältnis hattest, hatte sie oft Zoff zu

Hause. Du hattest mich, sie war Single und mit ihrer schroffen Art hat sie es den Jungs nicht unbedingt leicht gemacht, sie ins Herz zu schließen.«

Hm. So hatte ich das noch nie gesehen. Für mich war Miranda immer wie meine zweite Hälfte, wir hatten uns super ergänzt, hatten fast unsere gesamte Schulzeit zusammen verbracht. Und das soll alles Heuchelei gewesen sein?

»Hör mal, ich will nicht schlecht über sie reden. Ich möchte lediglich, dass du einfach mal darüber nachdenkst, dass ich vielleicht nicht allein schuld gewesen bin an dem, was passiert ist. Und dass dieser ganze Scheiß damals nicht von mir ausging, darüber haben wir nun wirklich oft genug diskutiert.«

Ich brauchte ein paar Sekunden, um mich zu sammeln. Seine Anschuldigungen gegen Miranda wogen schwer und bohrten sich in mein Unterbewusstsein, das sofort alles hinterfragte. Doch eigentlich hatte ich keine Lust mehr. Ich wollte die Vergangenheit gern ruhen lassen. Ich war nicht mehr die, die ich damals auf der Highschool gewesen war. Jetzt war ich erwachsen – na gut, so gut wie – und lebte mein Leben nach meinen eigenen Vorstellungen.

»Weißt du, Aiden, ich möchte nicht mehr darüber nachdenken. Acht Jahre lang habe ich es geschafft, nicht mehr darüber nachzudenken. Und dann tauchst du auf meiner Bildfläche auf und auf einmal reißen all die alten Wunden wieder auf. Das fühlt sich scheiße an. Als wir neulich zusammen waren, hatte ich für einen kurzen Moment das Gefühl, wir könnten da anknüpfen, wo wir unterbrochen wurden. Aber das ist nicht so. Wir können nicht einfach so tun, als wäre nichts gewesen. Ich kann das nicht, verstehst du?« Meine Stimme bebte und ich hoffte, er würde es nicht hören.

»Das sollst du auch nicht«, sagte er verständnisvoll. Samtig und weich hüllte mich seine Stimme ein. »Aber wäre es nicht schön, wenn wir einfach wieder normal miteinander umgehen könnten? Ohne dass du drohst, mich aufzufressen, wenn du mich siehst?« Sein smartes Lächeln entblößte die schneeweißen Zähne und ging mir durch und durch.

»Ich fresse dich nicht auf, okay.« Schmunzelnd biss ich mir auf die Unterlippe.

»Gut. Dann lass uns zusammen Essen gehen, wenn ich am Wochenende in Boston bin.«

»Aiden, ich ...« Mit der Hand fuhr ich durch meine Haare und verdrehte die Augen.

»Wann und wo?«

»Also gut, du hast gewonnen.«

Wir verabredeten uns für Samstagabend und quatschten die halbe Nacht miteinander. Mit jedem Wort löste sich mein Widerstand mehr in Luft auf und ich spürte, wie gut es tat, mit ihm zu reden. Und wie sehr auch ich ihn vermisst hatte.

14. Hazel

Es war so kalt geworden, dass mir fast die Finger abfroren. Dankbar nahm ich die heiße Tasse mit dem Kinderpunsch entgegen und wärmte meine Hände daran, während ich die kleinen Dampfwölkchen beobachtete, die das Getränk in die kalte Luft wirbelte.

Endlich hatten Kim und ich es geschafft, im Boston Frog Pond Schlittschuhlaufen zu gehen. Wir hatten uns die passenden Schlittschuhe ausgeliehen, für sündhaft teure zehn Dollar pro Paar, und waren anfangs beide recht wacklig unterwegs. Nach ein paar Runden über den Pond fühlte ich mich sicherer und begann, auch das Rückwärtsfahren wieder zu üben. Früher in Maple Falls waren wir im Winter fast jeden Tag auf einem der zugefrorenen Seen in der Umgebung gewesen. Wenn ich eines konnte, dann Schlittschuhlaufen. Schnell und rasant, vorwärts und rückwärts und manchmal gelang mir sogar eine raffinierte Drehung. Auch Aiden war immer mit dabei gewesen, hatte aber weniger auf den Kunstquatsch gestanden, sondern mehr Eishockey mit den Jungs gespielt. Oder wir waren einfach stundenlang Hand in Hand über die Eisfläche gegondelt.

»Nun trink schon, damit wir wieder aufs Eis können. Das macht echt Spaß. Ich hätte nicht gedacht, dass ich das noch kann. Ich habe als kleines Kind das letzte Mal in Schlittschuhen gestanden.« Kim war ganz euphorisch, ihre Augen leuchteten mit den Lichterketten, die überall in den Bäumen und Buden verteilt waren, um die Wette. Ihren Punsch hatte sie längst ausgetrunken. Keine Ahnung, wie sie es schaffte, das heiße Getränk in Nullkommanichts hinunterzuschütten, ohne sich die Speiseröhre zu verbrennen.

»Ja ja, ich bin ja schon dabei.«

»Wann triffst du dich mit Aiden?«

Für einen Moment dachte ich nicht daran, dass ich eine Tasse in der Hand hielt, und beugte meinen Arm, um auf die Uhr zu sehen.

»Scheiße«, zischte ich gleich darauf, weil ich mir den roten Früchtepunsch auf den Wintermantel gekippt hatte. »Gar nicht vermutlich, so kann ich ja nicht zu einem Date auftauchen, oder?«

»Ach, es ist also doch ein Date?« Kim lachte auf und fischte ein paar Papiertaschentücher aus ihrem Rucksack, um mir zu helfen, die Flüssigkeit aufzutupfen, die längst in die Stofffasern gesickert war. Glücklicherweise war der Mantel anthrazit, sodass man das Malheur nicht auf den ersten Blick sah.

»Nein, ist es natürlich nicht. Wir treffen uns einfach, weil er in der Stadt ist.«

»Und warum ist er in der Stadt?« Sie war verdammt neugierig.

»Das habe ich dir doch gestern schon beim Mittagessen erzählt.« Fragend sah ich sie an. Ich hatte ihr während unseres gemeinsamen Lunchs ziemlich ausführlich von unserem Gespräch neulich abends berichtet. »Er und seine Eltern wollen eventuell expandieren oder so was in der Art.«

»Ach ja, stimmt. Und ich hatte die leise Hoffnung, er kommt nur wegen dir hierher.«

»Du spinnst ja. Wir sind Freunde, okay.« Wobei das so gar nicht stimmte, denn eigentlich wusste ich nicht, was genau wir waren.

»Aber dein Blick verändert sich, wenn du über ihn sprichst. Und deine Stimme wird weicher. Aber gut, ihr seid nur Freunde.« Sie zwinkerte mir zu, nahm mir die Tasse aus der Hand, um sie auf einem der Tische abzustellen, und zog mich wieder auf die Eisfläche, wo wir quatschend und lachend ein paar Runden drehten. Mir blieben noch anderthalb Stunden bis zu dem Treffen mit Aiden und mein Puls raste jetzt schon in sehr bedenkliche Höhen.

»Schau mal, was ist denn da hinten los?« Völlig außer Atem hielt ich an und zeigte mit ausgestrecktem Arm auf eine Menschentraube auf der anderen Seite der Eisfläche.

»Hm, wer weiß. Vielleicht gibt es da Geschenke. Gratis-Getränke oder so. Wollen wir mal hinschlittern?«

Ich zuckte mit den Schultern und bejahte Kims Frage schließlich. »Klar, nicht dass wir etwas verpassen«, lachte ich und mit geschmeidigen, fast synchronen Bewegungen glitten wir über das Eis.

»O mein Gott, schau mal, da ist Santa Claus«, rief Kim total aufgeregt und knuffte mich mehrmals in den Oberarm, während ich meinen Hals reckte, um einen Blick aufs Geschehen zu erhaschen. Tatsächlich sah ich die rote Mütze, an der eine weiße Bommel hin und her wackelte. Der alte Mann, der inmitten der Menschtraube hockte, trug einen weißen Rauschebart und eine Brille und war von zig Kindern und deren Eltern umringt.

»Ich wusste gar nicht, dass hier heute eine Veranstaltung mit dem Weihnachtsmann ist«, dachte ich laut nach.

»Nein, ich habe auch nichts dergleichen entdeckt. Aber wie cool, los komm, gehen wir uns was wünschen bei ihm.«

Sie war so aufgedreht wie eine Fünfjährige, was mir ein lautes Lachen entlockte. »Ich nicht, danke, ich hatte das Vergnügen neulich in Maple Falls und es war so so so peinlich.« Kurz erzählte ich ihr noch einmal, wie ich beim Einkaufsbummel auf Santa Claus‘ Schoß gelandet war, was sie noch lauter auflachen ließ als mich eben.

»Das ist zu geil, Hazel, wirklich. Ich wäre so gern dabei gewesen.«

»Glaub mir, das wärst du nicht. Es war peinlich. Er hat mich behandelt, als wäre ich drei oder vier oder so. Wie ein Kind eben.«

»Aber er war sexy, oder?« Kichernd zwinkerte sie mich an.

»Weiß ich nicht, er steckte ja in dieser Verkleidung. Aber er war definitiv nicht alt.«

Ich reagierte viel zu spät, als Kim nach meinem Handgelenk griff, um mich durch die Menschenmenge auf dem Eis zu ziehen.

»Vorsicht, dürfen wir mal? Es ist dringend, danke«, rief sie dabei immer wieder und ich sah mit Erstaunen, wie man uns Platz machte, bis wir ... direkt vor Santa Claus landeten.

Nicht schon wieder.

»Hey, Santa.« Ohne Scheu und Scham zupfte sie am Ärmel des bärtigen Mannes und benahm sich dabei schlimmer als all die Kleinkinder um uns herum. Einige der Eltern waren verwirrt, murmelten, wir hätten uns vorgedrängelt und das sei ja alles nur für die Kids, und ich zuckte entschuldigend mit den Schultern. Aber Kim hatte die volle Aufmerksamkeit des Weihnachtsmannes, der inzwischen aus der Hocke emporgekommen und ihr ein paar Schritte entgegengeschlittert war. Er trug tatsächlich Schlittschuhe. Und dieses Kostüm, ich hätte schwören können, dass es dem aus dem Einkaufszentrum glich. Aber gut, vermutlich war das einfach ein Zufall.

»Dürfen sich auch die Erwachsenen etwas von dir wünschen?« Kim ließ nicht nach und langsam wurde es unangenehm für mich.

»Natürlich«, brummte der Mann. »Jeder darf sich von mir etwas wünschen. Ob ich das erfüllen kann, steht auf einem anderen Blatt, ho ho ho.« Er lachte tief, während er sich auf den ausgestopften Bauch klopfte.

»Super. Meine Freundin hier hat nämlich gleich ein Date mit ihrem Ex und sie wünscht sich, dass es so richtig ...«

»Kimmy!« Ich unterbrach sie sofort. Das ging eindeutig zu weit. »Spinnst du? Wie kannst du es wagen?« Jetzt war ich wirklich sauer.

Santas Kopf drehte sich hin und her, weil er uns nicht aus den Augen ließ.

»Entspann dich, Hazel, das ist der Weihnachtsmann, der hält dicht. Schweigepflicht und so. Ist doch so, nicht wahr?«

Nickend legte Santa seinen Zeigefinger auf die Lippen und sah mir dabei fest in die Augen.

Huch. Sein eindringlicher Blick traf mich völlig unvermittelt.

Im Hintergrund löste sich die Menschentraube auf, weil wir in das Vorhaben reingegrätscht und den Kindern damit den Spaß genommen hatten. Das Gekreische wurde schwächer und man hörte wieder die Weihnachtsmusik aus den Boxen.

»Natürlich ist das so. Was bei Santa Claus besprochen wird, bleibt bei Santa Claus.« Wieder lachte er auf, ohne mich aus den Augen zu lassen.

Wer steckte hinter dieser Maske? In einem Moment hatte ich wirklich das Gefühl, ihn zu kennen. Im nächsten war ich mir jedoch sicher, dass ich mich irrte.

»Allerdings hat sich deine Freundin hier schon etwas bei mir gewünscht. Nicht wahr, Hazel? Dein Name war doch Hazel, oder?«

Was? Wie? Das konnte nicht sein!

Unfähig, auch nur ein Wort zu erwidern, nickte ich. Meine Kehle wurde staubtrocken.

»Und das war etwas mit Natur und Achtsamkeit, wenn ich mich recht erinnere.« Er legte seine Hand, die in einem dicken schwarzen Handschuh steckte, ans Kinn und tat so, als würde er überlegen.

Jetzt klappte auch Kim das Kinn nach unten, sie staunte mit großen Augen und blickte zwischen Santa und mir hin und her. Es war einfach grotesk. Was genau passierte hier gerade? Waren wir in einer Comedysendung gelandet, in der Leute verarscht wurden?

»Das kann nicht sein«, hörte ich mich leise sagen, als würde meine Stimme nicht zu mir gehören. Plötzliche Übelkeit überkam mich und mir wurde schwindelig. Haltsuchend griff ich ins Leere und spürte, wie sich eine große Hand um meinen Unterarm schloss und mich davor bewahrte, auf dem Eis zusammenzusacken.

»Wie kann das sein? Das ist unmöglich.«

Santa beugte sich zu mir, kam mit seinem Gesicht meinem ganz nahe. Und ich hätte schwören können, dass ich dieses Gesicht, das zur Hälfte von einem weißen, unechten Bart bedeckt war, schon einmal gesehen hatte.

»Es ist Weihnachten, da ist nichts unmöglich«, raunte er direkt an meinem Ohr, dass mir gleich noch einmal ganz schwummrig wurde. »Geht es dir gut?«

»Ja. Äh, nein. Mir ist komisch.«

Noch immer hielt er meinen Arm. »Dann lass uns mal lieber an den Rand fahren, damit du dich auf eine Bank setzen kannst. Und du holst ihr bitte etwas zu trinken.« Den letzten Satz richtete er an Kim, die sofort lossauste, während er mit mir ganz langsam zum Rand der Eisfläche fuhr, wo ich gleich darauf auf eine Bank stolperte und mich drauffallen ließ wie ein nasser Sack.

Santa setzte sich neben mich, zog seinen Handschuh aus und schnappte sich mein Handgelenk, wo er gleich darauf meinen Puls fühlte. Ich zuckte zusammen, als sein Finger auf das Puckern unter meiner Haut traf.

»Viel zu hoch«, stellte er besorgt fest. »Beruhige dich, damit du nicht kollabierst.«

»Wer bist du, verdammt noch mal? Verfolgst du mich? Bist du ein Stalker?« Ich war völlig außer mir und gar nicht in der Lage, mich zu beruhigen. Alles hier war seltsam und ganz und gar nicht beruhigend.

»Ich bin Santa Claus, wie man unschwer erkennen kann.« Mit wackelndem Kopf zeigte er an sich herab.

»Ganz sicher nicht.« Bitter lachte ich auf. Wo blieb Kim nur mit meinem Getränk? »Wer bist du und woher weißt du, was ich mir vor zwei Wochen am anderen Ende des Landes gewünscht habe?« Meine Stimme war nur mehr ein Hauch ihrer selbst, ich zitterte am ganzen Körper.

Santa kam nicht zum Antworten, weil endlich meine beste Freundin mit einem Becher Wasser angerauscht kam. Sie war so in Fahrt, dass sie sich diesen fast auf den Mantel gekippt hätte.

»Hier, trink. Was ist denn los?«, keuchte sie aufgeregt und blickte zwischen mir und dem Mann im roten Kostüm hin und her.

»Keine Ahnung, vielleicht habe ich zu wenig gegessen heute«, log ich. Dass es mir einfach unheimlich war, dass dieser Mann hier mich anscheinend stalkte, würde ich ihr später erzählen, wenn wir allein waren. In zwei Zügen leerte ich den Becher und wollte ihn, weil ich wirklich nicht in der Lage war, aufzustehen, auf den Boden stellen.

»Na na, wir wollen doch schön achtsam mit der Natur umgehen, oder? Schließlich wollen du und alle Menschen dieser Welt noch sehr lange etwas von ihr haben.« Santas Worte entsprachen exakt dem, was ich ihm in Maple Falls ins Ohr geflüstert hatte. Jemand erlaubt sich hier einen wirklich oberfiesen Scherz und ich wollte endlich wissen, wer mich so dermaßen an der Nase herumführte.

»Was soll das, hä?«, blaffte ich und begann, an dem weißen Rauschebart zu zupfen. Ohne Ergebnis, denn Santa war nicht blöd und drehte sich schnell zur Seite und stand plötzlich auf, als hätte er es eilig.

»Ich muss weiter. War schön, dich wiederzusehen, Hazel. Bleib schön artig, ja!« Er zwinkerte mir und Kim zu und setzte schon zum Gehen an.

»Hey«, rief ich ihm hinterher. »Bevor du gehst, will ich wissen, wer du bist und was das hier soll. Und zwar jetzt.« Ich straffte meinen Rücken und fühlte mich wieder stark genug, aufzustehen.

Der Mann drehte sich um und wieder traf mich sein eindringlicher Blick. »Ich bin Santa Claus und jetzt muss ich weiter nach New York, da warten schon die nächsten Kinder auf meinen Besuch, die ihre Wünsche loswerden wollen«, sagte er mit ruhiger Stimme und so gelassen, als wäre es das Normalste auf der Welt.

»New York also«, wiederholte ich und bemühte mich, nicht in schallendes Gelächter auszubrechen. Wer auch immer mich hier verarschte, machte einen verdammt guten Job. Allerdings trieb er mich damit auch auf die Palme.

»Japp. In einer Stunde muss ich da sein. Also wenn mich die Damen jetzt entschuldigen würden.«

»In einer Stunde. Von Boston nach New York.« Ich glaubte ihm kein Wort. Selbst ein Flugzeug brauchte etwas mehr als eine Stunde, um diese Strecke zurückzulegen.

»Ja genau.« Sein Blick haftete fest auf mir. Fast war es so, als konnte man die Funken sprühen sehen.

»Okay. Dann ruf jetzt bitte deine Rentiere, damit ich mich

auch von Ihnen verabschieden kann.«

Santa lachte auf. »Netter Versuch, Hazel. Die parken stadtauswärts und müssten einen Umweg auf sich nehmen. Das will ich ihnen nicht zumuten.«

»Natürlich nicht.« Der Kerl war doch ein Spinner sondergleichen.

»Also bis nächstes Jahr. Bleibt brav!«, rief er und stapfte durch die Menschenmenge davon.

»Was für ein Idiot.« Kopfschüttelnd grübelte ich, dass sich meine Hirnwindungen bogen, denn sowohl seine Augen als auch sein Lächeln kamen mir wirklich bekannt vor. Aber beides konnte ich nicht einordnen.

»Das war doch mal lustig«, rief Kim begeistert und wurde gleich wieder ernst. »Aber wenn du mir noch einmal einen solchen Schrecken einjagst, bekommst du Ärger, hörst du?«

»Tut mir leid, ich weiß ich auch nicht, was los war.«

»Bist du bereit für dein Date?«

Noch immer schaute ich auf die Stelle, an der Santa Claus noch bis vor wenigen Sekunden gestanden hatte. »Hm? Date? Was?«

»Na, mit Aiden. Willst du nochmal nach Hause, dir vielleicht einen anderen Mantel anziehen?«

Aiden, schoss es mir in den Sinn und das Blut gefror augenblicklich in meinen Adern.

War das etwa Aiden gewesen?

15. Aiden

Scheiße, das war echt knapp. Gerade noch rechtzeitig hatte ich die Kurve gekriegt und einen ordentlichen Abgang hingelegt.

Ich hatte es in Hazels Augen gesehen. Sie hatte so sehr gegrübelt, woher ich ihren Wunsch kannte, und hatte mich genauestens gemustert. Vermutlich jedes Fältchen in meinem Gesicht hatte sie unter die Lupe genommen und einmal mehr war ich froh darüber, andersfarbige Kontaktlinsen zu tragen, wenn ich als Santa Claus unterwegs war.

Eigentlich hatte es als Spielerei im Hotel begonnen, nachdem ich vom Studium zurückgekehrt war. Meine Eltern und ich hatten es ganz witzig gefunden, die Gäste damit in weihnachtliche Stimmung zu versetzen. Und gerade die Kids fuhren echt darauf ab, wenn ich in der Weihnachtszeit mit einem gut gefüllten Sack durch die Lobby spazierte. Sie hingen an mir wie Kletten.

Dass ich Hazel kurz nach ihrer Ankunft in Maple Falls über den Weg gelaufen war und ihre, zugegebenermaßen heißen Dessous vom Gehsteig aufgelesen hatte, war allerdings Zufall gewesen. Als wir uns dann in der Hotellobby wiederbegegnet waren und ich ihre Abneigung mir gegenüber gespürt hatte, hatte mir der Gedanke gefallen, sie als Santa Claus auf meine Seite zu ziehen.

Okay, der Kuss im Einkaufszentrum war natürlich nicht geplant gewesen, aber es hatte funktioniert und an jenem Nachmittag hatten wir ein Stück unserer Vergangenheit aufarbeiten können. Fast hatte ich gedacht, dass sie wieder ganz die Alte wäre und wir vielleicht sogar eine Chance hätten ... Aber dann hatte sie direkt wieder dichtgemacht und war in ihr Schneckenhaus abgehauen.

Ihrer Mutter war es zu verdanken, dass ich wusste, wo sie heute Abend unterwegs sein würde. Sie hatte mir erzählt, dass Hazel mit ihrer Freundin vor unserem Treffen zum Eislaufen gehen würde. Und Grundgütiger, ich war wirklich ein gefestigter Mann und so schnell haute mich nichts um, aber noch nie im Leben hatte ich solches Lampenfieber wie vorhin, als ich das Eis betrat.

Ein breites Lächeln stahl sich auf meine Lippen, als ich an Hazel dachte. Wie sie mich angesehen hatte. Ich würde das Spielchen auflösen müssen, das war klar. Ansonsten hätte sie direkt den nächsten Grund, auf mich sauer zu sein und mir einen Korb zu geben.

Das wollte ich nicht riskieren und während ich mich in meinem Hotelzimmer umzog, beschloss ich, ihr später reinen Wein einzuschenken. In der Hoffnung, sie würde es vielleicht genauso lustig finden wie ich. Und nicht bescheuert oder schräg, oder psycho ... Ich wollte gerade meinen Winterparka anziehen, als mein Handy den Eingang einer Nachricht meldete.

Hazel: *Ich verspäte mich etwas. Muss noch mal nach Hause, mich umziehen. Bis dann.*

Aiden: *Kein Problem. Ich kann dich auch abholen, gib mir deine Adresse. Freu mich auf dich.*

Okay. Den letzten Satz löschte ich wieder, bevor ich die Nachricht abschickte. Gleich darauf sprangen die drei Punkte hin und her. Eine gefühlte Ewigkeit schien sie eine Antwort zu tippen. Anscheinend zögerte sie, mir ihre Anschrift mitzuteilen.

Hazel: *Gut. 45 Myrtle St. In einer halben Stunde?*

Aiden: *Ich werde da sein!*

Das verschaffte mir noch ein paar Minuten Zeit. Ich steckte das Telefon in meine Jackeninnentasche und warf einen prüfenden Blick in den Spiegel, richtete hier und da ein paar Haarsträhnen und ...

»Scheiße«, zischte ich erschrocken. »Die Kontaktlinsen.« Fast wäre ich zum Date mit Santas blauen Augen erschienen. Gott sei Dank hatte ich es noch rechtzeitig bemerkt, verschwand im Bad und wechselte in wenigen Minuten wieder zu meiner richtigen Augenfarbe. Puh, das war gerade noch mal gut gegangen. So ein eitler Blick in den Spiegel war schon nicht verkehrt und in meinem Fall hatte er sich wirklich ausgezahlt.

Eine halbe Stunde später hielt das Taxi vor dem Haus, dessen Adresse mir Hazel gegeben hatte. Die Straße war ziemlich schmal und auf beiden Seiten mit Backsteinhäusern gesäumt. Die Fenster von Nummer fünfundvierzig waren hübsch dekoriert und zum Teil mit Sternen und Kerzen beleuchtet. Und sie hatten dunkelgrüne Fensterläden, was mir ausnehmend gut gefiel.

»Warten Sie bitte einen Moment«, sagte ich zum Taxifahrer und stieg aus, um bei Hazel zu klingeln. Gerade als ich den Knopf auf dem Klingelbrett drücken wollte, schwang die Tür auf und sie stolperte direkt in meine Arme.

»Hoppla, so stürmisch unterwegs?«, lachte ich und fing sie geschickt auf.

»Sorry, ich hatte nicht damit gerechnet, dass du unmittelbar vor der Tür stehst.« Zögerlich hob sie ihr Gesicht und als ihr Blick auf meinen traf, hatte ich das Gefühl, die Zeit blieb für den Bruchteil einer Sekunde stehen. Wow. Sie flashte mich jedes Mal wieder.

»Hi, Haz«, raunte ich und beugte mich zu ihr, um sie auf die Wange zu küssen.

»Hey, Aiden.« Ihre Stimme zitterte etwas, doch sie wich mir nicht aus, was ich als gutes Zeichen deutete.

Bereitwillig folgte sie mir, stieg ins Taxi und gab dem Fahrer die Adresse des Restaurants. Die Fahrt verlief schweigend. Doch ich registrierte, wie Hazel mich immer wieder verstohlen von der Seite ansah, während uns der Taxifahrer nur wenig später am Hafen absetzte. 75 prangte leuchtend über dem Eingang und davor, direkt am Wasser, waren einige dieser winterfesten Pavillons installiert, in denen Tische standen und man bis auf die Kellner gänzlich ungestört war.

»Es ist schön, dich zu sehen«, sagte ich schließlich, als wir eine der Halbkugeln bezogen hatten und uns gegenübersaßen. Hazel hatte ihren Mantel abgelegt. Auch wenn sie lediglich einen roten Rollkragenpulli und schwarze enge Jeans trug, sah sie atemberaubend aus, dass es mir schwerfiel, mich zu konzentrieren. Immer wieder glitt mein Blick auf ihre Lippen, die im passenden Farbton zum Pulli geschminkt waren, und garantiert beim Küssen abfärben würden.

»Hm.« Okay, sie war etwas einsilbig und wirkte in sich gekehrt. Ich hoffte wirklich, dass sie mir nicht den Hals umdrehen würde, wenn ich sie nachher in mein kleines Weihnachtsgeheimnis einweihte.

Wir bestellten Steak mit Salat zum Essen und dazu einen passenden Rotwein, der hoffentlich die Stimmung zwischen uns etwas lockern würde. Geschickt lenkte ich das Gespräch auf ihren Job und spürte schnell, dass sie regelrecht aufblühte, während sie von der Firma berichtete, für die sie arbeitete. Dass sie hier in Boston so gut Fuß gefasst hatte, freute mich wirklich, wenngleich es natürlich schmerzte, dass uns gut dreitausend Meilen voneinander trennten.

»Wie war denn dein Geschäftstermin?«, wollte sie wissen, bevor sie sich einen Bissen von dem hervorragenden Fleisch zwischen ihre wundervollen Lippen schob. Froh darüber, dass sich die anfängliche Spannung gelegt hatte, erzählte ich ihr von der Hotelbesichtigung.

»Ich muss zugeben, dass ich mehr erwartet hatte. Das Exposé war wirklich vielversprechend, aber mit Photoshop kann man natürlich viel machen.« Ich zuckte mit den Schultern und legte mein Besteck auf den Teller, der leergeputzt war. »Das Gebäude war ziemlich in die Jahre gekommen und die Ausstattung ganz schön veraltet. Nicht das, wonach ich gesucht habe.«

»Wonach genau sucht ihr denn?«, wollte sie wissen und führte das Weinglas an ihren Mund. Gott, wie gern ich ihr das Glas aus den Fingern reißen und sie stattdessen küssen würde. So gern wollte ich von diesen Lippen trinken, von denen ich schon früher nicht genug hatte bekommen können. Aber nach der letzten zügellosen Aktion war ich etwas auf der Hut und ging lieber langsam vor.

»Schwer zu sagen. Es sollte halt vom Stil her einfach zum Maple Falls Inn passen. Ich hätte ehrlich gesagt nicht gedacht, dass es so schwer werden würde, etwas zu finden.«

»Ich kann mich gern mal umhören. Nicht dass ich direkte Kontakte in die Immobilienbranche hätte, aber ich glaube, meine Freundin Kim kennt da jemanden, der jemanden kennt ... Du weißt schon.« Ihr Mund formte sich zu einem scheuen Lächeln, das mich echt umhaute. Ich leckte mir über die Lippen und schluckte trocken, bevor ich mich verlegen am Hinterkopf kratzte.

»Ähm, ja gerne. Schaden kann es sicherlich nicht.«

Eine Weile plauderten wir noch über das Hotelwesen und mein Studium damals in Seattle. Ich haderte mit mir, wann der richtige Zeitpunkt war, sie damit zu konfrontieren, dass ich *der* Santa Claus war und beschloss, das auf später zu verschieben, wenn ich sie nach Hause brachte.

Es war kurz vor Mitternacht, als wir uns unsere Mäntel bringen ließen, zahlten und beschlossen, trotz der eisigen Kälte und des Schneefalls noch ein Stück am Hafen spazieren zu gehen.

Hazel wirkte wesentlich entspannter als am Anfang unseres Treffens und erzählte mir, dass sie noch Schlittschuhlaufen war und dass sie ihren Punsch über den Mantel gekippt hatte, weswegen sie noch einmal zu Hause gewesen war. Ihre Begegnung mit dem Weihnachtsmann ließ sie unerwähnt.

Der Wind pfiff uns eisig um die Ohren, als wir den Fish Pier entlangliefen. Keine Ahnung, warum wir das für eine gute Idee gehalten hatten, aber Hazel war der Meinung, dass man von ganz vorn einen irrsinnigen Ausblick auf den Hafen und die andere Seite der Stadt hätte. Und sie hatte recht damit. Ich war vorher noch nie in Boston gewesen und war jetzt schon nach wenigen Stunden fasziniert von Boston.

Wir standen nebeneinander, berührten uns kaum und doch war da diese spürbare Magie. Dieses Knistern. Wie früher, wenn wir am Fluss gewesen waren und einfach nur auf die Stromschnellen gestarrt hatten. Jetzt war wohl der richtige Moment, um ...

»Hazel, ich muss ...«, begann ich mit rasendem Herzen.

»Scht, sag nichts, Aiden.« Sie hatte sich zu mir gedreht. Ein paar kleine Schneeflocken bedeckten ihre beige Wollmütze, die nächsten verfingen sich in ihren Wimpern. Ihr Blick war so voller Sehnsucht und Liebe, dass meine Welt für einen Moment aufhörte, sich zu drehen. Für ein paar Sekunden vergaß ich, was ich sagen wollte, und versank einfach nur in ihren Augen. Hazel legte ihren Zeigefinger auf meine Lippen, um mich zum Schweigen zu bringen. Ganz automatisch hob ich meine Hand und schloss meine Finger um ihr Handgelenk.

»Danke für den schönen Abend. Ich bin froh, dass ich doch zugesagt habe«, erlöste sie mich schließlich und ließ zu, dass ich meine Finger mit ihren verschränkte und in meine Jackentasche steckte, denn ihre Hand war furchtbar kalt.

»Ich gebe zu, dass ich echt Schiss hatte, du würdest mir einen Korb geben. Nach der Aktion neulich ...«

»Könnten wir bitte aufhören, darüber zu sprechen? Ich weiß, dass es bescheuert war.«

»Okay, gut. Einsicht ist der beste Weg zu Besserung.« Mein Grinsen war anscheinend ansteckend, denn auch ihre Mundwinkel bewegten sich rasch nach oben.

»Ja ja«, lachte sie und schlug mir mit der freien Hand auf den Oberarm.

»Wow, machst du Selbstverteidigung? Taekwondo oder so was in der Art? Was für ein Schlag.« Demonstrativ rieb ich mir über die Stelle, an der sie mich getroffen hatte.

»Ich mache nur Yoga, aber gut zu wissen, dass es mir im Notfall helfen würde.«

»Sollte ich mir vielleicht auch mal anschauen.«

Ihre Hand noch immer in meiner wärmenden Jackentasche hatten wir uns wieder in Bewegung gesetzt und schlenderten zurück zum Restaurant, wo sicher schon das Taxi auf uns wartete.

»Wenn du mich nach Hause bringst, kann ich dir ja ein paar Übungen zeigen.« Mit schräg gelegtem Kopf zwinkerte sie mich an. Dafür, dass sich ihre Begeisterung für mich bisher in Grenzen gehalten hatte, legte sie sich jetzt ganz schön ins Zeug. Aber ich würde lügen, wenn ich behauptete, dass es mir nicht gefiel.

»Auf dem Gehweg, oder was? Nein, ich glaube, das ist mir zu kalt«, erwiderte ich frech.

»Natürlich nicht auf dem Gehweg. In meiner Wohnung.« Die letzten Worte betonte sie besonders und biss sich auf die Unterlippe. Es machte mich verrückt, wenn sie das tat, und am liebsten würde ich sie hier und jetzt küssen.

»Hör auf damit«, sagte ich forsch und blieb stehen, zog meine Hand aus der Jackentasche und legte meine Finger auf ihre kalte Wange. Langsam, wie in Zeitlupe, verringerte ich den Abstand zwischen uns, dass ich ihren Atem auf meiner Nasenspitze spüren konnte.

»Womit? Und warum?« Unschuldig klimperte sie mit den Wimpern und entlockte mir damit ein leises Stöhnen.

»Dir auf die Unterlippe zu beißen. Es hat sich nicht geändert, dass mich das verrückt macht und ich dich küssen will, wann immer du das tust.«

»Oh. Okay«, entwich ihr leise und erneut landeten ihre Zähne in ihrer Unterlippe.

»Haz«, stieß ich aus und ohne weiter darüber nachzudenken, prallte mein Mund auf ihren. Ohne jegliche Vorsicht, Rücksicht oder was auch immer, ließ ich meinem Verlangen freien Lauf, eroberte sie im Wintersturm und ließ uns mit den Schneeflocken verschmelzen. Ihr leises Stöhnen an meinen Lippen war für mich Zeichen genug, dass sie es genauso sehr wollte wie ich.

»Na los, das Taxi wartet sicher schon« raunte ich, nachdem ich mich widerwillig von ihr gelöst hatte. Auch wenn sämtliche Glückshormone dieser Welt durch mich hindurch rauschten und dafür sorgten, dass mein Blut überkochte, war es viel zu kalt, um draußen zu knutschen.

Zwanzig Minuten später empfing uns heimelige Wärme in Hazels Wohnung. Hazel selbst war viel gelöster, tanzte fröhlich durch den Flur und zog mich an der Hand in die kleine Küche, wo sie Wasser für eine Kanne Tee aufsetzte.

Der knallrote Teekessel mit den weißen Punkten pfiff wie verrückt, doch er musste warten, denn ich hatte Hazel gegen die Wand neben dem Herd gedrückt. Stürmisch fielen wir übereinander her wie zwei Ausgehungerte, die tagelang nichts gegessen hatten, und ich hatte nicht vor, sie so schnell wieder freizugeben.

Schließlich schaffte sie es doch, sich aus meiner Umklammerung zu winden und belegte ihren kleinen Triumph mit einem »Ha, geschafft.«.

Mit frisch aufgebrühtem Ingwertee machten wir es uns auf ihrem Sofa gemütlich. Ihre Wohnung war winzig. Selbst mein Appartement im Hotel zu Hause war größer, aber sie schien zufrieden damit zu sein. Und sie hatte es wirklich hübsch eingerichtet. Puristisch, ordentlich und doch gemütlich – es passte zu ihr.

»Zeigst du mir jetzt die Yogaübungen?«, wollte ich wissen und erntete ein spöttisches Lachen. »So was wie die kämpfende Kuh? Oder den abwehrenden Hund?«

Sie kicherte noch mehr, hielt dann aber inne und betrachtete mich.

»Ich fürchte, ich kann dir da wenig helfen, Aiden. Ehrlich gesagt, war es ein Vorwand, dich in meine Wohnung zu locken.« Zähne in Unterlippe. Ich stieß einen knurrenden Laut aus.

»Du überraschst mich, Haz. Wirklich. Warum genau wolltest du mich herlocken?«

Sie überwand die ohnehin schon geringe Distanz zwischen uns, hob ihren Hintern, um ihn gleich darauf auf meinen Schoß sinken zu lassen.

Gütiger Gott ... Ich wurde augenblicklich hart und hob mein Becken, um es sie spüren zu lassen.

»Ich dachte, wir könnten vielleicht da weitermachen, wo wir neulich unterbrochen wurden.« In ihren Augen blitzte eine Mischung aus Verlegenheit und Verlangen auf, die mich geradezu anspornte, meine Hände auf ihren Po zu legen und diesen fest zu kneten.

»Das dachtest du also?«

»Ja«, keuchte sie und schloss genüsslich die Augen, während sie meine Berührungen genoss.

»Und du dachtest wohl auch, dass ich das einfach mitmachen würde, nachdem du mich so hast auflaufen lassen?«

Jetzt schlug sie die Augen auf, sah mich fordernd an und legte ihre Hände auf meine Brust. Sie holte tief Luft. »Ich mache es wieder gut und dann reden wir nie wieder darüber, verstanden?«

Ein diabolisches Grinsen huschte über mein Gesicht, bevor ich sie packte und mich mit ihr auf meinen Hüften erhob. »Deal. Ich schlage vor, du fängst direkt damit an. Wo ist dein Schlafzimmer?«

Hazel keuchte auf und nickte zu einer Tür, die vom Flur abging. Ein paar Sekunden später warf ich sie auf die bunte Tagesdecke, die ihr Bett bedeckte. »Zieh dich aus«, knurrte ich und begann, meine Jeans aufzuknöpfen.

16. Hazel

Die Art, wie er mich ansah, brachte mein Blut zum Übersprudeln wie Mentos in einer Colaflasche. Während Aiden langsam die Knöpfe seiner Jeans öffnete, sog ich scharf die Luft ein und biss mir auf die Unterlippe. Er schien keine Eile zu haben und ließ mich keine Sekunde aus den Augen. Ich hielt seinen Blick gefangen und befreite mich parallel von meinem Rollkragenpulli, den ich achtlos zur Seite warf.

Seine Augen verengten sich, als ich nur noch in Jeans und BH auf dem Bett lag. Schnell hatte er sein Shirt ausgezogen und heiliges Kanonenrohr, hatte ich wirklich vergessen, was für eine Granate Aiden Williams war? Sein Oberkörper war mit gut definierten Muskelpaketen geziert, die er extra für mich spielen ließ. Breite Schultern, die in kräftige Oberarme übergingen, Flanken, die zum Becken hin schmaler wurden.

Für einen Moment hielt er still, ganz so, als wollte er mir die Musterung gestatten, der ich ihn unterzog.

Mein Blick glitt weiter nach unten und blieb an seinen wohlgeformten V-Muskeln hängen, die knapp über dem Bund seiner schwarzen Shorts zum Vorschein kamen. Erst dann sah ich seine Erektion, und dass er so auf mich reagierte, ließ mich verstohlen schmunzeln.

Aus dem achtzehnjährigen Teenager war ein richtiger Mann geworden und jetzt gerade kam ich mir ziemlich blöd vor, ihn mehrfach abgewiesen zu haben. Andererseits musste mich der Teufel reiten, weil ich mich hier in meinem Schlafzimmer mit ihm befand.

Mir war unsagbar heiß und mit jedem Kleidungsstück, das auf den Boden fiel, wurde meine ausgehungerte Libido noch mehr angeheizt.

»Deine Jeans.« Aiden nickte in Richtung meiner Beine und wies mich damit auf das Offensichtliche hin, nämlich, dass diese noch bedeckt waren.

Umständlich befreite ich mich von dem derben, viel zu engen Stoff und warf die Hose zu den anderen Klamotten, bevor er mit zwei Schritten am Bett war und sich über mich beugte.

»Gott, Haz, du ahnst nicht, wie lange ich auf diesen Moment gewartet habe«, raunte er direkt an meinem Ohr und küsste gleich darauf eine heiße Spur von meinem Ohrläppchen über meinen Hals und wieder zurück, bis er an meinen Lippen angelangt war. »Du bist so wunderschön.«

Sanft neckte seine Zunge meine Unterlippe, die vom vielen Draufbeißen schon ganz wund war, strich darüber, biss zärtlich hinein, bis ich meinen Mund öffnete und seinen

Kuss erwiderte. Leidenschaftlich verhakten sich unsere Zungen zu einem Tanz, der immer gieriger wurde.

Aiden schob seinen Oberkörper auf mich und meine Finger krallten sich in die Muskeln seiner Schulterblätter, um ihn noch näher an mich heranzuziehen.

Meine Haut kribbelte am ganzen Körper und mein Schoß begann zu prickeln, als er sich von meinem Mund löste und mit seinen Lippen über meinen Hals bis hin zu meinem Dekolleté wanderte, wo er jeden Quadratzentimeter verwöhnte. Fordernd knetete er meine Brüste, kniff in die Brustwarze und leckte gleich darauf mit seiner Zunge darüber, dass mir ganz schwindelig wurde.

»O Gott, Aiden, hör nicht auf«, keuchte ich und wand mich unter seinen Berührungen. An meiner Hüfte spürte ich seine Härte und drückte verlangend mein Becken gegen seines, was er mit einem tiefen Knurren quittierte.

»Ich habe nicht vor, aufzuhören. Im Gegenteil.« Sein Brummen vibrierte auf meiner Haut und ließ mich erbeben, während seine Finger weiter über meinen Körper tasteten und am Bund meines Höschens einhakten, um es über meine Hüften zu ziehen. »Zu viel Stoff«, murrte er und befreite mich schließlich davon.

Seine Berührungen ließen mich regelrecht schweben und versetzten mich in einen Zustand, in dem ich zu nichts fähig war, außer zu genießen. Und das tat ich in vollen Zügen. Sein Kopf verschwand zwischen meinen Beinen und keine zwei Sekunden später stellte Aiden mit seiner Zunge überragende Dinge mit mir an. Mit Schweben hatte das rein gar nichts mehr zu tun. Vielmehr katapultierte er mich damit in andere Sphären. Während er meine Mitte verwöhnte, spürte ich das verräterische Kribbeln in meinen Fußsohlen, das meine Beine hinaufwanderte und in meinen Schoß mündete, um sich dort in einer riesigen Explosion zu entladen. Aiden hielt meine Oberschenkel fest, es gab kein Entrinnen. Immer weiter peitschte er mich auf, leckte über meine Klit, dass ich fast die Besinnung verlor.

Keuchend vergrub ich meine Finger in seinem Haar und drückte ihn noch fester in meinen Schoß. Ich wollte ihn so sehr. Ich wollte alles von ihm. Jetzt. Hier.

»O Gott, Aiden ...«, hörte ich mich stöhnen, aber es klang so fremd. So tief und kehlig.

»Es gefällt dir, hm?«, brummte er an meiner Mitte, dass erneut ein Schauer über mich rauschte.

»Ja, mach weiter. Hör nicht auf. Bitte.«

»Honey, das ist erst der Anfang.«

Mit einem kräftigen Zungenschlag leckte er mich und das Feuerwerk in mir donnerte in den Himmel. Sterne funkelten vor meinen Augen und mir war schwindelig. Unser beider Stöhnen füllte mein kleines Schlafzimmer, während ich mich unter ihm wand.

Aidens Kopf kam wieder zum Vorschein. Genüsslich fuhr er sich mit der Zunge über die Lippen, die von meiner Feuchtigkeit glänzten. »Du schmeckst unfassbar gut«, raunte er und schob seinen Oberkörper wieder auf meinen, um mich zu küssen und mich von meinem Geschmack kosten zu lassen. Ich schmeckte meine eigene Lust, was mich nur noch mehr antörnte. Wie im Rausch erwiderte ich seinen heißen Kuss und bekam nur am Rande mit, dass Aiden mit ausgestrecktem Arm nach dem Kondom angelte, das er vorhin aufs Bett geworfen hatte. Ohne mich von seinem

Mund zu lösen, half ich ihm dabei und griff nach der kleinen Plastikverpackung, um sie ihm zu reichen.

Erst jetzt lösten sich seine Lippen von meinen, damit er das Kondom überziehen konnte, und gleich darauf spürte ich seine Härte an meinem Eingang und seine Zunge wieder in meinem Mund. Es heizte mir ordentlich ein, dass er so mit mir spielte. Er wusste genau, was mir gefiel. Und ich liebte, was er mit mir anzustellen vermochte.

Langsam schob er sich in mich hinein, hielt meinen Blick gefangen. Ich spürte seinen Atem in meinem Gesicht, der sich im Takt seiner Bewegung ebenfalls beschleunigte.

Wieder krallte ich meine Finger in seinen Rücken, zog ihn fest an mich, um alles von ihm zu spüren. Wir bewegten uns in völligem Einklang, ganz so, als wäre es nie anders gewesen. Als hätte es die lange Pause nie gegeben. Als wären wir eins. Schon immer.

Er wurde schneller und ich passte mich seinem Rhythmus an, streckte ihm mein Becken entgegen, so gut es ging. Pure Begierde peitschte durch meine Blutbahnen. Mein eigenes Verlangen verschluckte mich wie eine Flutwelle, um mich gleich darauf wieder auszuspucken und noch mal zu verschlingen.

Ich spürte den herannahenden Höhepunkt und auch Aiden schien kurz davor zu stehen. Für den Bruchteil einer Sekunde hielt er inne, legte seine Hände an meine Wangen und sah mir so tief in die Augen, dass ich glaubte, er blickte auf den Grund meiner traurigen Seele.

»Du hast mir so gefehlt, Haz«, knurrte er, bevor er sein Gesicht wieder an meinem Hals vergrub und so heftig in mich hineinstieß, dass ich vor Lust laut aufschrie.

»Du ... mir ... auch ...«, keuchte ich und explodierte in dem Moment, als ich sprach ein weiteres Mal. Gemeinsam ließen wir uns von der Flutwelle ergreifen und fortspülen, um irgendwo im Paradies zu landen.

Mein Herz wummerte noch eine ganze Weile in meiner Brust. Auch als Aiden sich längst neben mich gelegt und uns zugedeckt hatte, wollte es nicht aufhören, Purzelbäume zu schlagen.

»Wow, das war ... unglaublich ...« Er war der Erste, der etwas sagte und zog mich in seinen Arm, dass ich meinen Kopf auf seine Brust betten konnte. Ich lauschte seinem Herzschlag, der nicht unbedingt langsamer war als meiner.

»Magisch.« Das war das Einzige, was mir dazu einfiel, denn es war einfach treffend. Wie zur Bestätigung legte er seinen Arm fester um mich. Mit der anderen Hand fischte er sein Handy vom Nachttisch und machte leise Musik an. Mariah Careys *All I Want For Christmas* erklang und ließ mich schmunzeln. Aiden sang ungeniert den Refrain mit und küsste mich dabei immer wieder auf die Stirn.

Gott, war ich eben dabei, mich wieder in ihn zu verlieben? Wo ich mir doch geschworen hatte, dass mir das nie wieder passieren würde?

»Danke für den schönen Abend.« Die Vibrationen seiner Stimme übertrugen sich von seiner Brust auf meine Wange, die darauf ruhte.

»Willst du schon gehen?« Okay, jetzt richtete ich mich doch auf, um ihn ansehen zu können. Seine Haare hatten diesen After-Sex-Look, genauso wie sein Blick und sein Lächeln. Er sah zufrieden aus. Glücklich irgendwie. Und das steckte mich an. Doch seine Bemerkung ließ mich ganz kurz aufhorchen.

»Wenn du mich loswerden willst, ja. Wenn nicht, dann bleibe ich liebend gern. Mir würden noch tausend Sachen einfallen, die wir anstellen könnten.«

Puh. Es beruhigte mich, dass ich seine Worte falsch interpretiert hatte.

»Bleib«, flüsterte ich und verringerte die Distanz zwischen uns, um ihn zu küssen, bevor ich meinen Kopf wieder auf seine Brust legte. Seine warme Haut erdete mich, als müsste es so sein.

»Woher kam der Sinneswandel?«, wollte er plötzlich wissen.

Gedankenversunken antwortete ich, ohne den Kopf anzuheben. »Ich weiß es nicht genau. Eigentlich hatte ich nicht geplant, mich mit dir zu treffen. Und schon gar nicht, dich mit zu mir nach Hause zu nehmen.«

»Und doch sind wir hier. Nackt. In deinem Bett. Und ich finde sogar, dass du nach dem Sex noch viel schöner bist als davor.« Er küsste mich auf den Haaransatz und ich spürte, wie er seine Lippen zu einem breiten Lächeln verzog.

»Du bist ein Spinner, Aiden Williams.«

Tatsächlich war mir selbst nicht ganz klar, warum und wieso wir jetzt hier waren. Nackt. In meinem Bett. Aneinandergeschmiegt.

Das Essen war schön gewesen und seine Begeisterung, mit der er von der bevorstehenden Benefiz-Veranstaltung gesprochen hatte, hatte mich mitgerissen. Er brannte regelrecht dafür und ich hatte endlich kapiert, dass er meiner Mom nichts wegnehmen, sondern sie wirklich unterstützen wollte.

Es hatte mich beeindruckt, wie bodenständig seine Ansichten waren. Wie sehr er sich in seinen Job hängte, um seine Eltern zu überzeugen.

»Also, warum, Haz?«

Er ließ nicht locker. »Ich weiß es nicht, Aiden. Es ist so ein ... ein Gefühl ... Ich kann es nicht beschreiben. Ich mag, wie du bist. Wie du über deine Arbeit sprichst. Und wie du meine Mom unterstützt. Und es tut mir so leid, dass ich dich so mies behandelt habe, als ich in Maple Falls war.«

»Also war es das schlechte Gewissen, das dich dazu getrieben hat, mit mir zu schlafen?«, neckte er mich. Ich hatte mich inzwischen aufgesetzt und sah das Lächeln, das an seinen Mundwinkeln zupfte.

»Nein, kein schlechtes Gewissen. Ich wollte dich einfach hier haben. Reicht dir das?«

Er nickte und legte seine Hände an mein Gesicht, überwand mühelos den Abstand zwischen uns und küsste mich liebevoll auf die Nasenspitze. »Natürlich reicht mir das, Honey.«

***

»Hast du Aiden gesehen?« Seit gefühlten Stunden irrte ich durch die Sporthalle, die wir in liebevoller Vorbereitung zu einer grandiosen Partyhalle umdekoriert hatten. Nachdem man uns zum Paar des Jahres gekürt hatte, mal wieder, und wir von der Bühne gestiegen waren, war mein Freund wie vom Erdboden verschluckt.

»Nein, keine Ahnung, wo er steckt.« Pete, sein bester Freund, war auch keine große Hilfe und knutschte lieber mit Chloe weiter, anstatt mir beim Suchen zu helfen. Blödmann.

Ich irrte also weiter durch eine tanzwütige Masse von Jugendlichen und Lehrern. »Wisst ihr, wo Aiden ist?« Ein paar Mädchen aus unserer Klasse hatten die Köpfe zusammengesteckt und getuschelt. Sie fühlten sich sichtbar gestört von mir und verneinten schnell.
Mist. Wo steckte er nur? Er hatte mir den letzten Tanz des Schuljahres versprochen. Überhaupt den letzten Tanz in dieser Schule. Es war unser letzter Sommer, bevor ich nach Boston und er nach Seattle gehen würde zum Studieren. Uns würden Tausende von Kilometern trennen, aber bis es so weit war, wollte ich jede freie Sekunde mit ihm verbringen. Jeden Moment auskosten, der sich mir bot. Ich wollte Erinnerungen mit ihm sammeln, die uns niemand nehmen konnte.

Aber Aiden Williams war wie vom Erdboden verschluckt.

Nicht einmal Miranda war auffindbar. Es konnte doch nicht sein, dass zwei meiner Lieblingsmenschen abhandengekommen waren. Ich fischte das Handy aus meiner kleinen Tasche und wählte ihre Nummer. Ohne Erfolg. Nach ungefähr sechzehn Mal Klingeln legte ich auf und ließ das Telefon wieder in der Tasche verschwinden. Aiden brauchte ich nicht anzurufen, sein Telefon lag zu Hause in meinem Zimmer. In der Hektik hatte er es vorhin vergessen.

Einsam irrte ich durch die Turnhalle und beschloss, das Trübsalblasen sein zu lassen. Stattdessen gönnte ich mir ein Glas Früchtebowle, das ich in zwei Zügen leerte.

»Hey, Greenie, tanzen wir?« Jason, einer der Jungs aus dem Basketballteam, kam angeschlendert. Er war groß und ziemlich schlaksig, sah zwar ganz passabel aus, konnte aber in vielen Belangen nicht mit Aiden mithalten.

»Du weißt doch, dass ich vergeben bin, Jason«, lachte ich auf und gab ihm damit einen Korb. Er spielte Basketball, er würde das verstehen und mit Körben umgehen können.

»Ey, ich will doch nur mit dir tanzen. Ich will dich nicht heiraten,

oder so. Also versteh mich nicht falsch, ich würde. Also ich würde dich heiraten, aber du hast Aiden und so ...«, stammelte er verlegen und lief hochrot an, was mich zum Lachen brachte.

»Lass gut sein, Jason. Ein Tanz, okay?« Lachend streckte ich die Hand aus, die er schnell ergriff und mich auf die Tanzfläche zerrte, als Katy Perry gerade ihr Roar zu singen begann. Ich raffte den langen Rock meines Kleides zusammen und tanzte mit Jason, als gäbe es kein Morgen. Wir hatten mächtig viel Spaß. Für amüsante drei oder vier Minuten vergaß ich sogar, dass ich eigentlich auf der Suche nach Aiden war.

»Weißt du eigentlich, wo Aiden steckt?«, fragte ich Jason, nachdem das Lied zu Ende war. Er schüttelte den Kopf.

»Hab ihn nicht gesehen. Noch ein Song, Greenie?«

»Nee, ich muss aufs Klo«, erwiderte ich und spürte das Drücken in meiner Blase. Schnell hastete ich zu einem der seitlichen Ausgänge, die zu den Umkleiden führten, in denen auch die Toiletten waren. Zielgerichtet steuerte ich die Mädchenumkleide an, riss die Tür auf und schlug sie gleich wieder zu, nachdem ein heftiges Stöhnen an meine Ohren drang. O Gott, wer trieb es hier mit wem? Verdammt, ich musste so dringend aufs Klo, dass ich mir schon die Beine zusammendrückte. Vielleicht, wenn ich ganz leise war und mich in eine der Toilettenkabinen schlich ...

»O ja, genau da. Du machst das so gut ...«, hörte ich eine Stimme, die meiner besten Freundin verdammt ähnlich war. Miranda? Hatte Miranda etwa Sex? Hier? Mit wem? Sie musste mir nachher unbedingt alles berichten ... Ich beschloss, ihr den Spaß ohne Störung zu gönnen und schnell auf die Toilette bei den Jungs zu gehen, als auch eine männliche Stimme erklang.

Erst war es wie ein Grunzen, das mich ein glucksendes Lachen verdrücken ließ. Aber dann ...

»Wir sollten nicht hier sein, Randie«, hörte ich ihn *sagen und mein Hirn brauchte eine gefühlte Ewigkeit, um eins und eins zusammenzuzählen.*

»Und doch bist du hier, Aiden.«

Mein Herz blieb stehen. Ich bekam keine Luft. Es war, als würde man mir alles nehmen, was ich hatte. Tränen schossen in meine Augen, meine Lippen öffneten sich, doch es kam kein Wort über sie. Stumm stand ich da, spürte die salzige Feuchtigkeit, die in meinen Augen brannte.

Was? WAS? Aiden?

Ein lauter Schluchzer entwich meiner Kehle. Zwar legte ich mir schnell meine zitternde Hand auf den Mund, doch es war zu spät. Sie hatten mich gehört.

»Hallo? Ist da jemand? «, hörte ich Miranda sagen und war wie versteinert.

»Scheiße.« Das war Aiden.

Da drin waren mein Freund und meine beste Freundin. Und es waren ihre Klamotten, deren Rascheln an meine Ohren drang, als sie sich schnell wieder anzogen.

Bittere Galle stieg meine Speiseröhre hinauf und brannte wie Feuer.

»Was hast du getan? « Meine Stimme klang leise und krächzend, wie die eines verletzten Vogels.

Gleich darauf hörte ich, wie die Tür der Toilettenkabine aufgerissen wurde und irgendwo dagegen krachte. Wie in Trance setzte ich mich in Bewegung, um so schnell wie möglich von hier wegzukommen.

Es war der Bruchteil einer Sekunde, der alles veränderte. Tränenüberströmt verließ ich die Umkleide, ließ die Tür hinter mir laut ins Schloss krachen, es war mir egal, ob sie es hörten. Es war mir egal, ob sie mir hinterherliefen. Nichts, überhaupt gar nichts auf dieser Welt würde das ungeschehen machen können. Würde mich jemals reparieren können.

Etwas in mir war zerbrochen. Unwiderruflich kaputt. Irreparabel.

Ich floh aus der Turnhalle. Rannte, als ginge es um mein Leben. Ich ignorierte Aidens Rufe, die hinter mir zu hören waren. Ich ignorierte die Tatsache, dass wir seit dem Kuss damals am Fluss ein Paar gewesen waren. DAS Paar.

DAS Paar gab es nicht mehr.

Ich rannte nach Hause, schloss mich in meinem Zimmer ein und packte meine Sachen zusammen. Alles, was ich wollte, war wegzugehen. Weg von diesem verfluchten Ort, der mir in einer Sekunde alles genommen hatte, was ich liebte.

***

»Haz? Alles okay?« Aiden klang besorgt, als er mich weckte.

»Ja, ich glaube schon.« Schwer atmend richtete ich mich auf und versuchte, den Albtraum zu verdrängen. Noch immer spürte ich das beklemmende Gefühl in meiner Brust, genau wie damals.

»Wirklich?« Zärtlich strich er mir eine Haarsträhne aus dem Gesicht und küsste mich auf die Stirn. »Komm her.« Dann zog er mich ein seine Arme.

Mein Herzschlag war immer noch rasant und nur schwer zu beruhigen.

»Was hast du geträumt, dass du so aufgewühlt bist?«, wollte er wissen und streichelte mit den Fingerspitzen über meine Schulter, hinab über meinen Oberarm und wieder hinauf. Seine Berührungen beruhigten mich, was völlig widersinnig war, denn er war der Auslöser des Albtraumes.

»Umkleide. Abschlussball«, brachte ich mühsam hervor.

Schnaufend stieß Aiden die Luft aus. »Ach, Haz ... Du weißt, wie sehr ich bereue, das getan zu haben. Und du weißt, wieviel mir noch immer an dir liegt. Oder?«

Ich nickte und kämpfte gegen die Tränen an, die in meinen Augenwinkeln lauerten.

»Schaffen wir es, die Vergangenheit ruhen zu lassen? Vielleicht genießen wir stattdessen die Gegenwart ... Was meinst du?«

Abermals nickte ich. Ich wollte nichts lieber als das, die Gegenwart genießen. Ihn genießen. Jeden Moment mit ihm auskosten und für die Ewigkeit konservieren. Genau das wollte ich. Und das war mir erst heute Abend klar geworden.

Der Kloß in meinem Hals war zu stark, als dass ich irgendetwas sagen konnte.

»Ich bin dir so dankbar, dass du mir eine zweite Chance gibst. Und ich verspreche dir, ich werde es nicht wieder verkacken. Ehrlich. Das wird kein zweites Mal passieren.«

Ich schluckte schwer gegen den Kloß an. »Das hoffe ich, Aiden. Ansonsten mache ich Kleinholz aus dir.« Ein halbherziges Lachen kam über meine Lippen, wobei ich mehr Angst davor hatte, dass er wieder aus mir oder meinem Herzen Kleinholz machen könnte, wenn ich es erneut in seine Hände legte.

»Nicht nötig, Haz.« Zur Bestätigung drückte er mich näher an sich und küsste mich stürmisch. »Ich weiß, dass ich keine dritte Chance von dir bekäme.«

»Genauso sieht es aus. Die erste Chance hast du aus reinem Vertrauen bekommen. Damals am Fluss, weißt du noch?« Allein der Gedanken daran reichte aus, um wieder dieses Kribbeln der ersten Verliebtheit über meine Haut zu jagen. Ich kaute auf meiner Unterlippe.

»Natürlich. Wie könnte ich vergessen, dass ich damals voll in deine Falle getappt bin und mich habe zu diesem Kuss hinreißen lassen.« Sein breites Lächeln entblößte seine schneeweißen Zähne.

»Ach komm schon, du wolltest es doch genauso wie ich, warst nur zu feige, die Initiative zu ergreifen.« Liebevoll knuffte ich ihn in die Seite.

»Nein, ich wollte dir einfach Zeit lassen. Du solltest bestimmen, wann du so weit bist, den nächsten Schritt zu gehen. Hat ja funktioniert.« Mit einem Zwinkern zuckte er mit den Schultern.

»Und es hat wieder geklappt.«

»Stimmt. Ich bin hier, weil du es wolltest. Und ich liebe es, dass du mich hier haben wolltest.« Mit einem Ruck drehte er sich auf die Seite und drückte mich damit in die Kissen. Sein eindringlicher Blick fing meinen auf und für einen Moment hielt ich einfach die Luft an. »Und jedes Mal, wenn du mich so ansiehst, Haz, bleibt meine Welt kurz stehen. Und ich liebe es, wenn sie stillhält und mich den Moment auskosten lässt.«

Meine Lider flatterten und mein Herzschlag beschleunigte sich ungesund bei seinen Worten, die mir direkt unter die Haut fuhren und dort ein wohliges Gefühl hinterließen. Sie fühlten sich nach zu Hause an. Nach Liebe und Geborgenheit. Nach dem, was ich all die letzten Jahre so vermisst hatte.

In dieser Nacht schliefen wir nicht mehr ein. Unsere Herzen tanzten mit den Schneeflocken um die Wette und überschlugen sich ein ums andere Mal.

17. Aiden

Müde rieb ich mir die Augen, bevor ich wieder auf den Bildschirm starren konnte. Das Wochenende zehrte noch immer an mir, es war ... fordernd gewesen und trieb mir immer wieder das eine oder andere Grinsen ins Gesicht. Hazel Greenwood war einfach der Wahnsinn. Sie hatte mir vergeben und dafür liebte ich sie umso mehr.

Das Klingeln meines Telefons riss mich aus meinen Gedanken.

»Pete, was gibts?«

»Wollte nur wissen, wie es in Boston war? Warst du erfolgreich?«

»Hm, wie man es nimmt«, erwiderte ich schief grinsend.

»Okay, warte. Ich formuliere meine Frage anders ...«, feixte er.

»Nein, ich hab schon verstanden. Die Objektbesichtigung war leider nichts. Alles viel zu alt, die Investitionen wären zu hoch und wir bräuchten ewig, um uns davon zu erholen.«

»Also wird es nichts mit der Expansion?«

»Na, wir wollen mal nicht gleich so pessimistisch sein. Hazel will ihre Kontakte spielen lassen und sich umhören. Vielleicht ergibt sich noch etwas, wer weiß. Überstürzte Handlungen kommen hier nicht so gut an, wie du weißt.«

Brummend bestätigte mein Kumpel, dass er die Anspielung meines alten Herrn verstand.

»Das wird schon.«

»Ja klar, Eile mit Weile und so. Aber sag mal, wie kommst du klar hier? Alles okay so weit?« Seit Pete auch noch hier im Hotel jobbte, hatte ich das Gefühl, dass er noch weniger Zeit für Chloe und die Kids hatte. Ich war mir nicht sicher, ob das gut für ihn war oder eher kontraproduktiv. »Kommt Chloe mit dem zusätzlichen Zeitaufwand zurecht?«

Pete sog scharf die Luft ein, was mir eigentlich Antwort genug gewesen wäre. »Na ja, im Großen und Ganzen schon. Sie sieht natürlich auch das zusätzliche Geld, was dadurch reinkommt, und darüber ist sie nicht böse«, stammelte er. Armer Kerl. Keine Ahnung, ob das mit Chloe und ihm was für die Ewigkeit war ... »Aber ich bin dir unheimlich dankbar für die Chance, damit über den Winter zu kommen. Echt cool von dir, Alter.«

»Keine Ursache. Sag einfach Bescheid, wenn ich was für dich tun kann, okay?«

»Mach ich. Aber apropos Chance ... Wie lief es denn mit Greenie?« Ich konnte förmlich hören, wie breit sein Grinsen war.

»Mal davon abgesehen, dass dich das gar nichts angeht, bin ich da voll und ganz Gentleman. Genießen und schweigen ...«

Jetzt lachte Pete laut auf. »Also lief es gut, nehme ich an?«

»Hm, ja ... ziemlich gut, würde ich sagen.« In Kurzform erzählte ich ihm von dem Wochenende in Boston, von Hazels märchenhafter Begegnung mit Santa Claus und wie verdattert sie gewesen war, als dieser ihren Wunsch gekannt hatte. Ich berichtete von unserem Date, den verdammt guten Gesprächen und ihrem Enthusiasmus, sich in das Weihnachtsevent einzubringen.

»Und na ja, dann sind wir bei ihr zu Hause gelandet. Im Bett. Und irgendwie ergab es sich nicht, dass ich ihr die Wahrheit über Santa sagen konnte.«

»Alter, willst du mich verarschen?«, rief Pete zornig in den Hörer. »Du hast sie flachgelegt und ihr nicht gesagt, dass du jedes gottverdammte Mal in dem roten Plüschkostüm mit Rauschebart gesteckt hast? Ich glaubs ja nicht ... du verkackst es damit wieder ...«

Geräuschvoll stieß ich die Luft aus. »Bist du fertig?«

»Nein, Mann. Du bist ein Arsch, wenn du es ihr nicht sagst. Damit bist du nicht besser als vor acht Jahren.«

Na wunderbar, mein bester Freund hatte nichts Besseres zu tun, als mir ins Schienbein zu grätschen. Danke für nichts.

»Jetzt halt mal die Luft an, Pete. Ich habe nicht gesagt, dass ich es ihr gänzlich verschweigen werde. Es hätte am Wochenende nur komplett die Stimmung zwischen uns zerstört und das wollte ich einfach nicht. Natürlich werde ich es ihr sagen. Sie hat es nicht verdient, dass ich sie noch mal hinters Licht führe.«

»Hinters Licht führen ... Was für eine hochgestochene Formulierung für Verarschen, die muss ich mir merken«, frotzelte Pete am anderen Ende.

»Krieg dich wieder ein. Bestimmt hast du noch ’ne Menge Arbeit zu erledigen, oder?« Damit verwies ich ihn seine Schranken und hoffte einfach, er würde mich in Ruhe lassen.

Allerdings arbeitete der Umstand, dass ich Hazel noch nichts von meiner Santa Verkleidung erzählt hatte, ganz schön in mir. Ich brauchte dringend einen Plan, wie ich es ihr schonend beibringen konnte, ohne dass sie gleich wieder das Weite suchte ... Und ich wusste, dass mein bester Freund mir dabei keine große Hilfe sein würde ...

Anstatt eine Lösung für mein Problem zu suchen, stürzte ich mich in die Arbeit, analysierte Statistiken und erstellte Diagramme und Marketingpläne. Ich versank regelrecht in den Zahlen und badete darin. Sie waren wie ein Schutz vor den echten Problemen, denen ich mich noch zu stellen hatte.

Erneut klingelte mein Handy und ich ging genervt ran, weil ich annahm, dass mein Kumpel noch einmal anrief.

»Was vergessen, Pete?«, schnauzte ich in das Mikro des Telefons.

»Nicht dass ich wüsste. Hi, Aiden.« Es war Hazel, die ich gerade angeranzt hatte. Ich verzog mein Gesicht und rieb mir mit Daumen und Zeigefinger über den Nasenrücken.

»Hey, Honey, sorry, ich wollte dich nicht so anfahren. Ich dachte nur, es ist schon wieder Pete. Er arbeitet seit Kurzem bei uns und hat ständig irgendein Wehwehchen.«

»Schon gut, kann ja mal passieren. Wie gehts dir?«, wollte sie mit butterweicher Stimme wissen, die direkt in meine Lenden fuhr.

»Gut. Und dir? Hoffentlich träumst du inzwischen besser?«

»Ja, es geht schon. Weißt du, ich habe nachgedacht ...«

Oh. »Oh. Worüber denn?«

»Über uns, Aiden. Ich habe noch keine Ahnung, wie das mit uns auf die Entfernung funktionieren soll ...«

»Aber es sind doch nur reichlich dreitausend Meilen«, unterbrach ich sie.

»*Nur*, du bist lustig. Das sind mal eben reichlich dreitausend Meilen zu viel.«

»Dann komm her. Du könntest bei mir im Hotel wohnen, oder bei deiner Mom, falls dir das angenehmer ist.«

»Das geht nicht, ich habe hier einen Job. Einen verdammt guten Job. Den kann ich nicht einfach so aufgeben. Ich habe dir doch von dem Projekt erzählt, in dem ich bis zum Hals stecke.«

»Ja, ich weiß«, antwortete ich niedergeschlagen. Die Vorstellung, sie hierzuhaben, fühlte sich so gut an. Aber die Realität sah eben anders aus und stellte uns Hindernisse in den Weg.

»Aber hör mal, weswegen ich eigentlich anrufe ... Ich habe Mrs. Ocean, unsere Geschäftsführerin, von dem Weihnachtsevent überzeugen können. Sie sponsert eine Wagenladung voll mit unseren Produkten. Ist das nicht toll?«

Sie klang so euphorisch. Ich sah es richtig vor mir, wie ihre Augen leuchteten und sie mit den Armen herumfuchtelte, um ihre Worte zu untermalen.

»Das ist ja der Hammer, du bist die Beste. Ehrlich, Haz. Danke. Das ist wirklich großartig.« Ihr Engagement verblüffte und begeisterte mich gleichermaßen. Seit sie eingesehen hatte, dass ich ihrer Mom damit nur helfen und sie nicht ausnutzen oder ihr gar etwas entreißen wollte, war sie wie ausgewechselt, wenn es um dieses Thema ging.

»Ja, es ist fantastisch. Wir machen hier bereits alles fertig. Natürlich sind es Kosmetikprodukte, aber gerade die Damen in Maple Falls werden sich darum reißen. Und sicher auch der eine oder andere Kerl.«

»Na, ich auf jeden Fall«, bestätigte ich ihre Annahme. »Danke, Hazel.«

»Warte, es geht noch weiter. Sascha, ein Kollege aus dem Marketing kennt einen Immobilienmakler. Direkt am Hafen wird demnächst eine Lagerhalle frei, die perfekt geeignet wäre für ein Hotel.« Wieder diese ansteckende Euphorie, die ich dieses Mal leider dämpfen musste.

»Klingt, als müsste man einiges investieren, um sie auf Vordermann zu bringen.«

»Ja sicher, sie ist wohl etwas in die Jahre gekommen und na ja, es ist eben eine Lagerhalle. Man müsste sie komplett umbauen und sanieren. Aber stell dir das bitte mal vor, Aiden. Am Hafen. Direkt am Wasser. Mit Blick auf den Boston Main Channel. Da wäre der Wahnsinn. Morgens mit dieser Aussicht aufzuwachen wäre einfach magisch.«

Ach Hazel, für dich ist immer alles so easy ...

»Das hört sich in der Tat fantastisch an. Aber wir müssen kostentechnisch natürlich schon im Rahmen bleiben.«

»Ich weiß, ich weiß. Vielleicht lässt sich ja sogar ein Investor auftreiben oder so was, ich hab keine Ahnung von dem Business. Aber es wäre so schön.«

»Das wäre es ganz sicher. Und ich kann es mir ja anschauen, wenn ich bei Gelegenheit mal wieder in Boston bin.«

Für einen Moment hörte ich nur ihre Atemgeräusche, bevor sie darauf reagierte. »Und bist du? Also bei Gelegenheit mal wieder in Boston?«

Ich räusperte mich. Vielleicht wäre es gut, so schnell wie möglich noch mal hinzufliegen. Allein, um mit Hazel zu sprechen ...

»Ja, bestimmt. Wir wäre es am Wochenende? Hättest du Zeit?« Na gut, ich machte direkt Nägel mit Köpfen.

»Oh. Das ... äh ... Leider muss ich arbeiten, damit ich nächste Woche schon am Donnerstag nach Maple Falls kommen kann, um euch zu helfen. Und vielleicht komme ich so gut durch, dass ich sogar bis Montag bleiben kann, für die Nacharbeit.«

»Das hört sich fantastisch an. Dann verschieben wir meinen Besuch ins neue Jahr und du kannst deinem Kollegen gern ausrichten, dass ich Interesse an dem Objekt habe.«

»Super. Das mache ich gleich morgen früh. Bist du mir böse, dass ich am Wochenende keine Zeit für dich habe?«, fragte sie vorsichtig.

»Was? Nein, warum sollte ich? Wir können facetimen, ich überrasche dich wieder spätabends beim Naschen im Bett.« Ich konnte hören, wie sie kurz aufkeuchte, und stellte mir vor, wie sie auf ihre Unterlippe biss und mich mit betörendem Augenaufschlag ansah.

O Gott, diese Frau ...

Während wir noch ein wenig plauderten, schmiedete ich einen Plan.

Ein bisschen fühlte es sich wie zu Hause an, als ich am Freitagabend mit dem Mietwagen auf die Myrtle Street einbog, um ein Stück von Hazels Haus entfernt zu parken. Ich hatte keine Ahnung, wann sie kommen würde. Sie wusste nicht einmal, dass ich in der Stadt war, weil sie arbeiten und ich sie nicht belagern wollte. Eigentlich.

Aber ich konnte nicht. Ich konnte sie nicht einfach so in Ruhe lassen. Ich wollte sie mehr als alles andere auf der Welt. Nichts war mir mehr wichtiger, seit wir uns ausgesprochen und versöhnt hatten.

Ich warf einen prüfenden Blick in den Rückspiegel und strich den weißen Bart glatt. Zugegeben, das hier war eine völlig überzogene und noch dazu bescheuerte Aktion. Aber ich wusste mir absolut keinen anderen Rat, als Hazel einfach mit dem Offensichtlichen zu konfrontieren. Irgendwie hoffte ich wohl darauf, dass die Weihnachtszeit sie milde stimmte und sie mir dieses kleine Unterfangen nicht übelnahm.

Langsam wurde mir kalt, ich rieb mir die Hände kräftig aneinander, damit meine Finger nicht abfroren, obwohl sie in den dicken Handschuhen steckten. Und ich war müde. Das Warten machte mich ganz mürbe, zumal mir inzwischen auch der Magen knurrte. Was hatte mich nur geritten ...?

Aber da – von Weitem sah ich sie endlich um die Ecke biegen. Beladen mit zig Einkaufstüten stiefelte Hazel durch den Schnee. Ihre Lippen bewegten sich, als würde sie singen.

Vorsichtig wagte ich mich aus meiner Tarnung und stieg so leise wie möglich aus dem Wagen aus, damit sie mich nicht gleich sah. Es funktionierte. Sie war so mit sich und ihren Tüten beschäftigt, dass sie keine Notiz von mir nahm. Bis sie ... O Shit, bis sie, vermutlich wegen einer vereisten

Fläche auf dem Gehweg, gehörig ins Straucheln geriet und mit den Armen ruderte, um das Gleichgewicht nicht zu verlieren. Aber es war zwecklos, wie ein nasser Sack plumpste sie zu Boden, fluchte wenig elegant vor sich hin, während ihre Einkäufe sich neben ihr im Schnee verteilten.

»Scheiße«, hörte ich sie lamentieren und verkniff mir ein Schmunzeln. Ich hatte ein klitzekleines Déjà-vu, das mir gut in die Karten spielte.

Jetzt beschleunigte ich meine Schritte und ging zielgerichtet auf sie zu.

»Ho ho ho, was ist denn hier passiert?«, fragte ich mit verstellt tiefer Stimme und rieb mir über den unechten Bauch.

Sofort hatte ich Hazels ungeteilte Aufmerksamkeit. Anscheinend hatte sie sogar vergessen, dass sie im Schnee saß. Wie festgefroren waren ihre braunen Augen auf mich gerichtet.

Verflucht, meine Augen ... diesmal hatte ich wirklich vergessen, die Kontaktlinsen zu tragen ... Ich sendete ein stummes Stoßgebet Richtung Himmel, in der Hoffnung, man möge sie davon abhalten, mich gleich zu erkennen ...

»Was? Hä? Wie? ...« Ihr fehlten offensichtlich die Worte.

»Stehen Sie erst mal auf, sonst erkälten Sie sich noch. Das wäre nicht gut, gerade in der Weihnachtszeit will man doch fit und gesund sein, nicht wahr?«

Ich streckte ihr meine Hand entgegen, die sie zögerlich ergriff, bevor sie sich von mir auf die Beine helfen ließ. Gleich darauf begann sie, ihre Einkäufe wieder einzuladen.

»Ich helfe Ihnen«, bot ich an und hockte mich neben sie.

»Nicht nötig, das schaffe ich allein.« Schnell raffte sie ein paar Klamotten zusammen, wovon die Hälfte wieder im Schnee landete. Wie damals bei ihrer Ankunft in Maple Falls.

Neben ein paar Oberteilen, diversen Lebensmitteln und Süßkram bekam ich auch Unterwäsche in die Hände. Rote Spitze, die mich unter meinem Kostüm gehörig ins Schwitzen brachte. Hatte sie die etwa für mich gekauft? Also nicht für mich, aber um mich um ihre schlanken Finger zu wickeln? Wenn ja, dann funktionierte es jetzt schon.

»Geben Sie her«, zischte sie und riss mir den String aus der Hand.

»Ihr Freund wird sich freuen, wenn Sie ihn damit überraschen.« Ich schaffte es nicht, ihr direkt in die Augen zu sehen. Aber ich kam nicht umhin, mir ein fettes Grinsen abzuringen.

»Ich bin Single«, sagte sie mit fester Stimme und packte alles zusammen.

Autsch. Das traf mich jetzt doch.

»Wirklich schade. So eine hübsche Frau wie Sie sollte an Weihnachten nicht alleine sein.«

»Wer sagt, dass ich alleine bin? Vielleicht habe ich tausendundeinen Liebhaber?«

»Vielleicht ... wer weiß ...« Ich reichte ihr die Tüte, die ich noch in der Hand hielt. Flink griff sie danach und drehte sich um, um zu verschwinden.

»Miss ... Warten Sie.« Auf dem Boden hatte ich noch ein paar Zahlungsbelege entdeckt, die ich aufhob und ihr in die Hand drückte. »Wir wollen doch die Umwelt nicht verschmutzen, nicht wahr?«

Ich sah förmlich, wie es in ihr arbeitete. Ihre Augen verengten sich zu schmalen Schlitzen, mit ihrem Blick versuchte sie, mich zu scannen, bevor sie tief Luft holte.

»Hören Sie. Ich habe keine Ahnung, was für ein beschissenes Spiel das hier ist, aber es macht mir Angst, dass Sie mich verfolgen. Es fühlt sich nicht gut an, dass Sie überall da sind, wo ich auch bin.«

»Oh. Es tut mir leid, dass Sie sich verfolgt fühlen, das war nicht meine Absicht. Aber hey, ich bin Santa Claus, es liegt in meiner Natur, immer mal nach dem Rechten zu sehen bei euch Menschen.«

»Hören Sie auf mit der Santa-Claus-Scheiße! Und wer zum Teufel sind Sie?« Während sie ihre Beherrschung fast verlor, war es auch meine Fassung so gut wie geschehen. Es fiel mir so unendlich schwer, diese Fassade aufrechtzuerhalten.

»Ich bin ...«, setzte ich erneut an und war kurz davor, die Hüllen buchstäblich fallen zu lassen. Was genau erhoffte ich mir eigentlich davon, hier den Hampelmann für sie zu machen? Sie fand es nicht lustig. Ich auch nicht unbedingt. Langsam setzte ich die alberne Mütze ab und zog den Bart aus meinem Gesicht, während Hazel mich anstarrte.

Fassungslosigkeit rutschte in ihren Blick und ihr Mund öffnete sich, doch sie sagte nichts. Stattdessen sah sie mich nur an, ließ langsam die Arme sinken.

Tränen schimmerten in ihren Augenwinkeln und ich verfluchte die Idee, sie als Santa Claus zu stalken. Am liebsten würde ich sie jetzt und hier in die Arme nehmen und ihr sagen, wie leid mir das alles tat.

»Ich ... Ich wusste, dass ... dass du es bist, Aiden«, schnappte sie nach Luft, riss mir den Bart aus der Hand und schluckte die Tränen hinunter. »Du kannst mit dieser Scheiß-Scharade jetzt aufhören.«

»Es tut mir leid, Hazel. Wirklich.« Ich zog die Mütze von meinem Kopf, die ich in der Manteltasche verschwinden ließ. Versöhnlich machte ich einen Schritt auf sie zu, doch sie wich dafür zwei zurück.

»Wie konntest du nur?«, flüsterte sie bedrohlich leise. »Wie konntest du mir das antun? Nach all dem ...« Dass sie sauer auf mich war, konnte ich ihr nicht einmal übelnehmen. »Warum, Aiden? W-a-r-u-m?«

Mir war schlecht. Ich könnte mich selbst ohrfeigen für die beschissenste Idee des ganzen Jahrhunderts.

»Ich weiß es ehrlich gesagt nicht, Haz. Vielleicht dachte ich, die alte Hazel von früher würde das witzig finden«, gestand ich kleinlaut und wich ihrem Blick aus wie ein kleiner Junge, der Mist gebaut hatte.

»Aber ich bin nicht mehr die alte Hazel von früher, falls es dir noch nicht aufgefallen ist. Ich habe mich verändert. Wegen dir übrigens.«

»Ich weiß. Aber ich dachte ...«

Sie schnaufte ungestüm und sammelte ihre Tüten wieder auf. »Weißt du was, Aiden? Es dreht sich nicht immer alles nur um dich. Du bist nicht der Nabel der Welt. Kapier das endlich und werd verdammt noch mal erwachsen. Und eines möchte ich dir noch mit auf deinen Weg geben: Lass mich in Ruhe und storniere das Zimmer, das ich für nächste Woche gebucht habe.«

»Heißt das, du kommst nicht?«

»Argh«, stieß sie gepresst aus und malmte die Kiefer aufeinander. »Doch. Ich werde meine Mutter nicht enttäuschen. Aber ich schlafe lieber bei ihr als mit dir unter einem Dach.«

»Ich ... Haz ... Sorry ...«, versuchte ich, die Kurve zu kriegen, und entlockte ihr damit ein verbittertes schiefes Lächeln, das keines war.

»Herzlichen Glückwunsch, Aiden. Fast wäre ich dir auf den Leim gegangen. Aber du hast es wieder verkackt. Und wie ich dir neulich schon klargemacht habe, vergebe ich keine dritten Chancen. Niemals. Und jetzt verschwinde von hier.«

Sie war knallhart. Kämpfte gegen die Tränen und das Zittern in ihrer Stimme an und ich konnte nichts tun, um sie zu besänftigen. Sie hatte nämlich mit jedem gottverdammten Wort recht.

Und ich war nicht in der Lage, die Dinge klarzustellen.

Ihr zu erklären, warum ich hier war und überhaupt.

Was war ich doch für ein armseliges Arschloch.

Mal wieder.

18. Aiden

Verdammter Mist.

Ich hatte es ordentlich versaut. Schon wieder.

Wütend über mich selbst, weil ich nicht in der Lage war, Hazels Vertrauen sorgsam zu behandeln, hatte ich unmittelbar nach dem Super-GAU einen Nachtflug nach Seattle genommen. Das Unglück bringende Kostüm hatte ich am Bostoner Flughafen an einen Obdachlosen weitergegeben und hoffte, er würde es besser einsetzen können als ich.

Wieder in meinem Appartement im Maple Falls Inn angekommen, zog ich mir schnell meine Sportklamotten über. Auch wenn es mitten in der Nacht war, an Schlaf war überhaupt nicht zu denken. Wieder und wieder spulten sich die Szenen von gestern Abend in meinem Kopf ab und machten mich wahnsinnig.

Hazels Gesichtsausdruck, als sie mich erkannt hatte, hatte

Bände gesprochen. Natürlich hatte sie denken müssen, dass ich mit ihr gespielt hatte, auch wenn das nicht der Wahrheit entsprach. Und natürlich war sie stinksauer auf mich, weil ich ihr mit meiner beschissenen Aktion eine Heidenangst eingejagt hatte.

Ich hatte mir bis jetzt nicht die Mühe gemacht, sie anzurufen, weil ich wusste, sie würde nicht rangehen, wenn meine Nummer in ihrem Display auftauchte. Keine Ahnung, ob und wie ich das jemals wieder geradebiegen konnte ...

Im Fitnessraum ließ ich meine Wut am Punchingball aus, übertrug sie Schlag auf Schlag auf ihn, bis er ordentlich zurückfederte und mir einen Hieb versetzte, der mich taumeln ließ und mich gegen die Wand hinter mir stieß. Anstatt mich geschlagen zu geben, setzte ich noch einen drauf und rammte meine Fäuste mit aller Kraft in das abgewetzte Leder des Sandsacks, der daraufhin zurückwich, als hätte er Schiss vor mir.

»Gut so«, fauchte ich aggressiv und meine Schläge wurden immer schneller. Der Schweiß tropfte mir aus den Haaren und lief über mein Gesicht, doch es war mir egal. Ich war noch lange nicht fertig mit mir selbst. Es musste doch eine Strategie geben, mit der ich Hazel davon überzeugen konnte, dass ich nicht der Arsch war, als der ich mich immer wieder hinstellte.

Wobei ... doch, genau der Arsch war ich nun mal.

Nachdem mich meine Kräfte verließen, sank ich einfach zu Boden, wo ich für gefühlte Minuten – Stunden? – einfach liegen blieb und mit geschlossenen Augen den Adrenalinrausch genoss, der in mir tobte. Er überdeckte das leere Gefühl und die Wut, die mich erfasst hatten, so gut.

Das Blut rauschte in meinen Ohren, ließ mein Herz fast explodieren. Mit meinen feuchten Handflächen rieb ich über mein verschwitztes Gesicht und durch die Haare, bevor ich das letzte Bisschen Energie zusammenraffte, um wieder aufzustehen.

Ich musste einen Weg finden, mich bei ihr zu entschuldigen und ihr glaubhaft zu versichern, dass ich Idiot ihr ein völlig falsches Bild von mir vermittelt hatte.

Hazel hatte sich mir gerade erst wieder geöffnet. Wir hatten neulich eine himmlische Nacht gehabt. Es war der wohl beste Sex, den ich je hatte. Weil Hazel die Richtige war. Sie war perfekt und einzigartig. So ein wunderbares, begeisterungsfähiges Wesen, dem ich zum zweiten Mal das Herz gebrochen hatte.

Wäre ich sie, würde ich mich zum Teufel schicken und einen Scheißdreck darauf geben, mir zu verzeihen.

In dieser Nacht schlief ich unruhig und traumlos und wachte am nächsten Morgen wie gerädert auf. Mein Kopf brummte, als würden zehn Presslufthämmer auf einmal darin herumtoben und überhaupt fühlte sich alles in mir irgendwie taub an.

***

Es war bereits Mittag, als meine Mom ins Büro schneite. Buchstäblich, denn ihr Mantel war voll mit dem weißen Zeug, das sie vor meinem Schreibtisch abschüttelte.

»Mom, kannst du das nicht draußen machen? Ist ja ekelig«, schimpfte ich mit ihr und erntete eines ihrer liebevollen und herzerwärmenden Lachen.

»War mir zu kalt«, erwiderte sie lediglich, legte den Mantel ab und setzte sich auf einen der Ledersessel, die vor meinem Tisch standen.

»Wie kann ich dir helfen?«

»Nun, ich dachte, du möchtest vielleicht mit uns zu Mittag essen? Du siehst aus, als könntest du ein paar Kohlenhydrate vertragen.« Ihr wachsamer Blick streifte über mich. Ich war mir dessen bewusst, dass ich ein jämmerliches Bild abgab. Seit den frühen Morgenstunden saß ich hier, hatte bis auf fünf Tassen Kaffee nichts im Magen und trug einen Jogginganzug. Armseliger ging es wohl kaum ...

»Danke, aber ich fürchte, ich habe keine Zeit«, log ich, dabei knurrte mir der Magen, weil ich wirklich hungrig war. »Ich muss hier noch einiges fertig machen.« Demonstrativ zeigte ich auf ein paar Tabellen, die ausgedruckt vor mir lagen.

»Hm. Schade. Ich dachte, wir könnten vielleicht auch etwas bereden«, sagte meine Mom und zuckte mit den Schultern.

Müde beugte ich mich nach vorn und stützte meine Ellenbogen auf der Schreibtischplatte ab. »Was gibt es denn zu bereden? Ist irgendwas mit Dad? Oder mit dir?«

Leise lachte sie auf. »Nein. Mit uns ist alles bestens, mein Schatz. Aber mit dir scheint etwas nicht in Ordnung zu sein ...«

Sie formulierte das nicht als Frage. Ihre Stirn zeigte tiefe Furchen, weil sie sich Sorgen um mich machte, und es brach mir fast das Herz.

»Mom, mit mir ist alles in bester Ordnung. Wirklich. Es gibt nichts, worüber du besorgt sein müsstest.«

Sie beugte sich mir entgegen und sah mich für ein paar Sekunden nur an – mit diesem Ich-bin-deine-Mom-und-ich-sehe-wenn-es-dir-schlecht-geht-Blick.

»Wenn du das sagst. Aber zum Essen kannst du trotzdem kommen.« Die Sorgenfalten glätteten sich wieder und sie erhob sich. »In einer halben Stunde?«

»Gut, ich werde da sein.« Ich nickte, während Mom sich ihren Mantel wieder anzog und zur Tür ging, an der sie sich noch einmal umdrehte.

»Ach, Aiden, eine Sache noch.« Ich fuhr hoch, weil ich schon wieder in meine Statistiken vertieft war.

»Ja?«

»Kannst du mir sagen, warum Hazel nicht mehr mit dir zusammenarbeiten möchte für die Benefiz-Veranstaltung? Sie hat mich angerufen und darum gebeten, dass sämtliche Kommunikation über mich läuft.« Erneute zuckte sie mit den Schultern und mir gefror das Blut in den Adern.

Hazel hatte was? Nein. Sie hatte nicht wirklich meine Mutter angerufen, um weitere geschäftliche Gespräche zu vermeiden. Das musste ein schlechter Scherz sein.

»Nein, Mom. Keine Ahnung, wie sie darauf kommt.« Ich vermied es, meinen Blick vom Bildschirm zu lösen und meine Mom anzusehen, sie würde meine Lüge sofort entlarven.

»Nun ja, sie schien sehr verletzt zu sein. Vielleicht redest du noch mal mit ihr.«

Das ist keine gute Idee, Mom. Gar keine gute Idee.

»Hm, ich versuche es.«

»Ich weiß, wie wichtig dir dieses Projekt ist, Aiden. Und ich weiß auch, wie sehr du dich gefreut hast, dass Hazel wieder da ist. Also kläre das mit ihr, okay? Und falls du noch einen Rat von deiner alten Mutter brauchst ...«

Ich holte tief Luft. Wahrscheinlich kam ich um eine ihrer Weisheiten ohnehin nicht herum. »Schieß los, Mom.«

Ein mildes Lächeln umspielte ihre Lippen, die von kleinen Fältchen umgeben waren. »Weißt du, Vertrauen ist die schönste Form von Mut. Und wenn du willst, dass sie dir vertraut, bring sie dazu, mutig zu sein. Und sei du selbst auch mutig.«

Damit verließ sie mein Büro und hinterließ eine Batterie Fragezeichen in meinem Kopf. Was auch immer sie damit meinte, es würde nicht funktionieren. Für kein Geld der Welt würde mir Hazel jemals wieder ihr Vertrauen schenken, das stand fest.

Nach dem Mittagessen ging mein Vater in den Fitnessraum, um ein paar Gewichte zu stemmen. Krasser alter Herr, wirklich. Er war so unglaublich fit für sein Alter. Im Normalfall joggte er jeden zweiten Tag mehrere Kilometer. Doch wenn ihm das Wetter nicht behagte oder es, wie heute, zu kalt war, verzog er sich ins hauseigene Fitnessstudio.

Das verschaffte mir die Gelegenheit, meiner Mom alles zu erzählen. Sie hatte Kaffee für uns gekocht und Apfelkuchen auf zwei Teller verteilt. Zusammengerafft berichtete ich ihr von Anfang an, was passiert war. Wie ich Hazel als Santa Claus nach ihrer Ankunft begegnet war und auch von unserem letzten Wiedersehen gestern Abend, das in einem emotionalen Desaster geendet hatte.

»Ich weiß nicht, was ich machen soll, Mom«, schnaubte ich und ließ die Schultern hängen.

»Nun, so wie ich dich kenne, ist Aufgeben sicher keine Option für dich, oder?«

Kopfschüttelnd aß ich ein Stück Kuchen.

»Gut. Vielleicht solltest du dir erst mal darüber klar werden, warum du kämpfen möchtest«, empfahl sie mir und in meinem Gesicht entstanden tausend Fragezeichen. »Was du für sie empfindest ...«

»Ach so. Ja ... Hm ... Ich liebe sie. Ich habe sie immer geliebt. Aber nach der beschissenen Aktion kann ich wohl froh sein, wenn sie mich überhaupt noch eines Blickes würdigt, sollte sie in der Stadt sein und mir über den Weg laufen.«

»Na, nun sei mal nicht so pessimistisch. Weißt du, Aiden, Menschen machen Fehler. Egal, ob sie von ihrem Verstand oder ihrem Herzen gesteuert werden. Fehler gehören zum Leben dazu, sie machen uns zu dem, was wir sind ...«

»Vollidioten?«, unterbrach ich meine Mom, die liebevoll eine Hand auf meinen Unterarm gelegt hatte.

»Ja, vielleicht macht es uns manchmal zu Vollidioten. In erster Linie macht es uns aber zu Individuen. Es macht uns einzigartig. Wichtig ist nur, dass man aus den Fehlern lernt, die man begeht, damit sie nicht wieder und wieder passieren. Du hattest das Richtige vor, aber dein Verstand hat dich den falschen Plan verfolgen lassen. Sei mutig und denk mit dem Herzen, dann wirst du die Lösung ganz bestimmt finden.«

Ihre Ausgeglichenheit übertrug sich wie von Zauberhand auf mich. Es tat gut, ihre Meinung zu hören, auch wenn ich noch nicht so recht wusste, was ich damit anfangen sollte. Sie sprach in Rätseln, aber die würde ich noch entschlüsseln.

»Okay, ich werde darüber nachdenken«, sagte ich

schließlich, nachdem ich Kaffee und Kuchen vertilgt hatte.

»Nicht darüber nachdenken, Aiden. Du solltest handeln, und zwar schnellstmöglich«, legte Mom mir ans Herz und scheuchte mich dann auf.

»Ja ja, ist ja schon gut. Ich muss trotzdem erst nachdenken. Danke, Mom. Du hast mir sehr geholfen.« Ich erhob mich und nahm meine Mutter, die über einen Kopf kleiner war als ich, in die Arme, drückte sie ganz fest.

»Dafür bin ich da, mein Schatz«, flüsterte sie. »Und jetzt sieh zu, dass du Hazel davon überzeugen kannst, dass du nicht der miese Typ bist, für den sie dich gerade hält.«

Ich nickte und kehrte in mein Büro zurück, wo ich als Erstes, und völlig ohne nachzudenken, nach dem Telefon griff und der tonalen Ziffernabfolge lauschte, die ich gleich darauf wählte. Wenn sie jetzt ranging, wusste ich nicht einmal, was ich sagen sollte. Aber vielleicht war genau das die Lösung. Mom hatte gesagt, ich sollte mit dem Herzen denken ... Na toll, wenn es das war, was dabei rauskam, wusste ich nicht, ob es hilfreich war ...

Das Tuten erklang mehrmals, viel zu oft. Hazel ging nicht ran. Natürlich nicht. Vermutlich hatte sie mich längst blockiert oder so. Ich war so ein Schwachmat. Anstatt es direkt an Ort und Stelle mit ihr zu klären, war ich abgehauen wie ein kleiner Schisser.

Mist, verdammter.

Meine linke Handfläche donnerte auf die Schreibtischplatte, dass es kurz rummste und ein Bleistift übers Papier hüpfte. Es musste doch einen Weg geben, Kontakt zu ihr aufzunehmen.

Eine Sprachnachricht. Ich sollte ihr eine Sprach- nachricht

schicken.

Also hielt ich mein Handy wie eine Scheibe Toastbrot vor meinen Mund, um wieder und wieder etwas für sie aufzunehmen, was ich doch wieder löschte.

Jedes Wort hörte sich gestelzt an, unecht, obwohl es echt war. Gestammel einfach. Mist.

Neuer Versuch ...

Hazel, ich ... Es tut mir so leid. Ich habe wirklich Bockmist gebaut, mal wieder, und ich bin mir dessen bewusst, dass du in mir nur das Arschloch sehen kannst, das ich schon vor acht Jahren war. Vielleicht bin ich das auch. Vielleicht habe ich aber auch einfach nur Fehler gemacht, die irgendwie menschlich sind. Und die ich gemacht habe, weil ich verdammt noch mal unsicher war, wie ich dir begegnen soll. Ich war unsicher, was meine Gefühle für dich angeht, wobei ich eigentlich ganz genau weiß, was ich für dich empfinde. Wenn du nie wieder etwas mit mir zu tun haben willst, kann ich das verstehen, Haz. Wirklich. Aber bitte, gib mir nur einmal die Chance, es dir zu erklären. Nur eine klitzekleine Chance, mit dir zu reden, mehr will ich gar nicht. Und wenn du dann entscheidest, dass wir uns nie wiedersehen, dann soll es so sein. Aber erst will ich mutig sein und kämpfen. Weil ich dich liebe, Hazel Greenwood.

Ich hörte es mir mindestens fünfmal an und verdrehte jedes Mal die Augen. Es war ungewohnt und irgendwie schräg, die eigene Stimme zu hören. Es war vollkommen irre, welcher Gedanke gerade in meinem Hirn reifte und je öfter ich mein Gefasel anhörte, umso besser fand ich die Idee.

Bevor ich die Nachricht wieder löschte, speicherte ich sie auf dem Handy und rief meinen Kumpel beim Radiosender in Seattle an. Kurz erzählte ich ihm, worum es ging und bat ihn, seine Kontakte spielen zu lassen. Schließlich kannte er landesweit ziemlich viele Radiostationen.

»Hey, na klar, ich rufe gleich Tom in Boston an, die können das sicher heute oder morgen ausspielen. Schick mir die Voicemail einfach rüber, ich leite sie weiter«, hatte Matt gemeint und mein Herz hatte für ein paar Takte ausgesetzt.

War das der richtige Weg, der Mut, von dem meine Mom gesprochen hatte? Würde ich Hazel damit nicht schon wieder überrumpeln? Andererseits blieb mir kaum eine Wahl, denn anders erreichte ich sie nicht und sie rief mich auch nicht zurück. Also musste ich zu dieser, zugegeben sehr unkonventionellen Methode der Kontaktaufnahme greifen.

Ein paar Minuten später hatte sich Matt wieder gemeldet und gab mir grünes Licht. Der Sender würde die Voicemail abspielen, allerdings konnte man ihm nicht genau sagen wann. Das war natürlich scheiße. Denn nun saß ich hier und wartete und wartete ...

19. Hazel

Es war kaum zu glauben, dass Aiden so dreist war, mich anzurufen. Er sollte dahin gehen, wo der Pfeffer wuchs. Am besten noch viel weiter. Und dort sollte er bleiben und nie, nie wieder auf meiner Bildfläche auftauchen.

Es war so ein unfassbarer und unverzeihlicher Fehler, ihm wieder zu vertrauen. Ihn wieder in mein Herz zu lassen. Es war so falsch, auch wenn es sich für ein paar Augenblicke richtig angefühlt hatte.

Drei Tage waren seit seinem Auftritt vergangen und jeden Tag versuchte er mindestens dreimal, mich zu erreichen. Ich gab zu, für einen Moment hatte ich überlegt, seinen Kontakt zu löschen. Gleich am Montag früh hatte ich Amanda sogar damit beauftragen wollen, mein Flugticket für Donnerstag zu stornieren, weil ich keinen Fuß mehr nach Maple Falls setzen würde. Nie wieder.

Aber das konnte ich meiner Mom nicht antun. Sie konnte schließlich nichts dafür. Es war schlichtweg zum Haareraufen.

Erneut klingelte mein Telefon, während ich in meinem Büro gerade aus dem Fenster starrte. In der Annahme, es sei Aiden, ging ich gar nicht erst ran. Gleich darauf klopfte Amanda an den Türrahmen. Anscheinend hatte sie es sich zum Ziel gemacht, erst nach mir zu gehen. Es war bereits nach neunzehn Uhr und sie war noch immer fleißig.

»Mrs. Greenwood, Kim ist am Telefon. Sie sagt, es sei meeeegawichtig.« Das letzte Wort setzte sie in imaginäre Gänsefüßchen und verdrehte die Augen, denn bei Kim war immer alles megawichtig.

»Okay, stellen Sie sie durch.«

Zwei Sekunden später brüllte meine beste Freundin völlig euphorisch etwas in den Hörer, von dem ich nur die Hälfte verstand. Radio und Nachricht, Aiden kam darin vor.

»Nun schalt endlich das Radio ein, Süße. Schnell!!!«

Auf meinem Bildschirm aktivierte ich eine App des lokalen Radiosenders und drückte auf die Playtaste des Livestreams.

»... kann ich das verstehen, Haz. Wirklich. Aber bitte, gib mir nur einmal die Chance, es dir zu erklären. Nur eine klitzekleine Chance, mit dir zu reden, mehr will ich gar nicht. Und wenn du dann entscheidest, dass wir uns nie wiedersehen, dann soll es so sein. Aber erst will ich mutig sein und kämpfen. Weil ich dich liebe, Hazel Greenwood ...«

Mein Herz blieb stehen und wagte es nicht, einfach weiterzuschlagen, bevor es kräftig holperte und sich mehrfach überschlug, um gleich darauf mit

Highspeed-Tempo davonzugaloppieren. Ich lauschte den Worten und konnte kaum glauben, was er getan hatte. Was zur Hölle ... Er konnte es einfach nicht lassen. Aiden Williams glaubte doch tatsächlich, dass es immer nur um ihn ging. Ja, er hatte ganz recht, ich wollte ihn nie wiedersehen. Da konnte er mutig sein und kämpfen, bis er schwarz wurde.

Tränen sammelten sich in meinen Augen und rollten über meine Wangen.

»Bist du noch dran?«, hörte ich Kim sagen, die noch immer am Telefon war.

»Ja«, schniefte ich und suchte ein Taschentuch. »Was für ein Arschloch.«

»Ja, davon hat er auch was erwähnt. Anfangs. Aber ist das nicht süß, dass er dir übers Radio eine Botschaft schickt, um sich zu entschuldigen?«

Ich schnappte nach Luft und merkte erst jetzt, dass ich sie während des Zuhörens angehalten hatte.

»Nein, es ist ganz und gar nicht süß. Was erwartet er denn jetzt von mir? Dass ich klein beigebe und wir so tun können, als wäre nichts gewesen? Da muss er ganz schön schief gewickelt sein.« Wut und Groll wanderten durch meine Blutbahnen und brachten mich in Rage.

»Ja gut, so gesehen hast du natürlich recht. Auch wenn ich finde, dass du schon mit ihm reden könntest«, versuchte Kim, mich davon zu überzeugen, ihm eine Chance zu geben.

»Könnte ich, will ich aber nicht.« Damit war das Thema für mich erledigt. Wir beendeten das Gespräch.

Ich konnte nicht glauben, dass er das getan hatte, und hoffte einfach, dass niemand, den ich kannte, diesen Scheiß gehört hatte.

Es fiel mir schwer, mich zu beruhigen. Auch zwei Tage später, deren Abende ich heulend auf dem Sofa meiner Freundin verbracht hatte, konnte ich einfach nicht fassen, wie dreist er war.

»Dieser Arsch«, zischte ich giftig und leerte das Weinglas in wenigen Zügen.

Kim musterte mich argwöhnisch.

»Süße, meinst du nicht, dass es jetzt mal gut ist?«

»Wie bitte? Gar nichts ist gut. Der Kerl hat mich vor der ganzen Stadt bloßgestellt. Wenn unsere Chefin davon Wind bekommt, kann ich meine Beförderung an die Wand nageln.« Frustriert stöhnte ich auf und wischte mir die Tränen von den Wangen.

»Ach, du spinnst ja. Wer dich mit Aidens Botschaft in Verbindung bringt, will wahrscheinlich einfach nur wissen, wie der Krimi zwischen euch ausgeht. Ich eingeschlossen.«

»Kimmy!« Mit dem Ellenbogen knuffte ich sie an den Oberarm. Wir saßen nebeneinander auf ihrer Couch und sie amüsierte sich noch über mich?

»Na, ist doch so. Er gibt sich alle Mühe, dich davon zu überzeugen, dass er nicht das miese Arschloch ist, für das du ihn hältst. Gib dir einen Ruck und hör ihm wenigstens zu. Es ist Weihnachten.«

»Na und? Was hat Weihnachten damit zu tun? Denkst du, das gibt ihm einen Bonus, oder was? Er hat mich nach Strich und Faden belogen, damit kommt er nicht durch. Da kann dreimal Weihnachten sein und Geburtstag noch dazu.« Ich zupfte ein Taschentuch aus der Pappbox, die auf dem Couchtisch stand, und schnäuzte geräuschvoll.

»Ich meine ja nur. Du sitzt seit Tagen auf meiner Couch und heulst mir die Ohren voll, anstatt etwas zu unternehmen. Du willst ihm die Meinung geigen? Bitte, dann tu das. Du willst ihm noch eine Chance geben? Bitte, dann tu auch das. Nur bitte, Hazel, tu irgendwas. Vom Trübsal blasen wird es nämlich nicht besser.«

»Ihm eine Chance geben? Bist du jetzt völlig übergeschnappt? Nie im Leben.«

»Ach, Hazel ... Lass ihn einfach wissen, wie verletzt du bist. Immerhin ist er zweimal quer durchs Land gereist, um dich zu sehen. Ich finde, er hat eine Reaktion verdient.«

»Um mich zu verarschen, meinst du sicher, oder?« Szenen seiner Besuche spielten sich in meinem Kopf ab. Santa Claus auf der Eisbahn. Das Date im Hafenrestaurant. Er in meinem Bett. Mein Herz schmerzte bei dem Gedanken daran, dass er das alles nur gespielt haben könnte. Es war, als wäre es zersplittert und die Scherben würden in meine Brust piksen wie kleine Nadeln.

Kim verdrehte die Augen, sie schien sichtlich genervt, bevor sie sich erhob und suchend durch ihr Wohnzimmer tigerte.

»Was suchst du?«

»Deine Tasche«, antwortete sie knapp und suchte weiter.

»Was? Wofür brauchst du meine Tasche?« Erneut griff ich nach einem Taschentuch. Meine Augen brannten von den vielen Tränen und meine Nase fühlte sich langsam wund an.

»Ich brauch sie eben ... Ah, hier ...«, hörte ich sie im Flur murmeln und war verwundert. Aber gut, so war Kim eben.

Mit einem fetten Grinsen im Gesicht kam sie zurück ins Wohnzimmer und hielt triumphierend mein Telefon in die

Luft.

»Hast du gefunden, wonach du gesucht hast?«, wollte ich wissen. Auf einmal war ich entsetzlich kraftlos und hatte keine Lust mehr, mich mit Aiden Williams zu befassen. Er war es nicht wert, dass ich meine kostbare Zeit damit verbrachte, über seine idiotischen Handlungen nachzudenken.

»Japp. Und gehandelt hab ich auch gleich.«

Ich verstand nicht und sah sie aus zusammengekniffen Augen an.

»Hier.« Mit Schwung warf Kim mir das Telefon zu, dass es wippend neben mir auf dem Sofa landete.

Mit einem Schnauben griff ich danach und entsperrte das Display, woraufhin ich augenblicklich erstarrte. Es war, als hörte das Blut in meinen Adern auf zu fließen. Mein Unterkiefer klappte auf und ich sackte förmlich in mich zusammen.

»Was hast du getan?«, flüsterte ich bedrohlich leise und ziemlich vorwurfsvoll. Wieder glitt mein Blick auf das Display, in dem noch immer der Chat mit Aiden geöffnet war.

Hazel: *Wir müssen reden. Ruf mich in einer Stunde an.*

»Ich beschleunige die Sache nur etwas. Süße, es liegt doch auf der Hand, dass du das klären musst. Sonst frisst es dich von innen heraus auf. Es macht dich kaputt, wenn du dich dauernd nur im Kreis drehst, weißt du.« Mit ihren Händen machte sie entsprechende Gesten dazu und setzte sich wieder neben mich.

»Das ist ... du bist ...« Mehr kam nicht über meine Lippen.

Kim grinste mich wieder an. »Du kannst mir später danken, Süße. Ich bestell dir ein Taxi, damit du pünktlich zu Hause bist und mit ihm reden kannst.«

Während sie sprach, kam eine Nachricht von Aiden.

Aiden: *Du hast es gehört :-) Bis in einer Stunde.*

Na, das war ja ganz wunderbar.

»Ich weiß gar nicht, was ich ihm sagen soll, Kimmy«, versuchte ich, aus der Nummer wieder rauszukommen.

»Bitte? Jetzt verarschst du mich aber. Seit Tagen lamentierst du über ihn rum. Sag ihm einfach das, was du mir gesagt hast und fertig. Du willst übermorgen nach Maple Falls fliegen, da wäre es doch gut, wenn die Dinge geregelt wären, oder nicht? Und wenn du es nicht für dich tust, dann tu es für deine Mom. Sie hat bestimmt genug um die Ohren mit dem Event und kann dein Geheule nicht auch noch brauchen.«

Meine beste Freundin. Sie rückte mir gerade eben massiv den Kopf zurecht und ob ich wollte oder nicht, insgeheim musste ich ihr zustimmen, was mir wirklich gegen den Strich ging.

In dem Moment, als ich etwas erwidern wollte, klingelte es an der Tür.

»Dein Taxi. Ab mit dir. Bring das in Ordnung. Wenigstens so, dass ich meine beste Freundin wieder habe, mit der ich Spaß haben kann, okay? Und ruf mich nachher an, ja?«

Sie drückte mir meine Tasche in die Hand und schob mich buchstäblich aus ihrer Wohnung.

»Ich weiß noch nicht, ob ich nach der Aktion jemals wieder mit dir rede. Ich bin wirklich sauer«, betonte ich, bevor ich die Treppen hinablief.

»Ich weiß, Süße. Und das ist okay. Aber wie gesagt, du kannst mir gern später dafür danken, dass ich dein Leben in die Hand nehme«, rief sie lachend zurück.

»Du spinnst.« Ich war bereits eine Etage tiefer, als ich das letzte Wort hatte.

***

Es wäre gelogen gewesen, wenn ich behauptete, dass ich total gelassen war. Bereits im Taxi hatte ich im Minutentakt auf die Uhr geschaut und auch jetzt schielte ich immer wieder auf das Ziffernblatt.

Noch sieben Minuten.

Alles in mir kribbelte, wie wenn der Arm eingeschlafen war und langsam wieder aufwachte. Es fühlte sich unangenehm an, das am ganzen Körper zu spüren.

Sechs Minuten.

Meine Kehle war staubtrocken, und ich holte mir schnell ein Glas Wasser in der Küche, bevor ich mich wieder auf die Couch lümmelte. Er sollte nicht denken, dass ich darauf brannte, mit ihm zu reden.

Noch vier Minuten.

Ich atmete hektisch und knibbelte an den Fingernägeln.

Drei.

Während ich wartete, spielte ich alle Möglichkeiten durch. Was, wenn wir uns noch mehr zerstritten? Ich würde unmöglich nach Maple Falls reisen und mit ihm arbeiten können. Auch wenn ich seiner Mom bereits gesagt hatte, dass ich nicht vorhatte, mit ihm zu kooperieren, war es anscheinend doch Voraussetzung. Schließlich war er es, der die Veranstaltung organisierte und mitwirkte. Es war also unausweichlich, dass wir uns begegnen würden.

Und meine Mom, o Gott, meiner Mom konnte ich das niemals antun. Sie verließ sich blind auf mich, und ich würde sie bis an ihr Lebensende enttäuschen, wenn ich jetzt absagen würde. Allerdings, wenn es etwas in der Firma gäbe, was mich daran hinderte ... Nein, lügen kam gar nicht infrage ...

Noch eine Minute.

Aus aufgeblasenen Backen stieß ich geräuschvoll die Luft aus und betrachtete das Telefon in meiner Hand.

Ich war so mit mir beschäftigt gewesen, dass ich es erschrocken auf die Couch warf, als es klingelte.

Aiden.

Pünktlich auf die Minute.

Facetime.

Super.

Zögerlich nahm ich den Anruf an und atmete tief durch.

»Hey, Haz«, begrüßte er mich mit angenehm warmer Stimme. Blender, darauf würde ich garantiert nicht noch einmal reinfallen.

»Hallo.«

Er saß wieder in seinem Büro am Schreibtisch im Halbdunkel und sah mit Verlaub gesagt ziemlich scheiße aus. Dunkle Ringe unter den Augen, die Haare durcheinander und der Hoodie hatte auch schon bessere Tage gesehen.

»Schneit es bei euch?«, fragte er und ich nickte.

»Ja. Und bei euch?«

Aiden nickte ebenfalls und hielt das Handy so, dass ich durch die Kamera bei ihm aus dem Fenster schauen konnte. Allerdings war es dunkel und ich sah lediglich Schwärze, aber gut, das war ihm wohl nicht bewusst gewesen.

Für ein paar Sekunden entstand dieses schreckliche Schweigen. Also dieses von der unangenehmen Sorte, wenn keiner wusste, was er sagen sollte.

Dabei hatte ich es früher geliebt, mit ihm zu schweigen. Er war der Einzige, bei dem es sich immer gut angefühlt hatte, einfach mal nichts zu sagen.

»Hazel, ich ...«, begann er schließlich und ich hörte das leichte Zittern in seiner Stimme. Aiden Williams war genauso nervös wie ich ...

»Was genau hast du dir dabei gedacht, Aiden?« Ich bemühte mich wirklich sehr, nicht direkt wieder in Tränen auszubrechen. Mein Herz zog sich unangenehm zusammen.

»Ehrlich gesagt, habe ich gar nicht nachgedacht«, gestand er kleinlaut und sah mich aus traurigen Augen an. »Ich ... Nach unserer ersten Begegnung, als dein Koffer explodiert war ...« Ein vorsichtiges Schmunzeln zupfte an seinen Mundwinkeln, während mir schon wieder Hitze in die Wangen schoss. Allein der Gedanke an diese groteske Situation ... »Na, jedenfalls hatte ich da nicht das Gefühl, dass du mich mit offenen Armen empfangen würdest. Was sich dann im Hotel auch bestätigt hat. Aber als Santa Claus hast du mich anders wahrgenommen, mich nicht verurteilt oder zum Teufel gewünscht. Und als ich dich im Einkaufszentrum wiedergesehen habe, hat sich irgendwie alles zu einem Selbstläufer entwickelt. Dich in Boston beim Eislaufen zu überraschen, lag ziemlich nahe, auch wenn ich zugeben muss, dass es eine bescheuerte Idee war, und ich sehe ein, dass ich dir einen gehörigen Schrecken eingejagt habe. Aber ich konnte nicht anders, verstehst du? Immer wenn ich in meiner Weihnachtsmann-Montur auftauchte, hattest du dieses Leuchten in den Augen, das ich all die Jahre so sehr vermisst habe. Es tut mir unheimlich leid, Hazel.«

Ich verstand gar nichts mehr und hatte ein ziemlich krasses Déjà-vu. Es war noch gar nicht lange her, da hatten wir ein ähnliches Gespräch geführt und Aiden hatte sogar ähnliche Worte benutzt, um sich bei mir zu entschuldigen. Wurde das zur Gewohnheit?

»Sag was, Haz.« Schmerzlich verzog er sein Gesicht.

Aber ich war leer und nicht mehr imstande, überhaupt etwas zu fühlen. Geschweige denn die richtigen Worte zu finden.

»Ich weiß nicht, was ich sagen soll. Es ist ... Ich bin ... Du ...«, stammelte ich und wollte eigentlich nur, dass es aufhörte, wehzutun. Dass er aufhörte, mir immer wieder wehzutun. »Die erste Begegnung mit Santa war megapeinlich, aber irgendwie auch witzig. Die zweite war, keine Ahnung, seltsam und auch ein bisschen aufregend. Die dritte war hingegen schon echt gruselig. Woher wusstest du überhaupt, dass ich auf dem Boston Frog Pond zum Eislaufen war? Und als du dann am Wochenende vor meinem Haus auf mich gewartet hast, hatte ich einfach nur Angst. Ich hatte Angst vor dir, Aiden. Du hättest ein beschissener Stalker sein können. Oder ein Serienkiller. Was weiß ich. Es war einfach psycho, was du da abgeliefert hast ...«

Meine Atmung hatte sich beschleunigt, während ich sprach. Mein Gesicht glühte, als wäre ich zu lange im Kalten gewesen und jetzt ins Warme gekommen. Meine Haut kribbelte.

»Du hast recht«, erwiderte er lediglich und wischte sich mit der flachen Hand übers Gesicht. »Ich hab mich wirklich wie ein Idiot verhalten. Wie ein psychisch gestörter Idiot. Es tut mir leid.«

»Woher wusstest du, wo ich war? Also beim Eislaufen?«

»Deine Mom hat mir erzählt, dass du das vorhast. Sicher war ich nicht, dich da anzutreffen.«

»Was für eine dämliche Aktion, ehrlich.«

»Ja.«

»Völlig überzogen und daneben, Aiden. Und so überflüssig. Ich hatte mich wirklich gefreut, dass wir uns endlich wieder verstehen, und ich hatte das Gefühl, dir wieder vertrauen zu können. Und dann kommst du und reißt mit dem Hintern alles wieder ein wie ein Elefant im Porzellanladen.«

»Du hast recht. Es war bescheuert. Und ich hoffe so sehr, dass du mir verzeihen und wieder vertrauen kannst.«

Ich holte geräuschvoll Luft und wischte mir die Tränen aus den Augenwinkeln, die sich schon auf den Weg machen wollten. »Im Moment weiß ich nicht, ob das geht.« Auf dem Nachttisch lag ein Stück Papier, das mir eigentlich als Lesezeichen diente. Ich griff danach und zeigte es in die Kamera, nachdem ich das Handy so abgestellt hatte, dass wir uns noch gut sehen konnte.

»Was siehst du?«, fragte ich ihn.

»Hm, ein Stück Papier.«

Ich nickte und zerknüllte das Blatt in meiner Hand, die nächsten Tränen lösten sich und liefen über meine Wangen.

In mir pulsierte alles, alles schmerzte und zog sich schützend zusammen. Dann faltete ich das Papier wieder auseinander und zeigte es ihm erneut. »Und jetzt?«

»Na ja, es ist zerknüllt. Nicht mehr glatt.« Er zuckte mit den Schultern und zog fragend die Augenbrauen nach oben.

»Stell dir einfach vor, das ist mein Vertrauen in dich, Aiden. Es war noch angerissen von damals, aber ich war bereit, dich wieder in mein Leben zu lassen, dir zu vertrauen. Aber du hast mich wieder hintergangen und ich weiß nicht, ob ich ein weiteres Mal darüber hinwegsehen kann.«

Ich hielt es kaum aus, ihn anzusehen, und senkte meinen Blick, bevor ich endgültig zu schluchzen begann, weil ich so verärgert über mich selbst war, ihm auf den Leim gegangen zu sein.

20. Aiden

Sie so zu sehen, zerfetzte mir regelrecht das Herz in der Brust. Es war ohnehin schon angerissen, genau wie ihr Vertrauen in mich. Und jetzt saß ich hier, über dreitausend Meilen von ihr entfernt, und konnte sie nicht einmal in den Arm nehmen.

Arsch, der ich war, hatte ich bei dieser selten dämlichen Aktion immer nur an mich gedacht. Nie wäre mir in den Sinn gekommen, dass es sie vielleicht verletzen oder gar ängstigen könnte. In meiner Vorstellung hatte sie es witzig gefunden, war mir lachend um den Hals gefallen und wir konnten da weitermachen, wo wir vor acht Jahren unterbrochen worden waren.

Aber das war Bullshit.

»Hazel, ich ... O Gott, es tut mir so unendlich leid, dass ich dir zweimal das Herz gebrochen habe. Du weißt, wenn ich könnte, würde ich es ungeschehen machen. Ich bin der größte Idiot auf Erden und verstehe, dass du sauer bist.«

Hazel schluchzte derweil ungehemmt und hatte ihre Hände schützend vors Gesicht gelegt. Es machte mich rasend, dass ich nicht bei war, um sie zu trösten. Auch wenn sie das vermutlich gar nicht zugelassen hätte ...

»Ich bin nicht sauer«, sagte sie schließlich und schniefte lautstark. »Und wenn, dann auf mich und nicht auf dich. Du hast Mist gebaut, schon wieder, ja. Aber ich bin drauf reingefallen. Schon wieder. Das macht mich sauer.«

Okay. Es traf mich ziemlich unvermittelt, dass sie so dachte. Dass sie dachte, sie wäre auf mich reingefallen. Mein Magen zog sich schmerzhaft zusammen.

»Du bist nicht auf mich reingefallen. Ich hab nie mit dir gespielt. Nicht mal als Santa Claus und damals schon gar nicht.«

Sie lachte bitter auf und wischte sich mit einem Taschentuch die Tränen von den Wangen, die schon ganz rot waren. Wie gerne ich das übernommen und ihr die Feuchtigkeit von der Haut gestrichen hätte.

»Nein, natürlich hast du nicht mit mir gespielt«, meinte sie und der Sarkasmus in ihren Worten war kaum zu überhören.

Aber es stimmte. Ich hatte es immer ernst mit ihr gemeint. Jedes meiner Worte, das ich zu ihr gesagt hatte, war die Wahrheit gewesen. Damals wie heute.

»Du musst mir glauben, Haz.«

Erneutes auflachen, bevor sie mir das zerknüllte Blatt Papier wieder in die Kamera hielt und mir damit vor Augen führte, dass sie mir gar nichts mehr glauben musste.

»Okay, verstanden.«

Für ein paar Sekunden schwiegen wir. Ich suchte nach Worten, um mich zu erklären. Und sie ... schwieg einfach um des Schweigens willen.

Froh darüber, sie wiedergefunden zu haben, hatte ich es gründlich vergeigt. Und gerade jetzt hatte ich das Gefühl, dass wir trotzdem die Chance hatten, alles aufzuarbeiten und alle Missverständnisse zwischen uns ein für alle Mal aus der Welt zu räumen. Nur so hätten wir, wenn überhaupt, eine Chance auf einen Neuanfang. Und alles in mir hoffte, dass sie das genauso sah.

»Das mit Miranda damals ...«, begann ich schwer atmend und sah, wie sich sofort ihre Augen zu schmalen Schlitzen verengten.

»Oh, hör bloß auf mit Miranda und damals. Das war der Anfang vom Ende, Aiden, das musst du mir nicht immer wieder aufs Butterbrot schmieren, okay!« Ihre Stimme bebte.

»Ich will dir gar nichts aufs Butterbrot schmieren. Ich will dir nur erzählen, was damals wirklich abgelaufen ist, weil ...«

»Als ob ich das nicht wüsste. Du hast mit meiner besten Freundin gevögelt und wenn ich es recht in Erinnerung habe, hast du dich nicht dagegen gewehrt, es mit ihr zu treiben.«

»Doch, das habe ich. Vehement sogar. Ich habe ihr mehrmals gesagt, dass ich das nicht tun werde, weil ich mit dir zusammen bin. Und weil ich dich liebe. Aber das hat Miranda nicht interessiert. Sie hat mir den Floh ins Ohr gesetzt, dass du ohnehin bald nach Boston gehst und mich schnell vergessen würdest. Außerdem hat sie«, ich schluckte schwer, als ich daran zurückdachte, »gesagt, sie würde mich wegen Vergewaltigung anzeigen, wenn ich nicht mitspielen würde.« Mir drehte sich regelrecht der Magen um, als ich

Mirandas hässliche Fratze vor mir sah. Wie triumphierend sie mich damals angesehen hatte, dieses Grinsen mit der viel zu großen Lücke zwischen den oberen Schneidezähnen. Ich schüttelte mich.

»Ach, und da hast du natürlich stillgehalten. Weil du armer Kerl keine andere Wahl hattest. Man hat immer eine gottverdammte Wahl, Aiden«, stieß sie gefährlich leise aus und funkelte mich dabei aus ihren feuchten Augen an.

»Ja. Damals hatte ich keine andere Wahl. Und ich war angetrunken. Ich war gerade einmal achtzehn Jahre alt und hatte einfach Schiss, dass sie nicht nur mir, sondern auch meinen Eltern und dem Hotel damit schadet, wenn sie zur Polizei rennt. Ich meine, wer hätte mir denn geglaubt?« Ich stieß die Luft aus und fuhr mir mit der Hand durch die Haare, während Hazel für einen Moment schwieg und mich einfach nur ansah. »Aber ich habe nicht mit ihr geschlafen.«

»Es hörte sich anders an. Aber weißt du was? Es macht keinen Unterschied mehr, Aiden. Und es ist mir auch echt egal, mit wem du rummachst oder von wem du dich unter Druck setzen lässt. Sie war meine beste Freundin, allein das hätte dir verbieten müssen, sie anzufassen.«

Sie hörte mir einfach nicht zu. »Ich wollte Miranda gar nicht anfassen. Es ging von ihr aus, weil sie immer neidisch und eifersüchtig auf dich war. Die ganze Zeit.«

Das Thema hatten wir neulich schon einmal, aber ich ging nicht davon aus, dass sie mir geglaubt hatte, also brachte ich es erneut an.

»Und das hast du ein deiner Schlauheit alles so kombiniert, damit es für dich passt?« Warum war sie auf einmal so wütend?

»Haz, hör mir doch mal zu. Kombiniert habe ich gar nichts, sie hat es mir erzählt, als wir auf der Toilette ...« Würgereiz stieg meine Kehle empor, als ich das Szenario vor Augen hatte. Wie sie vor mir gekniet hatte, verschmierten Lippenstift im Gesicht, von dem sie die Hälfte davon gegen meinen Willen in meinem Gesicht und auf meinem weißen Hemd verteilt hatte. »Sie war nie wirklich deine beste Freundin. Sie hat es gehasst, dass du das bessere Leben hattest. Dass du eine intakte Familie hattest, einen Freund, gute Noten. In ihren Augen hast du immer die Rosinen des Lebens bekommen und sie nur die fauligen Abfälle. Niemand mochte sie sonderlich, bis ihr befreundet wart. Sie war immer nur auf der Suche nach Anerkennung und Aufmerksamkeit, und du warst die Einzige, die ihr das gegeben hat. Weil du ein riesengroßes Herz hast, in dem einfach jeder einen Platz findet.« Und in dem auch ich hoffentlich wieder einen Platz finden würde.

Hazel war blass geworden, die Röte von ihren Wangen war verschwunden. Stattdessen sah sie mich mit offenem Mund und ungläubigem Blick an.

»Sie hat mir all das erzählt, während wir ...« Ich vermied es tunlichst, die größte Verfehlung meines Lebens erneut in Worte zu fassen.

»Das ... ich ...« Es fiel ihr schwer, etwas zu sagen. »Ich weiß nicht mehr, was ich glauben soll ...«

Mir war klar, dass das starker Tobak für sie war. »Hat Miranda sich danach jemals wieder bei dir gemeldet? Hast du seit dem Abschlussfest auch nur eine kleine Nachricht von ihr erhalten?«

Sie schüttelte den Kopf. »Nein, nichts dergleichen.«

»Siehst du, weil es ihr nie um dich ging. Du warst ihr nie wichtig, nur die Aufmerksamkeit, die sie durch dich bekam, war von Bedeutung für sie. Jede beste Freundin hätte versucht, das zu kitten oder zumindest das Gespräch zu suchen. Oder?«

Ich erkannte ein zaghaftes Nicken im Display meines Handys.

»Es tut mir wahnsinnig leid, dass ich dich enttäuscht habe, Hazel. Vielleicht kannst du mir irgendwann verzeihen.«

Plötzlich fühlte ich mich kraftlos. Auf der einen Seite wollte ich um sie kämpfen wie ein Löwe um seine Beute. Auf der anderen Seite spürte ich, dass sie davonrannte und ich keine Chance hatte, mitzuhalten.

Wieder hielt sie das Papier hoch und wedelte mir damit buchstäblich vor der Nase herum. Dabei hatte ich längst verstanden, was sie damit hatte zum Ausdruck bringen wollen.

»Wirst du trotzdem am Wochenende kommen?«, stellte ich ihr die Frage, die mir schon die ganze Zeit unter den Nägeln brannte.

Sie wich meinem Blick aus und zupfte an ihren Fingernägeln herum.

»Ja.« Ihre Antwort war einsilbig. Aber gut, ich hatte nach meinem verkackten Verhalten auch keine ausschweifenden Monologe verdient.

»Dann sehen wir uns also?« Die Hoffnung starb immerhin zuletzt. Und vielleicht würde ich noch einmal die Chance haben, ihr von Angesicht zu Angesicht klarzumachen, was sie für mich war. Was ich für sie empfand. Dass sie diejenige war, die mich vor Kurzem erst aus meiner Schockstarre herausgeholt hatte. Ja, ich hoffte inständig, dass sie mir bei dem Event nicht aus dem Weg gehen würde.

»Wird sich nicht vermeiden lassen.« Auch sie hörte sich kraftlos an, ihre Stimme hatte an Volumen verloren und klang erschöpft. Und ich war dafür verantwortlich. Wie dämlich konnte Mann eigentlich sein, die Liebe seines Lebens so dermaßen vorzuführen und vor den Kopf zu stoßen?

Mit ihren Worten stieß sie mir einen Dolch ins Herz. Einfach so. Ohne Vorwarnung erwischte sie mich damit eiskalt. Es würde sich also nicht vermeiden lassen, dass wir uns sahen. Das klang anders, als ich es erhofft hatte ...

Aber ich akzeptierte es.

»Ich würde mich sehr freuen, wenn wir uns sehen, Hazel«, erwiderte ich trotzdem und nahm noch einmal alles an Mut und Kraft herzu, was ich aufbringen konnte, um sie davon zu überzeugen, dass ich es ernst meinte. Dieses Mal wirklich.

»Ja, mal sehen. Hör mal, Aiden, ich muss jetzt wirklich ins Bett. Morgen ist noch mal ein stressiger Tag, bevor ich am Nachmittag in den Flieger steigen kann.«

»Das verstehe ich total. Dann schlaf gut und bis morgen. Oder übermorgen ...«

»Kannst du deiner Mom sagen, sie soll mir bitte Bescheid geben, ob die Lieferungen für die Tombola alle angekommen sind? Ich hatte mit ihr dazu bereits gesprochen.«

»Klar. Ich frag sie gleich.«

»Super. Dann machs gut. Bis ... bald.«

Sie hatte schneller aufgelegt, als ich mich verabschieden konnte.

Es wurmte mich wirklich bis ins Mark, dass sie nicht mehr mit mir zusammenarbeiten wollte. Ich verstand es, klar. Aber es ärgerte mich, dass sie in den letzten Tagen alles mit meiner Mutter besprochen hatte, obwohl sie gar nichts mit der Veranstaltung am Hut hatte.

Müdigkeit überkam mich und ich lehnte mich zurück. Gönnte mir einen Moment der Ruhe, drehte mich mit dem Bürostuhl eineinhalbmal um die eigene Achse, um so stehen zu bleiben, dass ich aus dem Fenster sehen konnte. In das Dunkel der Nacht, das den Fluss eingehüllt hatte, während sich ganz leise Schneeflocken in der Umgebung verteilten. Seit letzter Nacht schneite es wieder ununterbrochen und ich hoffte, dass Hazels Flieger gerade noch so eine Landeerlaubnis bekam, bevor der Flughafen wegen des Schneechaos gesperrt wurde.

Schließlich raffte ich mich auf und sah auf die Uhr, um sicherzugehen, dass ich meine Eltern noch belagern konnte. Ich entschied, dass es machbar war, und verließ mein Büro.

***

»Ja natürlich, Schatz. Richte ihr aus, dass alles angekommen ist. Den Rest müsstest du bitte selbst mit Hazel besprechen, weil ich ja gar nicht weiß, wie die Tombola abläuft.« Mom war kurz davor gewesen ins Bett zu gehen, als ich aufgekreuzt war. Bereitwillig hatte sie mir dennoch die Tür geöffnet und mich hereingelassen.

»Das ist das Problem. Sie redet mit mir nicht mehr darüber«, gestand ich und sackte auf der Couch in mich zusammen.

»Aber warum? Was hast du denn diesmal angestellt, Aiden?«

Ausführlich und bis ins kleinste Detail – okay, das mit den Dessous bei unserer ersten Begegnung ließ ich weg – erzählte ich ihr, was passiert war, seit Hazel wieder ihre Füße auf den Boden von Maple Falls gesetzt hatte.

Das Gesicht meiner Mutter nahm immer bestürztere Züge an, bis sie sich schließlich die Hände vor den Mund legte.

»Ach du meine Güte, wie bist du nur auf diese Idee gekommen? Ich ging immer davon aus, dass du das mit Santa Claus rein gemeinnützig machst ... Aber nicht, um privat irgendwelche Vorteile daraus zu ziehen.«

»Ja, so war es ja auch geplant ... Aber glaub mir, als ich sie nach ihrer Ankunft gesehen hatte, konnte ich nicht anders. Niemand half ihr, nachdem sie gestolpert war und ihr Koffer ein Eigenleben entwickelt hatte. Sie hat mich nicht erkannt, und da sie nicht gut auf mich zu sprechen wäre, dachte ich, ich versuche es ...«

»Aber doch nicht so«, fiel sie mir ins Wort. »Haben wir dir denn keine Manieren beigebracht? So etwas hast du weder von mir noch von deinem Vater gelernt.« Sie war regelrecht empört.

»Und warum bist du noch mal nach Boston gereist? Also warum hast du es nicht aufgelöst?«

Mir fehlten selbst die Worte. Ich hatte keine Erklärung für mein Verhalten und wusste, wie daneben es war. »Keine Ahnung, war so ein Gefühl. Und aufgelöst hat es sich ja. Nur eben anders als erhofft ...«

»Ich mach uns erst mal einen Kakao und dann schauen wir, dass wir eine Lösung finden, okay?«

Ich nickte und ließ zu, dass sie mir fürsorglich über den Kopf strich, als wäre ich wieder fünf Jahre alt und hätte den

Basketball in Nachbars Fenster geworfen.

Keine fünf Minuten später saß sie wieder neben mir auf der Couch und wir schlürften den heißen Kakao, in den sie immer ein paar Stücken Zartbitterschokolade tat. Weil, wie sie selbst sagte, Schokolade zwar keine Probleme löste, aber der Seele guttat, wenn diese angeschlagen war. Also hatte ich als Kind schon immer viel Kakao mit Schokolade getrunken.

»Hast du mit ihr gesprochen?«, fragte sie mich schließlich und stellte ihre Tasse auf dem Couchtisch ab.

»Ja, natürlich. Erst vorhin. Aber ich weiß nicht, ob sie mir je verzeihen wird. Ich habe zu viel Mist gebaut. Der versaute Abschlussball damals, jetzt das ...«

Ich ließ mich noch weiter über meine Verfehlungen aus und meine Mom hörte mir geduldig zu. Ab und an legte sie tröstend ihre Hand auf meinen Unterarm, als wollte sie mir damit sagen, dass alles irgendwie gut werden würde. Aber ganz ehrlich? Ich hatte keinen blassen Schimmer, ob es überhaupt wieder gut werden würde ...

»Du hast sie sehr verletzt, da ist es nur verständlich, dass sie auf Abstand geht. Lass ihr die Zeit, sich selbst wiederzufinden. Und vielleicht findet sie auch dich dadurch wieder.«

»Pf«, stieß ich frustriert aus. Mom und ihre Weisheiten.

Ich trank den Kakao aus und kratzte die Schokoladenreste mit dem Löffel vom Boden der Tasse, bevor ich mich verabschiedete und wieder in mein Appartement schlurfte. Immer wieder glitt mein Blick aus dem Fenster nach draußen, wo der Schneesturm tobte und die Flocken wild durcheinanderwirbelten.

In einer spontanen Eingebung zog ich meine Boots und

den dicken Parka an, wickelte einen Schal um meinen Hals und zog die Wollmütze tief in die Stirn, um gleich darauf nach draußen zu gehen.

Eisiger Wind empfing mich und sorgte dafür, dass augenblicklich meine Nasenspitze gefror. Gefühlt zumindest. Die Nacht war eiskalt und es hatte sich schon ordentlich Schnee in der Hoteleinfahrt angesammelt. Kurzerhand schnappte ich mir eine der Schneeschippen, die am Eingang deponiert waren, und begann, den Schnee zur Seite zu schieben. Auch wenn sich sofort eine neue Schicht von der weißen Pracht darüberlegte, würde Pete morgen früh vielleicht nicht ganz so viel zu tun haben. Vielleicht aber doch, wer wusste schon, was in den nächsten Stunden noch so vom Himmel fiel.

Mit jeder Schippe, die ich zur Seite schaufelte, wurde der Schneeberg größer und ich hatte das Gefühl, dass das mein Sorgenberg war, den ich da zusammenschob. Mir wurde warm, Schneeschieben war effektiver als jedes Work-out im Fitnessstudio. Ich steckte die Mütze in meine Jackentasche und lockerte den Schal, der schon auf meiner Haut kratzte.

Schneeflocken fielen mir ins Gesicht und bedeckten schnell meine Haare. Und für einen Moment hielt ich inne. Steckte die Schneeschippe in den Haufen und sah einfach nur in den Himmel. Die Dunkelheit umfing mich wie ein schützender Mantel und ich nahm jede einzelne Flocke in Empfang, die sofort schmolzen, sobald sie mit meiner erhitzten Haut in Berührung kamen.

Ich hielt die Hand auf und sah zu, wie einige der weißen Kristalle auf meiner Handfläche landeten. Sie blieben eine Weile liegen, weil ich Handschuhe trug. So konnte ich sie beobachten und war fasziniert von ihrer Schönheit. Winzige Kristalle, die perfekt waren in ihrer Beschaffenheit. Wunderschön. Für den Moment. Und wenn sie sich zusammentaten, entstand etwas ganz Neues. Wenn zwei Flocken aufeinanderlagen, verschmolzen sie miteinander und vereinten sich.

In diesem Moment wurde mir klar, dass ich genau das mit Hazel wollte.

Wir waren wie zwei Schneeflocken. Jede auf ihre eigene Weise schön und einzigartig, aber nicht perfekt. Und ich wünschte mir in diesem Augenblick nichts mehr, als dass wir wieder miteinander verschmolzen, und dass etwas ganz Neues aus uns entstand. Ohne die Laster der Vergangenheit. Ohne die Schwere meiner Fehler, die auf uns, auf mir lastete.

Ich wollte sie. Ich wollte wieder mit ihr zusammen sein. Für immer. Nicht nur für den Moment.

21. Hazel

Mein Flugzeug war eines der letzten, das noch in Seattle landete, bevor der Flughafen wegen des schweren Schneesturms für die nächsten Stunden gesperrt wurde.

Hier war es noch früh am Abend, als ich ankam und meine Mom mich im Ankunftsterminal in Empfang nahm. Ich hatte noch versucht, ihr auszureden, mit dem Auto herzukommen, weil die Straßen kaum noch befahrbar waren. Aber sie war meine Mom und ließ es sich natürlich nicht ausreden. Meine Sturheit hatte ich dann wohl von ihr geerbt.

»Du bist echt verrückt, Mom«, murmelte ich und hielt sie in meiner Umarmung fest. Drückte mein Gesicht fest an ihren Schal und atmete ihren Geruch ein, der nach Heimat und Kindheit roch, und in dem immer ein bisschen Zimt und Vanille mitschwang. »Ich hätte auch mit dem Bus fahren können. Was, wenn dir etwas passiert wäre auf der

Hinfahrt?«

»Ach, Kindchen, mir ist aber nichts passiert«, lachte sie und griff nach meinem kleinen Handgepäckkoffer. Den großen Koffer, in dem sich noch einige Sachen für die Tombola und meine Klamotten für die nächsten Tage befanden, hatte ich dieses Mal mit zwei extra Kofferbändern verzurrt, damit mir nicht wieder das gleiche Malheur passieren würde wie neulich.

Und zack – ob ich es wollte oder nicht – meine Gedanken glitten zu Aiden. Wie traurig er gestern beim Facetimen ausgesehen hatte ... Fast hätte ich mich dazu erweichen lassen, nachzugeben und ihm Frieden anzubieten. Aber dazu war ich noch lange nicht bereit. Dafür hatte er mich zu sehr verletzt. Und im Moment hatte ich keine Ahnung, ob der Schaden überhaupt reparabel war. Ein kaputtes Auto nannte man nach einem Crash Totalschaden und genauso fühlte es sich auch an. Als wäre mein Herz mit Tempo zweihundert gegen einen Baum gerauscht und dann in Tausende Teile zersprungen.

Wir verließen den Flughafen und wurden von eiskaltem Wind empfangen. In Boston war es schon klirrend kalt gewesen, aber hier war es tatsächlich noch einige Grad kälter. Automatisch zog ich den Schal fester und die Mütze tiefer in die Stirn.

»Du hattest wirklich Glück, dass du überhaupt angekommen bist. Einen Flug später und du wärst vermutlich in Portland gelandet«, stellte Mom fest, während wir die Koffer in ihren kleinen Seat luden.

»Du wirst lachen, ich hatte eigentlich wirklich vor, später zu fliegen. Es war dann wohl Schicksal, dass alles noch so gut geklappt hat.«

Meine Mutter lächelte. »Schicksal. Das gefällt mir. Aber jetzt steig ein, sonst sehen wir beide im Handumdrehen aus wie Schneemänner. Oder Schneefrauen.«

Lachend klopften wir die Schneeflocken von den Mänteln und stiegen in das Auto, das Mom gleich darauf geschickt vom Flughafengelände auf die Autobahn manövrierte.

Für eine ganze Weile herrschte Stille im Wagen. Meine Mutter konzentrierte sich auf die Fahrt, während die Schneeflocken gegen die Windschutzscheibe peitschten und dort zu einem wässrigen Brei zermatschten und von den Scheibenwischern weggewischt wurden.

Ich hing meinen Gedanken nach und sah dem Flockenwirbel zu. Seit gestern Abend hatte ich nicht nur einmal darüber nachgedacht, wie es wäre, Aiden einfach zu vergeben und von vorn anzufangen. Der Drang, ihm nahe zu sein, war so enorm groß, dass es mir schwerfiel, mich dagegen zu wehren.

Als wir in Boston die Nacht zusammen verbracht hatten, war es wie früher gewesen. Für ein paar Stunden waren wir wieder Hazel und Aiden, die zusammengehörten wie Pech und Schwefel. Oder wie Tris und Four aus meinem Lieblingsfilm *Die Bestimmung*. Alles in mir kribbelte und prickelte wie Brausepulver, wenn ich an Aiden dachte. An seine Berührungen, an die Gefühle, die er in mir ausgelöst hatte. Wie er mich angesehen hatte.

Es war, als hätte er nach meinem Herzen gegriffen. Aber anstatt es auf ewig zu verwahren, hatte er es zerquetscht. Ein unachtsamer Moment hatte gereicht ...

Wenn es mir doch in echt nur so leichtfallen würde, ihm

zu verzeihen, wie in meiner Vorstellung ...

»Wir müssen morgen nur noch die Zutaten einkaufen«, hörte ich meine Mom sagen und brauchte ein paar Sekunden, um wieder ins Hier und Jetzt zu finden.

»Hm?« Ich zwinkerte mehrmals hintereinander, um wieder zu mir zukommen.

»Schatz, wo bist du nur mit deinen Gedanken? Bei Aiden?« Den Blick starr auf die Fahrbahn gerichtet, sprach sie mit mir.

»Wie kommst du darauf? Nein, mir geht die Arbeit im Kopf herum. Ich musste einiges delegieren und mache mir Gedanken, ob meine Mitarbeiter alles so erledigen, wie ich es gesagt habe«, log ich. Wobei es nicht ganz geschwindelt war, denn ich hatte tatsächlich einige Aufgaben an Amanda übertragen, war mir aber sicher, dass sie alles zu meiner Zufriedenheit abarbeiten würde. Sie hatte meine Handynummer und konnte mich auch jederzeit anrufen, falls sie Fragen hatte oder nicht weiterkam.

Die Bewerbungskampagne lag in den letzten Zügen und war kurz vorm Start. Mit Beginn des neuen Jahres würden wir damit auf die Suche nach neuen Mitarbeitern und Mitarbeiterinnen gehen und erhofften uns einen großen Zuspruch. Auch die Headhunter, mit denen wir zusammenarbeiteten, waren zuversichtlich, dass wir gutes und verlässliches Personal finden würden. Und wenn alles glatt lief, würde ich schon im nächsten Jahr die Personalabteilung leiten können. Das zumindest hatte mir Mrs. Ocean in einem der letzten Gespräche zugesichert.

Überhaupt war ich immer wieder begeistert von ihrer Offenheit. Auch als ich ihr von der Benefiz-Veranstaltung und der Tombola erzählte hatte, war sie sofort bereit gewesen, ein paar Pakete zu schnüren. So hatten sich hochwertige Kosmetik- und Wellnessprodukte auf den Weg in meine Heimatstadt gemacht.

Letzte Nacht hatte mir Aiden noch eine Nachricht geschickt, dass alle Pakete gut angekommen waren.

Mom fragte mich noch ein paar Sachen zu meinem Job, bis sie das Thema wieder auf Aiden lenkte, was mein Herz gleich wieder schwer werden ließ.

Wir kamen gut voran auf der Autobahn. Weil hier viel Verkehr war, war diese geräumt und wir hatten freie Fahrt. Aber mit jedem Meter, den wir uns Maple Falls näherten, wurde mir kälter und heißer zugleich. Noch hatte ich keinen blassen Schimmer, wie ich Aiden gegenübertreten sollte. Und es war praktisch unvermeidbar, dass wir uns über den Weg liefen. Es ging gar nicht anders.

»Was ist das mit dir und Aiden? Er war oft bei mir in den letzten Tagen, um noch ein paar Details für das Event zu besprechen. Und er hat jedes Mal nach dir gefragt.«

Mein Kopf ruckte in ihre Richtung und ich holte tief Luft. »Was wollte er wissen?«

»Ob ich etwas von dir gehört hätte. Und wie es dir geht. So allgemeine Sachen. Aber ich dachte, ihr steht wieder in Kontakt?«

Ja, das hatte ich auch gedacht. Erst recht nachdem wir bei mir zu Hause ... Argh, schnell wischte ich den Gedanken an jene Nacht fort ...

»Es ist ... kompliziert im Moment. Sag mal, hast du ihm letztes Wochenende gesagt, dass ich mit Kim Eislaufen gehe?«

»Kann gut sein, dass wir uns darüber unterhalten haben und ich ihm erzählt habe, wie gern ihr Mädels auf dem Eis seid. Und vielleicht habe ich auch ein bisschen vom Boston Frog Pond geschwärmt. Es ist aber auch zu schön dort im Winter.« Ihre Wangen waren rosig, was aber auch einfach daran liegen konnte, dass es im Auto langsam unerträglich warm geworden war. Instinktiv drehte ich den Heizregler etwas nach unten.

Wenn meine Mom an Weihnachten bei mir in Boston war, waren wir bisher jedes Mal am Boston Frog Pond. Manchmal zum Eislaufen, aber meistens nur, um einen Punsch zu trinken und die Atmosphäre zu genießen. Ich wusste, wie sehr sie es mochte und gab ihr recht, dass es wirklich zu schön dort war. Aber jetzt würde ich immer und ewig die Erinnerung an spooky Santa Claus damit verbinden.

Nickend lenkte ich meinen Blick wieder aus dem Fenster. Zumindest in diesem Punkt hatte Aiden mir die Wahrheit gesagt, als ich ihn gefragt hatte, woher er wusste, dass ich Eislaufen gewesen war.

Kurz bevor wir die Einöde, in der ich aufgewachsen war, erreichten, beschloss ich, Mom zu erzählen, was passiert war.

Ich schaffte es sogar, ohne dabei in Tränen auszubrechen. Berichtete ihr von meiner Begegnung mit dem Weihnachtsmann nach meiner Ankunft. Von der zweiten im Einkaufszentrum, bei der ich sogar auf seinem Schoß gelandet war. Von der dritten beim Eislaufen, bei der ich kein gutes Gefühl gehabt hatte. Und schließlich von der vierten, die alles verändert und infrage gestellt hatte. Erst zum Schluss erwähnte ich, dass wir nach der dritten Begegnung ein wirklich schönes Date gehabt hatten und er mit bei mir zu Hause gewesen war – ich jedoch nicht geahnt hatte, dass er zuvor in diesem roten Kostüm gesteckt hatte.

Meine Mutter hörte mir geduldig zu, bis ich am Ende meiner Erzählung war. Erst dann meldete sie sich zu Wort, während wir gerade das Ortseingangsschild von Maple Falls passierten. Der Schnee hatte den Ort in malerisches Weiß getaucht, selbst im Dunkeln sah es magisch aus. Wie aus einem dieser Hollywood-Weihnachtsfilme, nur halt in echt und viel schöner.

»Lass uns gleich darüber sprechen, sobald wir zu Hause sind. Ich mache uns Tee und du kannst derweil auspacken.«

»Danke, Mom. Für alles«, erwiderte ich und war in diesem Moment so dankbar für diesen Menschen in meinen Leben. Sie fing mich immer auf. Gab mir Halt genauso wie Kraft und Stärke. Dank ihr war ich zu der Person geworden, die ich heute war. Es war der Verdienst meiner Mom, die stets darauf bedacht war, dass ich die Umgangsformen wahrte und selbstbewusst war. Sie gab mir immer Sicherheit und Geborgenheit. Bei ihr konnte ich ich selbst sein wie nirgendwo anders.

Nachdem sie den Wagen in die Auffahrt gefahren hatte, hievten wir die Koffer ins Haus, wo ich mich in meinem alten Zimmer gleich ans Auspacken machte.

Hatte ich mich vor Kurzem noch geweigert, hier zu übernachten, war es jetzt die einzige Möglichkeit. Zum einen, weil mich keine zehn Rentiere mehr ins Maple Falls Inn und Aidens Nähe brachten. Zum anderen wollte ich meiner Mom damit einfach einen Gefallen tun und die Zeit mit ihr verbringen. Sie hatte es verdient, sie war meine Familie und das hier war immer noch das Haus, in dem ich aufgewachsen war.

Ich atmete einmal richtig tief durch und streckte mich, bevor ich die Geschenke für meine Mom im Schrank unter den Decken verstaute, die für Notfälle darin gelagert waren und hoffte, sie würde nicht stöbern.

Erst dann begab ich mich wieder nach unten ins Wohnzimmer, wo sie schon mit wohlduftendem Früchtetee auf mich wartete. Der Geruch von Pflaumen, Kirschen, Zimt und Ingwer füllte den Raum und erinnerte mich so sehr an früher. Mom hatte schon immer Tee gekocht, wenn es brenzlig war und es galt, mich zu beruhigen. Es hatte immer geholfen ...

»Setz dich zu mir und erzähl mir, ob du noch mal mit ihm gesprochen hast. Ich meine, am Wochenende werdet ihr euch häufig über den Weg laufen. Wie soll das funktionieren?«

Es war nett von ihr, mich an das Unvermeidliche zu erinnern. Aber es war gar nicht nötig, denn das hatte ich so auf dem Schirm. Die ganze Zeit schon hatte ich mich mit dem Gedanken auseinandergesetzt. Mir versucht, vorzustellen, wie das Wiedersehen mit ihm ablaufen sollte. Aber es war beim besten Willen nicht möglich, einen Weg zu finden, bei dem er ungeschoren davonkam.

In Kurzfassung erzählte ich ihr von dem Telefonat mit ihm und dass er sich mehrfach entschuldigt hatte. Dass er eingesehen hatte, wie dumm es war, was er getan hatte. Und so gar nicht lustig.

»Willst du wissen, was ich denke?«, fragte sie mich und hielt die warme Teetasse fest umklammert in den Händen, während sie immer wieder pustete, damit das Getränk auskühlte.

Ich nickte lediglich und hoffte, sie würde fortfahren und mich an ihren Gedanken teilhaben lassen.

»Ich glaube, er empfindet noch immer sehr viel für dich, weiß aber nicht, wie er das zum Ausdruck bringen soll.«

Komisch. In jener Nacht bei mir zu Hause war er diesbezüglich sehr deutlich geworden ...

»Meinst du wirklich?«

»Ja, meine ich wirklich. Er ist ein guter Junge, der nichts Böses im Sinn hat. Er hat Dummheiten gemacht, aber er hat niemandem wirklich dabei geschadet, oder?«

Hat er nicht? Für einen kurzen Moment fragte ich mich, auf wessen Seite meine Mutter stand.

»Irgendwann kannst du ganz sicher über seine tollpatschigen Aktionen lachen, da bin ich mir ganz sicher. Und ich bin mir auch sicher, dass du ebenso für ihn empfindest wie er für dich.«

Ach so? Woher schlussfolgerte sie das?

»Du würdest ihn nicht so madig reden, wenn er dir nicht im Kopf herumspuken würde, habe ich recht?«

Sie zwinkerte mich an und trank einen Schluck Tee. Ich hatte meine Tasse noch nicht angerührt und mir war gerade auch gar nicht nach Teetrinken.

»Warum verteidigst du ihn?«, wollte ich wissen und hörte mich dabei ziemlich genervt an.

»Das tue ich nicht. Ich versuche nur, es aus einer anderen Sichtweise zu betrachten. Dadurch relativiert sich einiges, weißt du. Man ist manchmal so festgefahren in seinem Denken und bekommt gar nicht mit, dass die vermeintlich großen Probleme vielleicht nur kleine Missverständnisse sind.«

Ich verstand nur Bahnhof. Was genau wollte sie mir damit sagen? Ich liebte meine Mutter, wirklich, aber gerade konnte ich ihr nicht folgen.

»Aber, Mom«, begann ich, um Aufklärung bemüht. »Es geht hier nicht um irgendwelche kleinen Missverständnisse. Aiden hat mich angelogen und das nicht zum ersten Mal. Er hat mein Vertrauen eiskalt ausgenutzt. Ich finde schon, dass das ein großes Problem ist, was nun zwischen uns steht und was Teetrinken nicht lösen wird.«

Beruhigend legte sie ihre Hand auf meine Hände, die gefaltet in meinem Schoß lagen.

»Teetrinken nicht, aber Vergebung. Sie ist der Problemlöser.«

Manchmal hatte ich den Eindruck, meine Mom las zu viele esoterische Bücher.

»Ich kann ihm aber nicht vergeben, Mom. Das geht nicht. Ich kann es nicht.« Wieder dachte ich an das zerknüllte Blatt Papier, das ich ihm gestern mehrfach vor die Nase gehalten hatte. Ich vertraute ihm nicht mehr, weil er mein Vertrauen erneut vernichtet hatte, gerade als ich es wieder zurückgewonnen hatte. Und Vertrauen war die Basis für jede Beziehung zwischen Menschen. Ohne das lief einfach gar nichts.

»Das glaube ich dir, mein Schatz. Aber weißt du, vergib ihm nicht um seinetwillen, sondern um deinetwillen. Vergib ihm, damit du deinen inneren Frieden wiederfinden kannst. Du wirst sehen, was dann passiert ...«

»Mom, jetzt hör aber auf. Das ist doch Käse. Was soll denn dann passieren? Wir werden diese eine Veranstaltung zusammen überstehen und uns dann nie wieder sehen, weil ich nie wieder einen Fuß nach Maple Falls setzen werde. Und diesmal wirklich.«

»Beruhige dich, Hazel. Wenn du es loslässt, bist du wieder frei. Dein Herz wird leichter werden und es wird wieder Platz sein für ...«

»Aber nie und nimmer für Aiden. Das kannst du vergessen, ich weiß, du hättest ihn gern als Schwiegersohn gehabt, aber daraus wird nichts.«

Wissend lächelte sie in sich hinein. Was wusste sie, was ich nicht wusste? Gut, ihre Lebenserfahrung war unschlagbar. Sie stand immer mit beiden Beinen fest auf dem Boden und ließ sich von nichts beirren. Aber was um Himmels willen machte sie so sicher, dass es gut wäre, Aiden zu verzeihen? Was würde mir das helfen?

»Zeit ist der Schlüssel. Sie kann kaputtmachen, wenn man es zulässt. Und sie kann heilen, wenn man es zulässt. Es ist deine Entscheidung, was passiert, Hazel.«

Verwirrt schüttelte ich den Kopf. »Mom, ich verstehe nicht ...«

»Eines Tages wirst du es verstehen. Wenn die Liebe bei dir anklopft und dich fragt, ob du bereit für den Ritt deines Lebens bist, wirst du deine Entscheidung treffen – kaputt oder geheilt. Und wenn jemand für dich bestimmt ist, dann wirst du es merken. Du wirst es in dir spüren und es wird funktionieren, wenn du dich dafür entscheidest. Egal ob heute oder in fünf Jahren oder in zehn. Es wird immer zusammenfinden, was zusammengehört.«

Geräuschvoll stieß ich die Luft aus und hob abwehrend die Hände. Gerade wurde mir alles zu viel. Die Worte meiner

Mutter, von denen ich nur die Hälfte verstanden hatte, lösten einiges in mir aus und meine Gedanken überschlugen sich. Alles wirbelte durcheinander, genau wie im Schneesturm, der draußen tobte.

»Okay, ich bin müde und werde ins Bett gehen.«

»Mach das, mein Schatz. Schlaf gut.« Sie küsste mich auf die Stirn, bevor ich mich erhob und zur Treppe ging. »Hast du Lust, morgen einen Weihnachtsbaum mit mir zu kaufen?«

Ich sah das Leuchten in ihren Augen und konnte ihr nicht verdenken, dass sie die Weihnachtsstimmung dieses Jahr besonders genoss, was ich leider nicht teilen konnte.

Aber schließlich war sie in den letzten acht Jahren in der Vorweihnachtszeit immer allein und über die Feiertage bei mir in Boston gewesen, sodass sie auf Weihnachtsdeko großzügig verzichtet hatte. Ich erlöste sie schließlich mit meinem Nicken.

»Natürlich und wir werden ein besonders schönes Exemplar heraussuchen. Versprochen. Gute Nacht, Mom, und danke für den Tee.«

Sie warf mir eine Kusshand zu und verschwand wieder im Wohnzimmer.

In meinem Zimmer ließ ich mich aufs Bett fallen und schrieb Kim eine Nachricht, dass ich gut angekommen und schon zu Hause war.

***Kim:** Gut zu wissen. Liegt viel Schnee bei euch?*

***Hazel:** Viel Schnee? Das ist die Untertreibung des Jahrhunderts. Sämtlicher Schnee der nördlichen Hemisphäre ist anscheinend in Maple Falls runtergekommen.*

Schnell sprang ich auf, um aus dem Fenster heraus ein Foto zu schießen, welches ich ihr schickte. Sie antwortet mit einem erschrockenen Smiley und einem mit weit aufgerissenen Augen.

Kim: *Ist ja irre. Mach eine Schneeballschlacht mit Aiden und seife ihn ordentlich ein. Vielleicht verbuddelst du ihn auch einfach.*

Sie ergänzte ihre Worte mit einem Zunge herausstreckenden Smiley, was mich schmunzeln ließ. Netter Vorschlag, aber seine Eltern würden ihn wohl schnell als vermisst melden. Das kam also nicht infrage.

Hazel: *Keine gute Idee. Ich gehe ihm einfach aus dem Weg, so gut es eben geht.*

Kim: *Willst du meine ehrliche Meinung?*

Hazel: *Keine Ahnung, wozu, aber ja. Schieß los.*

Ich setzte ein Pistolen-Emoji ans Ende meiner Nachricht.

Kim: *Ich glaube ja, er ist bis über beide Ohren in dich verknallt und hat deswegen diesen Unfug gemacht. Um dich zu beeindrucken. Männer sind so. Die ticken so irre, kommt noch aus Neandertalerzeiten.*

Ob ich wollte oder nicht, ich musste herzlich lachen bei ihrer

Erklärung, während ich versuchte, mir vorzustellen, wie Herr Neandertaler sich als Mammut verkleidete oder als Säbelzahntiger oder was weiß ich, um eine Frau zu beeindrucken.

Hazel: *Du spinnst, Kimmy.*

Kim: *Und übrigens glaube ich, dass auch du nicht ganz frei von Gefühlen für ihn bist. Und damit meine ich jetzt nicht deine Wut auf ihn ...*

Einige Herzen zierten das Ende ihrer Nachricht und ich verdrehte genervt die Augen.

Hazel: *Ich kann dich beruhigen. Meine Gefühle für ihn halten sich sehr in Grenzen. Und damit meine ich auch nicht meine Wut auf ihn!*

Ich sah die hüpfenden Punkte, wartete ihre Antwort aber nicht ab. Der ganzen Gefühlsduselei überdrüssig, ging ich ins Bad und wenig später ins Bett, wo ich ewig nicht zur Ruhe fand, weil meine Gedanken Achterbahn fuhren und ich kaum hinterherkam.

22. Aiden

Das Schneeschaufeln hatte überhaupt nichts genützt. Es hatte die ganze Nacht über so kräftig geschneit, dass der Haufen, den ich zusammengeschoben hatte, mit den restlichen Schneemassen zu einem großen Ganzen verschmolzen war.

Also packte ich jetzt wieder mit an, um Pete und Jack, unserem Hausmeister, die Arbeit zu erleichtern.

Von meinem besten Freund wusste ich bereits, dass Hazel wieder in der Stadt war, und konnte an nichts anderes mehr denken. Es fiel mir schwer, der Unterhaltung zwischen Pete und Jack zu folgen, in der sie anscheinend beschlossen hatten, den Schnee mit der Schneefräse zu beseitigen. Hervorragende Idee, ich hatte nämlich das Gefühl, dass wir hier gegen Windmühlen kämpften und gar nicht vorankamen. Dabei sollte die Zufahrt zum Hotel so schnell wie möglich wieder befahrbar sein.

»Nimmst du mal?«, hörte ich Jack sagen, der mir seine und Petes Schneeschaufel entgegenhielt. Ich griff danach und stellte die Dinger seitlich des Eingangs wieder ab, während ich hinter mir schon das schwere Gerät brummen hörte.

Mein Job hier war also erledigt.

Rastlos tigerte ich durch das Hotel und versuchte, Hazel aus meinem Kopf zu vertreiben. Ich konnte mich nicht auf das Wesentliche konzentrieren, wenn sie darin herumspukte. Aber das musste ich, wenn ich wollte, dass die bevorstehende Großveranstaltung reibungslos verlief.

Heute Abend würde es noch mal ein Briefing mit unseren Angestellten und den Dienstleistern, die von außen dazukamen, geben. Auch Hazel und ihre Mom würden teilnehmen und allein der Gedanke daran, mit Hazel in einem Raum zu sein, die gleiche Luft zu atmen wie sie, ließ ein Feuerwerk in meinem Kopf explodieren. Ich musste mich dringend zusammenreißen, wenn ich das hier schadlos überstehen wollte.

Noch hatte ich allerdings keine Ahnung, wie unser Wiedersehen ablaufen würde. Unser letztes Gespräch war nicht so gut gelaufen, wie erhofft. Wieder und wieder hatte sie mir klargemacht, dass sie mir nicht vertraute und ich eigentlich keine Chance mehr bei ihr hatte. Dabei war es genau das, was ich wollte. Eine Chance. Ja, okay, eine weitere Chance, weil ich es schon viel zu oft vergeigt hatte ... Aber sie war diejenige, mit der ich in fünfzig Jahren drüben am Fluss stehen wollte, um den Stromschnellen zuzusehen, wie sie das Wasser verwirbelten. Mit ihr wollte ich durch die Berge wandern, im Fluss baden, auf den Wiesen herumliegen und in den Himmel starren. Mit ihr wollte ich den Rest meines Lebens verbringen, weil wir einfach füreinander bestimmt waren. Das waren wir schon immer, ich hatte es nur viel zu spät kapiert.

In meiner Ratlosigkeit beschloss ich, in der Küche nach dem Rechten zu sehen, obwohl ich wusste, dass Yuma alles im Griff hatte. Auf ihn war Verlass, er überließ nichts dem Zufall.

Er hatte noch weitere zehn Köche und Beiköche unter sich, die sich alle ausnahmslos an seine Regeln hielten. Auch der Menüplan, den er erstellt hatte, war außergewöhnlich und würde einschlagen wie eine Bombe. Die Leute würden sich alle zehn Finger danach lecken und wiederkommen wollen. Zugegeben, wir waren nicht darauf angewiesen, weil das Hotel auch so oft genug ausgebucht war, aber wenn wir es schafften, morgen trotzdem einen guten Eindruck bei den Gästen zu hinterlassen, dass sie wiederkommen wollten, wäre das ein echter Gewinn. Und das Essen war nun einmal ein maßgeblicher Faktor bei solchen Entscheidungen. In unseren Hotelbewertungen auf einschlägigen Internetseiten wurde es stets lobend erwähnt und ich freute mich jedes Mal, wenn ich Yuma wieder eine Bewertung zeigen konnte, in der sein Essen in den Himmel gelobt wurde.

»Hey, Mann, alles klar? Du siehst etwas ... mitgenommen aus.« Yuma war gerade mit den Vorbereitungen für den Mittagstisch beschäftigt. Alles lief sehr entspannt ab, Hektik und lautes Stimmengewirr suchte man hier vergebens. Im Hintergrund wurden Kartoffeln geschält, Gemüse geputzt und Fleisch sowie Fisch gegart. Desserts wurden vorbereitet und in kleine Gläschen abgefüllt, die bis zum Mittagstisch im

Kühlhaus auf ihren Einsatz warten würden.

»Hey«, brummte ich und hörte mich ziemlich mürrisch an. »Hab schlecht geschlafen. Hier läuft alles so weit?«

»Natürlich, wie immer. Und bist du sicher, dass es nur am schlechten Schlaf liegt? Oder steckt vielleicht eine Frau dahinter, die dir gehörig den Kopf verdreht hat, jetzt aber nichts mehr von dir wissen will?«

What? Woher wusste er das?

Mein Kopf ruckte in seine Richtung. Ich kniff die Augenbrauen zusammen und warf ihm bedrohliche Blicke zu, dass er anfing zu lachen.

»Oh oh, ich hab wohl voll ins Schwarze getroffen. Dabei habe ich nur geraten, ehrlich«, feixte er und beschäftigte sich nebenbei mit dem Fleisch, das vor ihm lag.

»Könnte sein, dass du recht hast, ja«, gestand ich. Yuma war ein feiner Kerl und ein guter Freund noch dazu. Er kannte weder Hazel noch unsere Vorgeschichte und ich vermutete, dass er nicht urteilen würde über das, was ich verzapft hatte.

Ich umriss in wenigen Sätzen, was passiert war und erwähnte am Schluss, dass Hazel heute Abend zum Briefing hier auftauchen würde und ich keinen blassen Schimmer hatte, was passieren würde.

»Alter, du sitzt ganz schön in der Scheiße.« Das brachte es gut auf den Punkt, war aber nichts, das ich nicht schon wusste.

»Erzähl mir was Neues«, murrte ich weiter.

»Wie sieht dein Plan aus?«

Ich verdrehte genervt die Augen. »Als ob ich einen hätte.«

»Hör auf jeden Fall auf mit der Scharade.« Geübt und fast

ohne hinzusehen, schnitt er das Fleisch in dünne Scheiben.

»Was du nicht sagst. Nächster Tipp?«

»Bist du in meine Küche gekommen, um in deinem Selbstmitleid zu versinken? Oder willst du Hilfe?« Für einen Moment unterbrach er seine Arbeit und sah mich mit strengem Blick an. Mir war klar, warum hier alles so glatt lief. Wenn er diesen Blick seinen Leuten zuwarf, blieb denen gar nichts anderes übrig als zu spuren.

»Beides, schätze ich«, gab ich zu und zuckte mit den Schultern.

»Gut, dann bekommst du Tipp Nummer zwei. Sei ehrlich zu ihr. Lügen ist scheiße. Verarschen ist auch scheiße ...«

Gerade als Yuma einen weiteren Ratschlag raushauen wollte, klingelte mein Handy. Es war Pete.

»Ja bitte?«

»Wo ist denn das Santa Claus Kostüm? Hast du das in deinem Appartement versteckt?«, wollte er aufgelöst wissen. Er nahm seinen Job als Mädchen für alles sehr ernst.

»Das habe ich in Boston verschenkt. Neulich, nachdem ...«

»Willst du mich verarschen?«, knurrte er ins Telefon.

»Nein, verarschen ist scheiße, habe ich gerade von Yuma gelernt.« Mein Blick glitt zu ihm und er sah mich feixend an, während er nickte und mir einen Daumen nach oben zeigte.

Ich winkte ihm noch kurz zu und verließ dann mit dem Telefon am Ohr die Küche, um in mein Büro zu gehen.

»Sag mal, bist du bescheuert? Woher soll ich jetzt noch ein neues Kostüm bekommen? Wir brauchen es morgen. Besser gesagt, du brauchst es morgen.« Er murmelte noch ein Idiot am Ende, was ich jedoch unkommentiert ließ.

»Zur Not lassen wir die Santa-Claus-Scheiße einfach weg, ich habe ohnehin gar keinen Bock drauf, den dicken alten Mann mit Rauschebart zu mimen.«

»Ob du Bock darauf hast oder nicht, spielt, soweit ich weiß, nur eine untergeordnete Rolle. Deine Mom meinte, dass du das durchziehst, so wie du es immer durchgezogen hast.«

Langsam wurde ich verärgert. »Meine Mom hat mit der Veranstaltung nichts zu tun. Ich lege fest, wer hier was zu tun hat. Du kannst gern den Santa spielen, wenn dir danach ist. Ich werde es garantiert nicht machen.«

»Wegen Greenie, oder? Mann, Aiden, also ehrlich, das ist doch bescheuert. Einen besseren Santa als dich kriegen wir nicht. Ich bin schon mal gar nicht dafür geeignet, weil ich meine Stimme nicht verstellen kann.«

Gott, sein Gejammer ging mir so auf die Nerven.

»Greenie muss es ja nicht mitkriegen«, quatschte er weiter und ich lachte bitter auf.

»Erstens hörst du sofort auf, sie Greenie zu nennen, wir sind keine gottverdammten Teenager mehr. Und zweitens mache ich es nicht, kapiert!«

»Jetzt pass du mal auf, bester Freund. Erstens nenne ich Greenie so, weil sie nun mal Greenie ist. Und zweitens ist das letzte Wörtchen noch nicht gesprochen.«

Ohne sich zu verabschieden, legte er auf.

»Blödmann«, grollte ich leise vor mich hin, während ich den langen Gang zu meinem Büro entlangschlurfte.

Haareraufend sank ich auf das Sofa, das in der Ecke stand und lehnte mich zurück.

Als ich zwei Stunden später wie gerädert aufwachte, fasste

ich einen Entschluss. Ich würde mir den Rest des Tages freinehmen. Es war der denkbar ungünstigste Zeitpunkt dafür, aber ich hatte das Gefühl, innerlich zu implodieren. Ich war leer und ausgelaugt und brauchte dringend eine Pause. Wenigstens für ein paar Stunden würde ich mich ausklinken, und heute Abend zum Briefing wäre ich wieder voll da.

Eine halbe Stunde später hatte ich den Hoteltrubel hinter mir gelassen und stapfte durch den tiefen Schnee Richtung Fluss. Die Stille um mich war atemberaubend und wurde lediglich von den Geräuschen des Wassers durchbrochen. Ab und zu knackte ein Ast im Wald, wenn ein Tier durchhuschte. Ansonsten war es still und ich spürte schnell, wie ich zum ersten Mal seit Tagen runterkam. Es war, als hätte ich die ganze Anspannung hinter mir gelassen, als wäre sie mit jedem Schritt von mir abgefallen.

Wenn die Stille nur auch meine Gedanken erfassen könnte, dann wäre ich wohl endgültig relaxed. Aber in meinem Kopf war es noch immer viel zu laut. Sollte ich Hazel einfach anrufen? Sie fragen, wie es ihr ging? Einfach mit ihr plaudern, als wäre nichts passiert?

Bescheuerte Idee. Vermutlich würde sie gar nicht erst rangehen.

Fakt war, ich musste dringend mit ihr reden. Ich musste es noch einmal versuchen, sie davon zu überzeugen, dass ich nicht das Arschloch war, für das sie mich hielt.

Mir war klar, dass die Wahrheit über Miranda sie völlig aus der Bahn geworfen hatte. Ich hatte ihr angesehen, wie schockiert sie darüber gewesen war, was ich ihr erzählt hatte. Ihr Blick war von einer Sekunde auf die andere leer gewesen, als sie erfahren hatte, was es mit ihrer vermeintlich besten Freundin auf sich gehabt hatte. Wie gerne hätte ich sie in diesem Moment in den Arm genommen. Ihr gesagt, dass sie drauf pfeifen konnte. Dass sie auf alle Mirandas der Welt verzichten konnte, weil ich für sie da war.

Stattdessen hatte ich aus der Ferne zusehen müssen, wie ihr Herz in Stücke brach. Schon wieder.

Ich musste es schaffen, dass sie mir wieder vertraute. Das war der Schlüssel. Aber ich hatte keine Ahnung, wie ich es anstellen sollte, dass sie überhaupt wieder mit mir sprach.

Für eine ganze Weile stand ich am Flussufer. Sah den Stromschnellen zu, wie sie das Wasser umherschleuderten. Große Felsbrocken lagen im Fluss und waren mit Schnee bedeckt. Die Berge im Hintergrund boten eine perfekte Kulisse, wie man sie in keinem Reiseprospekt besser erwarten konnte. Von hier hatte man einen fantastischen Blick aufs Hotel, das direkt am Waldrand thronte.

Die Luft war eisig und wenn mich eine Windböe erfasste, hatte ich das Gefühl, an Ort und Stelle festzufrieren. Aber es tat gut, hier zu sein, und es befreite mich in gewisser Weise.

Obwohl ich wirklich entspannt war, machte sich langsam, aber sicher Nervosität in mir breit. Die innere Leere war verschwunden und einem Prickeln gewichen, das aber auch gut damit zusammenhängen konnte, dass mir einfach kalt war. Mit kleinen Schritten trat ich auf der Stelle, um meine eisigen Füße zu wärmen, bevor ich wieder aufbrach und zum Hotel zurückkehrte. Langsam wurde es dunkel und es gab noch wahnsinnig viel zu tun.

Ich hatte wieder Kraft geschöpft für alles, was noch anstand, und den Rest ließ ich einfach auf mich zukommen.

23. Hazel

Ich hatte das Briefing gestern Abend geschwänzt. Stattdessen war meine Mom alleine hingegangen und hatte sich sämtliche Instruktionen angehört und brav notiert, während ich zu Hause gesessen und ferngesehen hatte.

Dafür war ich am Nachmittag alle Zutaten einkaufen gewesen, sodass wir gleich loslegen konnten, wenn sie aufgestanden war.

Es war erst fünf Uhr morgens und warum auch immer, aber ich war schon wach. Vielleicht war es Nervosität, vielleicht war es Aufregung, vielleicht aber auch ein bisschen von beidem, was mir den Schlaf geraubt hatte.

Schon vor einer halben Stunde hatte ich mich auf die Couch im Wohnzimmer gelegt, in dem der Weihnachtsbaum, den wir gestern ebenfalls gekauft hatten, bereits seinen Tannenduft verströmte. Es roch so gut und heimelig, dass ich einfach meinen Gedanken nachhing und irgendwann doch wieder wegdöste.

»Hazel, wach auf! Wir haben ein großes Problem«, hörte ich meine Mutter panisch aus der Küche und war schlagartig hellwach. Mit einem Ruck sprang ich vom Sofa auf und sprintete zu ihr.

»Was ist? Ist was passiert? Geht es dir gut, Mom?« Ich hörte mich mindestens genauso panisch an wie sie und rieb mir über die Augen, um richtig wach zu werden.

»Ja, mir geht es prima. Guten Morgen, mein Schatz. Hast du auf der Couch geschlafen?«

»Äh nein, aber ich konnte nicht mehr schlafen und habe mich hier noch mal hingelegt. Bin wohl eingenickt. Was ist denn los?«

»Noch mal eingenickt? Es ist neun Uhr.« In all der Hektik, die plötzlich ausgebrochen war, warf sie mir ein wärmendes Lachen zu. Neun Uhr? Ach du meine Güte, dann hatte ich ja doch nochmal eine ganze Mütze Schlaf bekommen.

Mit einem leisen »Ups« zog ich die Schultern hoch und machte mich daran, die Kaffeemaschine zu bedienen. Aber auch das hatte Mom längst erledigt, denn gerade als ich Wasser einfüllen wollte, hörte ich das Blubbern und im nächsten Moment fielen die ersten Tropfen in den Filter, aus dem gleich darauf mein Lebenselixier in die Kanne floss. »Nun sag schon, was ist los, Mom?«

»Ich habe keine Ahnung. Ich wollte den Backofen im Bistro vorheizen, damit er die richtige Temperatur für die Peanut Butter Honey Rounds hat. Aber er funktioniert einfach nicht.« Ratlos warf sie die Hände in die Luft.

»Wie, er funktioniert nicht?« Es dauerte ein paar

Sekunden, bis ich begriff, was sie da eben gesagt hatte. Ich hatte es nicht einmal mitbekommen, dass sie schon im Bistro gewesen war.

»Na, er heizt nicht«, erwiderte sie schulterzuckend.

»Scheiße«, stieß ich aus und füllte uns erst einmal Kaffee in zwei Tassen, gab etwas Milch dazu und für Mom noch einen halben Löffel Zucker. »Hast du den Techniker schon erreicht?«

»Wo denkst du hin? Die haben niemanden so kurzfristig frei. Frühestens am Montag kann jemand kommen. Wo sollen wir denn nun diese riesigen Mengen Plätzchen backen?«

Ich trank einen Schluck und setzte mich an den Küchentresen, um zu überlegen. Der Backofen im Bistro war um einiges größer als der in Moms Küche, ein richtiges Gastrogerät eben.

»Und wenn du einfach Morgan fragst? Der kennt sich doch bestimmt damit aus.« Morgan war der ältere Mann, dem die Reinigung gehörte. In Maple Falls genoss er den Ruf, dass er so ziemlich alles reparieren oder mindestens für alles mögliche Ersatzteile besorgen konnte.

Mom schüttelte den Kopf. »Morgan ist letztes Jahr gestorben, Schatz. Habe ich dir das nicht erzählt?«

»Oh, das tut mir leid.« Ich schluckte. Sie hatte es mir bestimmt gesagt, aber ich hatte es wohl wieder vergessen.

Eine Weile tranken wir schweigend unseren Kaffee und überlegten.

»Ich habs«, jubelte Mom regelrecht, stellte ihre Tasse schwungvoll ab und klatschte in die Hände. »Wir backen im Hotel. Ich rufe gleich Aiden an und sag ihm Bescheid. Das wird sicherlich in Ordnung sein, immerhin hat er auf die Kekse bestanden.«

Mit einem breiten Grinsen zwinkerte sie mir zu, während sie bereits zum Telefon griff.

»Nein, warte. Es gibt bestimmt eine andere Lösung. Wir könnten doch ...« Ich kam nicht dazu, weiterzusprechen, weil sie bereits telefonierte und Aiden, zumindest nahm ich an, dass er am anderen Ende war, die Lage schilderte.

Immer wieder nickte sie und sagte »Ja.« und »Aber natürlich.« und beendete das Gespräch mit »Wir kommen in einer Stunde. Bis dann und vielen Dank.«

Erleichterte atmete sie auf, legte das Telefon weg und sah mich freudestrahlend an. »Wir können alles im Hotel vorbereiten. Auch die Truthahn-Sandwiches und die Kürbiskuchen. Aber wir haben noch genügend Zeit, um zu frühstücken. Du siehst hungrig aus.«

Das Bild täuschte. Mir war speiübel. Ich war nicht darauf vorbereitet, Aiden so schnell und vor allem so lange zu sehen. Für mich wäre es ausreichend gewesen, ihn morgen Abend zu ertragen, wenn es ohnehin unvermeidbar wäre. Aber heute den ganzen Tag mit ihm unter einem Dach zu verbringen, war zu viel für meine Nerven.

»Nein, danke. Mach dir keine Umstände, ich habe keinen Hunger«, sagte ich schließlich und trank meinen Kaffee aus.

»Aber Kindchen, du musst etwas essen.«

Ich schüttelte den Kopf. »Nein, wirklich. Ich brauche nichts, danke.«

»Na gut, aber sag Bescheid, wenn du Hunger hast, ja?«

»Mom, ich bin schon groß und kann mich ganz gut um mich selbst kümmern.«

Mit einem mulmigen Gefühl im Magen umrundete ich den Tresen und nahm meine Mutter in den Arm. Es beruhigte mich, dass sie meinen Rücken streichelte und einfach nichts weiter sagte.

Eine Stunde später hatten wir den Kofferraum ihres alten Seats vollgeladen und waren startklar. Dicke Schneeflocken fielen auf die Windschutzscheibe, die ich eben erst freigefegt hatte. Der eiskalte Wind rupfte immer wieder an meiner Nasenspitze und ließ mich erschaudern. Während ich auf Mom wartete, rieb ich mir die Hände und trat von einem Bein aufs andere, weil es einfach schrecklich kalt war.

Endlich erschien sie in der Tür. »Fahr du schon mal los, Hazel. Ich muss noch mal ins Bistro und komme dann nach«, rief sie mir zu.

»Was? Warum? Ich kann dich doch absetzen und warten?«

»Nein, nein, das kostet zu viel Zeit.« Aufgeregt wedelte sie mit den Armen herum. »Fahr los und bereite den Teig für die Kekse schon mal vor, du weißt ja, der muss noch etwas ruhen, bevor man ihn weiterverarbeiten kann.«

Meine Schultern sackten nach unten. Verlangte sie gerade von mir, dass ich das alles alleine wuppte? Nein, sie hatte gesagt, sie würde gleich nachkommen, oder? Mit ein paar tiefen Zügen atmete ich die kalte Luft ein, dass meine Lunge brannte. Es fühlte sich an, als würde sie von innen erfrieren. Beim Ausatmen tanzten kleine Wölkchen vor meinen Mund und verzogen sich schnell.

»Ich beeile mich. Bis dann, mein Schatz, und fahr vorsichtig«, rief sie mir winkend zu und ich stieg in den Wagen.

Ich konnte nicht glauben, dass ich gerade alleine auf dem

Weg ins Hotel war, um dort zu backen und zu kochen. Es war nicht so, dass ich es nicht konnte. Schließlich hatte ich als Kind oft genug mit ausgeholfen und wusste genau, wie Mom den Truthahn zubereitete und die Kürbiskuchen machte. Aber die Frage war, würde ich es alleine schaffen, so große Mengen herzustellen? Keine Ahnung, zweihundert Sandwiches? Mehrere Hundert Peanut Butter Honey Rounds, die in kleine Tütchen abgefüllt werden sollten? Und zehn Kürbiskuchen?

Kurzum – ich war heillos überfordert mit all dem. Trotzdem kam ich zwanzig Minuten später am Hotel an und fuhr direkt zum Lieferanteneingang, wo ich schon erwartet wurde.

Ein junger Mann mit dunklen, halblangen Haaren, die er zum Zopf gebunden hatte, stand am Eingang. Er trug typische Küchenkleidung und lächelte freundlich, als ich ausstieg und auf ihn zuging.

»Hi, du bist Hazel, oder?«

Ich nickte und griff nach seiner Hand, die er mir entgegengestreckt hatte.

»Ich bin Yuma, eigentlich der Küchenchef hier, aber für die nächsten Stunden gehöre ich ganz dir.«

Ein Lachen kam über meine Lippen. Er war witzig und wirklich attraktiv. Aiden hatte mir gar nichts von ihm erzählt.

»Das hört sich gut an«, erwiderte ich und öffnete den Kofferraum.

»Sieht nach viel Arbeit aus. Aber hey, ich weiß, dass die Gerichte deiner Mom stadtbekannt sind und morgen Abend nicht fehlen dürfen.«

Als würden wir uns schon lange kennen und jedes

Wochenende zusammen hier arbeiten, begann er, die Kisten und Körbe auf einen Wagen zu laden.

Ich trottete ihm hinterher, als er den Wagen in die Küche schob, wo er alles fein säuberlich auspackte und für mich zurechtlegte.

»Wie ist dein Plan?«, wollte er wissen und hatte die Hände in die Hüften gestemmt.

Plan? Welcher Plan?

»Äh ... Also ... Zuerst muss ich wohl den Teig für die Peanut Butter Honey Rounds machen, der braucht etwas Zeit zum Ruhen. Dann kümmere ich mich um die Truthähne und zum Schluss mache ich dann die Kürbiskuchen, damit die bis morgen richtig schön durchziehen.« Nur gut, dass Mom mir das Rezept für die Kekse noch mal aufgeschrieben hatte.

Yuma nickte und flitzte durch das riesige Küchenareal, in dem lauter Geräte und Arbeitsflächen aus Edelstahl blitzten. Es war kein Vergleich zu den Bedingungen in Moms Bistro.

»Okay, du hörst dich an wie ein Profi«, lachte Yuma hinter mir und band sich eine Schürze um. Mir reichte er ebenso eine aus schwarzem Stoff, in den mit goldener Stickerei der Hotelname eingearbeitet war. »Steht dir hervorragend. Falls du mal auf Jobsuche bist, ich würde dich mit Kusshand nehmen.«

Sein Kompliment schmeichelte mir, aber ich lehnte dankend ab. »Ich habe in Boston den besten Job der Welt und würde im Traum nicht daran denken, zu wechseln. Aber netter Versuch, es ehrt mich.« Mit einem verschmitzten Lächeln auf den Lippen zwinkerte ich ihm zu.

»Du warst gestern Abend nicht zum Briefing, oder? An so

ein bildhübsches Gesicht hätte ich mich erinnert.« Der Küchenchef war ein Charmeur vorm Herrn. Es gefiel mir, auch wenn ich schnell merkte, dass nicht viel dahintersteckte außer Koketterie. Viel lieber wäre es mir gewesen, wenn Aiden so drauf wäre. Aber nein, der zog es vor, wie die buchstäbliche Axt im Walde durch mein Leben zu toben.

»Ich war ... ähm, verhindert. Dringender Zoomcall, der Job in Boston, du weißt schon«, log ich und hoffte, dass Yuma nicht merkte, wie sich meine Wangen röteten. Ich war nicht zum Briefing gegangen, um Aiden aus dem Weg zu gehen.

»Schade«, stellte er fest, während ich dabei war, Butter abzuwiegen. »Ich glaube, Aiden war etwas traurig, dass du nicht da warst.«

Was sagte er da? Als ob ein Aiden Williams traurig wäre. Und wenn schon, das hatte er sich selbst zuzuschreiben. Dieser Vollidiot hatte mich erst zum Gespött der Stadt gemacht und mich dann erschreckt, dass mir Hören und Sehen vergangen war. Damit kam niemand ungeschoren davon.

»Ich gehe davon aus, dass es ausgereicht hat, dass meine Mutter da war. Sie kommt hoffentlich gleich nach, um mich zu unterstützen.«

»Fein, dann habe ich eher Feierabend. Möchtest du einen Kaffee?«

»O ja, sehr gerne. Ich bin wirklich total müde«, erwiderte ich und wie auf Kommando spürte ich den fehlenden Schlaf in meinen Gliedern.

Yuma machte sich daran, die große Kaffeemaschine zu bedienen, mit der man mehrere Tassen gleichzeitig füllen konnte. Ich wurde stutzig, als ich drei Kaffeebecher sah.

»Ich weiß ehrlich gesagt gar nicht, wann Mom kommt. Bis dahin ist ihr Kaffee bestimmt kalt«, gab ich zu bedenken, während das heiße Wasser mit lautstarkem Blubbern durch die frisch gemahlenen Bohnen gepresst wurde. Augenblicklich füllte der Duft von frisch gebrühtem Kaffee den Raum und ich atmete tief ein, weil ihn so mochte.

»O nein, sorry, der ist für Aiden. Normalerweise kommt er immer runter und holt sich seinen Kaffee selbst. Aber heute habe ich ihn noch nicht gesehen, deswegen bringe ich ihm die Tasse ins Büro.«

Was für ein netter Kerl Yuma doch war.

Aiden hatte also nicht vor, sich heute in der Küche blicken zu lassen. Ich musste mir noch darüber klar werden, ob ich diesen Umstand beruhigend fand oder ob es mich ärgerte, dass er mir aus dem Weg ging. Andererseits ging ich ihm auch aus dem Weg, und zwar solange es möglich war.

Meine persönliche Küchenhilfe verschwand mit den Worten »Bin gleich wieder da.« und ich hatte endlich meine Ruhe.

Die legendären Peanut Butter Honey Rounds hatte ich schon früher oft mit meiner Mom gemacht, sodass ich bei der Zubereitung routiniert vorging. Jeder Handgriff saß. Allerdings war ich froh, dass Yuma bereits den Backofen angestellt hatte, denn mit dem riesigen Teil und den technischen Raffinessen konnte ich mich beim besten Willen nicht anfreunden.

Während der Teig im Kühlschrank ruhte, begann ich die Füllung für die Truthähne vorzubereiten. Diese kamen dann über Nacht bei einer recht niedrigen Temperatur in den Ofen und morgen früh würde das Fleisch butterzart von den Knochen fallen. Den Coleslaw würde ich heute Abend als Letztes zubereiten, damit auch der schön durchziehen konnte, und morgen Vormittag mussten wir dann nur noch die Sandwiches belegen.

Ich hatte keine Ahnung, wie lange Yuma weg war, und auch nicht mitgezählt, das wievielte Blech mit Keksen ich gerade in den Ofen geschoben hatte, als die Tür mit einem leisen Quietschen aufging.

»Yuma, hast du noch ein paar Backbleche?«, rief ich und kramte in einem der Schränke unter der Arbeitsplatte.

»Hm«, hörte ich ein Brummen, gefolgt von einem dumpfen Geräusch, weil er vermutlich etwas abgestellt hatte.

»Wo denn? Ich kann nichts finden.« Ich steckte mit dem Kopf ziemlich tief im Schrank, als ich seine Hand auf meinem Rücken spürte und heftig zusammenschrak. Bei dem Versuch, schnell wieder hervorzukriechen, stieß ich mir derart den Kopf, dass ich laut fluchte.

»Scheiße, verdammt.« Ich hielt meine Hände schützend über die Stelle an meinem Hinterkopf, die schmerzhaft pulsierte, bevor ich mich erhob und gleich noch einmal erschrak. Das Blut gefror mir in den Adern, als ich sah, dass es nicht Yuma war, der mich eben berührt hatte.

»Du?«, keifte ich Aiden an und machte ihn insgeheim für meinen Zusammenstoß mit dem Schrank verantwortlich.

»Was dagegen?«, knurrte er. Für meinen Geschmack stand er viel zu nah vor mir. So nah, dass ich sein Parfüm riechen und das angriffslustige Blitzen in seinen Augen sehen konnte.

»Nein, ist ja dein Hotel. Du kannst dich hier also frei bewegen.« Es fiel mir schwer, mich von seinem unglaublich sexy Anblick zu lösen, aber ich zwang mich, mit der Arbeit weiterzumachen.

»Kommst du klar hier?«

»Selbstverständlich.« Ich hatte gerade nach dem Messer gegriffen, eines dieser japanischen, ultrascharfen Dinger, das selbst Stein schneiden würde, und hackte wie verrückt auf die Zwiebel ein. Was bildete sich dieser Kerl eigentlich ein? Glaubte er tatsächlich, er konnte hier antanzen und bisschen auf Schönwetter machen? Dieser aufgeblasene ... Santa Claus, der er war. Er konnte mir gestohlen bleiben.

»Sieht ehrlich gesagt nicht danach aus«, stellte er fest und es nervte mich gewaltig, dass er recht hatte, denn ich verlor gerade dezent die Kontrolle.

Wo? Steckte? Meine? Mutter?

»Ich habe alles im Griff.« Innerlich schüttelte ich mich und riss mich zusammen, schnitt die Zwiebeln in große Ringe, halbierte die Trockenpflaumen und gab alles in dafür vorbereitete Schüsseln.

Aiden lehnte sich währenddessen neben mir an die Arbeitsplatte und verschränkte die Arme vor der Brust, um mir danach genauestens auf die Finger zu sehen.

Krampfhaft versuchte ich, ihn zu ignorieren. Aber es gelang mir nicht. Also rutschte ich mit meinem Schneidbrett und den Zutaten einfach ein Stück von ihm weg. Hatte ich allerdings gedacht, ihm so ausweichen zu können, hatte ich mich getäuscht. Denn er machte ein Spiel daraus und rutschte nach.

Schließlich legte ich das Messer geräuschvoll ab und sog scharf die Luft ein. »Was soll das, Aiden? Willst du mir irgendwas sagen? Kann ich was für dich tun?«, stieß ich genervt durch meine zusammengepressten Zähne aus.

»Hm, also eigentlich wollte ich dich fragen, ob ich dir helfen kann?«

»Was ist mit deinem Küchenchef? Hast du ihn extra abgezogen, um selbst herzukommen?«

Ich war wirklich verärgert. Um keinen Preis wollte ich ihn hier haben, schon gar nicht als Helfer.

»Was? Nein, das habe ich nicht. Ich bin aus freien Stücken hier und Yuma wird auch gleich wieder da sein.«

Ja, genau. Das hatte meine Mutter vor ein paar Stunden auch schon gesagt. Und von ihr fehlte noch jetzt jede Spur.

Aber gut. Vielleicht würde es mir helfen, wenn ich die Situation einfach annehmen würde. Einfach akzeptieren würde, dass er hier war. Mehr nicht. Auf gar keinen Fall würde ich ihn einbinden oder gar um Hilfe bitten.

Der Backofen piepte und ich holte zwei weitere Bleche mit Keksen heraus, die verführerisch dufteten, um die nächsten gleich hineinzuschieben. Es war wie eine never ending story und ganz bestimmt würde ich in der kommenden Nacht von Keksteig träumen.

Aiden sah mir eine Weile zu, bevor er an mir vorbeiging und sich an den bereits ausgekühlten Cookies zu schaffen machte.

»Wie viele kommen in eine Tüte?«, wollte er wissen und begann, einige Kekse übereinanderzustapeln.

»Immer fünf kommen in eine der Papiertüten, dann eine Schleife drum und das Preisschild. Die liegen da drüben.« Ich nickte auf die andere Seite, wo meine Tasche stand und ein Korb mit weiteren Utensilien, unter anderem auch die beschrifteten Schildchen.

»Okay, dann übernehme ich das mal, wenn du einverstanden bist.« Als bräuchte er meine Zustimmung, verharrte er einen Augenblick und sah mich mit festem Blick an, dass mir ganz anders wurde. Heiß und kalt, wohlig und übel zugleich – und ich hasste mich dafür, dass ich so auf ihn reagierte, nach all dem, was er abgezogen hatte. Trotzdem war ich dankbar, dass er gewisse Themen einfach nicht ansprach und mich stattdessen arbeiten ließ.

Auf der Suche nach einer größeren Schüssel öffnete ich mehrere Schränke und Schubladen. Nach welchem System die Sachen auch immer hier sortiert waren, es war grauenhaft, sich zurechtzufinden. Vielleicht sollte ich Yuma einen Tipp geben? Wobei, nein, das stand mir nicht zu. Es war seine Küche und im Normalfall waren auch nur er und sein Team hier zugange.

Im Hintergrund hörte ich das Rascheln der Papiertüten, mit denen Aiden sich abmühte. Ich gestattete mir einen Moment, um ihn aus dem Augenwinkel heimlich zu beobachten. Er gab sich wirklich Mühe, dass die Schleifen ordentlich aussahen, aber er war nun mal ein Mann und so sah das Ganze dann auch aus. Kurz überlegte ich, einzugreifen, denn ich hatte mir die optische Erscheinung unserer Kekse etwas anders vorgestellt, aber ich ließ ihn machen.

»Ist das richtig so?« Als hätte er meine Gedanken gelesen oder gewusst, dass ich ihn musterte, drehte er sich zu mir und sah mich mit hochgezogenen Augenbrauen an. In einer Hand hielt er eine fertige Tüte, die – na ja, sagen wir mal – optimierungsfähig aussah.

Ich kam mich nicht umhin, mir ein Schmunzeln zu

verdrücken. Denn eigentlich fand ich es wirklich süß, dass er da war und mit anpackte. Immerhin war er ein Mitglied der Führungsetage und hatte sicher andere Sachen zu tun, als fettige Kekse einzupacken und Schleifen zu binden.

»Ja, geht so. Vielleicht könntest du ... Ach warte, ich zeigs dir.« Mit ein paar Schritten überwand ich die Distanz zwischen uns und spürte, wie innerlich alle Alarmglocken schrillten. Zu nah! Viel zu nah!

Als ich ihm die Papiertüte aus der Hand nahm, berührten sich unsere Finger. Nur kurz, aber allein das reichte, um mein Herz für den Bruchteil einer Sekunde gehörig aus dem Takt zu bringen. Es holperte und stolperte und überlegte, ob es Purzelbäume machen oder lieber in die Hose rutschen sollte. Meine Atmung hatte sich beschleunigt, dass es kaum auszuhalten war.

»Ist alles okay?«

Er musste es auch gespürt haben, so wie er mich gerade ansah. Dieses warme Funkeln in seinen Augen, die mir einen Tick dunkler erschienen als sonst.

»Ja natürlich.« Schnell begann ich, die Schleife zu lösen und zeigte ihm, wie er sie binden konnte, ohne dass es aussah, als hätte ein Vierjähriger hier versucht, kreativ zu werden. »Und das Ende dann hier durch und voilà, fertig.«

»Viel schöner als meins. Bei dir sieht das so einfach aus.« Seine Anerkennung ging runter wie Öl. Ich war wehrlos gegen sein Kompliment.

»Ach was, du bist auf dem richtigen Weg.« Ein unsicheres Lächeln zupfte an meinen Mundwinkeln, die sich leicht nach oben verzogen.

Er erwiderte es strahlend und zum ersten Mal seit Langem

lag so etwas wie Aufrichtigkeit in seinem Blick.

Nachdem die Magie dieses Moments verflogen war, beruhigte sich mein Herzschlag langsam wieder. Jeder arbeitete still vor sich hin. Insgeheim war ich Aiden sogar dankbar, dass er mir half, aber ich würde einen Teufel tun, ihm das auf die Nase zu binden.

Am späten Nachmittag waren die Peanut Butter Honey Rounds fertig verpackt. Die Truthähne warteten darauf, in den Ofen geschoben zu werden, und ich war gerade dabei, den Teig für die Kürbiskuchen zu machen, als Aiden unmittelbar neben mir auftauchte.

Hatte es sich anfangs unangenehm angefühlt, ihn hierzuhaben, so war dieses Gefühl verflogen und einer Art Routine gewichen. Wir kannten uns einfach schon ewig und wussten, wann wir uns in Ruhe zu lassen hatten. Gut, Aiden hatte diesbezüglich noch etwas Nachholbedarf, wie seine Aktionen zeigten. Aber ich glaubte tatsächlich, dass er begriffen hatte, warum das bescheuert war.

Nun stand er also direkt neben mir. Ich spürte seinen Atem an meinem Hals, als er zu mir sah und schloss für einen Moment die Augen, um tief durchzuatmen. Der Geruch seines Parfüms hatte sich längst mit den Düften der Küche vermischt und vernebelte mir regelrecht die Sinne.

Aus dem Augenwinkel sah ich, wie er ganz langsam, fast in Zeitlupe, einen Finger in meine Teigschüssel versenken wollte, um zu kosten. Wie paralysiert hörte ich auf zu rühren und folgte seiner Bewegung. Sah die Fingerspitze, die nur oberflächlich in den orangefarbenen Teig tauchte und die er gleich darauf an seine Lippen führte, ohne mich aus den Augen zu lassen.

Ich schluckte trocken. Hatte ich eben noch geglaubt, mein Herz hätte sich beruhigt, war es wieder dahin mit der inneren Ruhe. Wieder galoppierte es wild in meiner Brust und brachte mich völlig durcheinander.

Ein genießerisches »Hm« kam über Aidens Lippen, an denen etwas Teig hängen geblieben war. Kurz war ich versucht, mit dem Zeigefinger darüberzufahren und es wegzuwischen, aber er kam mir mit seiner Zunge zuvor und leckte einfach darüber. »Das ist so gut«, murmelte er und tauchte den anderen Zeigefinger ein.

»Hey, lass noch etwas übrig«, lachte ich auf und erstarrte im nächsten Augenblick, als ich registrierte, dass er den Finger diesmal an meine Lippen führte.

24. Aiden

»Keine Sorge, es wird reichen«, brummte ich und hatte keine Ahnung, was da eben passierte. Was mich ritt, ihr meinen Zeigefinger mit Teig zwischen ihre unfassbar schönen Lippen zu stecken und sie daran saugen zu lassen.

Schon die ganze Zeit über war es mir schwergefallen, die Finger von ihr zu lassen. Es hatte mich alles an Beherrschung gekostet, sie nicht einfach so hochzuheben, auf die kalte Edelstahlarbeitsplatte zu setzen und zu küssen.

Und jetzt stand ich hier, hatte Kürbiskuchenteig am Finger und berührte vorsichtig damit ihre Unterlippe. Ihre Zunge schnellte hervor, um den Teig abzulecken, bevor er heruntertropfen konnte. Täuschte ich mich oder genoss sie es genauso wie ich? Wie beiläufig fuhr sie mit der Zunge über meine Fingerspitze, um sie vom Kuchenteig zu befreien, und ich musste höllisch aufpassen, wenn ich nicht ganz die

Kontrolle über mich und meine Sinne verlieren wollte.

Gott, es war so verdammt schwer, ihr zu widerstehen. Hazel Greenwood war die pure Versuchung auf zwei Beinen. Die schönste noch dazu. Die sanftmütigste. Warmherzigste. Loyalste. Mir würden noch mindestens einhundert Eigenschaften einfallen, die ich an ihr mochte und schätzte. Stur und dickköpfig zum Beispiel.

Die Berührung ihrer Zunge auf meiner Haut sorgte dafür, dass ich hart wurde. Wenn ich nicht wollte, dass schon wieder etwas geschah, was ich hinterher bereute, musste ich mich zusammenreißen.

Ich atmete tief durch, bevor ich meinen Finger von ihren Lippen nahm, die sich so vertraut angefühlt hatten.

»Entschuldige«, raunte ich vorsichtshalber, weil ich befürchtete, sie würde gleich wieder auf mich losgehen. Aber nichts dergleichen geschah, was mich stutzig werden ließ. Anstatt mich mit einer Tirade an üblen Schimpfwörtern zu belegen, nahm sie mich mit ihrem verklärten Blick gefangen.

»Schon okay«, flüsterte sie und ich sah, wie schnell sich ihr Brustkorb hob und senkte. Gott, diese Brüste ... So verlockend, wie sie sich da vor mir auf und ab bewegten ... *Reiß dich zusammen, Williams*, ermahnte ich mich innerlich.

Hazel schüttelte sich kaum merklich und begann wieder, den Teig umzurühren. Allerdings nicht, ohne mir noch mal ihr bezauberndes Lächeln zu schenken. War das Eis zwischen uns eben gebrochen?

»Bleibt es dabei, dass du morgen Abend den Verkauf der Tombola-Lose übernimmst?«

Ihr Kopf ruckte in meine Richtung und ich sah an ihrem Blick, dass sie das anscheinend nicht mehr auf dem Schirm hatte.

»Oh. Äh, ja natürlich.«

»Prima. Wollen wir dann bei einem Glas Wein nachher noch mal alles durchgehen, damit du Bescheid weißt? Einzel-Briefing sozusagen?«

Nach kurzem Zögern nickte sie zaghaft.

»Okay. Aber ich brauche hier noch eine Weile, bis ich mit allem fertig bin und wieder aufgeräumt habe. Ich will Yuma kein Chaos hinterlassen.«

»Kein Problem, Haz. Ich helfe dir, dann geht es schneller.«

Und wir wären schneller in entspannterer Umgebung, aber das behielt ich natürlich für mich.

Die Stimmung zwischen uns hatte sich seit dem Kürbiskuchenteig verändert. Hazels Anspannung hatte sich zunehmend gelöst und es machte wirklich Spaß, ihr zuzusehen, wie routiniert sie vorging.

Wenn ich jetzt dem Impuls nachgab, die Haarsträhne, die ihr ins Gesicht hing, hinters Ohr zu streichen und ihre zarte Haut dabei zufällig mit dem Daumen zu streifen, würde ich für nichts mehr garantieren können ... Wahrscheinlich war sie sich dessen nicht bewusst, aber ich war ihr schon damals verfallen und das hatte sich bis heute nicht geändert.

Immer wieder huschte ein zartes Lächeln über ihre geschwungenen Lippen, während sie die Kürbiskuchen mit gehackten Pistazienkernen bestreute.

»Weißt du noch, als wir uns bei deiner Mom ins Bistro geschlichen und einen dieser sensationellen Kuchen aufgefuttert haben? Und dass wir beide am nächsten Tag mit ziemlich üblen Bauchschmerzen bestraft wurden?« Die

Erinnerung an damals flog durch meinen Kopf. Ich wusste noch sehr genau, wie wir uns nach unser Fressorgie Fotos hin- und hergeschickt hatten und einen Wettstreit am Laufen hatten, wem es schlechter ging und wer beschissener aussah. Die Fotos musste ich noch irgendwo auf der externen Festplatte haben, wo ich meine Daten regelmäßig sicherte.

»Natürlich weiß ich das noch. Und wie sauer Mom auf uns war, mit ihr war nicht mehr gut Kirschen essen für die nächsten Tage. Und jetzt weiß ich auch, warum. Weil es nämlich wahnsinnig viel Arbeit macht.«

Wärme flutete mein Herz, als ich sah, dass sie die Schüssel mit den Pistazien zur Seite schob, sich zu mir umdrehte, und wie ich rücklings an die Arbeitsfläche lehnte.

»Wie schön, dass du dich daran erinnern kannst, wie viel Spaß wir gemeinsam hatten«, sagte ich und biss mir gleich darauf auf die Zunge.

»Warum hätte ich das vergessen sollen, Aiden?« Mit schief gelegtem Kopf sah sie mich an. Ihre blauen Augen leuchteten im grellen Licht noch mehr als sonst. Ihre Wangen waren gerötet, die Schürze, die Yuma ihr vermutlich verabreicht hatte, wies einige Flecken auf. Sie sah hinreißend aus. Zum Anbeißen schön. Zum Niederknien verführerisch.

»Es hätte ja sein können, dass du das verdrängt hast«, erwähnte ich nur so nebenbei und wendete meinen Blick von ihr ab, damit ich nicht noch mehr unüberlegte Sachen sagte, die ich später bereuen würde.

»Verdrängt habe ich nur die unschönen Erinnerungen. Die schönen sind geblieben.«

Hazel biss sich auf die Unterlippe und verdammt, es war so schon schwer genug, nicht die Beherrschung zu verlieren.

Aber lange hielt ich das nicht mehr aus.

Langsam stieß ich mich von der Arbeitsplatte ab und stand mit einem Schritt unmittelbar vor ihr. Ihr Atem ging rasend schnell und sie vermied es, mich anzusehen, was mich nur noch mehr anheizte.

»Das hört sich gut an«, raunte ich und beugte mich leicht vor. Der süße Duft, der von ihr ausging, strömte in meine Nase und löste augenblicklich eine Flut von gleißender Hitze aus, die durch meine Adern schoss.

»Aiden, ich ...«, stieß sie keuchend aus, als ich noch etwas näher an sie herantrat. So nahe, dass gerade noch ein Stück Kürbiskuchen zwischen uns gepasst hätte.

Mit meinem Zeigefinger verschloss ich ihre Lippen. »Sch sch«, machte ich leise und zog sie, ohne darüber nachzudenken, in meine Arme. Mein Herz donnerte in meiner Brust und ich konnte nur hoffen, dass sie mich nicht zurückwies. Aber anstatt sich gegen meinen kleinen Übergriff zu wehren, lehnte sie sich an meine Brust, vergrub ihr Gesicht an meiner Schulter und begann zu weinen.

Scheiße. Hatte ich schon wieder etwas falsch gemacht? Vielleicht war es nur die Anspannung, die der heutige Tag mit sich gebracht hatte?

»Haz, sch, beruhige dich.« Sanft strich ich über ihren Rücken, hielt sie ganz fest und ließ sie weinen. Ihre Hände hatte sie gegen meinen Oberkörper gepresst, der an den Stellen, an denen sie mich berührte, regelrecht brannte.

»Du bist so ein Arsch, Aiden. Weißt du das?«, schluchzte sie und schniefte lautstark.

»Ich weiß. Und es tut mir so leid. Du weißt, ich würde alles dafür tun, es ungeschehen zu machen.« Meine Hände glitten ohne Unterlass über ihren Rücken.

»Ich habe versucht, dich zu hassen. Ich habe es wirklich versucht, weil du es so sehr verdient hast.« Mit ihren Händen drückte sie gegen meine Brust und brachte etwas Abstand zwischen uns. Zum ersten Mal seit gefühlten Minuten sah sie mir direkt in die Augen und wenn es überhaupt möglich war, brach mein Herz noch einmal in winzig kleine Stücke. Sie war verletzt, voller Traurigkeit und doch blitzte so etwas wie Sehnsucht in ihren Iriden auf. »Aber ich kann es nicht, ich kann dich nicht hassen, Aiden Williams. Es geht einfach nicht.«

Ihre Worte raubten mir buchstäblich den Atem. Was hatte sie da eben gesagt?

Tränen hatten sich in ihren langen Wimpern verfangen und umrahmten ihre Augen wie flüssige Bilderrahmen. Sie war so unglaublich schön, dass ich beschloss, meine Beherrschung zu vergessen.

Wie ferngesteuert legte ich meine Hände an ihre Wangen, wischte mit den Daumen die Tränen fort und legte meine Lippen vorsichtig auf ihre, schmeckte das Salz und ihre Verzweiflung und die Sehnsucht. Alles auf einmal war wie ein berauschender Cocktail, von dem ich nie genug bekommen würde.

»Ich mache es wieder gut«, brachte ich zwischen zwei Küssen hervor. »Wenn du mich lässt, Haz.«

»Ich weiß nicht, ob ich das kann, Aiden.« Ihr Mund hatte sich von meinem gelöst. »Du hast mein Vertrauen ...«

»Sch«, unterbrach ich sie abermals und legte den Zeigefinger auf ihre Lippen. »Ich bin mir ziemlich sicher, dass du es kannst. Die Frage ist eher, ob du es willst, Hazel

Greenwood. Willst du uns noch eine Chance geben?«

Es gefiel mir nicht, dass sie zögerte. Natürlich verstand ich es, aber es versetzte mir einen ordentlichen Seitenhieb. In mir tobte ein Orkan an Gefühlen, der mir das klare Denken fast unmöglich machte.

Verlegen wich sie meinem Blick aus. »Du brauchst mich doch gar nicht.« Die Worte kamen langsam und leise über ihre Lippen. »Du hast hier alles, was du immer wolltest. Ich bin in Boston ...«

»Hazel, ich ... Sieh mich an.« Sanft hob ich ihr Gesicht und hoffte, sie würde meinem Blick nicht länger ausweichen. »Du hast recht, ich brauche dich nicht. Aber ich will dich. Das ist ein erheblicher Unterschied. Ich will dich in meinem Leben haben, egal ob in Maple Falls oder in Boston oder am Arsch der Welt. Du bist die einzige Frau, die ich je mit ganzem Herzen wollte.«

Sie schniefte geräuschvoll und rang sich ein zaghaftes Lächeln ab. »Ich möchte dir so gerne glauben.«

»Dann tu es einfach. Es ist doch unwichtig, wo wir sind, was wir machen oder was wir haben. Es kommt doch viel mehr darauf an, wer an unserer Seite ist. Und ich wünsche mir nichts mehr, als dass du an meiner Seite bist.«

Ich hatte keine Ahnung, was meine Worte in ihr auslösten. Zwar sah sie mich endlich an, aber ich konnte nichts in ihren Augen lesen. Fast war es, als verließe mich der Mut. Aber Aufgeben war keine Option.

Liebe war, wenn kämpfen einfacher war als aufgeben. Und ich liebte sie mit allem, was ich hatte. Alles in mir war verrückt nach dieser Frau. Nach ihrem Geruch. Nach dem Gefühl ihrer Haut auf meiner. Nach ihrem glockenklaren

Lachen. Nach ihrer unbeschwerten Art und Weise, das Leben zu sehen. Das war schon immer so und würde sich auch nie ändern. Was und wie auch immer sie sich entscheiden würde, Hazel Greenwood war mein Schicksal. Und ich war ihres. Das musste sie nur noch erkennen.

Anstatt etwas zu sagen, nahm sie ihre Hände von meiner Brust, fädelte sie unter meinen Armen hindurch und schlang sie um meine Taille, um sich an mich zu lehnen. Es tat so gut, sie zu spüren. Ihren Herzschlag an meiner Brust zu fühlen, der ziemlich rasant war. Genau wie meiner. Ich zog sie fest an mich und zusammen verharrten wir so für ... keine Ahnung, wie lange. Es fühlte sich an wie endlose Stunden und ich hätte noch ewig so mit ihr hier stehen können.

Wir zuckten beide zusammen, als unsere Ruhe vom lauten Knarzen der sich öffnenden Küchentür unterbrochen wurde.

»Oh«, hörte ich Yuma, der hereingeplatzt war und sofort nach Betreten der Küche stockte. »Sorry, ich wollte nicht stören.«

Über Hazels Schulter hinweg gab ich ihm ein Handzeichen, dass er wieder verschwinden sollte. Das hier war unser Moment und ich glaubte tatsächlich, dass sie diesen einfach noch brauchte, um in mir wieder den zu sehen, den sie früher geliebt hatte.

Yuma beschwichtigte mich und suchte schnell, was er brauchte, dann verschwand er wieder und ich atmete innerlich auf.

Hazel hatte sich währenddessen kein bisschen gerührt. Noch immer lehnte sie einfach an meiner Brust. Ihre Atmung hatte sich verlangsamt, auch ihr Herzschlag galoppierte nicht mehr wie ein irres Rennpferd. Sie entspannte sich und das ließ mich hoffen.

»Ist alles okay?«, fragte ich sie schließlich, ohne den Körperkontakt zu unterbrechen.

»Hm«, murmelte sie. »Wir sollten aufräumen, damit Yuma seine Küche wiederbekommen kann.«

Eine Stunde später blitzte die Küche wie nie zuvor, mir stand der Schweiß auf der Stirn und auch Hazel war ziemlich fertig. Gerade legte sie ihre Schürze ab, als Yuma erneut zu uns stieß. Er verzog den Mund zu einem breiten Grinsen, als er in meine Richtung sah, und wackelte mit den Augenbrauen. Idiot.

»Wow, ist das meine Küche? Was habt ihr getan? Finde ich auch alles wieder?«, regte er sich gespielt auf und staunte nicht schlecht, dass wir das Chaos beseitigt und sein Refugium wieder in den Ursprungszustand zurückversetzt hatten.

»Natürlich.« Brüskiert stemmte Hazel die Hände in die Hüfte, lachte jedoch.

»Du siehst aus, als könntest du eine ordentliche Mütze Schlaf gebrauchen. Was hältst du davon, wenn du dir die gönnst, und ich kümmere mich mit meiner Mannschaft morgen um die Truthähne und die Sandwiches?«

Mein Blick wechselte zwischen Yuma und Hazel hin und her. Ich sah, wie sich ihre Augen weiteten.

»Das würdest du tun?«, hauchte sie dankbar. Es schien, als fiele eine riesige Last von ihr ab.

»Natürlich. Das ist kein Problem. Mit den Vögeln werde ich schon fertig.« Yuma lachte auf und hielt ihr seine Hand für ein High Five entgegen, das sie einschlug.

»Das wäre toll. Ich würde dir das Rezept dalassen? Meine

Mom flippt aus, wenn die Sandwiches auch nur einen Hauch von ihren abweichen. Du hältst dich also besser an die Vorgaben.« Sie reichte ihm ihr Notizbuch, nachdem sie die richtige Seite aufgeblättert hatte.

»Krieg ich hin, du kannst dich auf mich verlassen. Und jetzt raus mit euch, ihr Turteltäubchen, ich habe noch zu tun.«

Mit den Händen wedelte er herum wie ein Viehtreiber, der seine Tiere ins Gehege bringen wollte. Ein tiefes Lachen verließ meine Kehle und instinktiv griff ich nach Hazels Hand. Sie wehrte sich nicht und verschränkte ihre Finger mit meinen, während wir die Küche verließen.

»Meine Sachen«, stieß sie aus, als wir längst wieder draußen waren. Auf der Stelle kehrte sie um und ging noch mal zur Küche. Ein paar Minuten später kam sie mit ihrem Mantel und ihrem Rucksack wieder zurück. »Den Rest kann ich morgen holen. Yuma ist echt in Ordnung.«

»Ja, das ist er. Ein guter Koch und ein guter Kumpel«, gab ich ihr recht.

»Danke fürs Warten.« Ihre Stimme war nur mehr ein Hauch, bevor sie sich auf die Zehenspitzen stellte und mich auf die Wange küsste. Ich spürte ihre weichen Lippen, die über meine Bartstoppeln fuhren, bis hin zu meinem Mund, auf den sie mich auch noch mal küsste. Gott, ich liebte es, wenn sie das tat. Von mir aus konnten wir den lieben langen Tag rumknutschen. Ich würde nie genug von ihr bekommen und wollte wieder und wieder von ihr kosten und sie schmecken.

»Das mit dem Wein verschieben wir lieber, oder? Du siehst ziemlich müde aus. Soll ich dich nach Hause bringen?«, bot ich an, nachdem sie sich mit glühenden Wangen wieder von mir gelöst hatte. Für einen Moment fühlte ich mich wie als Teenager. Ein heftiges Kribbeln jagte durch meinen Körper und mein Schwanz zuckte freudig. Der einzige Unterschied zu damals war, dass ich diese Signale heutzutage deuten konnte und wusste, dass meine Selbstbeherrschung in drei, zwei, eins vorbei wäre. Wenn ich Hazel jetzt also nicht nach Hause brachte, würde sie in meinem Bett landen. Und ich wusste nicht, ob wir schon wieder so weit waren. Ich wollte ihr gern die Zeit lassen, die sie brauchte, um mir wieder vollends zu vertrauen.

Also ignorierte ich das Kribbeln und das Pulsieren in meiner Lendengegend und schnappte mir mein Mädchen, um es nach Hause zu bringen.

25. Hazel

Zwar war es schon spät am Abend, aber meine Mom war noch immer dabei, den Weihnachtsbaum zu schmücken, den wir erst vorgestern gekauft hatten. Die Kugeln waren rot, grün und gold und die Lichterkette tauchte das Wohnzimmer in weiches und warmes Licht. In einer Kiste auf dem Tisch angelte sie gerade nach den alten Figuren, die schon früher nie am Baum fehlen durften.

»Hey, mein Schatz, wie war dein Tag?«, trällerte sie, als wäre es ganz normal, dass sie mich heute versetzt hatte.

Ich holte tief Luft. Der Tag war ... anstrengend ... nervenaufreibend ... emotional ... und ...

»Na ja, wenn man davon absieht, dass du mich im Stich gelassen und mir nicht geholfen hast, dafür aber Yuma, der Küchenchef vom Hotel dafür umso hilfreicher war, war es eigentlich ganz produktiv«, sagte ich und spürte, wie die

Erschöpfung in meine Glieder kroch. Ich ließ mich aufs Sofa in die Kissen fallen und breitete die Arme links und rechts von mir aus, um mich zu entspannen.

»O Schatz, es tut mir so leid. Ich wollte noch kommen, wirklich.« Sie hatte das Schmücken unterbrochen und sich neben mich gesetzt. Ihre Hand lag auf meinem Oberschenkel und sie sah mich mit diesem mütterlichen Blick an, bei dem ich nur schwer böse sein konnte. »Es war wie verhext. Erst ging er wieder, dann wieder nicht. Dann ging er wieder und dann wieder nicht ...«

»Hm«, erwiderte ich lediglich. Ich war so kaputt.

»Aber schön, dass Yuma dir so geholfen hat, er ist ein wirklich feiner Kerl. Und seine Kochkünste sind mehr als exzellent«, schwärmte sie und ein Strahlen huschte in ihre Augen. »Habt ihr euch näher kennengelernt?«

Ich setzte mich ordentlich hin und nahm mir etwas von dem Tee, der in einer Kanne auf dem Tisch stand, trank einen Schluck und erzählte Mom dann von meinem Tag.

»Yuma war großartig, aber ich muss dich enttäuschen, er ist so gar nicht mein Typ.«

»Echt nicht? Also mich erinnert er ja an den Werwolf aus *Twilight*, wie hieß der gleich noch mal?«

»Jacob.«

»Ja genau, an Jacob erinnert er mich.«

Es stimmte. Yuma hatte zumindest rein optisch einiges mit ihm gemeinsam, nur dass seine Haare nicht ganz so lang waren wie die des Schauspielers.

»Aiden hat mir auch geholfen, als Yuma für ein paar Stunden verschwunden war. Vielleicht war er ja Vampire jagen oder so«, scherzte ich. Allein die Vorstellung, das Yuma mit dem Küchenmesser durch den Wald jagte, ließ mich auflachen.

»Lustige Vorstellung, aber wenn es dich beruhigt, er war kurz im Bistro, um mir mit dem Backofen zu helfen.«

»Wäre da nicht ein Techniker angebracht gewesen?« Jetzt dämmerte mir, warum Yuma so lange verschwunden gewesen war.

»Es ist doch keiner verfügbar, frühestens nächste Woche. Aber Yuma kennt sich auch ein bisschen aus, meinte Aiden, als ich mit ihm wegen des kaputten Teils gesprochen hatte.«

Moment. Mooooment!

»Mom, ist der Backofen überhaupt kaputt?« Warum nur kam mir das plötzlich alles sehr verdächtig vor? Das defekte Gerät am Morgen, ausweichen auf die Hotelküche, in der natürlich Aiden auftauchte, um zu helfen.

»War es okay für dich, dass Aiden dir unter die Arme gegriffen hat?«, wollte meine Mom wissen und grinste verschmitzt.

»Mom, hast du das eingefädelt? Willst du uns wieder verkuppeln? Wenn ja, kann ich dir gleich sagen, dass du dir das abschminken kannst. Er hat mir geholfen, ja, mehr aber auch nicht.«

»Hey, nun beruhige dich mal, trink noch einen Schluck Tee. Ich habe gar nichts eingefädelt. Es war ein dummer Zufall, mehr nicht.«

Sie stand auf und fischte wieder in der Kiste mit den Weihnachtsbaumanhängern herum. Gleich darauf förderte sie ein kleines Auto, einen Tannenbaum, einen Schneemann und ein Rentier heraus.

»Schau mal, die fandest du als Kind besonders schön.«

Versonnen lächelnd hängte sie die kleinen Schmuckstücke an den Baum.

Eine Weile sah ich ihr zu, lauschte Michael Bublé, dessen Weihnachtsalbum im Hintergrund leise lief. Keine Ahnung, was meine Mom an ihm fand, aber sie liebte ihn und seine Musik abgöttisch. Gut, er sang ganz passabel, aber optisch war er nicht mein Fall. Mom hingegen würde ihn vermutlich sofort heiraten, wenn er vor der Tür stehen würde.

»Ich glaube, ich gehe ins Bett.« Schrecklich müde gähnte ich ungeniert. »War ein langer Tag.«

»Schlaf gut, mein Kind. Morgen steht noch mal einiges an, aber da bist du nicht allein, versprochen.«

»Viel ist es nicht. Yuma übernimmt die Sandwiches, alles andere ist fertig«, sagte ich und ging zur Treppe.

Mom kam hinterher, erzählte noch einmal, wie toll sie Yuma und sein Engagement fand. Nachdem ich die ersten Stufen nach oben genommen hatte, sagte sie noch etwas, das mich aufhorchen ließ.

»Und übrigens, Hazel, dass Aiden dir nur geholfen hat, kaufe ich dir nicht ab.« Ich drehte mich um und sah gerade noch, wie sie mir zuzwinkerte. »Ich habe euch vorhin gesehen, als er dich nach Hause gebracht hat.«

Auf seltsame Weise fühlte ich mich ertappt. Automatisch glitt mein Zeigefinger an meine Lippen, auf die er mich zum Abschied noch einmal geküsst hatte. Es war, als fühlte ich ihn immer noch. Das leichte Kratzen seiner Bartstoppeln, der Geschmack von Peanut Butter Honey Rounds, von denen er beim Verpacken genascht hatte, sein Geruch ... Alles hüllte mich ein wie in einen Kokon, in dem ich es mir gemütlich machen wollte.

Ich zuckte nur mit den Schultern. Mehr musste ich wohl dazu nicht sagen, Mom wusste ohnehin Bescheid.

»Schön, dass ihr euch vertragen habt«, meinte sie und ging wieder ins Wohnzimmer.

Vertragen. Hatten wir uns vertragen? Oder hatten uns einfach unsere Gefühle übermannt? Waren wir vielleicht überarbeitet gewesen, dass wir so übereinander hergefallen waren? Wobei, das waren wir nicht, wir hatten uns geküsst. Viel. Und lange. Und intensiv. Und ... Meine Haut kribbelte, wenn ich nur daran dachte, wie gut er schmeckte und wie weich sich seine Lippen auf meinen angefühlt hatten.

Gedankenversunken verschwand ich in meinem Zimmer und schnappte mir mein Handy, um mich abzulenken. Ich checkte meine E-Mails. Amanda hatte mir zweimal geschrieben und um grünes Licht für die Marketingkampagne gebeten. Um die Unterlagen anzusehen, packte ich meinen Laptop aus und öffnete sie dort, das ging viel besser als am kleinen Handydisplay. Auf den ersten Blick war alles in Ordnung, genauso wie es mit der Abteilung und Mrs. Ocean besprochen war, sodass ich schnell meine Antwort tippte.

Mrs. Ocean hatte mir eine Voicemail hinterlassen, weil sie mich nicht erreicht hatte. Sie bat darum, sie wegen der Tombola auf dem Laufenden zu halten, und wollte gern wissen, wie unsere Produkte auf der anderen Seite des Landes ankamen. Die toughe Frau war wirklich sofort darauf eingestiegen und hatte alle Hebel in Bewegung gesetzt, um so viele Pakete wie möglich zu schnüren. Auch ihr schrieb ich gleich zurück, dass ich mich am Sonntag bei ihr dazu melden würde.

Dann wechselte ich auf dem Telefon in den Chat. Kim

wollte auch wissen, wie der Tag war und wie es mit Aiden lief. Pf, wenn sie wüsste ...

***Kim:** Und, wie lief es heute? Du fehlst hier.*

***Hazel:** Es war die Hölle. Der Backofen im Bistro ist heute Morgen kaputtgegangen und ich musste in der Hotelküche alles vorbereiten.*

Mit dem Absenden meiner Antwort änderte sich Kims Status auf online. Die drei Punkte hüpften sofort los.

***Kim:** Oh. Mein. Gott. Der Horror. Bist du IHM begegnet?*

Ans Ende ihrer Nachricht setzte sie einen Zombie-Emoji, was mich auflachen ließ. Sie war wirklich die coolste und lustigste Freundin auf dem ganzen Planeten.

***Hazel:** Aiden hat es sich natürlich nicht nehmen lassen, mir zu »helfen«. Aber es war okay.*

***Kim:** Es war »okay«? Was heißt okay? War es gut oder war es nicht gut?*

Für einen Moment hielt ich inne und überlegte, was ich antworten sollte, bis ich schließlich die Buchstaben tippte.

***Hazel:** Erst war es seltsam irgendwie. Ich wollte ihn wirklich nicht in der Nähe haben. Erstens, weil er ein Arsch ist und zweitens, weil ich aussah wie eine Küchenmagd.*

Kim antwortete mit drei lachenden Emojis.

***Hazel:** Lach nicht, es war wirklich nicht lustig. Eigentlich hatte mir Yuma, der Küchenchef, geholfen – der wäre übrigens voll dein Typ. Ich sag nur Jacob aus Twilight.*

Ich hängte den sabbernden Smiley dran und einen, der lachte. Es war hinlänglich bekannt, dass Kim schon immer Team Jacob war, während ich immer auf der Seite der Vampire gestanden hatte. Also wenn es um die Filme ging natürlich nur.

***Kim:** Ich buche sofort einen Flug und ein Zimmer in diesem Hotel. Aber erst erzählst du mir noch, wie es mit Aiden weiterlief.*

***Hazel:** Irgendwann haben wir dann noch mal geredet und na ja, dann ergab es sich so, dass wir uns geküsst haben. Und jetzt weiß ich nicht, was ich machen soll. Ich bin total durcheinander, weil ich eigentlich Abstand von ihm nehmen sollte.*

***Kim:** Uuuuhhhhh ...*

Zwei Flammen, zwei Kussmünder und zwei Herzchen-Emojis beendeten ihre Nachricht und ich schüttelte den Kopf.

***Kim:** Abstand? Ich glaubs wohl ... ihr habt euch geküsst, wer braucht da schon Abstand? Schnapp ihn dir, Hazel!*

Hazel: *Aber er hat mich ziemlich verarscht. Und angelogen. Und das nicht nur einmal.*

Kim: *Aber er hat ein großes Herz und hat das alles nur getan, weil er dich wiederhaben wollte.*

Hazel: *Dazu hatte er acht Jahre Zeit. ACHT JAHRE!!! Verstehst du? In der ganzen Zeit habe ich nichts von ihm gehört. Meine Mom hatte mehr Kontakt zu ihm als ich.*

Kim: *Lass es doch mal ruhen, was vergangen ist, ist vergangen. Überleg dir einfach, was du in Zukunft willst und ob du für ihn Platz in deinem Herzen hast.*

Hazel: *Hast du getrunken, Kimmy? Solche Weisheiten aus deinem Mund?*

Sie antwortete, indem sie mir ein Emoji schickte, das aussah wie sie und mit den Schultern zuckte.

Hatte sie recht? Sie hatte recht, oder? Ich wusste es nicht genau und las ihre Worte mehrmals. Ob ich für ihn Platz in meinem Herzen hatte ...

Hazel: *Okay, ich muss jetzt schlafen. Morgen wird noch mal heavy.*

Kim: *Pass gut auf dich auf. Und tu nichts, was ich nicht auch tun würde.*

Noch ein zwinkernder Smiley, dann war unsere Unterhaltung

für heute beendet und ich ließ mich in die Kissen fallen. Ich spürte jeden Knochen, jede Muskelfaser in meinem Körper, weil ich den ganzen Tag auf den Beinen gewesen war.

Gerade als ich das Telefon auf den Nachttisch legen wollte, plingte es erneut. Kim hatte sicher noch einen ihrer ach so guten Ratschläge vergessen. Die Augen verdrehend griff ich nach dem Gerät und sah, dass es Aiden war, der mir nur eine gute Nacht wünschen wollte.

Ich öffnete erneut den Chat, um ihm zu antworten.

***Hazel:** Dir auch gute Nacht. Und noch mal Danke für deine Hilfe heute.*

***Aiden:** Das war selbstverständlich. Yuma hatte ja kurzfristig deiner Mom helfen wollen. Geht denn alles wieder im Bistro? Ich hoffe, du kannst gut schlafen. Vielleicht träumst du ja von mir.*

Aiden verzichtete auf Smileys, typisch Mann eben.

***Hazel:** Ich glaube, Yuma hat es wieder hingekriegt.*

Noch immer hatte ich das Gefühl, Opfer einer fiesen Verschwörung geworden zu sein. Es fühlte sich zumindest so an ...

Wieder glitten meine Finger an meine Lippen, als ich Aidens Profilbild aufrief. Es war ein Selfie von ihm, wie er mit dicker Wollmütze mitten im Schneesturm am Fluss war. Im Hintergrund sah man die reißenden Stromschnellen und ein paar Schneeflocken hatten sich in seinen Wimpern verfangen. Auf seinen Lippen lag ein leichtes Lächeln und er sah genau in die Kamera. Ganz so, als würde er mich direkt anschauen.

Hatte ich da eben wirklich einen Screenshot gemacht? Ich spürte die Hitze in meinen Wangen und dieses Glühen, das mich innerlich erfasste. Das Ziehen in meiner Mitte und das Prickeln, das durch meine Adern jagte.

Ich war so wehrlos und nicht in der Lage, meine Mauern noch länger aufrechtzuerhalten. Stein für Stein bröckelte und löste sich aus der ohnehin schon angegriffenen Fassade.

Hazel: *Was machst du gerade? Arbeitest du noch?*

Aiden: *Nein, ich liege auf dem Bett und stelle mir vor, wie schön es wäre, wenn du hier wärst.*

Mein Herz machte einen gewaltigen Satz, als ich seine Worte las. Wieder lösten sich etliche Felsbrocken aus meiner Mauer und fielen mit dumpfen Geräuschen auf den imaginären Boden meiner Seele, wo sie schließlich zu Staub zerfielen.

Hazel: *...*

Die drei Punkte hüpften lange hin und her, weil ich eine Antwort tippte, die ich wieder löschte. Wieder neu tippte und wieder löschte.

Aiden: *War das too much? Wenn ja, dann entschuldige.*

Er kam mir einfach zuvor und das fand ich schon sehr süß.

Und je mehr ich darüber nachdachte, umso weniger fand ich es too much.

***Hazel:** Nein, gar nicht. Ich fände es auch schön.*

Hinter meiner Brust wummerte mein Herz aufgeregt. Meine Atmung beschleunigte sich, während ich mich vom Bett erhob und mich hinsetzte. Kurzerhand schloss ich den Chat und öffnete die Taxi-App in der Hoffnung, hier in der Einöde mitten in der Nacht ein Taxi zu bekommen. No way, hier ging gar nichts dergleichen. Da war ich von Boston, wo man zu jeder Tages- und Nachtzeit einen Wagen bestellen konnte, anderes gewöhnt.

Schade, ich war gerade so weit, den nächsten Schritt zu wagen und von mir aus auf Aiden zuzugehen. Ich glaubte ihm und ganz bestimmt würde ich es schaffen, ihm auch wieder zu vertrauen.

***Aiden:** Stell dir einfach vor, du wärst hier. Würdest in meinem Arm liegen und wir würden aus dem Fenster schauen und die Schneeflocken beobachten.*

Ich wollte mir das nicht länger vorstellen. Ich wollte in seinen Armen liegen. Genau jetzt. Am liebsten für immer und ewig wollte ich mit ihm aus dem Fenster in den Schneesturm schauen. Ich wollte seine liebste Schneeflocke sein und er sollte meine sein. Ich verwarf jeden Weihnachtswunsch, denn alles, was ich wollte, war Aiden Williams. Das war mir gerade bewusst geworden.

Kurzerhand schnappte ich mir meinen Rucksack, warf das

Telefon hinein und polterte gleich darauf die Treppe hinunter, dass meine Mom dermaßen erschrak, dass ihr eine der Glaskugeln aus der Hand fiel und auf dem Boden in Tausende Scherben zersprang.

»O nein, Mist. Sorry, Mom, das wollte ich nicht«, rief ich, während ich meinen Mantel vom Garderobenhaken nahm.

»Kein Problem, was ist denn los?«

»Ich ... Ich muss nochmal schnell ins Hotel, hab was vergessen. Kann ich vielleicht dein Auto nehmen?«

»Äh, ja, natürlich. Die Schlüssel liegen vorne im Flur in der kleinen Schale, die auf der Schuhkommode steht«, sagte sie und wirkte etwas irritiert.

»Ich muss auch nach den Truthähnen schauen«, ergänzte ich, um ihr glaubhaft zu versichern, dass ich nur deswegen noch mal wegmusste.

»Schon gut, du musst dich nicht rechtfertigen. Du bist erwachsen und kannst tun und lassen, was du willst. Fahr nur vorsichtig, ja?«

»Mach ich. Danke, Mom. Und warte nicht auf mich, es dauert sicher eine Weile, bis ich wieder da bin.«

Tatsächlich war ich gerade nicht sicher, ob ich heute überhaupt noch nach Hause kommen würde. Innerlich hoffte ich, morgen früh in Aidens Armen aufzuwachen.

***

Es war weit nach dreiundzwanzig Uhr, als ich mit hämmerndem Herzen an die Tür von Aidens Appartement klopfte. Ich lauschte in die Stille und hörte gleich darauf ein Poltern, dem ein kurzer Fluch folgte.

Mit einem Ruck wurde die Tür aufgerissen. »Was ist denn?«, fauchte er und riss die Augen auf, als er mich sah. »Haz? Was? Wie ...? Komm rein ...«

Er ging einen Schritt zur Seite, damit ich eintreten konnte. Aus dem Augenwinkel gönnte ich mir einen Moment, um ihn zu betrachten, wie er mit freiem Oberkörper und lediglich einer grauen Jogginghose bekleidet neben mir stand. Mit einer Hand fuhr er sich verlegen durch die verstrubbelten Haare, während er mit der anderen die Tür schloss.

»Hab ich dich geweckt?«, fragte ich und zog meinen Mantel aus, den ich über einen Stuhl hängte. Seine Wohnung war klein, aber es war alles da, was man brauchte und nichts, wirklich gar nichts erinnerte mehr daran, dass dies früher mal ein Hotelzimmer gewesen war. Es gab eine kleine Küchenecke auf der gegenüberliegenden Seite des Wohnzimmers, von dem es anscheinend auch ins Schlafzimmer ging.

Aiden schüttelte den Kopf. »Geweckt nicht, überrascht ja.« Blitzschnell war er bei mir und zog mich an seine nackte Brust, an die ich mein Gesicht presste. Ich inhalierte ihn förmlich, sog jedes Bisschen auf, das ich kriegen konnte. Es dauerte eine Weile, bis seine muskulösen Arme mich wieder freigaben und er seine Hände an meine Wangen legte, um meinen Kopf etwas anzuheben, damit ich ihm in die Augen sehen konnte. »Was verschafft mir denn die Ehre, Mrs. Greenwood?«, neckte er mich und küsste mich auf die Nasenspitze. »Möchtest du mir schon wieder die Leviten lesen oder treibt dich die Sehnsucht zu mir?«

»Du scheinst dir deiner ja ziemlich sicher zu sein. Eigentlich wollte ich nur noch mal nach den Truthähnen schauen«, log ich und verzog meinen Mund zu einem breiten Grinsen.

»Dann bist du hier leider falsch, in meinem Backofen befindet sich nur gähnende Leere. Aber gut zu wissen, dass ich nicht der Grund deines Besuchs bin.« Auch an seinen Mundwinkeln zupfte ein Lächeln und das Funkeln in seinen Augen sprach Bände. Es nahm mich sofort gefangen und ließ mich vergessen, wie ich hieß und wer ich war. Meine Hände lagen auf seiner nackten Haut, spürten die Wärme, die sich von ihm auf mich übertrug.

»Eigentlich bist du der Truthahn, wegen dem ich hergekommen bin«, flüsterte ich schließlich und drückte mein Becken fest an seine Lenden. Seine Reaktion darauf war prompt spürbar und sehr verheißungsvoll.

Aiden brach in schallendes Gelächter aus, bevor er mich erneut auf die Nasenspitze küsste. »Wie romantisch. Du bist wirklich die süßeste Person auf dem ganzen Erdball, Hazel Greenwood. Und wenn ich dein Truthahn bin, dann bist du mein Kürbiskuchen. Ganz wie du willst.«

Er murmelte seine Worte, ohne den Hautkontakt zu unterbrechen, während sich seine Lippen von meiner Nasenspitze über meine Wagen zu meinem Mund tasteten, wo sie mich schließlich in einen Kuss verwickelten, der mir regelrecht den Boden unter den Füßen wegzog. Aidens Hände schoben sich in meinen Nacken, drückten mich enger an ihn, dass es kein Entrinnen gab. Kein Zurück mehr. Eine Hand glitt über meinen Rücken und zupfte am unteren Ende meines Pullis, unter dem sie gleich darauf verschwand, um meine nackte Haut zu streicheln.

Unser beider Stöhnen vermischte sich, während unsere

Zungen sich leidenschaftlich miteinander verwoben, als wollten sie sich ein Versprechen geben. Es war so gut. So heiß. Und ich wollte so viel mehr.

Ich schlang meine Arme um seine Taille und vergrub meine Nägel in seinem Rücken, was ihn sofort aufkeuchen ließ. Es gefiel mir, dass er so auf mich reagierte.

Noch immer standen wir in seinem kleinen Wohnzimmer, eng umschlungen, und versanken ineinander wie nie zuvor.

Sein Kuss nahm mich gefangen, während seine Hand, die bereits unter meinem Pulli war, vorsichtig meinen BH öffnete und dann nach vorn auf meinen Bauch wanderte. Ein wohliger Schauer rieselte über meine Wirbelsäule, als Aidens Fingerspitzen auf meine Brust trafen, sie erst zaghaft, dann begehrlicher berührten und kneteten. Dass seine Lippen dabei die ganze Zeit auf meine gepresst waren und wir uns gegenseitig die Luft zum Atmen nahmen, heizte mich nur noch mehr an.

Fordernd tanzten meine Finger über seinen Rücken, gruben sich fest in seine Muskeln, um im nächsten Moment wieder federleicht über seine Haut zu fliegen. Schließlich nestelte ich am Bund seiner Jogginghose, um festzustellen, dass er keine Boxershorts trug. Als hätte es die letzten acht Jahre und all seine Verfehlungen nicht gegeben, begann ich, sein knackiges Hinterteil zu kneten und presste ihn fest gegen mein Becken, um dem verlangenden Pochen zwischen meinen Beinen nachzugeben.

»O Gott, Haz, was tust du?«, keuchte er in meinen Mund und schob meinen Pulli weiter nach oben, bevor er sich von meinen Lippen löste. Sein heißer Blick traf mich und schon im nächsten Moment hatte er mich auf seine Hüften gehoben und trug mich ins Schlafzimmer, wo er mich sanft aufs Bett fallen ließ.

Er musste mir nicht sagen, dass ich mich ausziehen sollte. Das tat ich ganz von selbst und entledigte mich langsam und ziemlich aufreizend meiner Kleidungsstücke. Ich ließ mir Zeit damit, hielt den Blickkontakt und wartete darauf, dass auch er die Hüllen buchstäblich fallen ließ.

Aiden stand vorm Bett, betrachtete mich und biss sich auf die Unterlippe, als ich meinen Slip auszog und ihn auf den Boden warf.

»Willst du nur zugucken oder auch mitmachen?«, hauchte ich lasziv und rekelte mich auf dem dunkelblauen Laken aus Satin, das leise unter mir raschelte.

»Gute Frage. Ich schätze, ich will beides.« Während er mit mir sprach, legte er die Hand auf die Beule, die sich mehr als deutlich hinter dem grauen Stoff abzeichnete. Er rieb darüber und leckte sich gierig über die Lippen.

Mir war heiß und das Pochen in meinem Schoß wurde immer stärker, dass ich es kaum noch unter Kontrolle hatte. Unter seinem verlangenden Blick umschloss ich meine Brüste mit meinen Händen, knetete sie und spielte mit den Brustwarzen, was ihm ein lautes Stöhnen entlockte.

Schnell streifte er sich die Hose von den Beinen, aus dem Augenwinkel sah ich gerade noch, wie er eine Handvoll Kondome aus dem Nachttisch fischte. Eine Handvoll! Was zur Hölle hatte dieser Mann mit mir vor?

Allein die Vorstellung, dass er mich wieder und wieder lieben würde, sorgte dafür, dass heiße Schauer mich erfassten und mich hemmungslos aufstöhnen ließen.

Mit einem Satz war er halb neben, halb auf mir. Küsste

mich fordernd. Umschloss meine Handgelenke, die er seitlich meines Kopfes ins Laken drückte, während er ein Bein zwischen meine Schenkel schob und seinen Oberschenkel an meine Mitte presste. Gott, es fehlte nicht viel und ich würde allein davon kommen.

Ausgehungert und sehnsüchtig empfing ich seine Berührungen, genoss, was er mit mir anstellte und wand mich unter ihm. Rieb mich an seinem Oberschenkel und spürte seine heftige Erektion.

»Ich will dich, Haz, jetzt«, raunte er, nachdem er eine heiße Spur von meinen Lippen zu meinem Ohr geküsst hatte, fuhr an meinem Hals hinab und saugte an meinem Puls, dass ich innerlich fast explodierte.

Unfähig auch nur ein Wort zu sagen, nickte ich, um ihm so zu sagen, dass auch ich ihn wollte. Und zwar um alles in der Welt. Ich wollte ihn. Ich brauchte ihn.

Mit geschickten Bewegungen zog er schnell das Kondom über und im nächsten Augenblick spürte ich seine pralle Spitze an meiner Mitte. Ich zog meine Beine an, schlang sie um seine Hüften, wollte ihn so tief wie nur möglich in mir spüren.

Unsere Körper verschmolzen miteinander wie draußen der Schnee, der still auf die Erde fiel und zu einer weißen Decke wurde. Im Einklang bewegten sich unsere Becken, gaben sich einem eigenen Rhythmus hin, dem ich mich nicht entziehen konnte. Aiden stieß kraftvoll in mich, nahm mich mit jedem Stoß in Besitz und ich liebte es, ihn so zu spüren.

Das Kribbeln begann heftig in meinen Fußsohlen und rauschte von da aus raketenartig durch meine Blutbahnen, um sich in meiner Körpermitte ekstatisch zu entladen. Ich kam so hart wie lange nicht mehr. Und während ich förmlich unter ihm explodierte, stieß Aiden noch ein paar Mal in mich, dass sich eine erneute Welle in mir aufbaute, von der ich wusste, sie würde mich fortspülen und in andere Sphären mitreißen.

Als sich der zweite Höhepunkt in mir entlud, kam auch Aiden, bäumte sich stöhnend über mir auf und sackte dann gleich darauf zusammen, dass ich sein komplettes Körpergewicht auf mir spürte. Ich vergrub mein Gesicht an seinem Hals, biss leicht in sein Schlüsselbein, bevor er von mir herunter wieder auf die Seite rollte und mich in seinen Arm zog.

»Welcome back, Hazel Greenwood«, knurrte er mit tiefer Stimme und küsste mich auf den Haaransatz, während ich noch irgendwo im Himmel schwebte.

26. Aiden

Es war magisch. Episch. Mir fehlten die Worte für das, was eben passiert war. Dass Hazel vorhin einfach vor meiner Tür gestanden hatte, hatte mich ziemlich überrascht. Ich hatte nicht damit gerechnet, dass sie herkommen würde. Und doch war sie jetzt hier. Genau da, wo sie hingehörte. In meine Arme.

»Alles okay?«, fragte ich sie leise, weil sie so schweigsam war. Mit den Fingerspitzen streichelte ich die nackte Haut ihrer Schulter und genoss dieses wohlige Gefühl, das von ihr ausging und mich völlig mit sich riss. Sie zu spüren, war wie nach Hause kommen. Wie trinken, nachdem man viel zu lange Durst gelitten hatte. Hazel war mein Zuhause, sie war mein Wasser, das mich am Leben halten würde.

Das hörte sich jetzt dramatischer an, als es war. Aber es drückte genau das aus, was ich in dem Moment fühlte, als sie unter mir kam. Ich wollte sie und würde sie nie wieder hergeben. Das stand fest.

»Klar und bei dir? Ich habe vorhin kurz gedacht, du stirbst direkt auf mir drauf«, kicherte sie in den oberen Saum der Bettdecke.

»Gibt sicher schlimmere Tode als beim oder nach dem Sex.« Mit den Fingern kniff ich in ihre Seite und sie schrie auf.

»Lass das.« Mit ihren kleinen Fingern schlug sie meine Hand weg, als ob das was nützen würde.

Noch einmal kitzelte ich sie und genoss es, wie sie sich wand und ihren Oberkörper an mir rieb. Wie sich ihre Brüste gegen meine Seite pressten und wie ihre Brustwarzen daraufhin hart wurden. Sie hatte großes Glück, dass ich nach diesem rasanten Überfall eine kleine Pause brauchte und nicht direkt wieder über sie herfiel. Aber das würde ich garantiert noch mindestens zwei- bis dreimal diese Nacht. Ich wollte, dass das ganze Hotel hörte, wie sie meinen Namen schrie.

»Was ist eigentlich aus der Immobiliensuche in Boston geworden?«, wollte sie wissen und ihr Atem kitzelte meine Haut, als sie sprach.

»Willst mich wohl in deiner Nähe haben?« Ich konnte nicht aufhören, zu lächeln, und küsste sie auf die Stirn. Der Gedanke, immer bei ihr zu sein, war zu verlockend.

»Mich hätte jetzt mehr interessiert, ob du es ernst gemeint hast damit oder ob das ein Vorwand war, um nach Boston zu kommen. Also dahin, wo ich zufällig wohne.«

Hazel legte den Kopf in den Nacken und sah mich herausfordernd an, während meine Augenbrauen in die Höhe schnellten und ich entschuldigend mit den Schultern zuckte.

»Schuldig in allen Punkten«, gestand ich und kratzte mich verlegen mit der freien Hand am Kopf. »Also ja, es ist mir durchaus ernst damit, mit dem Maple Falls Inn in andere, große Städte zu expandieren. Und ja, damit in Boston zu beginnen, lag irgendwie nahe. Deinetwegen.«

»Hm«, gab sie wohlig seufzend von sich und kuschelte sich noch fester an meine Brust. »Hast du den Deal gemacht? Also das alte Gebäude am Hafen, meine ich.«

Ich holte tief Luft, das war nämlich eine dieser Baustellen, mit denen ich mich in meinem Alltag als Fast-Hotelmanager beschäftigen durfte.

»Nein, noch nicht. Ich habe ein Preisangebot abgegeben, weil ich der Meinung bin, dass der geforderte Preis viel zu hoch ist dafür, dass man quasi alles neu machen müsste. Mal sehen, ob der Verkäufer mitgeht. Ich habe noch keine Antwort.«

»Okay. Ich drücke dir die Daumen. Irgendwie wäre es schon cool, wenn das klappt und ihr expandieren könnt.«

Damit entlockte sie mir ein breites Grinsen. »Gibs zu, der Gedanke, dass ich in deiner Nähe bin, gefällt dir«, neckte ich sie und kassierte sofort die Quittung, indem sie mit einem Ruck auf mir saß, mich stürmisch küsste und mir dabei in die Unterlippe biss. Okay, ja, der Gedanke gefiel ihr verdammt gut. Und mir auch.

Tatsächlich gingen mir die Kaufverhandlungen mächtig an die Nieren. Mir hatte das Objekt auf Anhieb zugesagt, obwohl es stark sanierungswürdig war. Allein die Lage war magisch und würde der reinste Gästemagnet werden. Aber der Verkäufer hatte sich stur gestellt, als ich ihm mitgeteilt hatte, dass der Preis viel zu hoch war für das, was man geboten bekam. Jegliche Einsicht seinerseits suchte man jedoch vergebens. Allerdings gab ich die Hoffnung nicht auf. Ich konnte mir beim besten Willen nicht vorstellen, dass sich jemand diese Ruine ohne Sinn und Verstand ans Bein band. Ich hatte bereits einen Investor an der Hand, der uns unterstützen würde, wenn die Sache zum Tragen kam. Wenn ... Noch immer hoffte ich, dass die Verhandlung zu unseren Gunsten ausgehen würde.

»Es wäre wirklich schön, wenn wir uns öfter sehen könnten«, hörte ich ihre erlösenden Worte, die wie süßer Honig von ihren Lippen tropften. »Nur musst du mir versprechen, keine Spielchen mehr zu spielen. Keine Lügen mehr und keine Verarsche.« Okay, das war wiederum ein herber Dämpfer, aber dieses Versprechen würde ich nur allzu gern geben.

»Versprochen. Keine Lügen mehr, keine Spielchen, schon gar keine Verarsche. Wobei du mir glauben musst, dass ich nie vorhatte, dich ...«

»Halt jetzt einfach die Klappe, Aiden. Okay?« Hazel beugte sich zu mir hinab und versiegelte meine Lippen mit einem Kuss, der sich so gewaschen hatte, dass ich die Beherrschung verlor und mich mit ihr so drehte, dass sie wieder unter mir lag.

»Okay«, raunte ich heiser. »Und glaub mir, das, was ich jetzt mit dir mache, werde ich jedes Mal mit dir machen, wenn wir uns sehen. Und das ist auch ein Versprechen.«

Begleitet von ihrem lustvollen Stöhnen versank ich mit meinem Kopf zwischen ihren Schenkeln.

***

Ein unsichtbares Surren lag in der Luft des großen Saals, als wir uns um Nachmittag zu einem letzten Briefing vor der Veranstaltung trafen.

Alles war wunderschön hergerichtet, die runden Tische, an denen bis zu zehn Personen Platz fanden – davon gab es zwanzig Stück, waren weihnachtlich dekoriert und um den großen Weihnachtsbaum, der mittig stand, aufgestellt.

An der Längsseite des Saals gegenüber der Eingangstüren war das Buffet aufgebaut. Natürlich fehlten noch die warmen Speisen. Seitlich standen bereits die Tütchen mit Hazels Cookies sowie ihre Kürbiskuchen und natürlich die legendären Truthahn-Sandwiches, die nachher verkauft wurden.

Auf der Bühne war auf etlichen Tischen alles für die Tombola vorbereitet. Alle Mitarbeiter hatten ihr Bestes gegeben und ich war mehr als stolz auf das, was wir in der kurzen Zeit geschafft hatten.

Mein Blick schweifte gerade noch einmal durch den großen Raum, als Hazel diesen betrat und mir augenblicklich die Worte fehlten. Sie sah atemberaubend aus. Während wir hier alle noch in unseren Alltagsklamotten standen, trug sie bereits ein schwarzes, paillettenbestücktes Abendkleid, das bis zum Boden reichte und einen Ausschnitt hatte, in dem ich so gern versinken wollte. Ihre dunkelblonden Haare hatte sie lose zusammengesteckt, einige Strähnen hingen über ihre Schultern. Sie war dezent geschminkt, was sie gar nicht gebraucht hätte, denn sie war auch ohne Make-up der schönste Mensch auf diesem Planeten.

Ein Lächeln kam über meine Lippen, als ich sah, dass sie ihre Moonboots zu diesem Kleid trug und zielgerichtet auf mich zukam.

»Hi, entschuldigt die Verspätung. Der Schnee ...«

»Kein Problem«, murmelten einige von der Belegschaft, die – wie ich – kaum die Augen von ihr lassen konnten. Das würde einige ernste Gespräche nach sich ziehen.

Hazels Wangen waren gerötet und ich sah ihr an, dass sie unsicher war, wie sie mich begrüßen sollte. Entschlossen streckte ich ihr meine Hand entgegen, die sie dankbar mit beiden Händen ergriff. Dann zog ich sie an meine Seite und legte einen Arm um ihre schlanke Taille.

Gott, der Duft, der sie umwob, vernebelte mir die Sinne, dass ich fast vergaß, dass ich gerade etwas hatte sagen wollen.

Geräuschvoll räusperte ich mich. »Hey, Leute, danke, dass ihr alle hier seid. Ohne euren unermüdlichen Einsatz in den letzten Tagen hätten wir das wohl kaum auf die Beine stellen können. Lasst uns das heute Abend rocken und dafür sorgen, dass die Kassen klingeln.«

Um mich herum standen ungefähr dreißig Leute, die alle klatschten, als hätte ich die ganze Arbeit für sie gemacht. Dabei war es jeder Einzelne, der hier stand, der Großes geleistet hatte.

»Heute Nachmittag wird noch mal ein Beitrag dazu im Radio laufen. Auch da wird zum Spenden aufgerufen, wir haben extra ein Konto einrichten lassen, auf das die Erlöse fließen können.«

Wieder hallte der Applaus durch den Raum und Hazel schmiegte sich noch enger an mich. Sie hatte den Kopf in den Nacken gelegt und sah mich mit diesem Blick an, der voller Wärme und Zuneigung war. Dieser Blick, den ich so lange vermisst hatte.

»Ich liebe dich«, formten meine Lippen stumm und sie erwiderte meine Worte mit einem verlegenen Lächeln.

Ob ich es wollte oder nicht, ich war wirklich nervös, ob heute Abend alles wie geplant laufen würde. Oder ob es Querschläge gab, die gab es eigentlich immer, weil man nichts vorhersehen konnte. Aber ich war guter Dinge. Ich hatte das beste Team der Welt, die schönste und coolste Frau im ganzen Universum – was sollte da schon schiefgehen?

Jetzt war ich es, der in die Hände klatschte. »Okay, dann machen wir uns an die letzten Vorbereitungen und dann gehe ich davon aus, dass jeder weiß, was er zu tun hat.« Alle nickten und dann löste sich das kleine Meeting wieder auf.

Mein Körper kribbelte wie verrückt, wofür ich nicht nur die Aufregung verantwortlich machte. Es war auch die Frau neben mir, die einen heißkalten Schauer nach dem anderen über meine Haut jagte.

»Du siehst atemberaubend aus«, raunte ich, nachdem ich mich zu ihr hinab gebeugt und sie auf die Schläfe geküsst hatte.

»Danke. Du ziehst dich hoffentlich noch um. Oder willst du die Gäste tatsächlich in Jeans und Sweatshirt empfangen?« Ihr leises Kichern hinter vorgehaltener Hand ließ mich mitgrinsen.

Mit hochgezogenen Augenbrauen sah ich an mir runter und nickte. »Du hast recht. Ich sollte mir vielleicht doch lieber den Anzug anziehen. Kommst du mit?«

Scharf sog sie die Luft zwischen ihren zusammengepressten Zähnen hindurch. »Ich fürchte, das ist keine so gute Idee, denn ich vermute, dass wir dann nicht pünktlich wieder hier sind. Geh du dich umziehen, ich quatsche noch mal mit Yuma, und Pete wollte ich eh schon die ganze Zeit Hallo sagen.«

Mit der flachen Hand strich sie über meinen Hintern, bevor sie beherzt zukniff und mir einen dieser Augenaufschläge schenkte, die mich schmelzen ließen wie Eis, wenn es zu lange in der Sonne lag.

»Bis gleich«, sagte ich und küsste sie genauso beherzt auf den Mund, dass sie ein leises, nur für mich bestimmtes Stöhnen von sich gab.

Ein breites Grinsen stahl sich auf mein Gesicht, als ich eine dreiviertel Stunde später den Saal wieder betrat. Obwohl es bis zum offiziellen Beginn der Veranstaltung noch etwas dauerte, waren schon etliche Gäste eingetroffen. Es machte mich wahnsinnig glücklich, dass alles rundzulaufen schien. Auch dass Hazel und ich uns wieder vertragen hatten, trug maßgeblich dazu bei, dass ich mehr ausgelassen als angespannt war.

Schon von Weitem sah ich das schwarze Kleid im Schein der Beleuchtung schimmern. Meine Traumfrau scherzte gerade ziemlich ausgelassen mit meinem Küchenchef und meinem besten Kumpel. Für einen kurzen Moment erstarrte ich. Es war ungewohnt, sie so zu sehen. Schließlich wollte sie noch vor wenigen Tagen von Maple Falls und seinen Bewohnern, vorzugsweise den männlichen, nichts wissen und jetzt sah ich sie lachen und Pete freundschaftlich auf die Schulter klopfen. Fast war es ein bisschen wie früher und meine Starre löste sich schnell wieder.

»Das wird ein voller Erfolg, mein Junge.« Meine Eltern

waren an mich herangetreten, ohne dass ich es mitbekommen hatte, so sehr war ich auf Hazel fixiert gewesen. Dad hatte anerkennend seine Hand auf meine Schulter gelegt und nickte noch einmal zur Bestätigung. »Ehrlich gesagt, hatte ich meine Zweifel, dass du in der Kürze der Zeit etwas auf die Beine stellen würdest. Aber du hast mich eines Besseren belehrt und wirklich Kampfgeist bewiesen. Und mehr noch, du hast mir gezeigt, dass du alles im Griff hast, wenn es darauf ankommt.«

Meine Mom stand neben ihm und lächelte vor sich hin. »Was dein Vater eigentlich sagen wollte: Wir sind mächtig stolz auf dich, Aiden. Und wir beide sind uns sehr sicher, dass du dieses Hotel großartig führen wirst. Und wer weiß, was alles aus deinen Plänen wird.« Während sie mit mir sprach, ließ sie Dad und mich nicht aus den Augen und zwinkerte mir – etwas zu schelmisch für ihr Alter – zu.

Nichtsdestotrotz machte mein Herz einen Satz. Tatsächlich hatte ich die letzten Wochen unter Strom gestanden, war am Verzweifeln und unsicher, ob es eine gute Idee war, Hazels Mom die Veranstaltung abzunehmen. Mehr als einmal war ich versucht gewesen, alles hinzuwerfen und mich einfach aufs Hotelmarketing zu konzentrieren. Auf meine Pläne mit der Expansion und so weiter. Aber aufgeben war noch nie mein Ding. Ich war ein Kämpfer, schon immer ... Na gut, bei Hazel hatte ich damals aufgegeben, als ich gemerkt hatte, dass es keinen Sinn machte, sie weiter zu behelligen, aber das hatte hiermit nichts zu tun.

»Danke, dass ihr an mich geglaubt habt.« Ich schluckte trocken und wollte nicht zugeben, dass meine Eltern mich an den Rand eines Tränenausbruchs brachten. Stattdessen nahm ich sie beide in meine Arme.

»Wir haben ein Haus gekauft. Im Norden von Vancouver. Es ist ziemlich alt und muss noch saniert werden. Aber wenn alles klappt, bist du uns Ende nächsten Jahres schon los und hast die alleinige Macht über das Maple Falls Inn.« Damit überrumpelte Dad mich total.

»Ihr habt was? Ohne mir was zu sagen?« Durch aufgeblasene Backen stieß ich geräuschvoll die Luft aus. »Ich ... ähm ... ich weiß gar nicht, was ich sagen soll. Heißt das, ihr überlasst mir das Hotel?« Ich fragte lieber nach, nicht, dass ich am Ende etwas falsch verstanden hatte.

Mom lachte auf. »Du hast das schon richtig verstanden, Aiden. Aber keine Angst, noch sind wir da und helfen dir, wo wir können. Aber wir werden uns Stück für Stück aus dem Geschäft zurückziehen und dir immer mehr das Feld überlassen.«

Wow. Ich konnte kaum glauben, was ich da hörte, und mein Herz konnte sich nicht entscheiden, ob es sich vor Freude überschlagen oder vor lauter Schiss lieber in die Hose rutschen sollte.

»Okay. Ich danke euch«, sagte ich lediglich und sah aus dem Augenwinkel, dass Hazel zu uns kam. Das passte hervorragend, ich war ziemlich neugierig, was sie zu den Neuigkeiten sagen würde.

»Hey«, begrüßte sie mich und ihre blassrot geschminkten Lippen verzogen sich zu einem breiten Lächeln, das ihre gleichmäßigen schneeweißen Zähne entblößte. Nachdem sie mir einen Kuss auf die Wange gegeben hatte, wendete sie sich meinen Eltern zu.

»Mrs. und Mr. Williams, wie schön, Sie wiederzusehen.«

Sie schüttelte beide Hände, bevor meine Mom sie einfach in ihre Arme zog.

»Es ist so schön, dass du wieder da bist. Und dass ihr ...« Ihr Blick glitt von Hazel zu mir und dann wieder zurück.

Wir wussten beide, was sie meinte und auch mich machte es sehr glücklich, dass Hazel wieder hier war. Bei mir.

27. Hazel

So lange hatte ich mich schwergetan damit, mich in Maple Falls wieder zu Hause zu fühlen. So lange hatte ich all die negativen Erinnerungen zugelassen, die mir meine Rückkehr erschwerten. Auch dass Aiden sich wirklich dämlich angestellt und mich wieder verletzt hatte, trug dazu bei, dass ich nicht hier sein wollte.

Und doch hatte sich alles verändert. Seit er mir am Freitag in der Küche geholfen hatte, hatte ich kapiert, dass er im Grunde genommen noch immer der Junge war, den ich schon vor acht Jahren abgöttisch und bedingungslos geliebt hatte. Wir waren beide erwachsen geworden – na gut, er weniger – und hatten uns verändert. Aber ich hatte verstanden, dass Aiden mit all dem, was er in den letzten Wochen getan hatte, mir nicht hatte schaden wollen. Er hatte sich nur echt bescheuert angestellt, mir seine Zuneigung zu zeigen.

Und jetzt? Jetzt stand ich hier, im großen Saal des Hotels, das er nächstes Jahr von seinen Eltern übernehmen würde, und fühlte mich so wohl wie nie zuvor.

In seinem schwarzen Anzug sah er einfach atemberaubend aus und je mehr sich der Saal mit Gästen füllte, umso öfter bemerkte ich die Blicke der Frauen, die an ihm haften blieben. Zum weißen Hemd trug er eine dunkelgraue Krawatte. Seinen Bart hatte er vorhin noch etwas gestutzt, aber nur so, dass noch genügend da war, um mich beim Küssen zu kitzeln. Die braunen Haare hatte er mit Gel gebändigt, gerade so viel, dass es zum Anbeißen aussah. Meine Hand glitt über seinen Rücken und fühlte den kühlen Stoff des Jacketts. Ich war versucht, ihm in seinen begnadeten Hintern zu kneifen, wollte ihn aber nicht in eine peinliche Situation bringen.

Er schien etwas nervös zu sein. Zwar hielt er meine Finger fest mit seinen verschränkt, aber sein Blick glitt ein ums andere Mal kontrollierend durch den Raum. Auch ich war ziemlich aufgeregt. Zum einen, weil es zum ersten Mal war, dass Moms ansonsten recht kleine Benefiz-Veran- staltung nicht in ihrem Bistro stattfand, zum anderen, weil ich auch gleich in Aktion treten und Lose verkaufen würde. Und zu guter Letzt, weil der Mann neben mir mich schier um den Verstand brachte. Er sah nämlich nicht nur verdammt gut aus. Nein, er roch auch unwiderstehlich gut. Noch dazu tat er alles, um jedem hier um Raum zu zeigen, dass ich zu ihm gehörte. Seine Hand lag besitzergreifend auf meinem unteren Rücken, während er mich zum Tisch begleitete, wo es gleich die Tombola-Lose geben würde. Er nestelte am

Reißverschluss meines Kleides herum, der kurz über meinem Steiß endete, und flüsterte mir unanständige Dinge ins Ohr, dass mir heiß und kalt zugleich wurde. Froh darüber, ein bodenlanges Kleid angezogen zu haben, presste ich meine Beine fest zusammen, um das Pochen in meiner Mitte, das er mit seinen Worten auslöste, zu lindern.

»Okay«, raunte er schließlich in mein Ohr und küsste mich knapp unters Ohrläppchen. Da, wo die Haut besonders dünn und voller Nervenenden war, dass ich umso mehr erschauerte, als seine Lippen mich dort zart berührten. »It's Showtime, Baby.« Aiden wackelte mit den Augenbrauen und entlockte mir damit ein lautes Lachen.

»Ja, es geht gleich los. Du musst auf die Bühne, eine Rede halten.« Ich nickte und schob meinen Oberkörper nach vorn, plusterte mich auf, dass er ebenfalls zu lachen begann. »Geh und heiz den Leuten ein. Du kannst das«, ermutigte ich ihn.

Anstatt loszulaufen, schlang er seine Arme um meine Taille und zog mich fest an seine Brust, an der ich mich mit meinen Händen abfing. Sein eindringlicher Blick traf mich bis ins Mark, es war, als flogen die Funken um uns herum und als würde die Zeit für einen Moment stillstehen. Endlich legte er erlösend seine Lippen weich auf meine und wir verschmolzen miteinander wie die Schneeflocken draußen. Eine Hand glitt über meinen Rücken hinauf, um mich gleich darauf im Nacken festzuhalten. Ich liebte es, wenn er das tat. Es fühlte sich unfassbar gut an. Für den Moment gaben wir uns dem Spiel unserer Zungen hin, lauschten der Stille in uns und ließen uns von unseren Gefühlen überwältigen. Das Ziehen zwischen meinen Schenkeln wurde stärker und wenn er nicht gleich aufhörte, wusste ich nicht, ob er es bis zur

Bühne schaffen oder ob ich ihn nicht vielleicht doch direkt in sein Appartement zerren würde.

»Los, hau schon ab, sonst kann ich für nichts mehr garantieren«, hauchte ich lasziv und biss mir provozierend auf die Unterlippe.

»Bin schon weg.« Lachend küsste er mich noch einmal auf die Nasenspitze.

»Ach, und Aiden?«, rief ich ihm hinterher, als er gerade Richtung Bühne losgelaufen war. »Untersteh dich, in deiner Rede irgendetwas über uns zu erwähnen. Ich reise sofort ab, wenn du das tust.« Drohend hielt ich den Zeigefinger nach oben und riss die Augen auf.

Aiden kam die wenigen Schritte wieder zurück, legte eine Hand an meine Wange und betrachtete mich. »Okay. Aber darf ich sagen, wie glücklich ich bin? Und dass du der Grund dafür bist? Dass du in mir Gefühle auslöst, die ich zuletzt als Achtzehnjähriger gefühlt habe? Dass ich dich, ganz teenagerlike, den ganzen Tag küssen will?«

Kurz wendete ich den Blick von ihm ab und schüttelte lachend den Kopf. »Du bist unverbesserlich, Aiden Williams. Wehe, du sagst auch nur ein Wort darüber. Aber schön zu wissen, dass es dir so geht.«

»Bis gleich, Honey«, verabschiedete er sich für den Moment und ging zur Bühne, während ich meine Stellung am Tombola-Tisch bezog, wo schon die Ersten neugierig warteten.

Tosender Applaus donnerte durch den Saal, als Aiden die Bühne betrat und zum Mikrofon ging, das in der Mitte aufgebaut war. Er wirkte so professionell, dass es mich schier umhaute. Als würde er das jeden Tag mindestens einmal machen.

Die wenigen Minuten, die mir bis zum Start noch blieben, nutzte ich, um nach meiner Mom zu sehen, die bereits hinter dem Verkaufsstand mit all ihren Leckereien stand.

»Mom«, begrüßte ich sie und zog sie in meine Arme. »Du siehst umwerfend aus.« Sie trug ein dunkelrotes Kleid aus weichem Samt, das ihre Figur betonte und die Rundungen an den richtigen Stellen zur Geltung brachte. Einmal mehr war ich stolz darauf, dass dieser flotte Feger meine Mutter war.

»Du auch, mein Schatz. Du schillerst in allen Facetten des Glücks.« Ihr Lächeln steckte mich an, ob ich wollte oder nicht. Heute konnte ich nicht anders. »Es ist schön, dich wieder so unbeschwert zu sehen. Und euch beide ...« Ihr Blick glitt zur Bühne, auf der Aiden gerade ein paar Worte über das Hotel sagte. »Bist du glücklich?«, wollte sie wissen und ich nickte so heftig, dass sich der ohnehin schon lockere Knoten am Hinterkopf fast löste.

»Ja, sehr. Wir haben alles geklärt und ich habe eingesehen, dass ich so sehr in der Vergangenheit festgesteckt habe, dass ich einfach nicht offen genug für etwas Neues war. Und es tut mir so leid, dass ich dir all das die letzten Jahre zugemutet habe, Mom. Dass du immer nach Boston kommen musstest, weil ich so stur war. Entschuldige.«

Sie nahm meine Hände in ihre und sah mich tröstend an. »Es musste wohl so sein. Zerbrich dir darüber nicht deinen hübschen Kopf, Hazel. Ich bin immer gern zur dir nach Boston gekommen, das weißt du. Aber ich hab dich auch sehr gerne hier, denn das ist auch deine Heimat. Ein Stück von Maple Falls wird immer in deinem Herzen sein. Egal, wo auf der Welt du bist und wen du liebst.«

Ich schniefte geräuschvoll. Viel zu lange hatte ich gebraucht, um meinen Dickkopf auszuschalten und die Dinge mit anderen Augen zu sehen. Mit erwachsenen Augen, nicht mehr mit denen meines achtzehnjährigen, bis ins Mark verletzten Ichs.

»... die wunderbare Mrs. Hanna Greenwood! Mrs. Greenwood, zeigen Sie sich. Ich brauche Sie hier oben auf der Bühne«, hörten wir Aiden rufen und erneute hallte lautstarker Applaus durch den Saal. Dass der meiner Mom so gar nicht recht war, wusste ich und sah es ihr auch an. Verlegen röteten sich ihre Wangen und sie strich ihr Kleid glatt, das nicht eine einzige Falte warf.

»Na los, geh schon, ich bewache deinen Stand«, lachte ich und schob sie sanft vorwärts.

Aiden empfing meine Mom so herzlich, dass mein Herz aufging vor lauter Glück und Wärme. Ihr zugewandt dankte er ihr für die Chance, aus dem Projekt etwas ganz Großes zu machen, und meine Mom sagte ein paar Worte dazu. Wie sehr ihr das Benefiz-Buffet schon immer am Herzen lag und wie sehr sie sich freute, im Maple Falls Inn so einen herzlichen Partner an der Seite zu haben, um das zu stemmen. Und sie tat das, wovor ich Aiden vorhin gewarnt hatte ... Sie begann, über mich zu sprechen ...

»... Meiner Tochter haben wir es schließlich zu verdanken, dass wir heute alle hier sind. Sie war es, die mir irgendwann einmal sagte, wie traurig sie sei, dass wir immer so viel Essen vernichten müssen, welches wir am Folgetag nicht noch einmal ausgeben durften. Und wie schön es doch wäre, wenn wir das Leuten geben könnten, die nicht so viel zu Essen hätten. So wurde die Idee zu meinem Benefiz-Buffet geboren, bei dem Bedürftige umsonst essen konnten – das können sie übrigens immer noch und zwar jeden Tag ab einer Stunde vor Ladenschluss – und dass an einem ganzen Wochenende vor Weihnachten ausnahmslos alle Einnahmen des Bistros für einen guten Zweck gespendet wurden. Und ich freue mich so sehr, dass Aiden«, ihr Blick glitt dankend zu ihm und er nickte ihr mit großen Augen zu, »die Idee aufgegriffen hat und fortführt.«

»Okay, wow, ich wusste nicht, dass Hazel ... Also dass Ihre Tochter die Idee hatte ...« Suchend sah er sich im Saal um, bis er meine Augen gefunden hatte und mir zuzwinkerte. Mein Herz blieb für eine Sekunde stehen, denn in diesem Moment wusste ich genau, dass er sich nicht an unsere Abmachung von vorhin halten würde. Er würde es wagen, sich über meine Bitte hinweg zu setzen ... Ich holte tief Luft und verschränkte meine Finger hinterm Rücken so sehr, dass es fast schmerzte. Das würde er nicht tun.

Doch er tat es.

»Und weil wir gerade beim Thema sind, und weil Sie heute alle hier sind und wir uns so jung wohl auch nie wieder über den Weg laufen werden ...« Die Lacher vermischten sich miteinander und mit Aidens Stimme, die um einige Nuancen tiefer geworden war, und mir wurde übel. Meine Handflächen begann zu schwitzen und meine Wangen begannen zu glühen.

»Diese wunderschöne Frau in dem schwarzen Kleid, das so schön funkelt wie der Weihnachtsstern, diese Frau hat mich in den letzten Wochen gelehrt, was es heißt, zu seinen Fehlern zu stehen. Was es heißt, hinzufallen und sich wieder aufzurappeln ...«

Er musste nicht extra auf mich zeigen, sämtliche Köpfe waren bereits in meine Richtung gedreht und man musterte mich, als wäre ich das Schaustück der Tombola.

»Du Arsch«, zischte ich so leise, es ging durch meine zusammengepressten Zähne, während mein Puls sich in ungesunde Höhen bewegte.

»Lass es ihn sagen. Es liegt ihm am Herzen und befreit ihn.« Es war Aidens Mom, die neben mir stand. Ich fragte mich, wie lange sie schon hier stand, ich hatte nichts davon mitbekommen.

»Aber ...«, ich wollte etwas sagen, doch mir kam nichts Gescheites über die Lippen. Stattdessen spürte ich, wie sich die ersten Tränen hinter meinen Lidern sammelten, weil er schon wieder eine Bitte missachtet hatte. »Warum tut er das?« Ich seufzte traurig.

»Weil er dich liebt. Und weil er will, dass es alle wissen. Weil er all die Jahre gehofft hat, dass du wiederkommst und er dir zeigen kann, was er für dich empfindet. Er hat nie aufgehört, dich zu lieben, Hazel.« Beruhigend legte sie ihre Hand auf meinen Unterarm, doch ich zog ihn weg.

»Das hat er mir auch gesagt. Aber ich habe ihm nie vorgeschrieben, dass er sich so geißeln soll, das war seine Entscheidung.«

»Und dass du heute hier bist, war deine Entscheidung. Dass du ihm noch eine Chance gibst, ebenso.«

Dass Mütter immer so kryptisch daherkommen mussten. Ich schüttelte den Kopf und beschloss, nicht weiter zuzuhören. Was natürlich nicht funktionierte, denn er redete einfach weiter. Über mich. Über uns.

»Ich habe Fehler gemacht. Viele Fehler. Schwere Fehler.

Solche, die man sich nie verzeiht. Ihr wisst, was ich meine. Aber diese Frau hat mir auf wundersame Weise gezeigt, was Vergebung bedeutet. Und dass die Hoffnung immer zuletzt stirbt. Und dass wir immer eine Chance haben, diese nur nutzen müssen. Jeder hat sein Schicksal selbst in der Hand. Hazel ...«

Mein Kopf ruckte Richtung Bühne, als hätte jemand daran gezogen und mein Mund klappte auf, als sich unsere Blicke trafen.

»Hazel, du bist das Beste, was mir je passiert ist, und ich kann es dir nicht oft genug sagen, dass es schon immer so war und auch immer so sein wird. Durch dich weiß ich, wie wertvoll ein Mensch im Leben ist, mit dem man alles teilen kann. Gutes wie Schlechtes ...«

Und die beste Freundin, dachte ich zynisch und lachte verächtlich auf.

»Du hast mir meine Fehler verziehen und dafür bin ich dir auf ewig dankbar. Du bist wieder in mein Leben geschneit, obwohl ich nicht mehr damit gerechnet hatte. Du hast mir gezeigt, dass ich nicht der Mittelpunkt der Welt bin. Dafür bist du aber meiner.« Er zwinkerte mir zu.

Gott, dieser ... dieser ... Ich schnaufte und atmete geräuschvoll wieder ein.

»Liebe ist nur ein Wort, werte Gäste. Bis jemand kommt, der diesem Wort eine Bedeutung gibt. Für mich bist du dieser jemand, Hazel. Ich liebe dich und sollte ich jemals wieder Scheiße bauen oder dir wehtun, dann erinnere mich bitte daran, was ich gerade vor zweihundert Zeugen gesagt habe.«

Okay, es reichte. Ich raffte den Saum meines Kleides nach

oben und ging mit schnellen Schritten zur Bühne, während um mich herum tosender Applaus meine Ohren betäubte. Aiden hatte die volle Sympathie des Saals für sich gewonnen und ich wusste jetzt schon, dass sich das auch auf das Spendenergebnis am Ende des Abends auswirken würde. Geschickt eingefädelt, Mr. Williams.

»Hazel, warte ...«, hörte ich seine Mom hinter mir rufen, doch ich war wie im Tunnel und durchquerte den Saal, als ginge es um Leben und Tod.

Während der ganzen Zeit verfolgte Aiden mich mit besorgtem Blick. Er wusste genau, dass er bereits wieder Scheiße gebaut hatte.

Inzwischen war auch meine Mom von der Bühne gestiegen und eilte auf mich zu. Na wunderbar, vor mir meine Mutter, hinter mir seine Mutter. Ich befand mich im Mutterkessel, was so etwas wie der heiligen Inquisition gleichkam. Vermutlich hielten sie mich gleich an Armen und Beinen fest, damit ich Aiden nicht die Show versaute.

Tatsächlich stockte ich, als Pete mir den Weg versperrte. »Wohin des Weges, holde Maid?«, feixte er.

»Geh weg, Pete, ich muss zu Aiden.«

»Lass ihn bitte erst mal zu Ende reden, es ist wichtig für die Veranstaltung.« Mit ernster Miene sah Pete mich an und hatte anscheinend nicht die Absicht, auch nur einen winzigen Millimeter zur Seite zu gehen, damit ich zur Bühne kam.

»Aber nicht, wenn er so einen Unsinn labert. Wen interessiert das? Oder ist das reines Verkaufsgequatsche? Damit die Kassen ordentlich klingeln? Hä?« Mit den Händen stieß ich Pete gegen die Brust, doch er bewegte sich kein bisschen. Er geriet nicht einmal ins Taumeln.

Nach Atem ringend kam Aidens Mom bei mir an, genau wie meine. Und es kam wie vermutet – ich war eingekesselt und gezwungen, ihm weiter zuzuhören.

»Und weil wir gerade beim Thema Liebe sind. Lasst uns diese heute in die ganze Welt verteilen. Gebt euer Geld mit viel Liebe bei uns für all das aus, was wir für euch vorbereitet haben. Kauft Lose bei Hazel, esst unbedingt die leckeren Häppchen bei Hanna und tut damit viel Gutes. Die Erlöse des heutigen Abends werden einem Kinderhilfsprojekt gespendet, das mit ganz viel Liebe aufgebaut wurde und noch viel mehr Liebe braucht. Also lasst es euch schmecken und lasst vor allem die Kassen klingeln.«

Meine überschäumende Wut ging im Tumult unter, der sofort nach Aidens Ansprache entstand. Mist, ich musste sofort zurück an meinen Tisch, um dem Ansturm Herr zu werden. Glück für Aiden, der meine geballten Emotionen nicht gleich abbekommen würde.

***

Ich wusste nicht, wie viele Lose ich schon verkauft hatte. Aber der Schweiß stand mir auf der Stirn, weil mein Stand so gut frequentiert war. Die meisten Gäste kauften gleich fünf oder sogar mehr von den kleinen zusammengerollten Papierschnipseln, auf den sich Nummern oder Nieten befanden. Die Regale auf der Bühne waren allerdings noch immer gut gefüllt, sodass es noch allerhand Arbeit gab.

Gerade als eine kleine Flaute herrschte und ich beschloss, mir eine Schale voll mit Losen zu schnappen, um diese unter die Leute zu bringen, die zu faul waren, sich von ihren

Plätzen zu erheben, hörte ich ein lautes Kreischen im Hintergrund. Es kam aus Richtung der großen Flügeltüren, die zum Saal führten und verdammt, es kam mir so bekannt vor. Ruckartig drehte ich mich um, stieß mit jemandem zusammen, dass mir die Schale aus der Hand fiel und sich die Lose auf dem Boden verteilten. Das hatte mir gerade noch gefehlt ...

»Haaazel«, hörte ich die nicht unbekannte Stimme rufen, doch ich hockte mich erst hin, um die Schnipsel wieder aufzulesen. Als ich mich wieder erhob, stand niemand Geringeres vor mir als meine beste Freundin Kim.

»Kimmy?«, stieß ich überrascht aus. »Was machst du denn hier?«

Lachend breitete sie die Arme aus und fiel mir um den Hals. »Überraschung!«

»Die ist dir gelungen«, erwiderte ich. »Was machst du hier? Wie bist du überhaupt reingekommen, ich dachte, das geht nur mit Einladung?«

Schnell zog sie einen Umschlag aus ihrer Handtasche, mit dem sie mir vor der Nase herumwedelte.

Wann hatte sie ...?

»Natürlich habe ich eine gekauft. Und ich kaufe dir auch fünf Lose ab. Oder nein, warte, ich nehme zehn.« Sie fischte in der Schale herum, nahm eine Handvoll Lose heraus und zählte diese dann ab. Den Rest, der zu viel war, ließ sie wieder hineinfallen und zückte eine Hundert-Dollar-Note. »Hier, stimmt so«, gackerte sie.

»Das ist zu viel. Zehn Lose kosten nur fünfzig Dollar«, murrte ich und suchte schon den Schein zum Rausgeben.

»Für den guten Zweck stimmt es so. Und jetzt lass gut

sein und sag mir, welcher gutaussehende Mann hier der Werwolf ist. Ich habe keine halbe Weltreise gemacht, um leer auszugehen.« Sie grinste verschwörerisch und legte einen Arm um meine Schultern.

Lachend ließ ich meinen Blick durch den Saal schweifen, bis ich Yuma gefunden hatte. Ich lenkte Kims Augen auf ihn und musste lachen, als ihr Kinn nach unten fiel.

»Gott, ist der heiß. Viel heißer als der echte Werwolf«, sabberte sie sofort los. »Kannst du mich ihm vorstellen? Geht das? Vielleicht so in dem Sinne, dass wir aufeinander geprägt wurden und das erst jetzt ans Licht kam oder so? Bitte, Süße, bitte, bitte, bitte.«

Flehentlich und mit theatralischem Wimperngeklimper presste sie ihre Handflächen aneinander.

»Nachher mach ich das gern. Aber kannst du mir bis dahin einen Gefallen tun?«

»Alles, was du willst, Hazel. Was soll ich tun?« Sie war ganz Ohr.

»Kannst du für ein paar Minuten den Stand mit den Losen übernehmen? Ich will ein paar so verkaufen und ich müsste mit Aiden noch ein Hühnchen rupfen«, sagte ich und hoffte, sie würde zustimmen. Immerhin war sie gerade erst angekommen.

Aber Kim nickte heftig. »Natürlich. Ab mit dir, ich mach mich gleich an die Arbeit. Ein Los kostet zehn Dollar, oder wie war das?«

»Erzähl ja niemandem, dass du Buchhalterin bist«, lachte ich auf und machte mich auf den Weg.

Der Saal war gut gefüllt, überall wurde gegessen, getrunken und gelacht. Auch der Stand meiner Mom hatte sich schon merklich gelichtet, vom Kürbiskuchen war nicht mehr viel da, die Papiertütchen mit den Cookies waren sogar schon alle weg. Was für ein Erfolg.

Es gelang mir tatsächlich, noch etliche Lose unter die Leute zu bringen und sie dazu zu animieren, diese auch bei Pete auf der Bühne einzulösen.

Aiden war von der Bildfläche verschwunden und das machte mich stutzig. So sehr ich mich auch umsah, er war einfach nicht auffindbar. War er abgehauen, weil er Schiss vor mir hatte? Zugegeben, ich war vorhin wirklich stinksauer auf ihn gewesen, weil er meine Grenzen einfach nicht respektiert hatte. Allerdings hatte sich meine Meinung in den letzten Stunden etwas relativiert. Je mehr ich darüber nachdachte, umso süßer fand ich es, dass er öffentlich zu seinen Gefühlen stand und damit jedem klarmachte, dass wir zusammengehörten. Ehrlich gesagt hatte ich keine Ahnung, was genau in meinem Kopf passiert war, aber auf einmal sah ich die Dinge anders. Viel klarer als noch vor Kurzem.

Mit einer leeren Schale und klopfendem Herzen, weil ich Aiden nicht gefunden hatte, kehrte ich zurück an meinen Stand, der umringt war von vielen Gästen. Kim hatte es sich wohl zur Aufgabe gemacht, alle Lose zu verticken und ich staunte wirklich, denn ich hatte nicht geahnt, dass sie so ein großartiges Verkaufstalent war.

Ich gesellte mich wieder zu ihr. »Läuft ja gigantisch, oder?«

Sie nickte und ein breites Grinsen lag auf ihren Lippen. »Ja, total. Und keiner hat gecheckt, dass ich heimlich den Preis erhöht habe. Wie lief es bei dir? Hast du Aiden gefunden? Was war denn los, dass du einen Truthahn mit ihm rupfen musst?«

»Ein Hühnchen, keinen Truthahn. Und ja, es lief gut, ich hab alle Lose verkauft, allerdings für den regulären Preis. Und nein, ich habe ihn nicht gefunden. Vielleicht ist er gerade geschäftlich eingebunden, was weiß ich.«

Resigniert verkaufte ich weitere Lose, bis kaum mehr welche da waren.

»Was hat dein Traumprinz denn ausgefressen, dass du so angepisst bist?«, wollte Kim wissen und sah mich mit hochgezogenen Augenbrauen an.

»Ach, eigentlich nichts weiter. Er hat nur vergessen, dass ich ihn darum gebeten hatte, mich nicht in seiner Rede ganz zu Anfang zu erwähnen.« Ich holte tief Luft und zuckte mit den Schultern. Müdigkeit überkam mich nach dem langen Tag, der mir in den Knochen steckte.

»Lass mich raten, er hat dir vor versammelter Mannschaft seine Liebe gestanden?«

Jetzt war es an mir, zu nicken.

»Und deswegen bist du sauer auf ihn?«

Ich verzog das Gesicht. Eigentlich war ich das nicht, also schüttelte ich den Kopf.

»Nein, nicht wirklich. Aber ich hätte es trotzdem gut gefunden, wenn er meine Bitte respektiert hätte.«

»Ach komm, ich meine, wie süß ist das bitte, wenn so ein Kerl wie Aiden all seinen Mut zusammennimmt und der Frau seiner Träume seine Liebe auf diese Weise gesteht? Ich glaube, alle Frauen dieser Welt wären in diesem Moment neidisch auf dich gewesen. Empfindest du denn das gleiche für ihn? Das wäre viel wichtiger als die Art und Weise, wie er gesagt hat, dass er dich liebt, oder?«

Ich spürte das Lächeln, das an meinen Mundwinkeln zupfte, bevor ich sie nach oben zog. »Ja, das tue ich. Auch wenn er es mir manchmal nicht leicht macht. Aber wenn du mich jetzt nochmal fragen würdest, ob ich in meinem Herzen Platz für ihn hätte, wäre die Antwort eindeutig Ja.«

Doch auch wenn ich Aiden genauso liebte wie er mich, war er mir noch immer eine Erklärung schuldig.

Ohne Wenn und Aber.

28. Aiden

Es lief großartig. Die Kassen klingelten ordentlich und sowohl Speisen als auch Getränke waren fast ausverkauft. Auch die Tombola auf der Bühne leerte sich langsam, was mich vermuten ließ, dass Hazel ganze Arbeit leistete und so gut wie alle Lose verkauft hatte.

Ich hatte ihre Bitte missachtet, Idiot, der ich war. Aber es lag mir am Herzen, sie das wissen zu lassen. Und ich dachte, wenn über zweihundert Leute wissen, dass ich so für sie empfinde, gab es kein Zurück mehr. Dann würde ich keine Scheiße mehr bauen und sie verletzen. Weil ich viele Zeugen hatte, die mir alle gehörig in den Arsch treten würden. Zumindest einige davon.

Ihr Blick, mit dem sie mich ungläubig angestarrt hatte, ging mir nicht mehr aus dem Kopf. Dieses angriffslustige Funkeln in ihren Augen, das sie mir entgegengeworfen hatte,

hatte mich nur noch mehr angeheizt. Denn ich liebte es, wenn sie mich so ansah. Okay, gut, ich hatte sie mit der Aktion ein wenig aus der Reserve gelockt. Aber ich hatte jedes gottverdammte Wort so gemeint.

Doch ich war heilfroh, dass meine Mom und Hanna sie davon abgehalten hatten, die Bühne zu stürmen und mir die Leviten zu lesen. Das konnte sie später immer noch machen, wenn wir allein waren und uns anschließend direkt versöhnen konnten. Nachdem ich also die Veranstaltung offiziell eröffnet hatte, hielt ich mich etwas im Hintergrund und hatte trotzdem alles im Blick.

Hazel, die Lose verkaufte. Hazel, die suchend durch den Saal lief. Hazel, die Besuch bekam? Darüber musste sie mir mehr erzählen.

Es war weit nach Mitternacht, als die meisten Gäste sich verabschiedeten. Die Mitarbeiter waren damit beschäftigt, Geld zu zählen, und auch ich traute mich endlich aus meiner Tarnung. Schließlich konnte ich mich nicht die ganze Nacht feige vor Hazel verstecken. Und das wollte ich auch gar nicht.

Alle überreichten mir ihre Geldkassetten und teilten mir die entsprechenden Beträge mit.

»Wow«, stieß ich anerkennend aus. »Ihr habt ganze Arbeit geleistet. Mit so viel hatte ich nicht gerechnet.« Wir hatten etwas über fünfzehntausend Dollar eingenommen. »Ich stocke auf zwanzigtausend auf und gebe das Ergebnis morgen auf unserer Homepage bekannt.«

Mein Blick streifte den von Hazel und blieb kurz an ihr hängen. Noch immer war dieses Funkeln in ihren Augen, das mich grinsen ließ. Ich zwinkerte ihr zu und meine Lippen formten ein stummes *Ich liebe dich*, doch sie verschränkte mürrisch die Arme vor der Brust. Gespielt mürrisch, denn ich sah ihr an, dass es nicht echt war. Ihre Mundwinkel zuckten viel zu sehr und ich sah, wie sehr sie um ihre Fassung bemüht war.

»Danke euch allen. Ihr habt euch den Feierabend redlich verdient«, sagte ich. »Pete, kann ich dich noch kurz sprechen?« Ich legte meinem besten Freund den Arm um die Schulter und nickte Richtung Bühne.

»Klar, Boss«, erwiderte er und gerade, als wir uns in Bewegung setzen wollten, zupfte Hazel an meinem Jackett.

»Ich müsste auch noch mal mit dir reden«, meinte sie und straffte ihren Rücken, dass mir ihre Brüste förmlich ins Gesicht schnippten. Sie gab sich wirklich große Mühe, sauer zu wirken, und es machte mich wahnsinnig scharf, sie so zu sehen.

»Ich bin gleich für dich da, Haz. Einen Moment, okay?« Ich küsste sie auf die Stirn und sah, wie ihr gespielter Widerstand sofort aufweichte. Hörte das leise Seufzen, das ihr entglitt, als meine Lippen ihre Haut berührten. Sie nickte kaum merklich.

Während im Hintergrund bereits die Aufräumarbeiten begannen, ging ich mit Pete hinter die Bühne, um ungestört zu sein.

»Was gibts denn, Alter? Und warum tun wir so geheimnisvoll?«, fragte er argwöhnisch.

»Ich will mich nur bei dir bedanken, Pete. Ich weiß sehr zu schätzen, was du hier in den letzten Wochen geleistet hast. Du wolltest eigentlich nur etwas Geld dazu verdienen, und hast trotzdem einiges an Freizeit geopfert, um dich hier einzubringen. Das rechne ich dir hoch an und hoffe, dass Chloe Verständnis dafür hatte.«

»Eher weniger, aber das macht nichts. Über das zusätzliche Geld freut sie sich trotzdem.«

»Okay. Ich weiß nicht, wie du das siehst, aber ich finde, du passt hervorragend in unser Team und ich könnte mir vorstellen, dir mehr Verantwortung zu übergeben«, sagte ich schließlich und wartete erst mal ab.

Pete riss die Augen auf. »Alter, was sagst du da? Mehr Verantwortung? Meinst du, sämtliche Schneeschaufeln sind mir dann unterstellt? Das wäre der Wahnsinn!« Okay, er kapierte noch nicht, worauf ich hinauswollte, und machte Scherze. Das war in Ordnung.

Freundschaftlich klopfte ich ihm auf die Schulter. »Die Schneeschaufeln wären sicher ganz gut, um deine Führungsqualitäten zu trainieren«, frotzelte ich, klärte ihn aber gleich darauf auf. »Nein, im Ernst. Meine Eltern und ich sind der Meinung, dass wir ohnehin mehr Personal im Facility Bereich brauchen. Allerdings brauchen wir dann auch jemanden, der da den Hut aufhat und alle koordiniert und so. Irgendwie dachte ich da an dich.«

Ein Rumpeln im Hintergrund irritierte mich. Ich schüttelte den Kopf und versuchte, es zu ignorieren.

»Was? Bist du verrückt, Mann? Das wäre der Hammer! Wenn ich das Chloe erzähle, flippt sie aus. Keine Autos mehr?«

»Nein, du müsstest keine Autos mehr verkaufen und ständig darauf hoffen, deine Provision pünktlich zu bekommen. Bei uns hättest du ein stattliches Festgehalt und weil wir so happy sind, dass du uns so selbstlos unter die

Arme gegriffen hast, bekommst du sogar einen Vorschuss. Ach so, und du könntest direkt im Januar loslegen und dein Team mit zusammenstellen, wenn wir auf Mitarbeitersuche gehen. Was sagst du?«

Ich griff in die Innentasche meines Jacketts, wo ein Umschlag mit einer Geldsumme auf seinen Einsatz wartete. Eine nicht unerhebliche Summe wohlgemerkt. Aber Pete war jeden Cent davon wert, schließlich hatte er seine wertvolle Freizeit geopfert, um uns zu helfen. Also verstand es sich von selbst, dass wir uns erkenntlich zeigten. Zusätzlich zu dem Gehalt, das er ohnehin bekam. Aber da er nur stundenweise aushalf, war das nicht die Welt. Wenn er also komplett umsatteln und bei uns arbeiten würde, wäre das nicht nur für ihn ein Gewinn, sondern auch für uns.

Schließlich zog ich den Umschlag heraus und überreichte ihn Pete feierlich. »Hier, dein Weihnachts- bonus. Du hast ihn dir verdient. Fröhliche Weihnachten, Alter.«

Pete schluckte und nahm das Kuvert nur zögerlich entgegen, sah dann aber doch hinein. »Ey, Mann, das war nicht nötig. Trotzdem danke, ich weiß das sehr zu schätzen.«

»Kein Ding. Ehre, wem Ehre gebührt und so. Wenn du erst mal fest hier angestellt bist, gibts das nicht mehr«, lachte ich auf und klopfte ihm freundschaftlich auf die Schulter.

»Vom Autoverkäufer zum Hausmeister, krasse Laufbahn.« Mein Kumpel nahm sich selbst aufs Korn. Doch ich wusste, wie er es meinte.

Hinter uns ertönte schon wieder das Poltern, diesmal gefolgt von einem Rascheln und einem leisen, aber sehr beherzten »Scheiße«. Wer zur Hölle belauschte uns hier? Neugierig drehte ich mich um, konnte aber nichts erkennen.

Hinter der Bühne stapelten sich unzählige Kisten und Kartons, Tische, Stühle, Lampen, Regale und so weiter, dass es unmöglich war, etwas oder jemanden auszumachen, der sich hier zu uns gesellt hatte.

»Hey, Facility Manager. Das ist ein Unterschied, Pete. Und wer weiß, welche Laufbahn sich für dich noch ergibt. Mom und Dad ziehen nächstes Jahr nach Kanada. Und wenn ich das Maple Falls Inn übernommen habe, brauche ich in der Führungsetage bestimmt tatkräftige Unterstützung«, sagte ich. Nicht ohne Stolz, schließlich hatte ich lange genug darauf hingearbeitet.

»Was? Echt? Dein alter Herr zieht sich zurück und gleich so weit weg, wo er gar nicht mehr mitmischen kann? Krasse Sache.« Pete riss erstaunt die Augen auf und nickte anerkennend.

»Na ja, ich schätze, er wird schon noch hier und da mitmischen. Aber das ist okay. Er hat jahrelang einen guten Job gemacht und auf dem Weg nach oben bin ich für jede Hilfe dankbar.«

»Junge, deine Eltern sind echt megacool. Meine würden so etwas niemals wagen. No way. Wer übernimmt den Job deiner Mom? Hast du schon jemanden im Auge?«, wollte er wissen.

»Deine Eltern sind auch von einem ganz anderen Schlag, würde ich sagen. Und ja, ich hätte jemanden im Auge für die Personalabteilung. Aber ich hab sie noch nicht gefragt. Hat sich noch nicht ergeben.« Mit den Schultern zuckend beließ ich es dabei, doch Pete hatte Lunte gerochen.

»Sie? Du willst doch nicht etwa Hazel fragen, ob sie das übernimmt?«

Ein paar Meter hinter mir stürzten nun mit lautem Krachen ein paar Kisten um. Wieder hörte ich dieses wenig charmante »Scheiße« und als ich mich umdrehte, wusste ich nicht, ob ich lachen oder heulen sollte.

»Hazel? Was zur Hölle machst du da?«

Mit ihrem glitzernden Paillettenkleid hockte sie zwischen umgekippten Pappkartons, deren Inhalte mit Servietten und Papiergirlanden sich halb über sie, halb neben sie ergossen hatten. Der Knoten in ihrem Haar hatte sich fast vollständig gelöst und sie war außer Atem, aber nicht imstande zu reagieren.

»Hazel. Ist alles in Ordnung? Gehts dir gut?«, sprang Pete ein, während ich die paar Schritte bis zu ihr förmlich rannte, um sie aus dem Chaos zu befreien. Haltbietend streckte ich ihr die Hand entgegen, um ihr aufzuhelfen. Doch sie schlug sie einfach aus und blitzte mich aus ihren zusammengekniffenen Augen an.

»Alles okay?«, fragte ich sie und zog das Hilfsangebot in Form meiner Hand zurück. Sie war anscheinend sauer auf mich und ich hatte keine Ahnung, warum.

»Lass mich einfach, okay? Ich kann alleine aufstehen«, fauchte sie und schoss erneut ein paar imaginäre Blitze aus ihren Augen auf mich.

Ob ich wollte oder nicht, ich hatte ein mächtiges Déjà-vu. Wie sie da hockte und mich anfunkelte, erinnerte mich an ihren kleinen Unfall, als sie das erste Mal wieder hier gewesen und auf dem Gehweg gestolpert war und sich der Inhalt ihres Koffers im Matsch ergossen hatte. Die Gedanken an ihre Dessous trieben mir heute noch den Schweiß auf die Stirn. Aber ich würde einen Teufel tun, sie jetzt damit zu konfrontieren. Wie es schien, war sie nicht hier, um Witze zu reißen.

Mühsam rappelte sie sich auf, strich sich das Kleid glatt und trat aus der Kartonburg hervor. Mit in die Hüfte gestemmten Händen blieb sie direkt vor mir stehen und hob ihren hübschen Kopf. So wütend, wie sie war, so heiß war sie in diesem Augenblick. Und wäre Pete nicht hier, würde ich sie mit meinem Körper an die gegenüberliegende Wand pressen und sie so hart küssen, dass sie vergaß, warum sie hier herumgestöbert hatte.

»Was machst du hier, Hazel?«, fragte ich sie erneut und bemühte mich wirklich, geduldig zu sein. Ihr bühnenreifer Auftritt überraschte mich.

»Ich … Ich hab dich gesucht. Aber die Frage lautet wohl eher: Was macht ihr hier? Und überhaupt, wann hast du beschlossen, über meinen Kopf hinweg zu entscheiden, dass ich für dich arbeite?«

Okay, sie klang nicht unbedingt begeistert.

»Ich... äh ... Ich geh dann mal«, hörte ich Pete, der sich gleich darauf davonstahl.

»Wann wolltest du mir sagen, dass du mich im Hotel einplanst, sobald deine Eltern es dir übergeben haben? So was kannst du nicht einfach machen, ohne vorher mit mir zu sprechen, Aiden. Ich habe ein eigenes Leben. Ein wirklich gutes, ich bin zufrieden in Boston. Ich lebe dort, habe dort meine Freunde, meinen Job, den ich echt mag ...«

»Hazel, stopp.« Energisch überwand ich die wenigen Schritte und blieb direkt vor ihr stehen, legte ihr den Zeigefinger auf die bebenden Lippen, um sie zum Schweigen zu bringen. »Hör mir bitte zu. Es ist nicht so, dass ich dich hier fest eingeplant habe. Das würde ich niemals tun. Erstens weil es gerade erst anfing, wieder gut zwischen uns zu laufen und ich mein, also unser Glück niemals überstrapazieren würde. Zweitens weiß ich, dass du ein eigenes Leben hast, das über dreitausend Meilen entfernt von hier stattfindet. Und ich finde es großartig, ehrlich. Aber als meine Eltern eröffneten, dass sie nächstes Jahr nach Vancouver ziehen und ich das Hotel dann endgültig übernehmen und Arbeitsplätze neu vergeben würde, galt mein erster Gedanken nun einmal dir, wenn es um den Posten meiner Mutter geht. Es war ein Gedanke, Haz. Nicht mehr, nicht weniger. Nur eine Idee, die ich selbstverständlich noch mit dir besprechen wollte, bevor du wieder abreist. Nur hielt ich eben den heutigen Abend für weniger gut geeignet, weil jeder von uns genug andere Sachen zu tun hatte.«

Ihre Schultern waren etwas nach unten gesackt. Als würde sie sich ertappt fühlen, wich sie nun meinem Blick aus. Mit meinem Zeigefinger unter ihrem Kinn drehte ich ihren Kopf wieder zu mir. »Alles okay? Rede mit mir, bitte.«

Hazel nickte, doch in ihren Augen sah ich, dass sie noch immer verletzt war. Dieser leere, starre Blick, mit dem sie versuchte, mir auszuweichen.

»Ja, alles in Ordnung. Tut mir leid, dass ich ... überreagiert habe ...«

Erleichtert atmete ich auf, auch wenn ich wusste, dass die Sache noch nicht ausgestanden war. Unter der Oberfläche schwelte noch etwas ...

»Schon okay, ich hoffe, jetzt ist alles geklärt.« Es war ein Versuch, aus ihr herauszukitzeln, was noch im Argen lag. Ich suchte ihren Blick, legte meine Hände auf ihre Schultern und lauschte einen Moment in die Stille, die uns umgab, weil für ein paar Sekunden keiner von uns beiden sprach.

»N... Nein, nicht alles«, sagte sie endlich. »Ich war sauer auf dich, deswegen bin ich gerade so aus der Haut gefahren. Also ich bin immer noch sauer auf dich.« Ihre Stimme war nach wie vor leise. Meine Arme rutschten von ihren Schultern auf ihren Rücken und ich zog sie an mich. Ich musste sie einfach spüren. Ihren Herzschlag. Ihre Atmung. Sie. Froh darüber, dass sie sich nicht dagegen wehrte, hörte ich ihr leises Schluchzen an meiner Brust. »Warum hast du meine Bitte nicht respektiert und auf der Bühne trotzdem über mich gesprochen? Das war nicht fair, Aiden. Das war scheiße. Du hast mich vor allen bloßgestellt, das war wirklich nicht nötig.«

Ah, daher wehte der Wind. Ich brachte wieder etwas Abstand zwischen uns, legte meine Hände an ihre Wangen und wischte sanft die Tränen weg. Mein Herz hämmerte wie bescheuert in meiner Brust, weil es schon wieder viel eher gewusst hatte, was hier schieflief.

»Es tut mir leid, dass ich dich übergangen habe. Deine Bitte habe ich schon respektiert und eigentlich hatte ich auch gar nicht vor, so ausschweifend über dich zu sprechen. Aber als ich auf der Bühne stand und den prall gefüllten Saal so vor mir hatte, du mittendrin in deinem schillernden Kleid, die schönste Frau auf Erden übrigens, da wurde mir klar, dass das die Gelegenheit war, dir irgendwie zu sagen, was du mir bedeutest und dass ich ohne dich nicht mehr sein kann.« Vorsichtig, als hätte ich Angst, dass sie mir auswich, küsste ich sie auf die Stirn. Ließ meine Lippen einen Moment länger ihre erhitzte Haut berühren.

»Aber ... Aber das hättest du mir auch so sagen können, ohne Publikum. Mann, wie stehe ich denn jetzt da, Aiden?« Hazel schniefte geräuschvoll.

»Da hast du recht. Aber mach dir bitte keine Gedanken darüber, wie andere dich sehen. Das ist nicht wichtig. Viel wichtiger ist, wie du dich selbst siehst. Und übrigens habe ich im Laufe des Abends nicht nur einmal gesagt bekommen, dass ich dich festhalten soll, weil du ein ganz bezauberndes Wesen bist.« Ein Lächeln stahl sich auf meine Lippen und auch Hazels Mundwinkel zuckten.

»Eigentlich ist mir egal, wie andere über mich denken. Aber du hast mich damit in eine wirklich beschissene Situation gebracht. Es war mir unangenehm, so im Mittelpunkt zu stehen.«

Okay, damit konnte ich etwas anfangen und innerlich verfluchte ich die Entscheidung, mich über ihre Bitte hinwegzusetzen und ihr öffentlich meine Gefühle zu gestehen.

»Entschuldige, das war nicht richtig. Aber nur damit du es weißt, jedes Wort, das ich da oben gesagt habe, entsprach der Wahrheit. Ich liebe dich, Hazel Greenwood, mehr als alles andere auf dieser verrückten Welt.«

Sie schloss die Augen und anstatt zu antworten, kuschelte sie sich eng an mich, schmiegte sich an meine Brust und schlang ihre Arme um meine Taille, dass mir ganz heiß wurde. Unsere Blicke verhakten sich und die Leere in ihrem war verschwunden. Stattdessen waren da wieder diese Wärme und dieses Flackern in ihren Augen, das mich einnahm. Meine Entschuldigung war damit wohl akzeptiert und ich begann, langsam den ohnehin schon geringen Abstand zwischen unseren Gesichtern weiter zu überwinden. Bis meine Lippen auf ihre trafen und wir zu einem stummen, aber leidenschaftlichen Versprechen verschmolzen. Ihr Körper bebte in meinen Armen und ich hielt sie ganz fest, küsste sie, als gäbe es kein Morgen.

Nur das Hier und Jetzt zählte.

Nur dieser eine Moment, in dem wir eins waren.

29. Hazel

»Ist jetzt alles geklärt?« Aidens wärmender Blick lag wie ein Cashmeremantel auf mir, schenkte mir Geborgenheit und Wärme bis in mein tiefstes Innerstes.

»Ja. Ich denke schon«, erwiderte ich leise flüsternd und legte den Kopf in den Nacken, um meine Antwort auf seine Frage mit einem Kuss zu bestätigen. Es war gut, dass wir noch einmal miteinander gesprochen hatten. Wobei, gesprochen hatte eigentlich nur Aiden, während ich damit beschäftigt gewesen war, ihm einen Vorwurf nach dem anderen zu machen. Und er hatte so recht, als er sagte, dass ich ihn nicht mein restliches Leben lang für die Fehler von vor acht Jahren zur Rechenschaft ziehen konnte. Also ich konnte das schon, aber würde es mich glücklich machen? Mit Sicherheit nicht.

Umso glücklicher war ich jetzt, da alle Fronten zwischen

uns geklärt waren. Ich wusste, woran ich mit ihm war. Er hatte alle Karten auf den Tisch gelegt und wenn ich ganz ehrlich war, schmeichelte es mir sogar sehr, dass er mich für den Posten als Personalleiterin im Maple Falls Inn in Erwägung zog. Das hieß ja nicht, dass ich das Angebot, sofern er mir eines unterbreiten würde, annehmen musste. Aber er spielte mit dem Gedanken, was für mich bedeutete, er wollte mich gern in seiner Nähe haben. Gut, dieser Punkt würde noch für reichlich Konfliktpotenzial sorgen, denn ich fühlte mich wohl in Boston. Und ich konnte mir auch vorstellen, mit Aiden dort zu leben. Vielleicht klappte es ja sogar mit dem Hotel am Hafen. Möglicherweise kaufte er es doch noch und könnte aus dem maroden Gebäude ein Kleinod direkt am Wasser machen.

»Lass uns nach vorn gehen. Ich habe ein schlechtes Gewissen, weil wir uns vorm Aufräumen gedrückt haben«, meinte er, legte einen Arm um meine Schulter und schlenderte mit mir wieder zurück in den Saal, der sich schon erheblich geleert hatte. »Außerdem würde ich endlich gern deine Freundin kennenlernen. Also ganz ohne Scharade.«

Damit entlockte er mir ein Schmunzeln. »Hey, wir hatten uns darauf geeinigt, das ruhen zu lassen. Also tu mir den Gefallen, und halte dich genauso daran, okay?«

»Okay, du hast recht.«

Einige Gäste waren noch da, plauderten mit Aidens Eltern oder mit meiner Mom. Auf der anderen Seite des Saals, da wo die Tische mit dem Essen gestanden hatten, entdeckte ich Kim, die sich – o Wunder – sehr angeregt mit Yuma unterhielt. Ein Lächeln huschte über meine Lippen, als ich sah, wie sie sich kichernd durch die Haare fuhr und dann eine

Strähne um ihre Finger wickelte. Sie war im aggressiven Flirtmodus und Yuma tat mir jetzt schon leid.

Wir wollten den Küchenchef gerade aus dieser für ihn hoffnungslosen Situation retten, als Aidens Eltern uns aufhielten.

»Da seid ihr ja«, keuchte seine Mom. »Wir haben euch schon überall gesucht. Ist alles in Ordnung?«

»Natürlich, Mom, alles bestens. Wir mussten nur noch ein paar«, er zog mich fester an sich heran und küsste mich auf die Schläfe, »Dinge besprechen. Aber jetzt ist alles geklärt und wir sind ...«

»Glücklich. Ich sehe es«, fiel sie ihm erst ins Wort und dann uns beiden um den Hals, dass ich kurz dachte, keine Luft mehr zu bekommen. »Du bist ein Segen für ihn, Hazel. Seit du wieder hier bist, ist er ein ganz anderer Mensch. Er sprüht geradezu vor Energie.«

»O Mrs. Williams ...« Ich wollte etwas entgegnen, doch sie unterbrach mich abermals.

»Jennifer, sag bitte Jennifer zu mir. Wenn ich mir meinen Sohn so anschaue, dann glaube ich, dass du jetzt zur Familie gehörst. Ach, und der alte Zausel hier neben mir, der heute so still war, weil ihm der Abschied aus seinem geliebten Hotel so schwerfällt, ist August.« Sie war einen Schritt zurückgetreten und betrachtete erst uns, dann ihren Mann und dann wieder uns. »Sind sie nicht bezaubernd, August?«

Aidens Dad nickte und umarmte mich ebenfalls. Ich wusste nicht, ob er das aus purer Zuneigung tat oder weil er das Gefühl hatte, er müsste es tun, um seiner Frau einen Gefallen zu tun. Letztendlich war das aber auch egal. »Du hast schon immer zur Familie gehört, Hazel.«

Es fühlte sich gut an. Richtig. Als käme man nach einer langen Winterwanderung völlig erfroren wieder ins wohlige Heim, in dem einen Wärme, ein heißer Tee und ein knisterndes Kaminfeuer erwarteten.

Während wir unser ganz persönliches Nachhausekommen feierten, hielt ich Ausschau nach meiner Mom und entdeckte sie an einer der Flügeltüren, die in den Saal führten. Sie unterhielt sich mit einer Frau, die ihm Rollstuhl saß und deren rechtes Bein fast komplett eingegipst war. Es war Petty. Ich raffte mein Kleid hoch und im Losrennen rief ich zu Aiden: »Bin gleich wieder da.«

Keine zehn Sekunden später fiel ich Petty um den Hals, dass wir fast samt Rollstuhl umkippten.

»Petty, wie schön, dich zu sehen.« Ich knuddelte sie und küsste sie links und rechts auf die Wange. »Wie gehts dir? Was macht das Bein? Wie lange musst du das Ding hier noch ertragen?« Mit den Fingerknöcheln klopfte ich unüberlegt auf den Gipsverband.

»Nicht so stürmisch, junge Lady«, schimpfte Petty lachend. »Es geht mir gut, na ja, wenn man davon absieht, dass ich nicht laufen kann, nicht duschen, seit Wochen auf dem Sofa schlafe, weil ich die Treppen weder hoch noch runterkomme.«

»Sie wollte eigentlich gar nicht kommen. Aber sie hat sich noch umentschieden und wenigstens die letzten Momente noch miterleben können.« Mom strahlte übers ganze Gesicht.

»Das ist wunderbar, Petty. Der Abend war ein voller Erfolg. Wir haben fünfzehntausend Dollar eingenommen und Aiden erhöht sogar auf zwanzigtausend. Ist das nicht toll?«

Beide nickten. »Supercool«, sagten sie synchron und wir brachen zu dritt in schallendes Gelächter aus, weil sie meine Euphorie nachgeahmt hatten.

»Und Mom, hast du gesehen? Kimmy ist da! Das verrückte Huhn, sie hat mich echt überrascht und ist den langen Weg hierhergekommen, um die Veranstaltung nicht zu verpassen.«

»Supercool«, hörte ich wieder beide gackern und winkte ab.

»Ach, ihr zwei. Ich hab euch so vermisst.« Stürmisch küsste ich meine Mom auf die Wange und drückte auch Petty noch mal. »Ich such sie dann mal. Also Kimmy.«

***

Noch bis weit nach Mitternacht hatten Aiden und ich mit Kim und Yuma an der Hotelbar gesessen und den Abend ausgewertet. Noch immer konnte ich nicht glauben, dass meine beste Freundin diese lange Anreise auf sich genommen hatte, nur um einen Werwolf kennenzulernen, der gar keiner war. Aber die beiden verstanden sich prächtig, scherzten und lachten ohne Unterlass miteinander. Es machte Spaß, ihnen dabei zuzusehen, wie sie sich kennenlernten.

»Du hättest mir ruhig sagen können, wie charmant Aidens Küchenchef ist, dann wäre ich viel eher mal hergekommen«, brüskierte sich meine Freundin gespielt und schenkte Yuma einen Augenaufschlag, dass der bald vom Stuhl rutschte.

»Ich habe nie das Gegenteil behauptet«, feixte ich und zwinkerte ihr zu.

»Übrigens, Aiden«, sie sprach weiter an meinen Freund gewandt, »es ist wirklich schön, dich so ganz ohne rotes Samtgewand kennenzulernen. Ist mir eine Freude.«

Argh, falsches Thema.

»Ich freue mich auch, dass wir uns mal kennenlernen. Hazel hat schon so viel von dir erzählt.« Froh darüber, dass er gar nicht weiter auf ihre Bemerkung einging, legte ich meine Hand auf seinen Oberschenkel und strich zärtlich mit meinen Fingern über den Stoff seiner Anzughose.

»Wirst du über Weihnachten hierbleiben?«, wollte Yuma plötzlich wissen und konfrontierte mich mit einer Frage, die mich für den Moment überforderte.

»Darüber habe ich ehrlich gesagt noch nicht nachgedacht. Ich würde schon gern. Aber ich muss das natürlich erst mit der Arbeit abklären«, erwiderte ich und sah sehnsuchtsvoll zu Aiden. Mit ihm die Weihnachts- feiertage zu verbringen, wäre himmlisch. Ich stellte mir vor, dass wir uns einfach nur aus dem Bett schälten, um den Weihnachtsbraten zu verspeisen, und uns ansonsten zwischen den Laken wälzten und uns wieder und wieder liebten.

»Erde an Hazel«, hörte ich wie durch einen Wattebausch meine beste Freundin rufen. »Hörst du mir überhaupt zu?«

»Was? Wie war die Frage?« Ich schüttelte den Kopf. Gott, allein der Gedanke daran, mit Aiden das Fest zu verbringen, machte mich ganz verrückt.

»Keine Frage. Ich sagte, dass ich mit Mrs. Ocean bereits gesprochen habe.«

Okay. Die Art, wie sie das Gesicht verzog, beunruhigte mich etwas. »Was genau hast du mit ihr besprochen?«, hakte ich zögerlich nach.

»Dass wir Sonderurlaub haben und erst nach Neujahr wieder arbeiten müssen.« Wie ein Platzregen sprudelten die Worte aus ihr heraus, als hätten sie ihr die ganze Zeit auf der Zunge gelauert.

»Du hast was?« Ich schwankte zwischen Erstaunen und Empörung, als Aiden das Wort ergriff.

»Also ich finde es hervorragend, dass du das schon gemanagt hast, Kim. Es freut mich nämlich wahnsinnig, wenn Hazel noch ein paar Tage länger hierbleibt.« Seine Hand streichelte über meine Wirbelsäule, fuhr über die einzelnen Pailletten und zog den Reißverschluss nach, was mich erschauern ließ.

»Aber, Kimmy, du kannst doch nicht einfach ... Wie? Was hast du ihr gesagt? Und was ist mit der Kampagne?«

»Ganz ruhig.« Über den Tisch hinweg legte sie ihre Hand auf meine. »Es ist alles geregelt. Über die Feiertage passiert sowieso nichts auf dem Arbeitsmarkt, also kann das getrost bis zum neuen Jahr warten. Und schließlich hat sie eingesehen, dass wir ihr ausgeruht und erholt mehr nützen, als abgewrackt und erschöpft.«

Ich wusste nicht, ob ich lachen oder heulen sollte. Warum entschieden alle möglichen Leute über meinen Kopf hinweg? Ich hätte Mrs. Ocean morgen selbst angerufen und das mit ihr besprochen.

Yuma, der bis jetzt stumm gelauscht hatte, schaltete sich ein. »Also ich finds klasse, dass ihr dableibt. Ich mache uns den besten Truthahn, den ihr je gegessen habt.«

»Ha«, stieß ich triumphierend aus. »Das schaffst du nie. Weil meine Mom die besten Truthähne macht.«

Yuma lehnte sich zurück und verschränkte die Arme vor

der Brust. »Eure Truthähne waren gut. Die waren wirklich gut«, sagte er anerkennend und leckte sich über die Lippen. »Aber meine sind besser, wirst sehen.«

Lachend schlürften wir den Rest unserer Cocktails aus und ließen den Abend, der uns alle viel Kraft gekostet hatte, ruhig ausklingen.

***

Es war Weihnachten. Ich war immer noch hier.

Hatte ich die letzten Jahre angenommen, ich zerfiele zu Staub, wenn ich den Boden von Maple Falls auch nur mit der Zehenspitze berührte, so erfreute ich mich jetzt, wo ich schon fast eine Woche hier war, bester Gesundheit.

Aiden und ich hatten beschlossen, die Vergangenheit zwar nicht gänzlich aus unseren Erinnerungen zu löschen. Aber zumindest alles, was uns entzweit hatte, ließen wir los und waren bereit für Neues. Wir waren wieder das eingeschworene Team von damals. Wir hatten beschlossen, die Weihnachtstage ruhig zu verbringen. Zwar würden wir Jennifer und August einen Besuch abstatten, genau wie meiner Mom, aber ansonsten hatten wir nicht wirklich das Bedürfnis, Aidens Appartement zu verlassen. Okay gut, ab und zu unternahm ich etwas mit Kim. Ich zeigte ihr die Stadt und wir waren am Fluss, von wo aus man herrlich auf die Berge sehen konnte. Wenn mich nicht alles täuschte, gefiel es ihr in Maple Falls. Wobei Yuma ihr sicher noch mehr gefiel, denn ich glaubte, zwischen den beiden hatte es mächtig gefunkt.

Gleich waren wir zum Truthahnessen verabredet und ich

war gespannt, ob Yuma tatsächlich gewinnen würde.

»Haz, brauchst du noch lange?«, hörte ich Aiden rufen, während ich im Bad vorm Spiegel stand, um mich fertig zu machen. Mit einem dunkelroten Lippenstift fuhr ich über meinen Mund, nachdem ich meine Augen dezent geschminkt und meine Wangen mit etwas Rouge betupft hatte.

»Einen Mome...«

Ich kam nicht dazu, auszureden, weil Aiden längst das kleine Bad geentert, sich hinter mich geschoben und von hinten seine Arme um meine Taille geschlungen hatte. Sein Kinn ruhte auf meiner Schulter, dass ich meinen Kopf neigte, damit er mehr Platz hatte und mein Make-up nicht verschmierte.

Seine Finger strichen fordernd über meinen Bauch, rutschten tiefer und stoppten kurz über meiner Mitte, wo es bereits heftig pulsierte.

»Aiden«, keuchte ich auf. »So werde ich nie fertig.«

»Kein Problem. Du musst es so sehen: Wenn wir nicht hingehen, ist für uns deine Mom die Siegerin.« Er zuckte mit den Schultern und entlockte mir damit ein Lächeln, gefolgt von einem wohligen Seufzen, als er mit den Fingern begann, den Saum meines Kleides aufzuraffen und unter den Stoff fahren.

Bevor ich ganz die Kontrolle verlor, griff ich nach seinem Handgelenk und drehte mich zu ihm um. Stellte mich auf die Zehenspitzen und nutzte das Überraschungsmoment, um ihn zu küssen. Fest drückte ich meine Lippen auf seine, strich mit der Zunge über seine Unterlippe, in die ich zärtlich hineinbiss, was ihn aufstöhnen ließ.

»Hör auf, sonst kann ich für nichts garantieren«, murmelte

er an meinem Mund und grub seine Finger in meinen Po, bevor ich mich nach Atem ringend von ihm löste.

»Okay, ich bin fertig. Wir können dann los.«

Als ich die Beule in seiner Hose sah, kaute ich auf meiner Unterlippe und konnte mir ein Schmunzeln nur schwer verkneifen.

»Na warte«, knurrte er direkt hinter mir, dass heißkalte Schauer über meine Wirbelsäule prickelten. »Nach dem Essen machen wir weiter und glaub ja nicht, dass du dann etwas zu sagen hast. Du magst vielleicht jetzt die Oberhand haben, aber nachher ist das mein Part. Und du wirst einfach nur empfangen, was ich dir zu geben habe. Und glaub mir, Haz, ich habe viel zu geben. Sehr viel.«

Den Abend verbrachten wir in gelöster Stimmung, mit zu viel Essen und noch mehr gutem Wein. Nach wirklich etlichen Geschmackstests beschlossen wir, dass Yuma und meine Mom gleich gut kochen konnten. Keiner konnte und wollte sich auf einen Gewinner festlegen, was ich nur fair fand.

Verwundert ließ ich mich von Aiden in Richtung des großen Saals ziehen, nachdem wir uns von unseren Freunden verabschiedet hatten.

»Was hast du vor?«, murmelte ich und merkte erst jetzt, dass ich vom vielen Wein wohl doch etwas beschwipst war.

»Ich will dir etwas zeigen.« Seine Antwort fiel knapp aus und er vermied jeglichen Blickkontakt zu mir, lief stattdessen stur geradeaus.

Hand in Hand durchquerten wir den Saal, bis wir an einem der großen, bodentiefen Fenster anhielten, wo Aiden den Vorhang vorsichtig zur Seite zog. Was ich dann erblickte, raubte mir buchstäblich den Atem. Draußen auf der Terrasse, auf der im Sommer sonst Tische und Stühle zum Verweilen einluden, steckten jetzt Fackeln im Schnee und brannten lichterloh. Eine nach der anderen säumte den Rand der schneegeräumten Fläche.

»Wow«, entwich es mir leise. »Ähm, was genau machen wir hier, Aiden?«

Er war anscheinend nervös und nestelte an seiner Hosentasche herum. Gleich darauf hielt er sein Handy in den dürftigen Lichtschein und rief eine Musik-App auf. Im nächsten Moment öffnete er die Terrassentür, ein kalter Windstoß fuhr ins Innere des Saals, wirbelte die Vorhänge auf und tanzte wild um meine Nasenspitze, dass ich fröstelte.

Während ich damit beschäftigt war, zu erfassen, was er vorhatte, ertönten die ersten Takte von George Ezras *Hold My Girl*, die mich erschauern ließen.

Aiden war die ganze Zeit still. Beängstigend still. Bis er an mir vorbei über die Türschwelle nach draußen trat und sich vor mir in den Schnee kniete. Mein Herz überschlug sich, hämmerte wild in meiner Brust und ich bekam kaum Luft. *O nein*, dachte ich, *soweit bin ich noch nicht. Nicht jetzt.*

Meine Augen füllten sich mit Tränen, während ich Aiden kaum ansehen konnte. Wenn er das geplant hatte, was ich annahm, würde ich ihn gleich furchtbar enttäuschen müssen und allein der Gedanke daran brach mir das Herz.

Ein Lächeln legte sich auf seine Lippen und ich sah ihm an, wie nervös er war.

»Ich schulde dir noch den letzten Tanz des Abschlussballs«, raunte er schließlich und ich schlug erlöst die Hände vor meinen Mund, um einen kleinen Schrei zu unterdrücken.

»Du bist verrückt, Aiden Williams«, lachte ich leise auf und griff nach seiner Hand, die er mir entgegenstreckte, während er sich erhob und mich auf die schneebedeckte Terrasse zog.

»Darf ich bitten?« Mir gegenüberstehend machte er einen Knicks, als wären wir am Königshof und legte dann seinen Arm um meine Taille. Mit der freien Hand griff er meine und aneinandergeschmiegt begannen wir, uns im Takt zu wiegen. Wie zwei Schneeflocken, die einander gefunden hatten und zusammen zur Erde fielen. Die Zeit schien stillzustehen in diesem Augenblick. Es war, als bewegten nur wir uns und der Rest der Welt war erstarrt. Eingefroren. Ich spürte die Kälte nicht. Im Gegenteil. Hitze breitete sich in mir aus, wohlige Wärme, die von meinem Herz bis ins letzte Nervenende vordrang und mich innerlich glühen ließ. Falls es überhaupt ging, schmiegte ich mich noch enger an Aidens Brust, drehte mich mit ihm und sog alles in mich auf. Bis die letzten Töne erklangen und wir wieder in die Wirklichkeit zurückkamen.

»Das war so ziemlich das Schönste, was je jemand für mich getan hat«, sagte ich ehrfürchtig und drückte ihm, auf Zehenspitzen stehend, einen Kuss auf die Wange. Ich genoss es, dass er mich noch immer festhielt. In diesem Moment wusste ich – sollte ich jemals wieder fallen, wäre ich nicht allein. Mit Aiden hatte ich jemanden, der mich immer auffing, egal was passierte. Er war für mich da. Und ich für ihn.

»Es tut mir leid, dass ich dir diesen Tanz damals verwehrt habe«, raunte er und drückte mich fest an sich.

»Hey, hatten wir nicht beschlossen, dass wir nicht mehr

darüber reden? Halte dich gefälligst daran, sonst musst du mich gleich im Boogie-Woogie hier über den Schnee schleudern.«

Sein dunkles Lachen fuhr direkt in mein Herz und brachte es fast zum Zerbersten vor Glück.

»Okay, verstanden. Aber ich finde, wir sollten öfter tanzen.« Wieder begann er, sich mit mir hin und her zu wiegen, obwohl gar keine Musik mehr spielte.

Erst jetzt spürte ich die Kälte, die mir langsam in die Glieder kroch und mich zum Zittern brachte.

»Na los, rein mit dir, bevor du mir noch festfrierst.« Mit einem liebevollen Schubser schob er mich wieder ins Innere des Saals und löschte die Fackeln, bevor wir in sein Appartement zurückkehrten, wo wir es uns noch etwas gemütlich machen wollten, bevor ich wieder nach Hause zu meiner Mom fuhr. Ich hatte mir vorgenommen, am eigentlichen Weihnachtstag bei ihr aufzuwachen, um mit ihr zu frühstücken, Geschenke auszupacken und zu plaudern. Wie früher. Aiden hatte Verständnis dafür gehabt, schließlich wollte er den Tag auch mit seiner Familie verbringen. Wir würden uns dann am Abend wieder treffen und unser ganz persönliches Weihnachtsfest feiern.

30. Hazel

Nach dem Abend mit Aiden war ich viel zu spät nach Hause gekommen und hundemüde, als mein Wecker um fünf Uhr klingelte. Ich musste noch Moms Geschenk einpacken, unter den Baum legen und wollte Frühstück für uns zaubern. Und da sie für gewöhnlich eine Frühaufsteherin war, sollte das alles natürlich möglichst vorher erledigt sein.

Gähnend rollte ich in meinem alten Zimmer das dunkelgrüne Geschenkpapier, das mit rot-weißen Zuckerstangen bedruckt war, aus und verpackte das Fotobuch, das ich für Mom erstellt hatte. Es enthielt alle ihre Lieblingsplätze in Boston, zeigte uns bei gemeinsamen Unternehmungen oder auch nur sie, wenn sie alleine unterwegs war und Selfies gemacht hatte, die sie mir dann regelmäßig schickte. Ich hoffte, dass es für sie eine schöne Erinnerung an die Zeit in meiner Wahlheimat sein würde, denn ich glaubte, dass sie diesen weiten Weg an Weihnachten in Zukunft nicht mehr würde auf sich nehmen müssen.

Das Papier raschelte vor sich hin und ich dekorierte das kleine Päckchen noch mit rotem und weißem Schleifenband und einem Lebkuchen in Herzform, bevor ich die Treppe hinabschlich, um es mit unter den Baum zu legen, wo bereits eine Handvoll weitere Geschenke lag. Freudig klatschte ich in die Hände, als wäre ich wieder fünf Jahre alt und konnte es kaum erwarten, dass Mom endlich aufstand, damit wir alles auspacken konnten.

Ganz leise machte ich mich in der Küche zu schaffen, rührte den Teig für die weltbesten Pancakes zusammen, wusch Obst ab und schnitt es auf. Suchte den Ahornsirup, briet Eier mit Speck und setzte Kaffee auf.

»Hm, was duftet denn hier so verführerisch?«, rief meine Mom, als sie die Treppe runterkam.

»Das Frühstück. Frohe Weihnachten, Mom.« Zur Begrüßung schloss ich sie direkt in meine Arme und drückte ihr einen Kuss auf die Wange, was sie schniefen ließ.

»Danke, mein Herz, das wünsche ich dir auch.«

»Sieh mal, der Weihnachtsmann war schon da und hat allerhand Geschenke dagelassen.« Mit dem Zeigefinger deutete ich ins Wohnzimmer, wo der Baum stand. Und genau wie früher, spielte meine Mutter das Spiel mit.

»Aber hallo, der war ja fleißig. Wie er das wohl alles durch den Kamin bekommen hat?« Fröhlich lachend zwinkerte sie mir zu und setzte sich an den Küchentisch, den ich bereits gedeckt hatte. »Ist spät geworden gestern, hm?«

Ich schenkte ihr Kaffee ein und belud ihren Teller mit zwei Pancakes, die wirklich himmlisch dufteten. Mom gab noch etwas Obst dazu und einiges an Ahornsirup.

»Ja, wir hatten einen wirklich schönen Abend mit Kim und Yuma. Und Mom, ganz ehrlich, Yuma war der Meinung, dass sein Truthahn besser sei als deiner. Aber er hat nicht recht behalten, eure Vögel waren beide supergut gelungen.«

»Na das beruhigt mich doch, wobei ich gar nicht den Anspruch habe, so gut wie Yuma zu sein. Das schaffe ich niemals. Wie kam es eigentlich, dass Kim hier aufgekreuzt ist?«, wollte sie wissen und schob sich einen großen Bissen Pancakes in den Mund, um gleich darauf genüsslich die Augen zu schließen. »Hm, die sind hervorragend, Hazel.«

»Das kann ich dir gar nicht sagen, Mom. Ich schätze, ich habe sie etwas neugierig gemacht, was Yuma betrifft. Er ist genau ihr Typ. Dabei weiß ich nicht einmal, ob er Single ist.« Mich überkam tatsächlich das schlechte Gewissen deswegen, aber so wie er mit ihr geflirtet hatte, war da wohl keine feste Freundin im Spiel.

»Und mit Aiden ist alles wieder im Lot?« Über den Rand ihrer Kaffeetasse hinweg warf mir meine Mom ein verschwörerisches Zwinkern zu.

Ich zog es vor, ebenfalls Pancakes zu essen, und schmunzelte einfach schulterzuckend.

»Okay, das ist mir Antwort genug. Mehr Details will ich gar nicht wissen.« Mom lachte auf und ich stimmte ein. Sie war wirklich die Beste.

Nachdem wir das Frühstück wieder abgedeckt hatten, gingen wir ins Wohnzimmer. Ich trug noch immer meinen Pyjama, genau wie Mom. Ganz traditionell hockten wir uns vor den Weihnachtsbaum und überreichten uns die Geschenke.

»Mach du zuerst auf«, forderte Mom mich auf und ich folgte ihrer Bitte. Hektisch riss ich das rot-weiße Geschenkpapier auf, in dem ein kleines Kästchen steckte. Es war mit schwarzem Samt bezogen. Vorsichtig öffnete ich es und zum Vorschein kam ein Ring. Ein alter Ring mit einem Rosenquarz. Er war wunderschön.

»Wow, der ist toll«, flüsterte ich und steckte ihn an meinen linken Ringfinger.

»Der ist von deiner Ur-Großmutter. Sie hat ihn deiner Granny vererbt und die mir, bevor sie starb. Ich glaube, jetzt ist der richtige Zeitpunkt, ihn an dich weiterzugeben. Auf dass er dir viel Glück, ein langes Leben und ganz viel Liebe bringt. Merry Christmas, mein Schatz.«

Stürmisch umarmte ich meine Mom. »Danke, danke, danke. Das ist echt toll.« Meine Ur-Großmutter hatte ich nie kennengelernt und meine Granny nur kurz. Sie wurde viel zu früh aus dem Leben gerissen, als ich gerade vier oder fünf Jahre alt gewesen war. Ich hatte kaum Erinnerungen an sie. Doch jetzt hatte ich diesen Ring und würde ihn in Ehren halten.

Mom wischte sich eine Träne aus dem Augenwinkel. »Wenn du selbst mal Kinder hast, kannst du ihn dann auch weitergeben«, schniefte sie.

»Ach, Mom, so weit ist es doch noch lange nicht. Aiden und ich haben uns doch gerade erst wieder gefunden.«, lachte ich auf und drückte sie noch einmal ganz fest an mich.

»Man kann ja nie wissen. Jetzt packe ich aber dieses wunderhübsche Päckchen hier aus.« Sie hielt mein Geschenk in den Händen und löste vorsichtig die Schleife, um dann auch das Geschenkpapier akribisch genau zu öffnen. Ich fragte mich jedes Mal, wie sie das schaffte, dass das Papier nie kaputt ging. »Oh. Was ist das? Ein Fotobuch?«

Ich nickte, während sie sich bereits durch die ersten Seiten blätterte und bei jedem Foto einen entzückten Laut von sich gab. »Was für eine tolle Idee, Hazel. Es sind schöne Erinnerungen und ich war immer gern bei dir in Boston.«

»Das klingt so, als würdest du nie wieder hinkommen wollen.« Ich zog eine Schmollschnute.

»Nein, so ist das nicht gemeint. Natürlich komme ich dich nach wie vor in Boston besuchen. Aber glaub mir, wenn ich dir sage, dass es mich sehr glücklich macht, dass du deinen Frieden mit Maple Falls geschlossen hast. Ich bin sehr, sehr froh darüber, dass du wieder hier bist, mein Kind.«

»Ach, Mom ...« Jetzt war ich diejenige, die – im Pyjama vorm Weihnachtsbaum sitzend – in Tränen ausbrach. »Ich hab dich lieb, frohe Weihnachten.«

Den Rest des Tages verbrachten wir damit, zu quatschen und zu lachen, viel zu viele Peanut Butter Honey Rounds zu essen – Mom hatte noch mal welche gebacken – und trashige Weihnachtsfilme zu gucken. Ich liebte es, hier zu sein. In meinem Elternhaus, wo ich aufgewachsen war und wo es nach meiner Kindheit roch. Nach Weihnachten. Nach Liebe.

»Ist es wirklich in Ordnung, wenn ich zu Aiden gehe?«, fragte ich vorsichtshalber, als ich am Abend dabei war, mir den Mantel anzuziehen.

»Selbstverständlich ist das in Ordnung. Geh nur und hab einen schönen Abend.« Mit einem vehementen Winken machte sie mir verständlich, dass sie nur zu einverstanden war.

»Es könnte aber sein, dass ich nicht nach Hause komme

heute.« Entschuldigend hob ich die Schultern.

»Das macht nichts. Genieße die Zeit, die ihr gemeinsam habt. Sie ist so kostbar, Hazel. Sauge jeden Moment in dich auf. Und jetzt los, lass Aiden nicht länger warten.«

Ich warf ihr eine Kusshand zu, schnappte mir meinen Rucksack und meine Mütze und ging nach draußen, wo bereits das Taxi auf mich wartete.

***

Atemlos stand ich vor der Tür zu Aidens Appartement, weil ich halb ins Hotel gerannt war. Noch immer schlug mir das Herz bis zum Hals, wenn wir uns begegneten. Mein Puls schoss in die Höhe und meine Hände wurden feucht. Ich war aufgeregt wie vorm ersten Date. Oder vorm ersten Kuss. Oder vorm ersten Mal.

»Hi, Aiden, ich habe leider kein Geschenk für dich«, stieß ich hektisch aus, nachdem er mir die Tür geöffnet und mich in seine kleine Wohnung gezogen hatte.

»Hi, Haz, ich brauche keine Geschenke. Wenn du bei mir bist, habe ich alles, was ich brauche, um glücklich zu sein.« Seine Lippen verschlossen meine mit einem schneeflockenleichten Kuss, der nach so viel mehr schmeckte. Nach Geborgenheit, Liebe, Verlangen und ein bisschen nach Kakao mit Zimt. Nachdem er sich wieder von mir gelöst hatte, öffnete er langsam die Knöpfe meines Mantels, schob ihn über meine Schultern und nahm mir Schal und Mütze ab, um alles auf einem Stuhl abzulegen.

»Übrigens habe ich auch kein Geschenk für dich«, lachte er auf und nahm mich schnell wieder in seine Arme. An seiner Brust, wo ich seinen Herzschlag spürte, war definitiv mein Lieblingsplatz. Hier war ich am liebsten, fühlte mich unbesiegbar und in manchen Momenten konnte ich mir nicht mehr vorstellen, dass es je anders zwischen uns gewesen war. Auch dass ich es ihm so schwer gemacht hatte, ging mir nicht mehr in den Kopf. Aber manchmal ging die Liebe eben seltsame Wege. Unser Weg musste wohl so sein, steinig und unwegsam. Nur so hatten wir wieder zueinanderfinden können.

»Das gibt es doch nicht? Echt jetzt? Du lässt mich ohne Geschenk sitzen? Das ist ja wohl die Höhe!« Gespielt empört boxte ich ihn in seinen athletischen Oberkörper, um das Gesagte gleich darauf zu relativieren. »Nein, das war natürlich Spaß. Mit einem Geschenk hättest du mich ganz schön in eine Zwickmühle gebracht.«

»Dann behalten wir das doch am besten bei, oder? Keine Geschenke. Nur wir. Du und ich.«

Ich hob meinen Kopf und fing seinen wärmenden, liebevollen Blick auf und nickte. »Gute Idee.«

Nachdem er mich abermals stürmisch geküsst hatte und ich schon kurz davor war, die Beherrschung zu verlieren, sagte er: »Eine kleine Überraschung habe ich allerdings für dich. Die muss aber noch etwas warten, weil meine Eltern noch ein Glas Wein mit uns trinken möchten. Kommst du?«

»Überraschung? Du Schuft!«, stieß ich entrüstet aus und stemmte die Hände in die Hüften. Wieder hatte er mich an der Nase herumgeführt, dieses Mal war ich jedoch nicht sauer, sondern war gespannt, womit er mich überraschen wollte. Gestern war es der Tanz auf der verschneiten Terrasse, der mir wohl ewig in Erinnerung bleiben würde.

Noch immer bekam ich Gänsehaut, wenn ich an diesen einzigartigen Moment dachte.

Ich griff nach seiner Hand, die er mir entgegenstreckte, und wir steuerten die Wohnung der Williams an, die uns herzlich empfingen, als wäre es schon immer so, dass wir abends auf ein Glas Wein vorbeikommen würden. Wir saßen auf ihrem Sofa, als wäre das schon immer unser Stammplatz, tranken guten Rotwein aus Europa und stießen auf die kommende Zeit an, auf die Veränderungen, die auf Aiden und seine Eltern zukamen. Und vielleicht auch auf mich, wer wusste das schon so genau.

Inzwischen war ich von meinem Plan, das perfekte Leben mit dem perfekten Job im perfekten Boston zu leben, etwas abgerückt.

Nicht dass ich direkt Koffer packen und nach Maple Falls ziehen würde, das auf gar keinen Fall. Aber zumindest schloss ich es nicht mehr komplett aus, irgendwann wieder in meine Heimatstadt zurückzukehren. Vielleicht war das aber auch gar nicht nötig, wenn das mit dem Objekt am Bostoner Hafen klappen sollte, kam Aiden vielleicht sogar nach Boston.

So oder so war ich gerade sehr glücklich und zufrieden mit meiner Situation. In meinem Kopf hatte sich endlich der Schalter umgelegt, der mich die alten Zeiten vergessen ließ.

Nachdem wir uns von Jennifer und August später am Abend verabschiedet hatten, machten wir uns auf den Weg durch das fast leere Hotel. Einige Zimmer waren belegt, aber bei Weitem nicht alle. Irgendwie war es auch logisch, dass die meisten Menschen Weihnachten zu Hause mit ihren Familien verbrachten und nicht in einem Hotel am Ende der Welt.

Leise kichernd – es war wohl doch ein Glas zu viel vom Rotwein – hing ich an Aidens Hand, deren Finger fest mit meinen verschränkt waren.

»Hey, warte mal, ich glaube, wir sind falsch abgebogen«, überlegte ich halblaut und blieb stehen.

Aiden war ebenfalls so abrupt stehen geblieben, dass wir unsanft gegeneinanderprallten. Hitze stieg in mir auf, als ich die geballte Kraft seines athletischen Körpers spürte. Und die Art, wie er mich in diesem Moment ansah, ließ mein Blut kochen.

»Glaub mir, Haz. Wenn wir eines nicht sind, dann falsch abgebogen. Ich kenne dieses Hotel wie meine nicht vorhandene Westentasche. Also vertrau mir«, raunte er tief an meinem Ohr, nachdem seine Daumen meine Wangen gestreift hatten.

»Okay«, gab ich flüsternd zurück.

»Außerdem, mit dir kann ich nie wieder falsch abbiegen. Du bist so etwas wie mein Kompass, der mich in meinen sicheren Hafen manövriert. Mit dir an meiner Seite kann mir nichts passieren.«

Für den Bruchteil einer Sekunde versank ich in den dunkel glitzernden Iriden seiner Augen, mit denen er mich gefangen hielt. Und ich spürte es. Auf einmal spürte ich dieses unsichtbare Band zwischen uns, das wieder da war, als wäre es nie weg gewesen. Dieses stumme Versprechen zweier Liebenden, die sich vertrauten, die aufeinander vertrauten und genau wussten, wenn einer fiel, fing der andere ihn auf.

Genau dieses Gefühl überrollte mich wie eine Flutwelle, nahm mein Herz in Besitz und meine Seele, in der auf einmal kein Platz mehr war für all die Wut und Enttäuschung der letzten Jahre. Es gab nur noch uns beide. Aiden und Hazel.

Und es gab diesen einen Moment, der uns für immer verbinden würde.

»Na komm schon, oder willst du hier Wurzeln schlagen?«, maulte Aiden gespielt und zog an meiner Hand, die er wieder ergriffen hatte.

»Aber zu deinem Appartement geht es da lang.« Mit ausgestrecktem Arm zeigte ich in die entgegengesetzte Richtung und war irritiert.

»Honey, wer sagt denn, dass wir in mein Appartement gehen, hm?« Über die Schulter hinweg warf er mir ein verschmitztes Lächeln zu und wackelte belustigt mit den Augenbrauen, um mich gleich darauf weiterzuziehen.

Wir befanden uns inzwischen im Hauptgebäude und Aiden steuerte zielgerichtet die Rezeption an. Für einen Moment verharrte er davor, um abzuwarten, ob jemand da war und als er das Gefühl hatte, dass die Luft rein wäre, schlich er dahinter und machte sich an einer Schublade zu schaffen.

Ich hatte kapiert. Es hatte etwas gedauert, aber nun wusste ich, was er vorhatte. Und allein der Gedanke daran trieb mir die Schamesröte ins Gesicht. Mein Herz machte einen Satz und polterte, als hätte es sich verschluckt.

»Ah, hier.« Nur wenig später schloss er die Schublade wieder und hielt triumphierend eine der Keycards vor meine Nase.

Lächelnd neigte ich den Kopf zur Seite und nahm sie ihm ab, um sie in meiner Hand von einer auf die andere Seite zu drehen.

»Die Suite?« Nervös bis in die Haarspitzen biss ich mir auf

die Unterlippe und konnte nicht glauben, dass wir im Begriff waren, es wieder zu tun. Hatte ich bis vor Kurzem noch reichlich Angst vor jeglichen Déjà-vus, so fühlte es sich jetzt geradezu berauschend an. Adrenalin peitschte durch meine Adern und mischte sich mit dem Verlangen, das ich nach diesem Mann hatte.

»Japp. Die Suite. Nur für uns. Und keine Angst, Haz, sie ist nicht belegt diese Nacht.«

»Du bist verrückt, Aiden. Du warst es früher schon und bist es heute noch. Und vermutlich wirst du es auch in hundert Jahren noch sein.« Mein leises Lachen füllte die knisternde Luft.

»Ich weiß. Und du liebst mich dafür.« Wieder griff er nach meiner Hand, verschränkte seine Finger mit meinen und zog mich mit sich, Richtung Fahrstuhl.

Als sich die Türen des Lifts schlossen und wir allein waren, wusste ich es: Genau so sollte es sein. Und es war für immer. Dieses Mal würde alles anders werden.

Und o Gott, ja, ich liebte ihn. Für seine Verrücktheit. Für seine schonungslose Ehrlichkeit. Dafür, wie er die Dinge in die Hand nahm und dafür, dass er auch die Verantwortung für Entscheidungen übernahm, die vielleicht nicht unbedingt richtig waren. Ich liebte ihn für seine Art, mit mir umzugehen. Wie er mich ansah, wenn ich morgens neben ihm aufwachte und ihm ein verschlafenes »Guten Morgen« entgegenmurmelte.

Ich war sechsundzwanzig und wusste einfach, dass ich nie wieder so etwas für jemanden empfinden würde wie für Aiden. Er war alles für mich. Meine Sonne, mein Regen, mein Schnee, Gewitter- und Konfettiregen gleichermaßen.

Mein Fels in der Brandung.
Mein Herz.
Mein Glück.
Mein.

Du willst wissen, was aus Hazel und Aiden geworden ist?
Dann hol dir jetzt den Bonus-Epilog unter: http://www.katefranklin.de/bonus

Hazels Cookies

Peanut Butter Honey Rounds

Foto: Kate Franklin

Zutaten:
125g weiche Butter
50g brauner Zucker
120g Honig
1 Ei
125g Erdnusscreme
350g Mehl
1 Msp. Backpulver
Zum Garnieren:
Erdnüsse
Kuvertüre

Butter mit Erdnusscreme in einer Schüssel geschmeidig rühren. Nach und nach Zucker und Honig unterrühren, bis eine gebundene Masse entsteht. Das Ei etwa eine halbe Minute lang auf höchster Stufe untermixen. Mehl mit Backpulver mischen und 2/3 davon unterrühren. Das andere Drittel auf bemehlter Arbeitsfläche unterkneten. Den Teig in ca. 2cm dicke Rollen formen, in Folie wickeln und etwa 2 Stunden im Kühlschrank aufbewahren (oder 30min in den Tiefkühlschrank).

Zwei Backbleche mit Backpapier belegen. Den Backofen vorheizen: Ober-/Unterhitze 180°, Heißluft 160°.

Die Teigrollen in 0,5cm dicke Scheiben schneiden und auf das Backblech legen. Mit Erdnusskernen bestreuen und ca. 10 Minuten backen (sie müssen schön goldgelb aussehen).

Die Kuvertüre grob zerteilen und im Wasserbad bei schwacher Hitze schmelzen. Mit einer Gabel Schoko"fäden« über die Plätzchen ziehen und erkalten lassen.

Guten Appetit!

Danke

Im Sommer einen Weihnachtsroman zu schreiben ist sehr, sagen wir, ungewöhnlich. Aber mit dem richtigen Equipment kann man sich hervorragend in Stimmung bringen.

So roch es in meinem Arbeitszimmer während der Sommermonate stets nach Zimtkerzen und im Hintergrund lief ständig Weihnachtsmusik (unschwer erkennbar an der Playlist). Damit war es recht einfach, in die winterlichen Gefilde von Maple Falls und Boston abzutauchen und mit Hazel und Aiden auf die Reise zu gehen. Es war turbulent, kalt, schneereich. Es gab viel zu viele Plätzchen, hier und da mal Ärger, aber im Großen und Ganzen glaube ich, dass wir ganz gut zusammengearbeitet haben.

Geschichten zu schreiben ist wie Magie, und ich freue mich ganz sehr, dass du mit mir gemeinsam diese magische Reise ins verschneite Nordamerika gemacht hast. Es bedeutet mir die Welt, dass meine Geschichten ihren Weg in die Leserherzen finden, gelesen und geliebt werden.

Deswegen danke ich zuallererst DIR – meinem Leser, meiner Leserin. Denn du bist der Grund dafür, warum ich immer wieder aufs Neue »Kapitel 1« schreibe. Warum ich immer wieder Ideen habe, die ich unbedingt zu Papier bringen möchte. Weil ich weiß, dass es jemanden gibt, der sie lesen möchte. DANKE!

Dass dieses Buch so geworden ist, wie es ist, verdanke ich

einigen besonderen Menschen.

Sabrina, du Wundervolle - mit deiner Arbeit hast du die Geschichte maßgeblich abgerundet. Dein Feedback ist Gold wert und ich schätze es sehr. Vielen Dank, dass du all die kleinen und großen Baustellen mit mir ausgebügelt hast!

Claudia - dass du dir die Zeit genommen hast, den Schreibprozess und die Geschichte in ihrer Entstehung zu begleiten, schätze ich sehr. Deine Anmerkungen haben mir bereits während des Schreibens so gut geholfen, dass ich auf Kurs bleiben konnte. Ich danke dir von ganzem Herzen.

Svenja und Sarah - vielen Dank, dass ich euch jederzeit ein Ohr (oder mehrere) abkauen darf, wenn mir danach ist. Dass ihr mein Jammern ertragt, wenn es mal nicht so gut läuft. Und dass ihr euch mit mir freut, wenn es doch gut läuft. Ohne euch wäre ich ziemlich aufgeschmissen.

Sarah, Rose, Emily und Anya – meine lieben Mädels in der Baumpflanzgruppe - ihr beflügelt mich. Dank euch habe ich das Gefühl, ich kann alles schaffen. Die Live-Schreibsessions haben dazu beigetragen, dass ich diesen Roman in Rekordgeschwindigkeit geschrieben habe. Danke für eure Unterstützung! #bestbaumisever

Auch an das Team #frühschreiben geht ein riesengroßes Dankeschön für sensationellen Support, großartigen Austausch, herzliches Miteinander und die mitunter skurrilsten Themen ever. Euch möchte ich nicht mehr missen.

Vielen Dank Anne, dass du dir so kurzfristig die Zeit zum Testlesen genommen hast. Das hat mir und dem Buch sehr geholfen.

Auch allen Blogger*innen möchte ich danken. Ihr seid

SUPER! Ich liebe eure Beiträge, eure Buchfotos und eure Worte dazu. Dank euch kann ich meinen Traum vom Schreiben immer weiterleben.

Natürlich danke ich auch meiner Familie, die mich oft genug entbehren muss, damit ich schreiben kann. Die nicht müde wird, mich zu unterstützen und mir Kraft zu geben. Ich liebe euch von ganzem Herzen.

Die Autorin

Kate Franklin ist das Pseudonym einer deutschen Autorin, die mit dem Schreiben oder gar Veröffentlichen von Büchern nie etwas am Hut hatte. Bis sie 2015 aus einer Laune heraus an einem Schreibwettbewerb für eine Anthologie mit erotischen Kurzgeschichten teilnahm, bei dem ihre Leidenschaft fürs geschriebene Wort geweckt wurde. Seitdem ist sie nicht mehr zu bremsen. In ihrer heimischen Kreativecke entstehen romantische Geschichten mit mal mehr und mal weniger prickelnden Szenen – auf jeden Fall aber mit Happy End.

Kate Franklin ist ein wenig verrückt-chaotisch, dafür umso mehr romantisch. Ihre Lieblingsfarbe ist bunt, gute Laune liebt sie genauso wie den morgendlichen Kaffee und Schokolade.

Für ihr Leben gern erzählt sie Geschichten über Protagonisten, die auch im echten Leben plötzlich an der Tür klingeln könnten. Authentisch, humorvoll und sinnlich schleicht sie sich damit in die Herzen ihrer Leser … weil Schreiben Liebe ist …

Newsletter

Verpasse keine Neuigkeiten mehr!
Erfahre alles zu aktuellen Projekten, bevorstehenden Veröffentlichungen, Gewinnspielen, Aktionen usw.
Trag dich am besten gleich ein:
https://www.katefranklin.de/newsletter

Ich freu mich auf dich.

Wenn dir die Geschichte gefallen hat, freue ich mich über dein Feedback in Form einer Rezension. Damit hilfst du auch anderen Leser:innen, die vielleicht noch unsicher sind, ob diese Geschichte etwas für sie ist.
Gern kannst du mich auch in Social Media Beiträgen verlinken oder direkt anschreiben.

Besuche mich auch in den sozialen Medien, um mehr über mich und meine Bücher zu erfahren:
https://www.facebook.com/Kate.Franklin.Autorin/
https://www.instagram.com/kate.franklin.autorin/